Inhalt

Kaum dem Kindesalter entwachsen, verlässt Sigurd, der erstgeborene der beiden Söhne des Häuptlings Sven, den Hof seines Vaters im Tröndelag, einem Gau im Nordwesten Norwegens, um als freier Wikinger sein Glück auf See zu suchen. Er schließt sich einem gefürchteten Seekönig an und erkämpft im Alter von nur siebzehn Jahren, getrieben von ungestümem Mut, ein eigenes Schiff, mit dem er auf Raubfahrt geht. Doch das große Heil, das ihm die Götter im Kampf schenken, muss der junge Nordmann teuer bezahlen. Heftige Schicksalsschläge erschüttern das Leben des jungen Kriegers in seiner Heimat, und so begibt er sich, als neuer Häuptling des Dorfes, auf die Suche nach seinen in die Sklaverei verschleppten Schwestern und den Mördern seiner Gesippen.

Der 1964 im Ruhrgebiet/NRW geborene *Rainer W. Grimm* erlernte zwei Handwerksberufe, bevor er seine Liebe zur Schriftstellerei entdeckte, und damit begann, seine erste Geschichte über die Wikinger zu schreiben. Anfangs nur zum Zeitvertreib, ist das Schreiben von historischen Geschichten und Romanen inzwischen zu einem Teil seines Lebens geworden. Er lebt immer noch mit seiner Familie und zwei Katzen im Ruhrgebiet. Mit der Saga von Sigurd Svensson „Das Schwert des Wikingers" veröffentlichte der Autor den ersten von zwei Romanen, die die Vorgeschichte zu der, in drei Bänden erschienenen Saga von Erik Sigurdsson bilden.

Rainer W. Grimm

*

DIE SAGA VON SIGURD SVENSSON

DAS SCHWERT DES WIKINGERS

Historischer Roman

Bibliografische Information Der Deutschen Bibliothek:
Die Deutsche Bibliothek verzeichnet diese Publikation in der
Deutschen Nationalbibliografie; detaillierte bibliografische Daten
sind im Internet über http://dnb.ddb.de *abrufbar.*

© 2018 Rainer W. Grimm (überarbeitete Neuveröffentlichung)
Erstausgabe 2013
www.rwgrimm.bodautor.de
Herstellung und Verlag: BoD - Books on Demand,
Norderstedt
Titelgestaltung, Layout: RWG & Bod
Bildquelle: www.mittelalter-seelenfaenger.de
(Jochen Kunz, Michaela Kunz)
Abbildung: Simon Møller Kristensen
ISBN: 978-3-7347-9085-0

Inhaltsverzeichnis

Historischer Hintergrund

Bis zu seinem Tode im Jahre 933 n. Chr. herrschte Harald Harfagr, den man Schönhaar nannte, als alleiniger König über ganz Norwegen. Ihm war es gelungen, die Gaue des Landes am Nordweg, die von Kleinkönigen, Jarlen[1] und Häuptlingen beherrscht wurden, zu einem einzigen Königreich zu vereinen, über das er mit harter Hand regierte. Seine vielen Söhne ernannte er zu Jarlen und gab ihnen jeweils ein Gau zum Lehen. Seinen Lieblingssohn Erik bestimmte er zu seinem Nachfolger und Erben.
Dies erzürnte die anderen Königssöhne, es kam zum offenen Streit, und eine Feindschaft zwischen den Brüdern entbrannte. Nachdem König Harald dann gestorben war, forderte Erik von seinen Brüdern den Gefolgschaftseid und die Königssteuern ein, denn er wollte, wie schon sein Vater vor ihm, als alleiniger Herrscher regieren. Doch die Jarle weigerten sich und bekamen daraufhin den Zorn des Erik Haraldsson zu spüren. Zwei Brüder ließ Erik nun ermorden und erhielt vom Volk den Beinamen „Blutaxt". Die beiden anderen Brüder, die in den Gauen Vingulmark und Vestfold im Süden des Landes herrschten, forderte er zu einer großen Schlacht, in der die Kleinkönige ihr Leben ließen.
Nun herrschte Erik „Blutaxt" in ganz Norwegen. Doch das Volk des Tröndelag, einem Gau im Nordwesten des Landes, fiel schnell von dem neuen König ab und rief nach Hakon, dem jüngsten Sohn des Harald „Schönhaar", der auf der Insel der Britannier weilte und dort am Hofe König Äthelstans eine christliche Erziehung genossen hatte. Und Hakon kam mit einer großen Flotte, um die Brudermorde zu sühnen. Einen Gau nach dem anderen eroberte er, und Erik

---

[1] Jarl – Adelstitel, Graf (engl. Earl)

„Blutaxt" verlor letztendlich seine Herrschaft und musste fliehen. Schon bald wurde Hakon zum neuen König ausgerufen, und in die Gaue setzte er die Söhne seiner Brüder als Kleinkönige ein. Einige Sommer und Winter war nun Frieden im Land am Nordweg, und König Hakon wandte sich nach mehreren vergeblichen Versuchen, das Christentum einzuführen, sogar wieder dem Glauben an die alten Götter des Nordens zu. Doch eines Tages im Jahr 960 n. Chr. kam Harald Eriksson, den man „Graumantel" nannte, und mit ihm seine Brüder, die Söhne des Erik „Blutaxt", nach Norwegen, um ihren Onkel Hakon den Guten, wie der König nun genannt wurde, aus seiner Herrschaft zu vertreiben.

Mit der Hilfe des Dänenkönigs, die Erikssöhne waren Vasallen des Dänen, gelang es in vielen Schlachten, den Hakon vom Thron zu stürzen und auch den Ladejarl Sigurd, Freund und Lehnsmann des Herrschers, in seinem Gau, dem Tröndelag, zu töten. Nur die Gaue Vestfold und Vingulmark konnten Harald und seine Brüder lange Zeit nicht erobern. Erst durch eine List gelang es, die beiden Herrscher der Gaue Gudröd Björnsson und Tryggve Olafsson zu töten. So fiel Südnorwegen, von Ranrike bis Hardanger, in die Hände des Harald „Graumantel". Jedoch das Umland des großen Trondheimfjordes ging dem Harald nach einigen Sommern wieder verloren, denn der Sohn des Ladejarls, mit Namen Hakon Sigurdsson, den man bald selbst bald den Jarl von Lade nannte, festigte seine Macht durch die Hilfe König Harald Blauzahns von Dänemark, und ließ sich bald zum Kleinkönig der westlichen Gaue ausrufen. Der Süden des Landes dagegen fiel vollends unter die Herrschaft des Dänenkönigs, und Harald wurde dessen Vasall.
Nun war, bis auf die Gaue im Westen und Norden, das norwegische Reich von den Dänen besetzt, und es sollten

noch einige Sommer und Winter vergehen, bis endlich ein Nachfahre aus dem Geschlecht des großen Harald „Schönhaar" nach der Herrschaft über ganz Norwegen greifen würde.

*

1. *Im Gefolge des Seekönigs Olof*

Der Mann, der vor Sigurd drohend seine Fäuste hob, war sicherlich doppelt so alt wie der junge Bursche, den er sich zum Gegner gewählt hatte. Er selbst war ein gestandener, erwachsener Mann. Ein Krieger, sicherlich erfahren im Kampf! Sigurd dagegen war fast noch ein Knabe. Groß gewachsen zwar und kräftig von Statur, muskulös von der Arbeit auf dem Hof, aber noch sehr jung. Und Sigurd wunderte sich selbst, wie es geschehen konnte, dass er diesem Fremden nun plötzlich in dieser schmutzigen, wenig einladenden Spelunke im Streit gegenüber stand.

Der junge Tröndner[2] zählte erst vierzehn Sommer und Winter, als er in einer dunklen und kalten Nacht heimlich den Hof seines Vaters verließ. Sigurd Svensson hatte für sich entschieden, dass es in dem kleinen Fjord, in dem sein Vater der Häuptling einer Siedlung war, keinen Platz mehr für ihn gab. Lange genug hatte er die Willkür des Vaters ertragen, denn obwohl er der ältere der beiden Svenssöhne war, wurde Sigurd von dem Herrn des Hofes nur schlecht behandelt. Niemand in der Siedlung wusste, warum dieser so etwas tat! Vielleicht war ja das aufrührerische Wesen des jungen Tröndners der Grund, da er sich dem Vater oft in Ungehorsam entgegen stellte und nicht so folgsam war wie Eirik, sein jüngerer Bruder, der ganz nach dem Geschmack des Vaters geraten zu sein schien.
Und so hatte Sven beschlossen, dass nur sein Sohn Eirik einmal den Hof erben könne. Dies war jedoch ein Verstoß

---

[2] Tröndner – Bewohner des Tröndelag, einem Gau im Nordwesten Norwegens

gegen das Odalrecht[3], denn Sigurd war als der Ältere der eigentliche Hoferbe, und er hatte sich geschworen, eines Tages sein Recht einzufordern, und sei es mit Gewalt! Doch bis dieser Tag kommen würde, wollte er nicht länger die Ungerechtigkeiten des Vaters ertragen und lieber dem Hof den Rücken kehren.

So hatte ihn sein Weg nach Lade, in die größte Siedlung des Gaues im großen Trondheimfjord, geführt. Denn hier hatte er die Hoffnung, einen Schiffseigner zu finden, dem er sich anschließen konnte, um auf Wiking[4] auszufahren.

Also begab er sich direkt in den Hafen des großen Handelsplatzes und trat in ein Langhaus, das als Schänke bekannt war und von vielen Seefahrern besucht wurde, ein. Doch kaum hatte der junge Bursche die Schänke betreten und sich an den Tresen gestellt, der aus zwei großen Fässern und einer breiten, darauf befestigten Holzplatte bestand, begann der Streit. Schon als Sigurd nach einem Becher Bier verlangte, begann ein angetrunkener Kerl mit blondem, ja fast gelbem Haar, den jungen Wanderer zu verhöhnen.

Der Mann saß nicht weit entfernt von dem jungen Tröndner auf einem der Podeste an der Längsseite des Hauses, die den Gästen der Schänke als Bänke dienten, und die mit dicken Fellen bedeckt waren.

„Bier willst du?", rief er und sagte lachend, an den Wirt gerichtet: „Gib dem Knaben lieber Milch!"

Anfangs noch überhörte der junge Bursche die frechen Beleidigungen des Fremden, der sich sicher vor seinen Gefährten mit ihm einen Spaß erlauben wollte. So ließ sein aufbrausendes Wesen das Blut des jungen Tröndners brodeln. Sigurd war seit frühester Jugend ein Heißsporn und von recht draufgängerischer Natur, so hatte er sich schon als kleiner Knabe ohne Angst den älteren Burschen des Dorfes

---

[3] Odalrecht – Gesetz der Erbfolge bei den freien Bauern
[4] Wiking – Raubfahrt der Nordmänner

tapfer zum Kampf entgegen gestellt. Denn schließlich war er der Sohn eines Häuptlings!

Nun aber forderte ein erfahrender Seekrieger seinen Mut heraus, und dies war kein Knabe, der nur raufen wollte. Die Nichtbeachtung durch den Beleidigten spornte den Betrunkenen nun erst richtig an, und er erhob sich, um vor den jungen Burschen zu treten. Leicht wankend baute er sich vor dem Tresen auf. „He, Hasenfuss! Hast du dich verlaufen?", spottete er abfällig. „Bist du etwa deiner Amme fortgelaufen?"
Da richtete der Wirt das Wort an den Seefahrer. „Lass den jungen Kerl in Ruhe, Björn! Er ist doch sicher kein Gegner für dich. Da erlangst du wenig Ehre, wenn du dich mit ihm schlägst!"
„Ach, halt dein Maul, Kjelt!", schnauzte der betrunkene Krieger. „Wenn er nicht Manns genug ist, sich mit mir zu schlagen, dann hat der Knabe in einer Schänke nichts verloren!"
Da war es dem Sigurd genug. „Oh, es ist nicht die Angst, dass du mir eine ordentliche Tracht Prügel verabreichst", sprach der junge Tröndner fast belustigt. „Es ist eher die Sorge, dich ernsthaft zu verletzen, du Saufbold!"
Nun begannen die Gefährten des Seekriegers herzhaft zu lachen und zu feixen. Dies aber ließ den Zorn in Björn aufsteigen, und er war nicht mehr zu halten.

Der Stoß des Mannes gegen die Brust des jungen Burschen war heftig und ließ diesen zurücktaumeln. Doch er fiel nicht zu Boden, wie es Björn erwartet hatte, sondern stürzte sich nun ohne zu zögern und von Wut getrieben auf den um sicherlich zehn Sommer älteren Krieger. Der betrunkene Mann überragte Sigurd um gut eine Kopfeslänge und war dem jungen Burschen an Körperkraft doch weit überlegen, das spürte dieser sofort. Doch Sigurd war bereit zu kämpfen, und ihm fehlte es nicht an Mut. Zwei oder drei heftige Fausthiebe trafen nun Björn in sein Gesicht, und das Blut begann aus seiner Nase zu tropfen. Da sprangen die Gefährten des Seekriegers erschrocken auf, doch Björn hieß sie, sich nicht in den Kampf einzumischen. Harte Schläge waren es, die Sigurd nun trafen. Die Fäuste seines Gegners bewiesen ihm, dass dieser Björn auch betrunken ein harter Brocken und diesem nicht leicht beizukommen war.

Doch der Tröndner wollte seinem Widersacher nichts schuldig bleiben, und die Lektionen, die sein Vater Sven ihm und seinem Bruder Eirik im Faustkampf, und im Umgang mit den Waffen erteilt hatte, schienen ihm nun zugute zu kommen. Sigurd erhob sich und rieb mit der Hand sein schmerzendes Kinn, trat dem Björn aber sofort wieder entgegen, um die erlittene Scharte auszuwetzen. Er wollte dem Gegner einen Hieb versetzen, doch ehe er sich versah, saß er erneut auf dem schmutzigen Boden der Schänke. Nun tropfte auch Sigurd das Blut aus der Nase, und er war arg benommen. Langsam erhob er sich, und so, wie er auf den Füßen stand, schlug er beherzt zurück. Doch dem ersten Schlag wich Björn, der dem Sigurd nun plötzlich wieder recht nüchtern erschien, noch geschickt aus. Einen zweiten Fausthieb aber, der dem ersten sofort folgte, bekam er in seiner ganzen Härte zu spüren und taumelte nun seinerseits benommen gegen den Tresen.

„Bürschchen, Bürschchen", brummte der Mann ärgerlich und wischte sich mit dem Ärmel seines Kirtels[5] das Blut aus dem Gesicht. Noch einmal versuchte sich der Wirt in den Kampf einzumischen, denn er befürchtete nun das Schlimmste für den jungen Kämpfer. Doch diesmal hielten die Gefährten des Björn den Schänkenbesitzer zurück, und

---

[5] Kirtel – meist bis zu den Knien reichende Hemdjacke, ähnlich einer Tunika, die meist darunter getragen wurde

da er sich nicht mit den rauflustigen und angesoffenen Seefahrern anlegen wollte, überließ er den jungen Burschen nun seinem Schicksal. Schließlich hatte bisher niemand eine Klinge gezogen, und eine Tracht Prügel würde er sicher überstehen.

Doch der Kämpfer aus dem Norden des Reiches schlug sich tapfer gegen den erfahrenen Krieger, der zur größten Verwunderung des Wirtes nicht weniger einstecken musste als sein junger Gegner. Für jeden ausgeteilten Hieb mussten die beiden Kämpfer auch einen Schlag ertragen.

Die Gefährten des Älteren begannen bereits zu feixen, da sie fanden, dass ihr Kamerad sich schwer tat mit dem leichten Gegner. Dies ärgerte den Björn sehr, und er schnauzte seine Gefährten zornig an.

Doch als Sigurd abermals auf dem Boden gelandet war und benommen versuchte, sich zu erheben, da trat Björn auf ihn zu und reichte ihm die Hand.

„Lass es gut sein, Bursche", sagte er mit blutiger Nase und geschwollenem Auge. Plötzlich begannen die Seefahrer zu murren, da sie sahen, dass der Kampf beendet war und es keinen Sieger gab. Björn aber kümmerte sich nicht um seine Gefährten. „Nimm meine Entschuldigung an und lass es genug sein!" Er lächelte, was mit seinem verbeulten Gesicht äußerst lustig aussah. „Noch ein paar Schläge, und mich lässt keine Hure mehr auf ihr Schlaflager, da sie denkt, ich sei der Grendel[6] persönlich!"

Verwundert sah Sigurd zu seinem Gegner auf, reichte diesem aber die Hand und ließ sich auf die Beine helfen. Die Gefährten des Björn grölten nun nicht mehr belustigt, und keiner wagte es, eine abfällige Bemerkung zu machen, denn der Wikinger hatte einen ehrenvollen Ruf, schien Beleidigungen nicht lange auf sich sitzen zu lassen und

---

[6] Grendel – Troll aus der Beowulf Saga

beglich diese schnell und ohne Gnade. Also wandten sie sich wieder ihren frisch gefüllten Bierbechern zu.

„Kjelt", sprach der Seefahrer zu dem Wirt. „Fülle uns zwei Becher mit Bier. Der Kerl hier hat ihn sich verdient!"

Der Wirt begann zu lächeln und war froh, keinen Toten aus seiner Schänke tragen zu müssen.

„Komm!", sagte Björn im Befehlston, und Sigurd folgte ihm ohne Widerspruch. Die beiden Kerle, die sich gerade noch mit den Fäusten ihre Gesichter blutig geschlagen hatten, nahmen nun gemeinsam auf den weichen Fellen Platz, die auf den Podesten lagen, und begannen miteinander zu sprechen.

„Du bist ein mutiger junger Bursche! Wie ist dein Name?", fragte Björn und rieb sich die geschwollene Wange.

„Mein Name ist Sigurd Svensson", antwortete der Tröndner, der nicht weniger lädiert aussah als sein Gegenüber.

„Mich ruft man Björn Gelbhaar", stellte sich der Raufbold nun vor. „Dieser da ist Sturlar, unser Stevenhauptmann!", nannte er den Namen eines der Seefahrer und zeigte auf ihn. „Er ist ein Gesippe unseres Anführers Olof, der ein gefürchteter Seekönig ist!"

Sturlar war ein stattlicher Krieger, sicher um zwei Köpfe größer als Sigurd selbst, und er zählte sicherlich bereits dreißig Sommer und Winter. Von Geburt war er ein Norweger, und hinter vorgehaltener Hand berichtete Björn noch über den Jähzorn des Stevenhauptmannes.

Der Wikinger nickte nur kurz zum Gruß und setzte seinen Becher an, um diesen in einem Zug zu leeren. Da griff auch Björn nach einem der hölzernen Becher, gefüllt mit kühlem Bier, die der Wirt den Männern auf dem Tisch serviert hatte.

Zu Sigurds Verwunderung schien dieser Björn durch seine Schläge völlig ernüchtert zu sein, denn er begann nun zu saufen, als sei dies sein erster Becher des starken Gebräus.

Nacheinander zeigte Björn nun auf die Männer in seiner Begleitung. „Sturlar kennst du ja nun. Dieser da ist Thorstein, und der ist Odinger Einauge!", nannte er die Namen der Männer, und diese hoben zum Gruß die Hand. Odinger zierte eine vernarbte Wunde an der Stelle, an der sich normalerweise das rechte Auge befand, und Sigurd vermutete, dass der Wiking diesen Makel wohl einem Kampf zu verdanken hatte. Er war etwa gleichen Alters wie der Stevenhauptmann. Thorstein dagegen war sicherlich um fünf Jahre jünger und zählte ungefähr fünfundzwanzig Sommer, schätzte Sigurd. Er war nicht besonders groß, doch hatte er breite, starke Schultern, auf denen zwei dicke, braunhaarige Zöpfe lagen. Sigurd erwiderte den Gruß der Männer, da legte Björn seinen Arm um die Schulter eines noch recht jungen Gefährten. „Und dies hier ist Rögnvald, der Schwede!"

Dieser Rögnvald reichte Sigurd seine Hand, und der Tröndner schlug ein. Der Schwede war mit sechzehn Sommern und Wintern gerade einmal um zwei Sommer älter als er selbst, und er war wohl bisher das jüngste Mitglied der Besatzung. Von ihrer kräftigen Gestalt her ähnelten sich die beiden jungen Burschen sehr, beide hatten sie blondes Haar, nur der Schwede war größer als der Tröndner, er überragte diesen sicher um mehr als eine Kopfeslänge. In seinem Gesicht sprossen bereits die Stoppeln eines Bartes, worauf Sigurd noch voller Sehnsucht wartete. Denn ein Bart, so hoffte er, würde seinem Milchgesicht sicher den Ausdruck größerer Männlichkeit verleihen.

Die jungen Männer sahen sich in ihre Gesichter, und als sei es die Fügung der Götter, war es beiden sofort, als stünde ihnen ein Bruder gegenüber.

„Nun erzähle, Sigurd! Woher kommst du und wohin führt dich dein Weg?", fragte Sturlar, der wie Björn sehr helles blondes Haar hatte, und dieses wie Thorstein zu Zöpfen geflochten trug.

„Meine Heimat ist ein kleiner Fjord im Norden. Er trägt den Namen eines meiner Ahnen, der die Bucht vor langer Zeit mit seiner Sippe besiedelte", begann er nun zu berichten.

„Heute gibt es im Sigurdfjord eine große Siedlung und viele Höfe im Hinterland!"

Der junge Tröndner griff nach seinem Becher und nahm einen Schluck des süffigen Getränkes. „Mein Vater ist der Häuptling in diesem Fjordgau, und er nennt einen großen Hof seinen Besitz. Er ist ein treuer Gefolgsmann König Hakons des Guten!"

„Oh, da bist du ja eine gute Beute für uns", sagte Thorstein plötzlich wenig freundlich und sah finster drein. „Du bist doch sicher ein fettes Lösegeld wert?"

Keiner der Männer lachte, denn es schien diesem Wikinger wirklich ernst zu sein.

„Ach, da muss ich dich enttäuschen, Wiking!", antwortete der junge Häuptlingssohn, ohne Thorstein eines Blickes zu würdigen. „Für mich zahlt Sven Sigurdsson sicher keinen Silberling." Seine Stimme klang tief enttäuscht.

„Mein jüngerer Bruder Eirik wäre da wohl die bessere Beute."

Da sah Thorstein den Björn ernüchtert an. „Wozu dann, bei Odin, soll er uns nütze sein?"

„Halt besser dein Maul!", fuhr Björn Gelbhaar den Mann an, der um einen Sommer älter war als er selbst und auch um einiges fetter. „Störe dich nicht um sein Geschwätz", wandte sich der Mann mit dem gelben Haar wieder dem Sigurd zu. „Manchmal könnte man glauben, Thor selbst hätte ihm seinen Hammer auf den Kopf fallen lassen!"

„Ja, das würde auch seine Größe erklären", rief Sturlar laut, und die Gefährten begannen sich vor Lachen zu biegen. Nur Thorstein schwieg und schüttelte beleidigt den Kopf.

17

Es dauerte eine ganze Weile, bis die Männer ihr Gespräch fortsetzen konnten, denn ein Scherz folgte nun dem anderen, und langsam zeigte sich auf der Stirn des Verunglimpften eine dicke Zornesfalte. Bald würde die Wut aus dem etwas rundlich geratenen Thorstein heraus platzen, und es würde bestimmt zum Kampf unter den betrunkenen Gefährten und Seefahrern kommen, dachte Sigurd. Dies bemerkte nun auch Sturlar, und er setzte die Unterhaltung mit dem jungen Tröndner fort, der es wohlweislich unterlassen hatte, über den Wikinger Thorstein zu lachen. Ein Kampf an diesem Tage reichte Sigurd. „Dein Vater hat dich also vom Hof gejagt?", fragte der Stevenhauptmann, und Sigurd nickte. „Es ist der Eirik, der den Hof einmal erben soll!", antwortete er ein wenig bekümmert.

„Das ist nicht nach dem Odalrecht", empörte sich der einäugige Odinger. „Oder hast du dir etwas zuschulden kommen lassen?" Da schüttelte Sigurd seinen Kopf. „Dann ist es nicht recht, denn du bist der ältere Sohn!"

„Ach, ich hatte das Bauernleben sowieso satt! Da habe ich mein Bündel geschnürt und den Hof meines Vaters eben verlassen." Stolz klang in der Stimme des jungen Wanderers, als er diese Worte sprach.

„Und nun ziehst du durch das Reich am Nordweg und suchst nach einem Abenteuer? Oder willst du dein Glück etwa auf See suchen?", fragte Björn, obwohl er die Antwort natürlich schon kannte.

Sigurd nickte nur stumm. „Ja, ich will mich einem Wikingfahrer anschließen und auf die See hinaus."

„Das Leben auf See ist hart, und Ran[7] verzeiht keine Fehler", mahnte der erfahrene Seefahrer.

---

[7] Ran – düstere Meeresgöttin. Sie zieht die Seefahrer mit dem Netz an sich und gebietet über die Seelen der Ertrunkenen, Weib des guten Ägir

„Aber wenn du mutig und tüchtig bist, wird dich Ägir[8] beschützen", sprach da Odinger und lächelte, was bei seinem zerhackten Antlitz zu einer hässlichen, aber doch auch komischen Grimasse wurde.

„Das Wikingerleben ist nichts für Muttersöhnchen und Rockzipfelzieher. Unser Seekönig Olof ist ein harter Anführer!", warnte Thorstein, der seine Stimme zurückgefunden hatte.

„Ach was, alles Geschwätz", sagte der junge Rögnvald, der bisher meist geschwiegen hatte. „Bei uns bist du genau richtig, wenn du ein guter Seeschäumer und Beutefahrer werden willst!"

Sturlar, der Stevenhauptmann schlug dem Schweden auf die Schulter und stimmte ihm lautstark zu, was wohl auch an dem vielen Bier lag, das er bereits getrunken hatte.

„Dass du mit deinen Fäusten zu kämpfen vermagst, hast du uns ja bereits bewiesen", der Schiffsführer grinste den Björn schadenfroh an, „aber kannst du auch ein Schwert führen?"

„Willst du einen Waffengang wagen?", erwiderte der junge Sigurd forsch, doch diesmal wusste Björn einen Kampf zu verhindern. Dieser ungestüme, furchtlose Bursche gefiel dem Seefahrer, und er war der Meinung, dass Sigurd seinen Mut schon zur Genüge bewiesen hatte. Es war also unnötig, dass der junge Kerl durch einen unvorsichtig geführten Schwerthieb des betrunkenen Sturlar nach Walhalla[9] ging.

„Ich denke, es wurde genug gekämpft für heute, mein Hauptmann", sprach er zu Sturlar, dessen glasiger Blick seine Trunkenheit verriet. „Und wir wollen doch nicht, dass

---

[8] Ägir – Meeresgott vom Geschlecht der Asen, ihm wurde für ruhige See gedankt. Er war auch der Gott des Bierbrauens, der die anderen Götter zum Trunk einlud

[9] Walhalla – die Methalle des Gottes Odin, in die die gefallenen Krieger zu einem letzten Trunk geladen werden

unser Stevenhauptmann Prügel bezieht!", sprach er zu den Gefährten, und alle lachten ausgelassen. Auch Sturlar grinste, er hatte den Seitenhieb wohl verstanden.

„Ich bin davon überzeugt, dass der Mann, der ihm den Faustkampf lehrte, auch darauf bedacht war, dass Sigurd den Umgang mit Schwert und Axt beherrscht", sagte Björn beschwichtigend, und der junge Tröndner nickte zustimmend, womit sich Sturlar dann zufrieden gab. Wohl auch aus Angst, er könne sich vor den Kameraden blamieren.

Björn Gelbhaar griff nach dem tönernen Krug auf dem Tisch und füllte dem Stevenhauptmann den Becher mit Bier. „Der könnte Olof doch gefallen! Er ist sicher ein zäher Bursche!" Der Steuermann hatte längst entschieden, sich des Tröndners anzunehmen, und diesen zu einem guten Seefahrer und Wikinger zu machen. Sturlar kratzte sich nachdenklich seinen bereits ein wenig grau werdenden Bart. „Sage mir, bist du schon einmal auf einem Schiff gefahren, Kerl?", fragte er streng. Nun war die Frage gestellt, die Sigurd so gefürchtet hatte. Wenn es um das Kämpfen und den Gebrauch der Waffen ging, stand er den meisten Männern sicherlich in nichts nach. Doch außer zum Fischen in dem heimatlichen Fjord hatte er noch nie auf den Planken eines Schiffes gestanden. Sein Vater Sven war kein Seefahrer, er verabscheute das Meer und brachte die Waren, die er erwirtschaftete, lieber über den Landweg zu den Handelsplätzen. So gehörten auch keine großen Schiffe zu dem Dorf, und die Männer, die es auf das Meer hinaus zog, schlossen sich, so wie nun Sigurd, Wikingern oder umherstreifenden Seekönigen an.

Traurig schüttelte der junge Bursche seinen Kopf, doch ehe Sturlar etwas sagen konnte, sprang Björn dem Tröndner beiseite, der ihm mit gerade einmal vierzehn Sommern so entschlossen entgegengetreten war. „Was soll es? Er wird es schon lernen!" Da schlug sich der junge Rögnvald lachend auf die Schenkel und rief: „Da werden sich aber die Fische im Nordmeer freuen, wenn unser neuer Gefährte seine Mahlzeiten über die Reling kotzt!"

Nun begannen alle wieder zu lachen, nur Sigurd war es nicht mehr nach Späßen zumute.

*

Olof hatte drei voll bemannte Schniggen[10] unter seinem Befehl, und er war in ganz Thule[11] als Seekönig gefürchtet. Fast zweihundert Krieger hatten ihm die Treue geschworen, und er hatte sich mit seinem Heer an den Küsten fremder Länder bereits viel Reichtum und Ehre erkämpft. Schon so mancher große oder kleine Herrscher hatte um seine Gefolgschaft gebuhlt.

Sigurd war fast ein wenig enttäuscht, als er am nächsten Morgen in dem Lager der Wikinger vor den berühmten Seekönig geführt wurde. Er hatte sich den Mann, der von Geburt ein Schwede war, als großen und hünenhaften Krieger vorgestellt. Doch Olof war keineswegs ein Hüne! Der Wikingerfürst war nicht größer von Gestalt als die meisten seiner Männer. Auch zeichnete er sich nicht durch besondere Körperkraft aus. Nein! Er war ein normal gewachsener Mann und hatte sogar ein wenig Ähnlichkeit mit seinem Vater Sven, wie Sigurd fand.

Olof zählte sicher schon fast vierzig Sommer, und das dunkle Haar des Anführers hing wohlgekämmt bis über seine Schultern hinab. Der Seekönig war ein recht eitler Mann, und so hatte er immer eine Sklavin in seiner Nähe, deren Aufgabe es war, seine langen Locken mit einem Knochenkamm zu kämmen, wann immer er es befahl. Zwar

---

[10] Schnigge – schlanke Kriegsschiffe mit bis zu 40 Riemen
[11] Thule – Bezeichnung aller skandinavischen Reiche

war das Haar bereits mit grauen Strähnen durchzogen, seine klaren blauen Augen aber zeugten von einem hellen Geist. Ja, dies musste der Grund für sein großes Heil sein! Nicht seine Muskelkraft, sondern die Schläue brachte ihm den Segen der Götter ein!

„Olof! Dieser junge Kerl hier sucht einen Seekönig, dem er sich anschließen kann", sprach Björn Gelbhaar für den Tröndner. „Er scheint mir der Rechte für uns zu sein und wird sicher einmal ein mutiger Krieger und Wikingfahrer!" Abschätzend sah Olof den jungen Burschen an und trat dann auf Sigurd zu. Der Wikinger fasste den Arm des Tröndners und fühlte seine Muskeln. „Er ist ein kräftiger Kerl, trotz seiner Jugend", versuchte der Steuermann den Sigurd anzupreisen. Da begann Olof der Seekönig breit zu grinsen. „Ja, Björn, davon hörte ich bereits!" Dann platzte es unverhofft aus ihm heraus. Er lachte laut auf, und die Männer, die um ihn herum standen, lachten mit. Das Gesicht des Björn begann sich vor Zorn rot zu färben. Sein Kampf gegen den jungen Sigurd hatte sich also schon bis zu dem Anführer herumgesprochen, und Björn sah den hämisch grinsenden Sturlar böse an. Dieser stand nicht weit von ihm und grinste ebenfalls amüsiert. Und Sturlar hielt dem zornigen Blick des Gelbblonden stand, bis Björn selbst zu lachen begann. Er rieb sich das Kinn und wandte sich wieder dem Olof zu. „Dann weißt du ja schon, dass Sigurd einem älteren Krieger gleichwertig ist!"
„Na, du musst es ja wissen", platzte es erneut schallend aus dem Seekönig heraus. Doch er rang schnell nach um Fassung, denn er wollte Björn keinesfalls beleidigen. „Nun lass es gut sein, mein Freund", sprach Olof beschwichtigend, wischte sich eine Träne aus dem Auge und sah dann den jungen Kerl streng an. „Sigurd ist also dein Name?"

„Ich bin Sigurd Svensson, der Sohn des Häuptlings Sven, und mein Weg führte mich aus dem Tröndelag hierher", sagte Sigurd, doch Olof unterbrach ihn. „Bist wohl ein Bauer?", fragte er ein wenig abfällig, und als würde ein Bauernsohn ihn unweigerlich beschmutzen, wandte er sich ab und nahm auf einem Hocker Platz. Auf ein Fingerschnippen hin eilte die Sklavin, ein außerordentlich hübsches Weib, herbei und begann, sein Haar zu kämmen. Angesichts dieser merkwürdigen Angewohnheit des gefürchteten Mannes musste sich Sigurd zusammenreißen, um nicht lachend herauszuplatzen. Nach einem kurzen Moment aber gab er Antwort: „Der Hof meines Vaters war zu klein für zwei Söhne, und ich ging im Streit!"

„Ja, ja!", fuhr der Seekönig dazwischen. „Behalte deine Saga für dich, sie interessiert mich wenig! Willst du mir den Eid der Gefolgschaft leisten, Sigurd Svensson?"

Wieder nickte Sigurd. „Ja, das will ich tun! Ich will dich als meinen Anführer anerkennen und deine Befehle befolgen!"

„Das ist gut so!", sagte der Wikingerfürst grinsend. „Und du, Björn, nimmst dich seiner an. Er fährt mit dir auf dem Sturmdonnerpferd!"

Björn Gelbhaar nickte zufrieden, denn es gefiel ihm gut, dass er den jungen Burschen unter seine Fittiche nehmen konnte. „Sturlar ist der Stevenhauptmann des Sturmdonnerpferdes, und seinen Befehlen wirst du gehorchen", sprach Olof noch an Sigurd gewandt und begab sich dann wieder in sein Zelt.

Als Stevenhauptmann des Seekönigs sorgte Sturlar dafür, dass die Befehle des Anführers Olof auf der Schnigge ausgeführt wurden. Die Besatzung des Großseglers bestand aus fast fünfzig Männern, von denen Björn der Steuermann des Schiffes war, und auch Odinger Einauge, Thorstein und der junge Schwede Rögnvald gehörten dazu.

Das Sturmdonnerpferd wurde zu beiden Seiten mit zehn Riemen gerudert. So waren genügend Männer an Bord, um die Ruderbesatzung zur Gänze auszuwechseln. Doch noch lagen die drei Schiffe Olofs am Strand, unweit des Handelsplatzes, an dem die Wikinger ihr Lager aufgeschlagen hatten. Hier in Lade wollte der Seekönig seine Beute veräußern, die er und seine Mannen in Britannien und Irland im letzten Sommer erkämpft hatten. Noch vor dem nahenden Winter, es war bereits Spätherbst, wollte der Seekönig auf die kleine Insel vor der westlichen Küste des Dänenlandes zurückkehren. Hier hatte Olof schon vor langer Zeit ein großes Wik[12] errichten lassen, in dem seine Schiffsbesatzungen die kalte Jahreszeit gut überstehen würden.

„Los, ihr faulen Säcke!", maulte Sturlar. „Hebt eure Ärsche und baut die Zelte ab!"

Der Stevenhauptmann war an die Feuerstelle getreten, an der Sigurd und Rögnvald mit einigen anderen Männern saßen. „Es ist soweit", rief er, „wir segeln in unser Winterlager!"

*

Der erste Schnee war gefallen, als die drei Schniggen im Spätherbst die Insel erreichten, auf der das Wik des Seekönigs erbaut war. Und es war auch so gekommen, wie es Rögnvald prophezeit hatte. Die raue See und ihre hohen Wellen, die wütend über die Bordwände schlugen, hatten dafür gesorgt, dass es dem Sigurd speiübel wurde und er die Fische mit seinen Mahlzeiten fütterte. Er hockte mit bleichem Gesicht an die Reling gelehnt und machte ein

---

[12] Wik – Lager bzw. Winterlager der nordischen Seefahrer

gequältes Gesicht. Nur wenn er auf der Ruderkiste[13] saß und kräftig den Riemen in das Wasser tauchen ließ, verging die Übelkeit, weshalb Sigurd so oft es ging auf der Kiste Platz nahm. Und schon nach dem zweiten Tag auf See und unzähligen Ruderschlägen hatte sich der Tröndner an die wilde Fahrt gewöhnt.

Nun standen sie auf dem Platz des Lagers, und Sigurd sah sich staunend um. Eine große Methalle und dazu drei Langhäuser, die von einem tiefen Graben und einer Palisadenwehr umgeben waren, erhoben sich auf einer Anhöhe, unweit des Strandes, auf dem die Schiffe lagen. Jedes Langhaus bot Platz für eine Schiffsbesatzung, und auch hier herrschte die gleiche Rangordnung wie auf den Schiffen, und die Stevenhauptmänner zeigten große Strenge. Olof selbst lebte nicht in dem Wik! Zu Sigurds Erstaunen besaß der Seekönig auf der anderen Seite der Insel einen großen Hof, auf dem er mit einem Weib und vielen Kindern lebte. Und wie der junge Tröndner später erfuhr, war Olof der Sohn eines der Inseljarle, die das Land als Lehen von dem Dänenkönig erhalten und dies unter sich aufgeteilt hatten. Bald, wenn sein altersschwacher Vater zu Hel gerufen würde, dann wäre Olof der Jarl, und er würde alles daran setzen, die gesamte Insel unter seinen Befehl zu bekommen. Das war Sigurd schnell gewahr geworden, denn dies war sicher auch der Grund, dass der Mann als Wikinger hinausfuhr, um seinen Reichtum zu mehren.

Es war das Frühjahr des Jahres 969 n. Chr., und der lange, kalte Winter zog sich endlich zurück. Der Schnee schmolz, und das tauende Eis gab die Fjorde und die Flüsse, aus denen Rinnsale geworden waren, wieder frei.

---

[13] Ruderkiste/Seekiste – diente den Nordmännern zum Verstauen der Habseligkeiten und als Ruderbank

Sigurd Svensson hatte die eisige Jahreszeit in dem Wik des Seekönigs Olof gut überstanden. Er hatte ein trockenes Schlaflager, und es gab Nahrung im Überfluss, sodass niemand zu hungern brauchte. Ausgelassen hatten sie das Fest der Wintersonnenwende gefeiert und den Göttern von Asgard[14] ihre Opfer dargebracht, in der Hoffnung, dass sie nun alle mit großem Heil bedacht würden. Björn und auch der junge Rögnvald hatten damit begonnen, Sigurd die Kunst der Seefahrt und die der Navigation zu lehren. Und der Tröndner war ein gelehriger Schüler, wusste bald schon viel über die Kursbestimmung mit Hilfe der Peilscheibe in einem Wasserkübel oder wie man sein Schiff nach den Sternen segelte.

Zwar hatte man den Neuen zu den niedrigsten Tätigkeiten abkommandiert, doch dies störte den jungen Tröndner wenig. Er war ja mit der harten Arbeit auf dem Hof seines Vaters aufgewachsen und scheute daher weder Dreck noch Anstrengung. Kaum aber war die kalte Jahreszeit gewichen, da hielt es den Wikingerjarl nicht mehr am warmen Feuer, und er gab den Befehl, die Schiffe seeklar zu machen.

Bald darauf segelten die Schniggen Richtung Süden, und nur wenige Männer blieben in dem Wik zurück.

Bei ruhiger See erreichte die kleine Flotte die Küste des Saxlandes[15], und alsbald war auch schon ein Opfer ausgemacht: Eine kleine Stadt, die in der der Nähe eines Flusses lag, versprach fette Beute. Die Wikinger errichteten ihr Lager an den Ufern des Flusses, und Olof gab ohne langes Zögern den Befehl zum Angriff.

---

[14] Asgard – Sitz der Götter, der Asen, mit der obersten Gottheit Odin an ihrer Spitze. In Asgard steht auch Walhalla, die Halle der gefallenen Krieger. Heimstatt des Göttervaters Odin
[15] Saxland – altnordische Bezeichnung für das deutsche Kaiserreich

„Das gefällt mir nicht!", maulte Björn Gelbhaar vor dem Sturlar. „Die Sachsen haben uns doch längst bemerkt, und die Stadt ist dazu noch zu groß für unser kleines Heer!"

„Scheiß dir nicht in die Beinkleider, Björn!", tadelte Sturlar herablassend den Steuermann und lachte. „Hast du etwa Angst?"

„Angst?", erwiderte der Krieger mit dem gelben Haar. „Du weißt genau, dass ich kein Feigling bin", schnauzte Björn, „doch habe ich Augen im Kopf!" Er wandte sich wütend ab und ging. Den beiden jungen Kriegern Rögnvald und Sigurd gab er den Befehl, in seiner Nähe zu bleiben.

Und es kam, wie es der als Feigling gescholtene Steuermann des Sturmdonnerpferdes bereits erahnt hatte.

Zu lange hatte Olof gezögert, sich mit dem Lagerbau aufgehalten, und den so wichtigen Moment der Überraschung verstreichen lassen. Die Feinde waren nun gewarnt, schließlich hatten sie die Wikinger längst entdeckt. Und die Sachsen zeigten sich als äußerst wehrhaft, denn schnell hatte der Vogt des Gaues ein Heer aufgestellt, das sich nun den Angreifern entgegenwarf. Noch bevor die Wikinger in die Stadt einfallen konnten, marschierten die sächsischen Krieger auf einem großen Feld vor den Toren der großen Siedlung auf. So drohte bereits der erste Beutezug des Wikingerheeres, den sie in diesem Frühjahr wagten, an der Gegenwehr der Verteidiger zu scheitern. Mehr und mehr sächsische Krieger kamen aus dem Umland auf das Schlachtfeld gezogen und stellten sich den Räubern aus dem Norden entgegen.

An der Seite des Björn Gelbhaar und der des Schweden Rögnvald stürmte Sigurd mit erhobenem Schwert gegen einen Wall von Sachsenleibern. Gemeinsam mit der gesamten Besatzung des Sturmdonnerpferdes griffen sie die

Verteidiger der Stadt an der rechten Flanke an. Und so nahm das blutige Fest seinen Lauf!

Ein Krieger aus den Reihen der Wikinger, den Sigurd nicht kannte, der aber neben ihm in den Kampf stürmte, lief einem Sachsen direkt in dessen herabgeneigte Lanze, die ihn zur Gänze durchbohrte, sodass die eherne Spitze aus dem Rücken hervortrat. Daraufhin traf den Sachsenkrieger mit heftiger Wucht die Klinge des Tröndners gegen seine, Hals, und aus einer hässlichen Wunde strömte das Blut hervor. Dem Mund des Mannes entfuhren Geräusche, die wenig menschliches an sich hatten, er sank auf die Knie und fiel dann sterbend zu Boden. Plötzlich aber, im Gewühl des Scharmützels, wurden die drei Krieger von der Seite ihrer Gefährten abgedrängt und mussten sich inmitten der feindlichen Kämpfer ihrer Haut erwehren.

Der Rand des buntbemalten Rundschildes, den Sigurd schützend vor seinen Körper hielt, war bereits mit tiefen Kerben übersät, und auch der junge Krieger selbst war schon vom Kampf gezeichnet. Eine Wunde klaffte in seinem Schwertarm, der Kirtel und die Tunika waren zerschnitten, und sein Gesicht war mit Dreck und Blut beschmutzt. Doch er kämpfte tapfer und hielt sich die Feinde, so gut es ihm möglich war, vom Leib.

„Dieser Bissen ist zu groß für uns!", rief Rögnvald außer Atem und ließ seine beiden kurzstieligen Äxte kreisen. „Wir werden sicher noch daran ersticken!"

Der Schwede kämpfte ohne einen Schild und hatte daher wenig Schutz, doch mit den Äxten in seinen Händen wehrte er die Angriffe der Sachsenkrieger geschickt ab und teilte dazu noch heftige Schläge aus, die den Feinden meist schlecht bekamen.

Björn Gelbhaar, der gerade einem Gegner seine Klinge auf das Haupt geschlagen hatte, welches nun aufplatzte wie ein fauler Apfel, sah sich suchend um und erkannte, dass die

Männer ihrer Schiffsbesatzung nicht mehr in ihrer Nähe waren. Die meisten Krieger, die an ihrer Seite kämpften, kannte Björn zwar mit Namen, und daher wusste er auch, dass sie zu der Besatzung einer anderen Schnigge des Olof gehörten. Aber dies gefiel dem Steuermann keineswegs, und er hielt Ausschau nach den eigenen Männern. „Wir müssen zurück, zu unseren Leuten!", brüllte er gegen den Lärm an und versuchte, sich einen Weg durch die Kämpfenden zu bahnen. Rögnvald und auch Sigurd wollten ihm folgen, als der Schwede plötzlich von einem sächsischen Krieger eine Lanze in die Seite getrieben bekam. Ein Schmerzensschrei entfuhr ihm, er strauchelte und fiel auf die Knie.

Noch einmal wollte der Feind zustoßen, doch Sigurd reagierte schneller, und der Sachse verlor seine Lanze und den Arm, der sie hielt, dazu. Mit einem kräftigen Stoß trieb er dem schreienden Gegner noch sein Schwert in die Brust. Der Tröndner nahm die Axt des Schweden vom Boden auf, die diesem entglitten war, und schob sie sich in seinen Gürtel. Die andere Axt hielt der Rögnvald fest umklammert, als Sigurd seinen Arm um ihn legte und dem Schweden auf die Beine half. Nun bemerkte Björn, dass die Gefährten zurückgeblieben waren.

„Los, kommt schon! Wir müssen fort von hier!" Da erst sah der Steuermann mit dem gelben Haar, dass der Rögnvald verletzt war, trotzdem trieb er die jungen Kerle zur Eile an und schlug mit dem Schwert eine Bresche in die Reihen des Feindes.

Drohende, graue Wolken hatten sich vor die Sonne geschoben, und es begann bereits zu regnen, als sich die drei Gefährten am Rande des Weges, der sie durch einen dichten Wald führte, zur Rast niederließen. Björn war sich sicher, dass dies der Weg war, auf dem sie gekommen waren, und der sie an das Ufer des Flusses, an dem ihre Schiffe lagen, zurückführen würde. Jetzt erst, da sie die Stadt und den Kampflärm weit hinter sich gelassen hatten, wagte es der erfahrene Björn, eine Atempause einzulegen. Nun besah er sich auch in aller Ruhe die Wunde des schwedischen Kriegers. „Ach, das ist halb so schlimm. Nur ein tiefer Kratzer!" Rögnvald lächelte gequält, denn er wusste nur zu gut, dass Björn log, um ihn aufzurichten.

Da fiel der Blick des Steuermannes auf den Sigurd, der bedrückt dreinsah. „Was ist dir, Bursche?", fragte er streng, obwohl er den Grund genau kannte. „Warum schaust du so niedergeschlagen? Du lebst, und all deine Knochen sind noch unversehrt!"

Er schlug ihm leicht gegen die Brust. „Also, warum so griesgrämig? Odin schenkt dir großes Heil!"

Verschämt starrte Sigurd auf den Boden. „Ich habe den Mann getötet! Ich habe ihm mein Schwert direkt in die Brust gestoßen!" Es klang Entsetzen und sogar Traurigkeit in seiner Stimme. Da entfuhr dem Rögnvald ein lautes Lachen, das aber sofort von einem Schmerzenslaut beendet wurde, und er sich vor Pein krümmte.

„Natürlich hast du ihn getötet! Er hätte dasselbe mit dir und dem Rögnvald getan, dämlicher Kerl!", empörte sich Björn über das Mitleid, das er glaubte aus Sigurds Stimme herauszuhören. „Dieser Mann war vielleicht der erste Feind, den du getötet hast. Aber er war sicher nicht der letzte!"

Nach einer Weile kamen vereinzelt nordische Krieger des Weges, und die meisten von ihnen waren verwundet. Auch sie hatten diesen Weg gewählt, und Björn war sich nun sicher, so an den Fluss zu gelangen. Dies mussten die Kämpfer sein, die Olof zu den Schiffen schickte, weil sie nicht mehr kämpfen konnten. Und Björn erfuhr von diesen, was er längst befürchtet hatte! Die Schlacht war verloren und weit über dreißig Krieger des Seekönigs waren an

diesem Tage nach Walhalla gegangen, aber der Seekönig
Olof gab sich nicht geschlagen. Olof sann auf Rache!
Einen vollen Mond lang verheerte er nun das Sachsengau,
ließ Dörfer und Höfe brennen, bis die Beute groß genug
war, um die Schiffsbesatzungen zu bezahlen.
Viele Sachsen fanden in diesen Tagen den Tod, bis der
Rachedurst des Olof für die verlorene Schlacht gestillt war.

*

2. Von Arnodd und dem Wogendrachen

Die politische Lage in Norwegen hatte schon im Jahre 960 n. Chr. auf das Heftigste zu wanken begonnen. Harald Eriksson, den man „Graumantel" nannte, und seine Brüder waren aus der dänischen Verbannung in das einstige Reich ihres Vaters Erik zurückgekehrt und fielen mit der Unterstützung des Dänenkönigs über Westnorwegen her, um Hakon den Guten, der ein Onkel der Erikssöhne war, vom Thron zu stürzen. Zwei Schlachten hielt der Hakon stand, doch in der dritten Schlacht bei Fitjar ließ der König sein Leben. Harald war nun Herrscher über Westnorwegen, doch er strebte nach der Alleinherrschaft über das Land am Nordweg. So, wie es vor ihm schon sein Vater Erik Blutaxt tat!

Kaum zwei Sommer und Winter vergingen, da zog es den Graumantel und seinen Bruder Erling in das Tröndelag. Hier herrschte der Ladejarl Sigurd, ein Sohn Hakon des Guten. Sie trieben den Jarl nach Norden, und in seinem Haus in Stjördal, wohin er geflohen war, ließen sie ihn den Flammentod sterben. Nun war der ganze Nordwesten dem Harald Graumantel abgabepflichtig, und er wandte sich nach Süden.

Jetzt rief er seinen Bruder Gudröd aus dem Danelag[16] zu Hilfe, und dieser folgte willig dem Ruf seines Gesippen. Mit einem Heer kam er nach Norwegen, und aufgehetzt von den Worten ihrer Mutter Gunnhild, die nach Rache für den Tod ihres Gemahls dürstete, begannen die Brüder, ein noch größeres Heer zu sammeln. Sie fielen in die benachbarten

---

[16] Danelag – Gebiete Nord und Südostenglands, die von den Dänen besetzt und besiedelt worden waren

südlichen Gaue ein, die von ihren Onkeln oder anderen Gesippen regiert wurden, und führten gegen diese Krieg. Nun forderten die Söhne der Gunnhild allen Gaukönigen den Gefolgschaftseid ab, doch der Kleinkönig Tryggve, der das Gau Vingulmark im Südosten des Landes beherrschte, verweigerte dem Harald Graumantel und seinem Bruder den Treueschwur, diese waren Vasallen des dänischen Königs und nur durch dessen Hilfe erfolgreich in ihrem Streben. So wandten die Erikssöhne eine List an, und es gelang ihnen doch noch, den Widersacher zu töten, und nicht besser erging es dem Gaukönig Gudröd Björnsson, der über Vestfold regierte. Im Jahre 970 hatten sie ihre Macht vom Tröndelag im Norden bis zur Götaelv[17] im Südosten des Landes ausgedehnt.

Da sich Harald Graumantel aber wieder nach Hardanger zurückzog, griff im Tröndelag ein anderer Jarl als Kleinkönig nach der Macht. Hakon, der Sohn des Ladejarls Sigurd, kam, genau wie einst der Graumantel selbst, aus dem Dänenreich zurück nach Norwegen. Durch Verleumdungen und Intrigen war es ihm gelungen, dass der Graumantel am dänischen Hof in Ungnade gefallen war. Die Machtgier des Harald Graumantel war dem Dänenkönig längst ein Dorn im Auge. Und auch sein zögerliches Verhalten, was den Glaubenswechsel betraf, den der Blauzahn von seinen Vasallen verlangte, ärgerte den dänischen Herrscher sehr.

Schon im Jahre 970 n. Chr., während sich Harald und Gudröd Eriksson mit der Eroberung des Südostens befassten, hatte der der neue Ladejarl Hakon damit begonnen, die Macht im Trondheimfjord an sich zu reißen. Und seine Herrschaft sollte stetig wachsen, sodass er sich bald zum König über das Tröndelag bis hinauf in das

---

[17] Götaelv – Grenzfluss zwischen Norwegen und dem dänischen Götland

Helgeland und die Finnmark ausrufen ließ. Der Graumantel und seine Brüder aber fielen einer List des Dänenkönigs Harald Blauzahn zum Opfer und starben durch den Verrat des Lehnsherrn. So war der Weg für Hakon den Ladejarl frei, und es sollte auch nicht mehr lange dauern, da würde man ihm den Beinamen „der Böse" geben.

*

Es war Spätsommer im Jahr 971 n. Chr. geworden, und seit mehr als einem Sommer und einem Winter hatte es den Seekönig Olof nun mit seinem Gefolge in das Danelag verschlagen. Hier hatte er sich einem dänischen Wikingerführer und dessen großem Heer angeschlossen. Vom Danelag aus drangen die nordischen Krieger immer wieder in die angelsächsischen Grafschaften ein, um die dort herrschenden Kleinkönige und Earls zu bekämpfen. Sogar nordische Jarle, die sich im Grenzgebiet zu den Angelsachsen angesiedelt hatten und mit ihren neuen Nachbarn Frieden hielten, bekamen die Übergriffe der Wikinger zu spüren.
Um die Herrschaft des Olof über sein Gefolge stand es inzwischen schlecht. Das Kriegsglück hatte den Seekönig verlassen, viele Schlachten und Überfälle gingen verloren, denn die Gegenwehr der Verteidiger war groß. Schon bald fiel es ihm zusehends schwerer, sein Heer zusammenzuhalten, da einige Krieger behaupteten, Odin hätte ihm sein Heil genommen. Dazu kam die Aufteilung der Beute, die die Männer als wenig gerecht empfanden. Olof achtete stets darauf, dass er nicht zu kurz kam. Hatte er einen Sommer zuvor noch so viele Männer befehligt, dass er die Schiffe doppelt bemannen konnte, so reichte es in diesem Sommer gerade noch, um die Ruderbänke einmal zu besetzen. Dies war wohl auch der

Grund dafür, dass sich Olof in die Gefolgschaft eines anderen Wikingerführers begeben hatte und auf Beute hoffte, die es ihm ermöglichen sollte, wieder viele Krieger hinter sich scharen zu können. So zogen sie nun in die Gebiete der Britannier, denn der Wikingerfürst, dem Olof folgte, hatte sich zum Ziel gesetzt, die Grenzen des Danelag zu erweitern und die Eroberung ganz Britanniens voranzutreiben.

Es war bereits dunkle Nacht, als die Krieger des großen Wikingerheeres ihr Lager erreichten. Viele Tage hatten sie die Burg im Landesinneren der Grafschaft Wessex belagert und einen verlustreichen Angriff nach dem anderen gegen die gut befestigten Wälle der Festung geführt. Die Krieger des heimischen Grafen jedoch verteidigten sich gut und erfolgreich, und so kehrten viele nordische Krieger in Walhalla ein. Als dann eines Morgens, die meisten Nordmänner schliefen noch in den Zelten und Frühnebel lag über dem Lager der Angreifer, ein britannisches Heer den Belagerten zur Hilfe eilte, da war die Überraschung bei den Wikingern groß!
Ohne zu zögern griffen die britannischen Lanzenreiter das Lager an und töteten viele Belagerer, noch bevor die große Schlacht begonnen hatte. Jetzt entbrannte ein heftiger Kampf vor den Mauern der Burg, und es wagten sich nun auch die Truppen des belagerten Grafen wieder vor die Festung. Als die Sonne im Zenit stand, war die Schlacht so gut wie entschieden. Zwar war es den Nordmännern gelungen, das Blatt zu wenden und die Britannier mussten sich wieder hinter die Mauern zurückziehen, doch hatte sich das Heer des Wikingerführers bedenklich verkleinert. Einige Schiffsführer und Häuptlinge hatten sich mit ihren Abteilungen bereits zu den Schiffen begeben, da sie fürchteten, ihre Besatzungen völlig zu verlieren. Doch der

Wikingerkönig trieb die verbliebenen Krieger immer wieder gegen den Feind an, und diese folgten willig dem Anführer.

Als aber den Wikingerkönig, der seinen Männern mutig vorausschritt, eine Lanze in die Brust traf und er starb, versiegte auch der Kampfeswille der verbliebenen Abteilungen. Die Seekönige und Jarle die sich in den Dienst des Wikingerkönigs gestellt hatten, um in Britannien Land zu erobern und Beute zu machen, sahen die Schlacht nun endgültig verloren und gaben den Befehl zum Rückzug.

Große Freude herrschte in der Grafschaft, als sich die Kunde verbreitete, dass die Nordmänner zurückwichen.

Viele Schiffsbesatzungen begaben sich nun eilig auf ihre Drachenschiffe und Schniggen, verließen Wessex und segelten in das Danelag.

Nicht weit der Stadt Yorvik[18] befand sich ein großes Lager, das den freien Wikingern als Sammelpunkt diente, und zu dem nun die meisten Schiffe zurückkehrten.

So auch das Sturmdonnerpferd unter dem Stevenhauptmann Sturlar. Elf Männer der Besatzung hatten den Tod gefunden oder waren verschollen, und dazu waren viele verwundet. Darunter auch der Thorstein, dem ein Bolzen den Oberschenkel durchbohrt hatte. Doch diese Wunde war nicht lebensgefährlich, und die Männer waren sicher, dass der Krieger bald genesen würde. Anders aber war es mit der Laune der Wikinger bestellt!

Viele waren der Herrschaft des Olof nun endgültig überdrüssig und suchten sich andere Schiffsführer, denen sie sich anschlossen. Sie waren freie Krieger und konnten dies tun. Niemand im Norden hätte es ihnen übel genommen, wenn sie sich von einem glücklosen Anführer abwandten. Um nicht auch noch seine gesamte Gefolgschaft zu verlieren, denn es waren nicht einmal mehr genug Männer geblieben, um seine drei Schiffe ordentlich zu bemannen,

---

[18] Yorvik - York

gab Olof den Befehl zum Aufbruch und sie verließen das Danelag und die Insel der Angelsachsen, um nach Norden zurückzusegeln.

*

Sigurd, der junge Tröndner, der nun siebzehn Sommer zählte, hatte den Feind in seinem Rücken zu spät bemerkt, denn seine Klinge beschäftigte sich gerade mit einen anderen Gegner. So durchbohrte eine Lanzenspitze von Hinten seine Schulter. Wie ein Blitz schoss ein brennender Schmerz durch den ganzen Körper und ließ Sigurd erzittern. Ihm wurde schwarz vor Augen, und für einen kurzen Moment sackten ihm die Beine zusammen. Nur die Wachsamkeit des Björn hatte ihm das Leben gerettet, denn dieser drängte nun den angelsächsischen Gegner mit kräftigen Hieben seiner Axt zurück, bis den Mann das Eisen am Kopf traf, und der Kriegsknecht vor seinen Gott gerufen wurde. Mit der Hilfe des Rögnvald, der nun auch auf den gestrauchelten Sigurd aufmerksam wurde, schafften die beiden Nordmänner den Verwundeten vom Schlachtfeld. Doch durch die Reihen der Kämpfenden war ihnen der Weg in das Wikingerlager versperrt, so zogen sie sich weit in einen an die Burg grenzenden Wald zurück. Hier fanden sie Ruhe, und Björn konnte die Wunde des Sigurd versorgen, doch der Schmerz raubte dem Verwundeten die Sinne, und er fiel in einen tiefen Schlaf. Als er dann endlich wieder die Augen öffnete, knisterte eine wärmende Flamme zu seinen Füßen, und er sah die Überreste eines Hasen an der Feuerstelle liegen.
Die Dämmerung hatte eingesetzt, und ihm war kühl. Wo war er? Was war geschehen? Sigurd konnte sich kaum erinnern.

„Ah, sieh da", sagte Rögnvald und grinste. „So, wie es aussieht, bleibt dir eine Einladung an Odins Tafel verwehrt, Norweger!" Sigurd versuchte sich zu erheben, doch sofort durchzuckte ihn ein Schmerz, der ihm zeigte, dass es besser für ihn war, noch liegen zu bleiben. Und nun kam auch langsam seine Erinnerung zurück.

Björn erhob sich und legte einige Scheite Holz in die Glut. „Ich sehe, dass es dir besser geht, Sigurd! Du hast mehr als einen ganzen Tag geschlafen, mein Freund!" Er kniete sich neben den Tröndner und sah nach der Wunde. Der Stich war tief in die Schulter eingedrungen, doch es blutete nicht mehr, denn Björn hatte die Verletzung gut gesäubert und mit einem Kräuterlappen verbunden. „Wirst du stark genug sein zu gehen, wenn der neue Tag beginnt?"

„Das wird er wohl müssen, will er nicht hier bleiben und darauf warten, dass man ihn mit heraushängenden Gedärmen an die Burgmauer hängt", antwortete Rögnvald, der mit dem Messer an dem Schaft einer seiner Äxte herumschnitzte. Da sah Sigurd den Schweden herausfordernd an. „Ich werde gehen, wenn es Björn verlangt!"

Da nickte Rögnvald, denn er wollte den Gefährten mit seinen Worten aufsticheln, in wütend machen, und ihm so die Schmerzen nehmen. „Wenn der Morgen graut, werden wir gehen", sprach Sigurd mit fester Stimme.

Der neue Tag begann mit Sonnenschein, der den Himmel in ein rotes Licht tauchte und langsam über den Horizont kroch. Die drei Nordmänner hatten ihr Lager im Wald verlassen und sich auf den Weg zum Fluss gemacht. Doch als Björn, der Steuermann mit seinen beiden jungen Gefährten den Platz am Ufer des Flusses erreichte, an dem noch vor wenigen Tagen das Sturmdonnerpferd vor Anker lag, traute er seinen Augen nicht. Die Stelle war verlassen!

So wie viele andere Liegeplätze am Ufer, an denen noch kurz zuvor die Schniggen und Drachenschiffe des großen Heeres lagen, nun verlassen waren.

„Sturlar! Du elender Hundsfott!", rief Björn wütend aus. Während der gelbblonde Steuermann und der Schwede wegen des verwundeten Sigurd in dem angelsächsischen Wald saßen, hatte sich der Stevenhauptmann mit der Schnigge aus dem Staub gemacht. Sicher hatte er das auf den Befehl des Olof getan, denn die anderen beiden Schiffe waren ja auch fort, und es war wahrscheinlich, dass man sie für tot hielt. Doch all diese Gedanken minderten den Zorn des Björn keineswegs.

Wie war dies nur möglich? Vor wenigen Tagen hatten sie mit den Gefährten noch Seite an Seite gekämpft, und nun? „Wo..., wo sind sie hin?", stammelte der Rögnvald, der den Sigurd stützte. Unwissend und ratlos schüttelte Björn den Kopf. „Ich weiß es nicht!"

Nicht weit von der Uferstelle, an der die Schiffe des Olof gelegen hatten, befand sich das Lager einer weiteren Schiffsbesatzung. „Ihr werdet hier warten", befahl Björn ein wenig gereizt und begab sich dann zu dem Lager der fremden Nordmänner. Auch hier war die Besatzung gerade damit beschäftigt, ihre Zelte abzubauen, denn auch der Anführer dieser Wikinger zog es vor, aus Wessex zu verschwinden. Zu groß war die Gefahr, dass die Angelsachsen ihnen nachsetzen würden.

Es dauerte eine ganze Weile, bis der einstige Steuermann des Sturmdonnerpferdes aus dem Lager der fremden Wikinger zurückkehrte. Rögnvald und der verwundete Sigurd hatten sich ein wenig entmutigt auf einem herumliegenden Baumstamm niedergelassen, und ihre Mienen verrieten, dass sie sich in dieser Lage wenig wohl fühlten.

„Lasst die Köpfe nicht hängen, Männer", sprach Björn ermutigend, als er zu seinen Gefährten zurückgekehrt war. „Diese Schnigge dort ist der Wogendrachen!"
Der gelbblonde Krieger nahm grinsend auf dem Baumstamm Platz. „Der Schiffsführer der Schnigge heißt Arnodd, und er ist ein Däne. Er hat viele Männer im Kampf verloren und ist bereit, uns in seine Besatzung aufzunehmen!"
„Aber wir haben Olof den Eid der Gefolgschaft geschworen!", gab Rögnvald zu bedenken. Da brüllte Björn Gelbhaar zornig los: „Siehst du Olof irgendwo? Siehst du den Sturlar? Siehst du vielleicht das Sturmdonnerpferd, dämlicher Kerl?" Der Krieger war sichtlich erbost, und der Schwede erschrak sogar ein wenig.
„Aber Rögnvald hat recht", sprach da Sigurd leise. „Ich will kein Eidbrecher sein! Das werden die Götter uns schlecht vergelten!" Er schüttelte den Kopf. „Lieber sollen die Raben meine Eingeweide fressen!"
Da traf auch ihn ein böser Blick, doch Björn sprach nun wieder ruhiger: „So versteht doch. Olof hat uns hier zurück gelassen, und darum sind wir ihm nun keine Gefolgschaft mehr schuldig. Wir sind jetzt freie Krieger!"
Rögnvald sah den Sigurd fragend an, und dieser nickte mit schmerzverzerrtem Gesicht. „Das ist wahr", sagte der junge Tröndner. „Dann kann uns Odin auch nicht gram sein!"
Da erhoben sie sich und gingen in das Lager des Arnodd. Der Anführer der fremden Wikinger war sicherlich gleichen Alters wie Olof der Seekönig, also schon vierzig Sommer oder älter, und sein dunkelbraunes Haar war bereits mit silbrigen Strähnen durchzogen. Er trug einen dichten und ziemlich buschigen Schnauzbart, dafür war aber sein Kinn glatt geschoren. Dieser Arnodd hatte einen Bruder, der nur wenige Sommer jünger war als der Anführer dieser Kriegerschar. Er hörte auf den Namen Geirmund und war

dem Arnodd von der Statur und dem Aussehen sehr ähnlich. Nur sein Haar war bereits etwas dünn und fiel ihm strähnig auf die Schultern. Es sollte sicher nicht mehr allzu lange dauern, da würde den Schädel des Geirmund eine Glatze zieren. Die Besatzung des Wogendrachen bestand aber aus jungen Männern, die nicht viel älter waren als Sigurd oder der Rögnvald. Somit wäre Björn, nach den beiden Anführern, mit seinen siebenundzwanzig Sommern, die er nun erlebt hatte, einer der Ältesten an Bord.

Die drei Gefährten traten vor die Anführer und wurden begutachtet wie Vieh auf dem Markt.

„Der da nicht!", bestimmte der Geirmund und zeigte mit seinem Finger auf den verletzten Sigurd. „Wir brauchen Männer, die rudern können! Der da aber ist verwundet, und wer weiß, ob er überhaupt die Nacht überlebt!"

Da wandte sich der Arnodd dem Björn zu. „Das ist wohl wahr! Geirmund hat recht. Der Kerl wird uns nur zur Last fallen, frisst unsere Nahrung und krepiert schließlich doch!"

„Er wird mit uns kommen!", sagte da plötzlich Rögnvald mit fester, zorniger Stimme. „Und er wird leben!"

„Wer bist du, dass du das Maul soweit aufreißt?", stellte sich Geirmund dem Schweden herausfordernd entgegen.

„Ich bin der Mann, der dir ein Festmahl an Odins Tafel beschwert, Kerl!" Rögnvald war wütend und bereit, dem Geirmund mit der Axt den Schädel zu spalten. Langsam glitten seine Hände an die Schäfte der Kurzstieligen.

Da mischte sich der Arnodd ein. „Du solltest besser keinen Waffengang gegen meinen Bruder wagen, Bürschchen. Aber du hast wenigstens Mut!" Dann sah er den Sigurd an, der von Björn gestützt wurde. „Ich gebe ihm vier Tage! Wenn er dann nicht rudern kann, schmeiß ich ihn über Bord!"

Rögnvald nickte böse, schob seinen Arm unter den des Tröndners und ging mit seinem Gefährten an Bord des

Wogendrachen. Björn aber trat neben Geirmund. „Odin hat dich mit viel Heil beschenkt, Stevenhauptmann! Er gab dir heute ein weiteres Leben!" Dann grinste er den Dänen frech an und folgte seinen Gefährten an Bord.

Schon nach zwei Tagen auf See hatte Arnodd das Können des Gelbhaar erkannt und diesen zum Steuermann ernannt, denn in der jungen Besatzung des Wogendrachen besaß er sicher die größte Erfahrung mit dem Navigieren eines Schiffes. Viele von den Männern waren noch unerfahren im Kampf und auf See. Sie waren Bauernjungen, so wie Sigurd, die in die Ferne gingen, um Abenteuer zu erleben. Um Gold, Ruhm und Ehre zu erkämpfen. Eines Abends erfuhr der neue Steuermann auch den Grund dafür, warum die Mannschaft des Wogendrachen so jung war.

Es war eine düstere Nacht und kaum ein Lüftchen wehte, sodass das Tuch fast schlaf von der Rahe hing und der Wogendrachen nur langsam vorankam. Es war die Strömung des Flusses, dessen Name der Steuermann nicht einmal kannte, die das Schiff fortbewegte. Björn stand an der Steuerstange und wäre fast eingeschlafen, als Arnodd sich auf den Heckstand begab. Der Anführer hatte viel Met getrunken, sein Bruder lag bereits besoffen in dem flachen Laderaum des Schiffes und schlief, da wurde Arnodd redselig. Er sprach davon, wie sie auf den britannischen Flüssen ihr Unwesen trieben, sich dabei sogar bis nach Londinium[19] vorgewagt hatten, und dort in heftige Kämpfe verwickelt wurden. Der größte Teil der Besatzung war gefallen, und die dänischen Brüder zogen sich hinter die Grenzen des Danelag zurück. Dort hatten sie sich einem Wikingerheer angeschlossen und neue Männer gesucht, um die Ruderbänke zu besetzen. Sie bekamen aber nur die jungen, unerfahrenen Kerle, die die anderen Schiffsführer nicht wollten. Und nun war die Lage noch schlechter als

---

[19] Londinium - London

42

zuvor, denn wieder waren viele Krieger in der Schlacht zu Odin gegangen, und der Wogendrachen hatte mit den drei neuen Männern nur noch eine Besatzung von achtzehn unversehrten Kriegern. Sigurd ausgenommen!

Vier Tage nach der Schlacht in Wessex fuhr der Wogendrachen immer noch den Fluss entlang nach Osten. Oder war es schon ein anderer Strom, den sie befuhren? Björn hätte es nicht sagen können!
Der waghalsige Versuch, ein Dorf zu überfallen, um die Vorräte aufzufüllen, war kläglich gescheitert und hatte einem weiteren jungen Krieger den Weg nach Walhalla bereitet. Nun wurden erste Klagen laut, und die Krieger begannen, natürlich hinter vorgehaltener Hand, an dem Heil des dänischen Anführers zu zweifeln. Dies war für Björn der Zeitpunkt, seine Ränke zu schmieden und die Männer noch weiter aufzusticheln. Björn, den man Gelbhaar nannte, hatte einen Plan erdacht!
Der Zustand des Sigurd hatte sich zusehends verbessert, die Wunde blutete nicht mehr, und der befürchtete Wundbrand war ausgeblieben. In wenigen Tagen würde er wieder auf den eigenen Beinen stehen. Rögnvald dankte den Göttern dafür und opferte ihnen die Hälfte seines Mahles. Doch dann geschah es, noch bevor die Sonne unterging. „Nun Tröndner! Wie ist es mit dir?" Geirmund hatte sich vor dem Sigurd, der an der Reling auf dem Heckstand lehnte, in herausfordernder Pose aufgebaut und sah den Norweger drohend an. „Die vier Tage sind vergangen! Bist du bereit zu rudern?" Durch den Blutverlust war Sigurd noch sehr schwach und keineswegs in der Lage, den Riemen in die Hände zu nehmen. Und Geirmund wusste dies! Er wollte seine Macht beweisen, denn auch der Däne hatte die schlechte Stimmung, die, seit sie bei dem Überfall auf das

Dorf gescheitert waren, an Bord herrschte. Dazu kam, dass Geirmund die Männer gerne quälte und sie hart rannahm. „Also los! Rudere oder du gehst über Bord!", sagte er hämisch grinsend und trat dem Sigurd unsanft gegen das Bein, auf dass er sich erheben sollte. Da trat auch Arnodd hinzu und stellte sich neben seinen Bruder. „Du hast Geirmund gehört. Du sollst rudern!"

Langsam zog sich Sigurd an der Reling empor. Doch da sah Rögnvald, was vor sich ging, ließ den Riemen aus seinen Händen gleiten und erhob sich von der Seekiste, auf der er zum Rudern Platz genommen hatte. Mit schnellen Schritten war er am Heckstand, auf dem nun auch Björn die Schlaufe um die Steuerstange legte, sodass der Wogendrachen auf Kurs blieb. Ohne zu zögern griff der Schwede nach einer der kurzstieligen Äxte, die in seinem Gürtel steckten, und stellte sich drohend vor den Anführer. „Keiner wird es ungeschoren wagen, meinem Waffenbruder ein Haar zu krümmen!", sprach er voller Kampfeslust und hob drohend die Axt. Da wollte Geirmund, der sich ein wenig seitlich von dem Rögnvald postiert hatte, sein Schwert ziehen, doch plötzlich spürte er eine kalte Klinge an seiner Kehle, und Björn Gelbhaar sprach listig grinsend: „Ziehe es, Stevenhauptmann, und du trittst einen Kopf kürzer vor den einäugigen Weltenlenker!"

Die eisige Stimme des Norwegers ließ keine Zweifel an seinen Worten aufkommen.

„Das ist Meuterei! Ihr habt einen Eid geschworen, meine Befehle zu achten", rief Arnodd wütend aus. „Dafür lasse ich euch in der See ersäufen!"

„Das mag wohl so sein, denn dies ist dein gutes Recht", stimmte Björn mit fast mitleidiger Stimme den Worten des Anführers zu. „Doch bedenke zuerst, dass meine Klinge am Hals deines Bruders liegt. Er wird uns sicher in das Reich der Hel begleiten!"

„Und auch du, Arnodd", sprach Rögnvald angriffslustig, „wirst hier und jetzt zu Tode kommen! Noch ehe einer der Männer seinen Arsch erhoben hat, werde ich dir meine Axt auf den Schädel schlagen!"

Einen Moment schwieg der Arnodd und sagte dann mit ruhiger und besänftigender Stimme: „Wir wollen uns doch nicht streiten!"

Dann wandte er sich dem Rögnvald zu. „Solltest du bereit sein, deine Nahrung mit dem Tröndner zu teilen, dann will ich ihn verschonen! Vorerst!"

„So soll es sein!", stimmte der Schwede dem Vorschlag zu, obwohl er genau wusste, dass dem Arnodd nicht zu trauen war, da sein Zugeständnis ja erzwungen war. Nun wandte sich der Anführer dem Sigurd zu und sprach ärgerlich, aber leise, dass kaum jemand seine Worte vernehmen konnte: „Du bereitest mir viel Ärger, Tröndner! In nicht allzu ferner Zeit werde ich mich dafür erkenntlich zeigen."

Ein böser Blick traf die Gefährten, und dann begab sich der Schiffsführer, gefolgt von seinem Bruder Geirmund, zum Vordersteven.

Rögnvald sah den Sigurd mit besorgter Miene an. „Sei wachsam! Ich hörte die Worte, die der Feigling nur zu flüstern wagte. Ich traue diesem Arnodd nicht!"

Der junge Tröndner nickte. „Er wird sicher versuchen, uns so schnell es geht loszuwerden!"

„Mach dir keine Sorgen. Sollte es zum Kampf kommen, mein Waffenbruder", sagte Sigurd ruhig, „wird es gut ausgehen. Ich habe Arnodd im Kampf beobachtet, und er führt seine Klinge so langsam wie ein altes Weib!"

„Doch er wird versuchen dich und wohl auch uns zu töten! Auf die eine oder andere Weise." Rögnvald war sichtlich beunruhigt.

„Lass mich erst wieder zu Kräften kommen, dann will ich es gerne mit ihm aufnehmen", sprach Sigurd voller Zuversicht.

„Ja, ich werde sogar den Kampf mit ihm suchen, und du wirst mir dabei zur Seite stehen!" Rögnvald verstand nicht und zog fragend seine Augenbrauen hoch.

„Ich fürchte mehr die Hinterlist des Geirmund als das Schwert des Arnodd", erklärte Sigurd seine Worte. „Mich dürstet es nicht nach einem Dolch im Rücken!"

Da verstand der Schwede und nickte.

*

Den Sommer des Jahres 971 über verschlug es den Wogendrachen an die Küste des Frankenlandes und auf die Inseln der Friesen. Bauerngehöfte, kleine Dörfer und auch die christlichen Klöster wurden die Opfer grausamster Wikingerüberfälle. Die Beute jedoch war gering, und so manches Mal mussten sie sogar fliehen, denn die Bewohner zeigten sich sehr wehrhaft.

So wurde das Murren der Besatzung von Tag zu Tag immer lauter. Und das wohl auch aus dem Grunde, da Björn Gelbhaar insgeheim immer wieder dafür sorgte, dass die beiden dänischen Anführer bei der Mannschaft schlecht dastanden.

Björn, Sigurd und Rögnvald wurden von Arnodd meist nur noch zu den Schiffswachen eingeteilt, während er mit seinem Gefolge in den Kampf zog. So war ihr Anteil an der Beute der geringste. Dies war für die drei Krieger zwar ärgerlich, doch Björn blieb ruhig und verfolgte weiter seinen gefassten Plan.

Sigurd Svensson war schneller als erwartet wieder zu gewohnter Stärke und Kraft gekommen. Er war davon überzeugt, dass nur Odin selbst für seine Genesung gesorgt haben konnte, und so sprühte er vor Kampfeslust, um dem Allvater zu beweisen, dass er Gutes getan hatte.

Sein großmäuliger Anführer hatte es bisher jedoch nicht gewagt, ihn zum Kampf zu fordern. Auch hatte es keinen Angriffsversuch aus dem Hinterhalt gegeben, denn der Rögnvald war wachsam und hielt dem Sigurd den Rücken frei, sodass auch Geirmund keine Bluttat wagte.

Bald schon verbreitete sich die Nachricht, dass Harald Graumantel durch eine List des Dänenkönigs den Tod gefunden hatte und nun der neue Ladejarl Hakon die Zügel des Tröndelag und sicher bald auch die ganz Westnorwegens in seinen Händen halten würde. So heizte sich die Stimmung zwischen den Dänen und Norwegern an Bord des Wogendrachen immer mehr auf.

Bis spät in den Herbst hinein fuhren sie auf Raubfahrt, und durch die erfahrenen Worte des Steuermannes, verbesserten die jungen Krieger auch ihr Verhalten im Kampf.

Den Sigurd lehrte er weiterhin die Kunst des Navigierens, denn der benötigte kaum die Hilfe in der Fertigkeit des Schwertkampfes. Diese beherrschte er bereits zur Genüge.

Bald nahm der Wogendrachen Kurs auf die Küste Götlands, und auf einer kleinen Insel inmitten eines großen Fjordes schlugen sie ihr Lager auf.

Sechs Männer der Besatzung waren norwegischer Herkunft, und sie hatten Björn bereits ihre Unterstützung zugesagt, sollte es zu einer Auseinandersetzung mit den dänischen Waffenbrüdern kommen. Natürlich war auch die ungerechte Behandlung durch den Anführer dafür ein Grund.

Ihren geleisteten Gefolgschaftseid aber wollten sie nur ungern brechen. Neben dem Rögnvald gab es noch zwei weitere Schweden in der Mannschaft des Wogendrachen, von denen einer sich der Meinung der Norweger anschloss. Der andere aber war dem Dänen Arnodd treu ergeben und zeigte sich mit der Führerschaft des Kriegers zufrieden. Dies hatte natürlich einen Grund, denn der Schwede war Auge und Ohr der dänischen Brüder. Kaum etwas entging ihm in den Reihen der Besatzung. So erfuhren Arnodd und Geirmund von dem Ränkespiel, das Björn hinter ihrem Rücken trieb. Da der Däne aber nicht wusste, wie viele Männer sich bereits auf die Seite des Norwegers gestellt hatten, scheute er eine offene Auseinandersetzung mit dem Steuermann. Wohl auch, da er nun die Kampfkraft des Björn Gelbhaar kannte. Und doch war ihm gewahr geworden, dass er seine Macht beweisen musste, wollte er seine Gefolgschaft nicht verlieren. Wie aber sollte er dies anstellen, fragte sich Arnodd, ohne dabei ein allzu großes Wagnis eingehen zu müssen? Da erinnerte er sich an den Streit mit dem Rögnvald und an das Versprechen, das er dem Tröndner Sigurd Svensson gegeben hatte. So ersann er einen Plan, der ihm wenigstens einen der lästigen Norweger vom Halse schaffen sollte, und er dabei noch seine Führerschaft festigen konnte.

Wie es bei den Nordleuten üblich war, diente die kalte Jahreszeit dazu, die Schiffe und das Rüstzeug in Ordnung zu bringen. Aber auch, um ausgelassene Feste zu feiern, um sich mit Weibern zu vergnügen, zu saufen und neue Kräfte zu sammeln für künftige Raubfahrten im kommenden Sommer.

Kniehoher Schnee hatte die Insel in dem Fjord unter sich begraben. Die Äste der Bäume hingen unter der Last der weißen Pracht tief hinab und drohten sogar zu brechen. Inmitten eines Waldes, der sich fast über die gesamte Insel erstreckte, stand nun ein großes Langhaus, das vom Wasser aus nicht zu erblicken war. Seit die heftigen Schneefälle eingesetzt hatten, lag der Wogendrachen auf dem Strand, und die Männer gaben sich dem Müßiggang hin.
Manchmal kamen sogar einige Bewohner eines Dorfes am gegenüberliegenden Ufer des Fjordes in kleinen Booten auf

die Insel, um mit den Männern zu handeln. Oder es schlichen sich die jungen Weiber, meist Mägde oder Sklavinnen, auf die Insel, da sie mit den jungen Kriegern feiern wollten.

Früh wurde es dunkel in dieser Jahreszeit, und Fackeln erhellten den Platz vor dem Langhaus. Lauter Jubel, der Gesang von Liedern, und fröhliches Lachen meist heller Stimmen zeugten von einer weiteren fröhlichen Feier, bei der auch schon viele der Anwesenden betrunken waren. Damit die Nahrung, das Bier und der Met nicht ausgingen, dafür hatten die Männer gesorgt. Betrunken und ausgelassen maßen die Kerle ihre Kraft in kleinen Kämpfen und Geschicklichkeitsspielen, natürlich um vor den jungen Frauen zu prahlen. Was durch den Genuss des Bieres nur allzu oft in lautem Gelächter gipfelte. Ein junger Däne verfolgte wankend ein halbnacktes Weib, das vor dem lüsternen Bock mit wippenden Brüsten mehr lachend als kreischend floh. Was bei den anderen wiederum für größte Freude sorgte.

Ein anderer Kerl war da in seinem Werben erfolgreicher gewesen! Er besorgte es einer Magd, die mit hoch gerafftem Kleid auf einer Bank lag, und einige Gefährten spornten ihn dabei lautstark an.

Da geschah es plötzlich, dass Arnodd mit dem Sigurd einen Streit vom Zaun brach. Eine Beleidigung des Tröndners sollte der Grund für das Erzürnen des Anführers gewesen sein, und schnell gipfelte der Streit in einer Herausforderung zum Kampf. Ungestüm in seiner Art, wie Sigurd nun einmal war, zögerte er keinen Moment und nahm die Herausforderung des viel älteren und erfahreneren Arnodd an.

Dies aber gefiel dem Björn Gelbhaar gar nicht!

Zwar deckten sich die Vorkommnisse mit seinem eigenen Plan, den er nach wie vor noch verfolgte, doch war dabei er derjenige, der Arnodd zum Kampf zwingen wollte. Nun aber war es zu spät!

Da hatte Björn einen Einfall. „Was bist du bereit einzusetzen, Arnodd?", fragte er frech und herausfordernd. „Einzusetzen?", fragte der Anführer zurück, denn er verstand zuerst nicht, worauf der blonde Steuermann hinaus wollte. „Hier geht es um die Ehre, du Narr!", sprach er entrüstet, doch Björn packte ihn bei seiner Eitelkeit.

„Was ist denn falsch daran, wenn der Sieger bei dem Kampf etwas gewinnt?", hakte Björn hartnäckig nach. „Mein Freund Sigurd hier wird all seine Habe geben!"

„Er wird sie auch nicht mehr brauchen", lästerte Geirmund frech. Arnodd wandte sich seinem Bruder zu. „Warum eigentlich nicht? Er wird sowieso sterben!"

Da grinste er hämisch und hob seine Arme, auf dass ihm alle ihr Gehör schenken sollten, und sogar der Kerl, der es immer noch der Magd besorgte, hielt nun mit seinen Stößen inne, um den Worten des Anführers zu lauschen.

„Ich will großzügig sein!", rief er mit tiefer Stimme. „Sollte ich bei dem Zweikampf zu Odin gerufen werden, so soll Sigurd mein Schiff erhalten, und ihr alle werdet ihm die Gefolgschaft schwören!" Entsetzt sah Geirmund seinen Bruder an. „Bist du verrückt geworden?"

„Halt dein Maul, Bruder!", fauchte Arnodd seinen jüngeren Bruder an, und dieser schwieg beleidigt.

Nun hob auch der Tröndner seine Arme. „Wenn ich den Waffengang verliere und in die Methalle des Einäugigen einziehe, so soll Arnodd all meinen Besitz erhalten!"

Alle begannen laut zu jubeln! Die Worte waren gesprochen, und so sollte es geschehen.

Der nächste Tag war ein schöner Tag. Der Himmel war blau, und keine einzige Wolke trübte den hellen Schein der Sonne. Bestes Wetter, um einen Zweikampf zu führen, wie

Björn bemerkte. Der glühende Himmelsball stand schon hoch im Zenit, und die gesamte Besatzung des Wogendrachen sammelte sich auf dem mit Schnee bedeckten Platz vor dem Langhaus.

Schon als die Männer in der Erwartung des Kampfes auf den Platz traten, zeigte sich, welchem Kämpfer sie den Sieg gönnten. Die Dänen sammelten sich allesamt hinter dem Anführer Arnodd. Geirmund, nun mit kahl geschorenem Schädel, trat vor und gab den Kämpfern ein Zeichen.

„Nette Frisur", sagte Björn frech grinsend und stellte sich neben den nun glatzköpfigen Krieger, den einzig ein kleiner Zopf am Hinterkopf zierte.

Zwischen einigen zugeschneiten Holzstapeln und einer längst erloschenen Feuerstelle traten die Kämpfer aufeinander zu. Und da dies ein Kampf auf Leben und Tod war, trug keiner der Krieger ein Kettenhemd oder einen Helm. Die beiden Männer waren nur mit einer Hose und ihren Schuhen bekleidet. Der Oberkörper war entblößt, und eine dicke Gänsehaut zeugte davon, dass die Krieger froren. Arnodd, der Däne, hielt Schild und Axt in seinen Händen. Sigurd, der jüngere Norweger, hatte sich für sein Schwert und einen Schild entschieden.

„Möge Thor dem besseren Krieger sein Heil schenken, und möge Odin dem Verlierer ein gebührendes Gelage in Walhalla bereiten!", rief Geirmund, und die Kämpfer traten vor.

Ohne zu zögern hob der Däne seine Axt und schlug blitzschnell zu. Doch Sigurd hatte diesen Hieb erahnt und sich nicht weniger schnell zur Seite fallen lassen, sodass der kräftig geführte Schlag nur die Luft zerschnitt und der Arnodd sogar strauchelte. Sigurd hob sein Schwert, und es war gerade noch zur rechten Zeit, dass es ihm gelang, damit einen zweiten Axthieb abzuwehren. Jetzt wurde Arnodd rasend vor Wut, denn Sigurd war schnell und äußerst geschickt.

Wie ein Beserker[20] ließ der Däne seine Axt kreisen, und ein Hieb nach dem anderen fuhr auf den Gegner nieder. Sigurd wich geschickt zurück, da trat Geirmund von hinten an den Kämpfenden heran und stieß dem Tröndner in den Rücken. „Los, kämpfe! Und lauf nicht davon wie ein kopfloses Huhn!", rief er hämisch, und wieder verfehlte das scharfe Blatt der Axt den Kopf des Sigurd Svensson nur um Haaresbreite.

Ein zorniger Blick des Tröndners traf den Geirmund, doch dieser grinste nur frech, was sein Antlitz in eine noch hässlichere Fratze verwandelte.

Nun war es dem Sigurd zuviel, und der junge Tröndner ging zum Gegenangriff über, denn da er gehofft hatte, dass Arnodd schnell müde würde, hatte er ihn gewähren lassen. Wieder und wieder senkte sich die scharfe Klinge nun dem Feind entgegen. Doch es war keine blinde Wut wie bei dem Anführer, die das Schwert niedersausen ließ. Ein Hieb, ein Stich!

Der Rand des Rundschildes zersplitterte mehr und mehr, doch langsam wurde auch dem Sigurd der Arm schwer und Arnodd erwies sich als ebenso geschickter Kämpfer wie der Tröndner selbst einer war. Schritt um Schritt wich nun der Däne zurück, und der Schild schützte seinen Körper vor den Schlägen. Da plötzlich traf erneut ein Tritt des Geirmund den Sigurd, und er fiel zur Seite, sodass er nur noch seinen Schild über den Kopf reißen konnte, bevor die Axt des Gegners auf ihn niederfuhr.

Jetzt war es dem Björn zuviel, und er wandte sich gegen den Geirmund, doch sofort stellten sich ihm einige Krieger in

---

[20] Berserker – Ein Krieger, der sich mit Hilfe giftiger Pilze in einen Kampfrausch versetzte. Er verspürte dann weder Angst noch Schmerz.

den Weg. Aus dem Zweikampf drohte eine Schlacht zu werden! Nun zeigte sich, wie entzweit die Mannschaft bereits war, denn die Norweger sammelten sich geschlossen hinter ihrem Steuermann. Auch Rögnvald stand mit seinen Äxten in den Händen bereit zuzuschlagen. Doch keiner der Männer wagte einen Angriff.

„Misch dich noch einmal in den Kampf, Geirmund", drohte der gelbblonde Norweger, „dann bist du ein toter Mann!" Der kahlköpfige Däne aber grinste nur unbeeindruckt.

„Glaubst du etwa, mich fürchtet es vor dir, Norweger? Es wird sowieso der Tag kommen, an dem ich dich töten werde. Dich und die Krieger, die dir folgen!"

Arnodd nutzte den Moment der Schwäche seines Gegners und den Vorteil, den ihm sein Bruder verschafft hatte, sofort erbarmungslos aus. Mit größter Kraft schlug er nun nach dem jungen Krieger, der vor ihm im kalten Schnee lag. Hieb um Hieb fuhr nieder, doch anstatt in den Körper des Gegners grub sich das scharfe Axtblatt in einen alten Baumstamm, der neben Sigurd auf dem Boden lag.

Arnodd zog und zerrte mit aller Kraft, um seine Waffe aus dem Stamm zu befreien. Diese aber saß fest, als sei sie ein Teil des sterbenden Holzes. Da traf das Schwert des Sigurd den Bauch des dänischen Wikingers!

So wie vorher sein Gegner, hatte der Tröndner nun blitzschnell und ohne Gnade gehandelt. Tief hatte die Klinge in den Körper des Arnodd geschnitten, und langsam quollen seine Gedärme aus der klaffenden Wunde hervor. Der Anführer der Wikingerschar stand mit weit geöffneten Augen und erstauntem Blick vor seinem jungen Gegner. Sein Lebenssaft rann über die Blutrinne des Schwertes und tropfte über den Arm des Sigurd in den weißen Schnee. Die Augen des Besiegten senkten sich und glotzten ungläubig auf die Klinge, die sein Fleisch zerschnitten hatte. Seine

Hände lösten sich langsam vom Stiel der Axt, die er immer noch fest umklammert gehalten hatte. Er richtete seinen Blick noch einmal gen Himmel, sank dann zur Seite und starb.

Als Geirmund dies sah, hob er sein Schwert, um damit nach Sigurd zu schlagen, denn er fürchtete den Verlust des Schiffes, das ja nun nach Arnodds Ableben eigentlich ihm gehören könnte. Und er war auch nicht bereit, auf die Schnigge zu verzichten. Doch da traf eine der kurzstieligen Äxte des Rögnvald seine Schwerthand, und der Däne jaulte vor Schmerz auf. Seine Waffe war zu Boden gefallen und mit ihr drei Finger seiner rechten Hand.

„Du elender Hundsfott!", keifte er dem Rögnvald mit schmerzverzerrtem Gesicht entgegen. Doch dieser blieb ruhig. „Das sagst du mir! Danke lieber den Göttern, dass es nur die Finger waren, die zu Boden fielen, und nicht dein hässlicher Kopf!"

„Tötet sie!", rief er mit sich überschlagender Stimme. „Tötet sie alle!" Doch keiner der Männer rührte sich vom Fleck. Da beschimpfte Geirmund die Männer auf das Übelste und rief Racheschwüre gegen den Sigurd aus. Nun trat Björn vor den Dänen und rief, sodass ihn alle hören konnten: „Dies war ein ehrlicher Zweikampf, und Sigurd hat ihn gewonnen! Jede Rachetat gegen ihn würde von den Göttern bestraft, und ihr kennt auch den Einsatz für den Kampf! Der Wogendrachen gehört nun Sigurd Svensson!"

Alle Männer der Besatzung stimmten dem Gelbhaar zu, auch die Dänen, denn sie wollten nicht den Zorn der Götter auf sich laden. So wagte der Geirmund keinen Einspruch mehr, und wie ein geprügelter Hund verschwand der Däne, seine blutende Hand haltend, in dem Langhaus. Und noch am gleichen Abend verschwand er, begleitet von dem einen schwedischen Krieger, aus dem Lager der Wikinger und verließ mit einem kleinen Boot die Insel.

Die Besatzung des Wogendrachen aber legte ohne
Ausnahme vor dem Sigurd den Gefolgschaftseid ab, denn
sie waren sich sicher, dass dieser junge Krieger mit dem
besonderen Heil der Götter bedacht war und sie gut führen
würde.
Sigurd Svensson zählte nun achtzehn Sommer und Winter,
er besaß ein eigenes Schiff und befehligte eine Schar von
Wikingern.

*

3. Die Rückkehr

Laut schallte es dem Sigurd entgegen, als er in Begleitung des Björn Gelbhaar, des Schweden Rögnvald und eines weiteren Kriegers seiner Gefolgschaft vor die offene Schmiede trat.

„Du erbärmlicher Taugenichts! Du bist zu gar nichts zu gebrauchen!" Ein bärbeißiger Kerl von enormer Größe, der, wie Sigurd vermutete, sicher der Schmied war, trat mit dem Fuß nach einem jungen Burschen, der etwa fünfzehn Sommer zählte und der flink versuchte, den Prügeln des Mannes auszuweichen. Was ihm durch Schnelligkeit und Geschick auch gelang! Sicherlich hatte der Bursche, dessen feuerrotes Haar zu einem langen Zopf gebunden war, durch ein Missgeschick den Zorn seines Herrn und wohl auch Lehrmeisters auf sich gezogen.

Was Sigurd da aber sah, gefiel ihm in keiner Weise. Zu sehr erinnerte ihn dieser Umgang des Schmiedes mit dem Lehrburschen an seine eigene Jugendzeit auf dem Hof seines Vaters. Auch er hatte oft Prügel für seine Fehler oder die seines jüngeren Bruders einstecken müssen, und dies war sicherlich auch mit ein Grund gewesen, der Sigurd aus der Heimat vertrieben hatte.

Eigentlich interessierte ihn ja nur der Kauf eines neuen Schwertes, doch bei diesem Anblick überkam den jungen Wikinger der Zorn. Björn der Steuermann ahnte, was nun geschehen würde, und fasste seinen Anführer, der sich in die Schmiede stürzen wollte, bei dessen Schulter.

„Lass es bleiben, Sigurd", sagte er ruhig. „Das geht uns nichts an!"

Da wandte sich der Schmied, der die Männer nun bemerkt hatte, um, und rief finster dreinschauend: „So ist es, Bürschchen! Höre auf deinen Freund und verschwinde!"

Nun sprach Sigurd den Björn fast mitleidig an. „Ich hasse diesen Anblick! Er erinnert mich an mein eigenes lausiges Leben, das ich einmal führen musste!"

Doch zur größten Verwunderung der Männer, die dem Sigurd folgten, blieb ihr Anführer ruhig. „Sage mir, Schmied! Was hat der Bursche getan, dass du ihn prügeln musst? Ist er ein ungehorsamer Sklave?"

„Was geht denn dich das an, Kerl?", erwiderte der Schmied ärgerlich und mit brummiger Stimme. „Der Bursche gehört mir, er ist mein Ziehsohn, und ich prügele ihn, wann immer er es verdient hat! Also, halt dein Maul und verschwinde, oder juckt dir ebenfalls das Fell?" Der Kerl war sicher mehr als doppelt so alt wie der junge Wikinger, und er hatte die Statur eines ausgewachsenen Ochsen. Man mochte vermuten, dass er auch dessen Kraft besaß.

„So ist es wohl!", mischte sich Björn Gelbhaar ein. „Es geht ihn gar nichts an!" Er sah Sigurd mit durchdringendem Blick an. Langsam schob er den Tröndner an und wollte ihn zum Gehen bewegen. Doch der junge Anführer dachte nicht daran, diesem Ochsen nachzugeben. Er war verärgert über den Schmied, dessen Hochmut und Arroganz, und so wuchs sein Zorn. Und das sollte dieser Kerl erfahren.

Björn Gelbhaar jedoch wusste sich durchzusetzen, und er stieß den Burschen, der mehr war als nur sein Anführer, aus der Schmiede heraus und trieb ihn an, zu gehen.

„Aber ich wollte doch nur ein Schwert kaufen", sagte Sigurd zu seinem Steuermann, sodass die anderen zu grinsen begannen und ihre Späße zu machen.

„Später, mein ungeduldiger Freund! Später!" Björn und die anderen zogen ihren Anführer mit sich, denn sie wussten nur zu genau was Geschehen konnte, würden sie Sigurd gewähren lassen. „Es gibt noch viele andere Schmieden in Lade!" Sigurd schien nun überzeugt, folgte den anderen, ohne ein weiteres Wort über den Ochsen zu verlieren, doch wenn der Steuermann dachte, damit wäre die Angelegenheit erledigt gewesen, hatte er sich ordentlich geschnitten.

*

Einen Tag zuvor hatte der Wogendrachen unbeschadet den großen Trondheimfjord erreicht, und krachend war die dünne Eisschicht in der Fahrrinne, die entlang der Küste durch den Fjord führte, unter dem schweren Kiel der Schnigge zerborsten. Die Sonne hatte noch nicht ganz im Zenit gestanden, als das Schiff des Sigurd Svensson in den Hafen der Handelsstadt eingelaufen war und an einem der Anleger festmachte. Das Wetter war gut!
Es wehte ein leichter, aber eisiger Wind, und die Luft war frisch und klar. Der Winter neigte sich dem Ende, zu und es waren nur wenige Schiffe unterwegs, denn nicht viele Schiffsführer wagten sich in der kalten Jahreszeit auf die See hinaus. „Zu ersaufen ist schon unangenehm genug. Aber dann noch in eisigem Wasser, das muss doch wirklich nicht sein", hatte sich Rögnvald bei der Abfahrt beschwert.
Die Zahl der Schniggen und Knarren[21], die in dem Hafen lagen, war wirklich gut überschaubar. Die Stadt Lade und das gesamte Umland wurden seit zwei Sommern von einem Jarl namens Hakon regiert, und dieser hatte die Stadt befestigen und den Handelsplatz ausbauen lassen.
Die eigentlichen Herrscher über das Tröndelag, König Harald Graumantel und sein Bruder Gudröd, waren bei ihrem Lehnsherrn, dem dänischen Herrscher über Norwegen, Harald Blauzahn, in Ungnade gefallen. So hatten sie sich nach Hardanger und in den Süden des Landes am Nordweg zurückgezogen und ließen den Hakon gewähren. Vielleicht hatten sie den Jarl auch nur unterschätzt! Denn nach und nach hatten sich ihm die anderen Jarle des Gaus

---

[21] Knarr, Knorr – Dickbauchiges Handelsschiff der Nordleute

unterworfen, und so war dessen Macht gewachsen. Es stand außer Frage, dass Hakon von Lade nun wie ein Gaukönig regierte. Und so nannte er sich nun auch.

Der Handelsplatz in dem großen Trondheimfjord wurde von vielen Kaufleuten und Händlern des Nordens bereist, und so mehrte sich der Reichtum des Ladejarls, ohne dass dieser viel dazu tun musste. Wenn Jarl Hakon rief, sammelte sich ein beachtliches Heer an Kriegern, und so mussten sich auch die wenigen noch freien Jarle des Tröndelag dem Herrscher von Lade unterwerfen. Hakon regierte nun mit immer strengerer Hand. Vor allem seine Gier nach den Frauen machte ihn beim Volk schnell unbeliebt, denn es waren nicht die Mägde und Sklavinnen der Bauern, Häuptlinge und Jarle. Nein, es waren oft die Töchter der Hausherren oder deren Frauen, nach denen der König verlangte. Er nahm wenig Rücksicht darauf, ob ein Weib verheiratet war oder nicht, wenn ihm eine gefiel, bestand er auf ihre Gesellschaft.
Doch kaum einer wagte den Widerstand, denn bald schon reichte seine Macht weit in den Norden zum Helgeland hinauf, bis hin zur Finnmark, sodass ihm die Abgaben der Samenstämme in den Schoß fielen. Und König Harald Blauzahn ließ den Jarl gewähren, verlangte aber von ihm einen großen Teil der Steuern für den dänischen Königshof. Doch dies störte den Jarl, der nun ein Kleinkönig war, wenig. Die gut besuchten Handelsplätze von Lade und Agde sorgten schon dafür, dass seine Truhen immer wieder gefüllt wurden.
Vom Hafen führte ein breiter Weg, gesäumt von den Hütten der Armen, zum großen Marktplatz, auf dem die Kaufleute ihren Handel trieben. Doch im Sommer tätigten viele fremde Händler ihre Geschäfte auch gleich am Strand. Jetzt

im Winter waren es meist Händler und Bauern aus dem Gau, die auf dem Marktplatz ihre Waren feilboten.
Unweit des großen Platzes standen ein großes Langhaus und eine prächtige Methalle dazu. Um die beiden Gebäude, in gebührendem Abstand, standen die Langhäuser der Bewohner der Stadt. Das meiste Volk jedoch lebte auf seinen Höfen weit verstreut in dem Gau.

Einige Zeit war vergangen, als die Männer um den jungen Sigurd sich auf den Rückweg zum Hafen begaben. Ihr Weg führte sie erneut an der Werkstatt des bärbeißigen Schmiedes vorbei, und da der Wikinger in ganz Lade keine andere Schmiede gefunden hatte, deren Waren dem jugendlichen Schiffsführer gefielen, sah er den Björn eindringlich an und lachte dann auf. „Ich will wirklich nur ein Schwert kaufen. Odin soll mein Zeuge sein!", sprach er mit entschuldigendem Ton in seiner Stimme und klopfte dem Freund auf die Schulter. Da zog Björn resignierend seine Schultern hoch, als sei ihm dies alles egal. „Ach, was soll's! Es ist schließlich deine Haut!"
Als sie die Schmiede betraten, schien alles ruhig zu sein und, niemand war zu sehen. Die Männer sahen sich ausgiebig um. In der Feuerstelle mit dem großen Blasebalg brannte nur ein kleines Feuer. Überall, auf Tischen, der Esse über dem Feuer und am Rand der Feuerstelle, lag das Werkzeug herum. Buntbemalte Rundschilde standen überall an die Wände gelehnt, die der Schmied mit Schildbuckeln und Beschlägen versah. Lanzenspitzen und Axtblätter waren wild verstreut in der Schmiede gelagert.
Schäfte in verschiedenen Längen lagen zu dicken Bündeln verschnürt, damit sie sich nicht mehr verzogen. In einem hölzernen Ständer steckten die Schwerter, die der Handwerker mit seinen geschickten Händen gefertigt hatte. Sigurd und Rögnvald traten heran und prüften die Klingen.

Sie waren von verschiedenster Qualität. Es waren gute darunter und auch einige schlechte. Sicher das Werk des Lehrjungen, vermutete Sigurd und hielt eine minderwertige Klinge in seiner Hand. „Viel zu schwer", befand er kopfschüttelnd. Björn betätigte äußerst gelangweilt den Blasebalg, und der heftige Luftzug ließ sofort die Flammen emporschlagen. Es wurde auf Anhieb merklich wärmer in der Werkstatt, und der Steuermann rieb seine klammen Hände an den Flammen.

Sigurd hatte ein Schwert nach dem anderen aus dem Ständer gezogen und in seiner Hand gehalten, hatte Hiebe und Stiche ausgeführt und so die Waffen geprüft. Als er eine der Klingen ein zweites Mal aus dem Ständer zog und in die Hand nahm, vernahm er hinter sich eine Stimme. „Es ist ein gutes Schwert! Das Beste in der Schmiede!"

Unbemerkt war der rothaarige Lehrbursche neben den Sigurd getreten und grinste diesen nun freundlich an. „Ich weiß es, denn ich habe es mit meinen eigenen Händen gefertigt!"

„Du?", wunderte sich der Wikinger. Plötzlich erschallte die tiefe, drohende Stimme des Hausherrn. „Was willst du schon wieder hier, du Gernegroß?" Sigurd traf der beunruhigte Blick des Rögnvald, und auch Björn schaute wenig erfreut. „So eine zarte Stimme! Und diese Freundlichkeit dazu. Ein wahrlich herzerwärmender Mensch!", begann Sigurd nun den Ochsen zu necken, was diesen natürlich noch wütender werden ließ. Doch statt den Sigurd ließ er seinen Zorn wieder den jungen Burschen spüren. Eine heftige Backpfeife traf den Rothaarigen in sein Gesicht, dass es nur so klatschte. „Geh mir aus den Augen, du unnütze Kröte!", rief er wütend. „Und verbreite keine Lügen!"

Dann wandte er sich wieder dem Sigurd zu. „Und du verschwinde schleunigst aus meiner Werkstatt mit deinem Pack! Für dich gibt es hier nichts zu holen!"

Da schüttelte der Tröndner nur mitleidig den Kopf. „Was bist du nur für ein übler Troll! Die Kraft eines Ochsen und doch dumm wie ein Esel!" Da schlug der Schmied nach dem Sigurd, doch dieser ließ sich vor ihm einfach auf die Knie fallen, griff kurzerhand nach einem Hammer, der in seiner Nähe lag, und schlug damit dem unfreundlichen Schmied kräftig auf den Fuß. Der Ochse begann vor Schmerz zu brüllen und tanzte auf einem Bein durch die Schmiede. Rögnvald und der andere Krieger lagen sich mit Tränen in den Augen in ihren Armen und konnten vor Lachen kaum mehr atmen.

Björn dagegen war weniger belustigt über das dargebotene Schauspiel, denn er befürchtete nun Schlimmes für seinen Anführer und einstigen Zögling. Doch seine Sorge war unbegründet, denn der wendige Tröndner kannte nun bei dem Schmied keine Gnade mehr. Mit größter Wucht schlug Sigurd zu, und der Hammer traf den Ochsen an seinem Kinn, sodass der Kieferknochen laut krachend zerbarst. Der bärbeißige Hüne öffnete langsam seinen Mund, Blut floss und einige Zähne fielen heraus. Er verdrehte nur noch kurz die Augen und fiel dann wie ein Sack bewusstlos zu Boden. Rögnvald trat heran, beugte sich über den Schmied und grinste. „Der frisst so schnell keine Hammelkeule mehr. Da reicht es nur noch für Hirsebrei!"

Björn wandte sich dem jungen Rothaarigen zu. „Es ist sicher besser, wenn du dich aus dem Staub machst, Junge!"

Der Bursche stand da, als wäre er angewurzelt, und starrte auf den besinnungslosen Schmied, der ihn so schlecht behandelt hatte. Er nickte nur, und ein Lächeln huschte über sein Gesicht. „Das war die Strafe des Thor!"

Sigurd warf den Hammer von sich und sah noch einmal sehnsüchtig nach dem schönen Schwert. Er ließ die Waffe aber in der Schmiede zurück, denn stehlen wollte er sie nicht. In den Augen der Götter wäre es sicher Unrecht gewesen, und so hätte ihm die Klinge bestimmt keinen guten Dienst erwiesen. Ohne ein weiteres Wort zu verlieren, verließen die Wikinger die Schmiede und gingen ihres Weges.

Als die vier Männer aber den Hafen erreichten und auf den Anlegesteg traten, staunten sie nicht schlecht. Nur Odin selbst wusste, wie der junge Bursche mit dem roten Zopf es angestellt hatte, aber er stand mit einem Bündel zu seinen Füßen auf dem Anleger vor dem Wogendrachen.

„Woher weißt du…? Wie bist du so schnell...? Ach egal!", stammelte Björn und winkte mit beiden Händen ab.

„Du selbst gabst mir den Rat, mich aus dem Staub zu machen. Nimm mich in deine Besatzung auf, und ich will dir ein treuer Gefolgsmann sein", versprach der Rothaarige bittend. Da schüttelte der Steuermann den Kopf. „Frag nicht mich. Frag unseren Anführer!" Er zeigte auf Sigurd, und der Schmiedegehilfe sah den Tröndner erstaunt an.

Dieser junge Kerl, der zweifelsohne großen Mut besaß, aber doch sehr jung war, sollte der Anführer einer wilden Wikingerschar, eines Haufens von Seeräubern und Kriegern sein? Da trat Sigurd neben den Burschen, schlug ihm mit der Faust gegen die Brust, und legte ihm dann seine Hand auf die Schulter. „Du bist kräftig gebaut, und einen Schmied kann man immer gebrauchen! Wenn es wahr ist und du hast dieses Schwert geschmiedet, das ich ihn meinen Händen hielt, dann verstehst du dein Handwerk gut. Also sollst du mit uns kommen!"

Sigurd wandte sich um und zeigte auf den Steuermann. „Der da ist Björn! Und der da ist der Schwede Rögnvald!" Er nannte noch die Namen einiger anderer Gefährten, Ole,

Tjord, Thorfinn und Bork, ehe er sich selbst vorstellte: „Ich bin Sigurd Svensson! Nun nenne mir deinen Namen."

„Ich bin Thorkill Ormsson, und du sollst es nicht bereuen, wenn du mich auf dein Schiff nimmst. Ich werde ein treuer Gefolgsmann sein!", sprach der Rothaarige fast feierlich, griff dann nach dem Schwert, an dem sein Bündel befestigt war, und reichte dem Sigurd die schöne Waffe. „Es war nicht gelogen! Ich schmiedete diese Klinge, und nun soll sie dir gehören. Als Dank dafür, dass du mir halfst und mich nun aufnimmst! Ich gab dem Schwert den Namen Kehlenbeißer!"

Sigurd Svensson nahm die Waffe in seine Hand, und sie war leicht, viel leichter als sein altes Schwert. „Du weißt wohl nicht, dass ein Schwert erst seinen Namen bekommt, wenn es Blut geleckt hat!" Elegant ließ er die Klinge durch die Luft gleiten, und dann reckte er sie grinsend dem Björn entgegen. „Kehlenbeißer!", rief er freudig aus.

*

„Nach dem großen Mitwinterfest will ich vor deinen Vater Bjarni treten und um dich werben", sprach Eirik fest entschlossen zu dem jungen Weib, das er mit beiden Händen bei den Schultern hielt. Eirik, der Sohn des Häuptlings Sven, zählte siebzehn Sommer und Winter. Das junge Weib, das er in seinem Griff hielt, war Gerhild, und sie hatte bereits einen Sommer mehr erlebt als der junge Häuptlingssohn. Ihr war Eirik sehr zugetan, und seit einigen Sommern schon hatte er ein Auge auf die schöne Bauerntochter geworfen. Sie war von schlanker Gestalt, aber nicht zu mager, wie er fand. Ihr langes blondes Haar war meist zu Zöpfen geflochten, und sie hatte ein schönes Antlitz und strahlend blaue Augen. Sie war für Eirik, so wie einst für seinen Bruder Sigurd, das schönste Mädchen im Dorf, und er war bereit, dem Bjarni eine Menge zu zahlen, damit er ihm Gerhild zum Weib geben würde. Sicherlich hätte der Bauer Bjarni nichts einzuwenden, denn es war bekannt, dass Eirik dereinst der Erbe des Sven sein würde, und dieser war schließlich der Häuptling des Dorfes, ja, des ganzen Fjordgaus.

Mit sanfter Gewalt drückte Eirik das junge Weib gegen die Wand der Hütte, küsste gierig ihren Hals und versuchte ihre Brüste zu berühren. Da wandte sie sich geschickt aus seiner Umarmung. „Nicht so schnell, du kleiner geiler Bock!", spottete sie lachend und lief davon. Wütend schlug Eirik mit der Faust gegen das Holz. Der Schnee, der an der Kante des Daches hing, löste sich und fiel dem Häuptlingssohn auf den Kopf. „Beim pickeligen Arsch des Loki! Ich kriege dich noch, du Biest", zischte er und schüttelte sich den Schnee von seinem Haupt.

Seine Laune war nicht die beste, als er in das Langhaus seines Vaters trat. Dieser saß, gemeinsam mit seinem Weib Sigrun, seinen Töchtern Sigrid und Ingigrid an einem der Tische, die in der Wohnhalle standen, und sie aßen ihr Abendmahl. Achtlos warf Eirik seinen Umhang von sich und ließ sich auf die Bank fallen. Er griff nach dem gebratenen Fisch, der in einer hölzernen Schüssel auf dem Tisch stand und stopfte sich diesen gierig in den Mund. „Musst du immer die Gräten mitfressen, du Gierschlund?", tadelte Sigrid ihren Bruder. „Ach, halt doch dein Maul!", grunzte er mit vollem Mund.

Sven sah seinen Sohn mit ernstem Blick an. „Was ist los?", fragte er. „Warum so zornig?"

„Ich werde vor den Bjarni treten", sagte Eirik kauend. „Ich muss Gerhild besitzen! Jetzt!"

Da begannen die beiden jüngeren Schwestern des Eirik albern zu kichern. „Seid ruhig, ihr dummen Gänse!", fauchte der Häuptlingssohn, und die Schwestern hielten für einen Moment inne.

„Da wirst du ihm aber einiges bieten müssen. Sie ist eine gute Arbeitskraft", sprach Sven und sah seine Töchter, die immer noch albern kicherten, böse an.

„Gibst du es mir?", fragte Eirik ohne Scham. Sven überlegte kurz, griff nach dem Fisch und begann dann zu grinsen. „Hmm", grummelte er. „Ja, ich gebe dir, was Bjarni für seine Tochter verlangt. Damit du deine Gier nach dem Weib endlich stillen kannst! Bei der Schönheit der Freya[22]! Mit der Liebe kann es aber nicht soweit her sein, wenn sie für dich noch nicht ihre Beine gespreizt hat!"

Sven spukte eine Gräte auf den Tisch, pulte mit dem Fingernagel zwischen seinen Zähnen und sah dann seinen Sohn vorwurfsvoll an. Die Mädchen lachten albern, und Sigrun mischte sich in das Gespräch der Männer ein. „Es wird der Sigurd sein, der ihr noch im Kopf herumgeht!"

„Pah, der Sigurd!", rief Sven fast verächtlich. „Sie soll ihn vergessen! Er ist fort und wird es auch bleiben! Gerhild soll den Eirik nehmen", er beugte sich vor und schlug seinem Zweitgeborenen auf die Schulter. „Er ist ein guter Mann und ein guter Sohn!"

„Aber sie liebt nun mal Sigurd", sagte da die fünfzehn Sommer zählende Sigrid vorlaut und wurde sofort von dem Vater und dem Bruder mit einem bösen Blick bedacht. „Als Sigurd noch im Dorf war, sah man die beiden sehr oft beisammen, und jeder im Dorf wusste, dass sie sich lieben!"

„Das war nur eine Mädchenschwärmerei", sprach Sigrun zu ihrer ältesten Tochter. „Nun ist sie aber ein Weib und muss einen guten Gemahl finden!"

„Und dass soll Eirik sein?" Sigrid begann wieder albern zu lachen und ihre um zwei Sommer jüngere Schwester lachte

---

[22] Freya – schöne Göttin der Liebe und Fruchtbarkeit, aus dem Göttergeschlecht der Vanen, Schwester des Frey

mit ihr. Da platzte dem Sven der Kragen. „Halt endlich
deinen Mund, oder ich verheirate dich mit dem hässlichsten
Kerl, den ich finden kann!"
Dann wandte er sich wieder seinem Sohn zu, denn das
Gekicher der Mädchen war sofort verstummt. „Wenn es dir
so wichtig ist, werde ich morgen mit Bjarni reden, und dann
wird Hochzeit gehalten!"

Es war ein schöner Wintermorgen mit eisig klarer Luft, als
Sven Sigurdsson, in seinen dicken Pelzumhang gehüllt, auf
seinem hellbraunen Pferd mit der blonden Mähne entlang
des verschneiten Waldes zum Hof des Bjarni ritt. Begleitet
von Eirik, hatte sich der Häuptling und Odalbauer früh auf
den Weg gemacht. Der Hof des Vaters der schönen Gerhild
lag etwas östlich im Landesinneren, aber unweit des Dorfes,
sodass der Ritt durch die Kälte nicht lange währte.
Es hatte seit einigen Tagen nicht mehr geschneit, daher war
ein Trampelpfad entstanden, auf dem der Schnee
niedergetreten war, und der zum Hof des Bjarni führte. Dies
machte den Ritt leichter, da sie nicht durch den hohen
Schnee waten mussten, der die Pferde nicht selten bis zum
Bauch versinken ließ. Trotzdem war das Fell der Tiere
schweißnass, und die Pferde bliesen kräftige Atemwolken
aus ihren Nüstern in die kalte Luft.
„Bjarni, du alter Gauner!", rief Sven, als sie ihre Pferde vor
der Pforte der Hütte zügelten. Die hölzerne Tür, deren
Rahmen mit geschnitzten Drachen verziert war und dem
Besucher einen Anflug von Reichtum vorgaukelte, wurde
geöffnet, und Gerhild trat heraus. Die langen Strähnen ihres
Haares waren geflochten und dann, zu großen Schnecken
gerollt, an ihrem Haupthaar festgesteckt. Sie trug ein
wollenes Kleid, das von kunstvoll verschlungenen Fibeln
gehalten wurde. Darüber trug sie eine Schürze, deren

Verschmutzung davon zeugte, dass der Arbeitstag der Gerhild bereits früh begonnen hatte.

„Was brüllst du hier so herum, Sven Sigurdsson?", fragte sie streng. Da wurde sie beiseitegeschoben, und ihr Vater erschien auf der Schwelle der Hütte. „Verschwinde ins Haus!", befahl er, und Gerhild gehorchte. „Geh deiner Mutter zur Hand!"

„Was führt dich auf meinen Hof, Sven?" Die Stimme des groß gewachsenen Bauern klang wenig freundlich, denn er mochte den Häuptling des Gaues nicht so sehr. Es war wohl auch der Neid ein Grund dafür, denn Sven war wohl der reichste Mann in dem ganzen Fjordgau, und oft lieh er den ärmeren Bauern, was diese brauchten, um es dann mit hohen Aufschlägen zurückzufordern.

Für den Bjarni dagegen reichte es gerade einmal, um seine kleine Familie, neben seinem Weib und der Gerhild hatte er noch einen elf Sommer zählenden Sohn, ohne Hunger über den Winter zu bekommen. Dies war auch der Grund dafür, dass Gerhild oft der Weg in das Dorf führte, denn sie verrichtete dort allerhand Arbeiten als Magd.

„Ich grüße dich, Bjarni Kjetilsson", sprach Sven freundlich, und auch Eirik grüßte den Mann, der sein Schwiegervater werden sollte. „Willst du uns nicht in deine Hütte bitten? Es ist kalt hier draußen", forderte Sven. „Und einen Becher mit heißem Met würden wir nicht ausschlagen!"

„Heißen Met", grummelte Bjarni ungläubig. „Bier kannst du haben, aber sag erst, was du willst!"

„Ich kam, um für deine Tochter Gerhild zu bieten! Sie soll das Weib meines Sohnes Eirik werden!"

„So, so! Für meine Gerhild willst du also die Heiratssumme aushandeln!" Nachdenklich kratzte sich Bjarni den langen Bart. „Na gut! Dann tritt ein, Sven, und trinke einen Becher kaltes Bier mit mir."

Das Haus des Bjarni war nicht ärmlich, doch es war auch nicht so schön und groß wie das Langhaus des Sven Sigurdsson. Gemeinsam mit den Gästen Sven und Eirik hatten der Hausherr und sein Weib Grit an dem Tisch Platz genommen, der mit zwei langen Bänken in einer Ecke des Hauses stand. Auf die befehlenden Worte des Vaters hin brachte Gerhild einen großen Krug und einige Becher, die sie auf den Tisch stellte, bevor sie sich selbst neben ihre Mutter setzte. „Du willst mir also meine einzige Tochter vom Hof fort holen", sprach Bjarni den Eirik an, und seine Stimme klang dabei wenig erfreut.

„So ist es wohl, Bjarni!", antwortete der Häuptlingssohn. „Ich will Gerhild zu meiner Gemahlin machen, denn sie ist ein gutes und fleißiges Weib!"

„Ja, das ist sie! Und schön ist sie noch obendrein", fügte Sven mit einem gedrungenen Lächeln hinzu. Da begehrte das junge Weib wütend auf. „Du willst mich, weil ich ein fleißiges Weib bin?", schnauzte sie den Eirik böse an. „Kein Wort kommt über deine Lippen, dass du mich liebst!" Gerhild war sichtlich erzürnt über die kalte Art der Brautwerbung. „Außerdem weiß ich gar nicht, ob ich dich überhaupt will!"

„Du hast die Worte meiner schönen Tochter gehört, Sven Sigurdsson", sprach nun Bjarni in ruhigem, aber bestimmtem Ton. „Sie will dich nicht!"

Doch der Sven war es nicht gewohnt, dass man seine Wünsche ausschlug. „Ich bin bereit, dir ein Pferd und vier Schafe zu geben", sagte er und wusste, dass dies ein guter Preis war. Doch der Bauer Bjarni begehrte wütend auf. „Willst du mich verspotten, Sven Sigurdsson? Meine Tochter ist dir nicht mehr wert? Außerdem will sie deinen Eirik gar nicht!"

Da sah der junge Svensson seinen Vater eindringlich an und nickte. „Na gut! Ich gebe dir noch ein Schwein dazu", bot der Häuptling ohne Rücksicht auf die Worte des Bjarni weiter. „Zwei Schweine!", verlangte Bjarni nun stur. Da mischte sich wieder Gerhild ein, denn sie sah, dass ihr Vater bei einer solchen Summe weich wurde. Ja, sogar weich werden musste. „Hörst du mich nicht, Vater? Ich will den Eirik nicht zum Mann!" Doch es war zu spät.

„Ach, halt den Mund", fuhr er sie böse an. „Ich dulde keinen Widerspruch von dir! Du wirst gehorchen, oder ich verkaufe dich nach Lade!" In der Stadt im Trondheimfjord befand sich der größte Sklavenmarkt im Nordwesten Norwegens. Nun legte Grit ihre Hände auf die der Tochter. „Was willst du, Kind? Eirik ist der Sohn des Häuptlings und wird dereinst ein reicher Mann sein. Es gibt in diesem Fjord sicher keinen besseren Gatten für dich!"

„Aber es ist doch der Sigurd, den ich liebe", sprach Gerhild so leise, dass man ihre Worte kaum vernahm. Doch Bjarni hatte gute Ohren und fuhr seine Tochter auch sofort wütend an. „Das ist also der wahre Grund, du dummes Weib! Sigurd ist seit vier Sommern verschwunden, glaubst du etwa, er wird noch einmal zurückkehren? Wahrscheinlich ist er längst bei den Göttern!"

„Er hat es mir versprochen", trotzte das junge Weib störrisch und begann zu weinen.

„Pah! Versprochen", äffte Bjarni seine Tochter nach, und er war sichtlich erbost über die Gehorsamsverweigerung. Zu gut war das Angebot des Sven, als dass der Bauer es hätte ausschlagen können. „Lass endlich diese kindische Schwärmerei und gehorche!" Dann wandte er sich wieder seinen Gästen zu und reichte Sven die Hand. „Schlag ein, Häuptling! Wir sind uns einig. Gerhild wird das Weib deines Sohnes werden!"

*

Viele Seefahrer hatten Sigurd eindringlich davor gewarnt, zu dieser Jahreszeit noch einmal auf das Nordmeer hinauszusegeln. Der gute Gott Ägir schlief jetzt viel, doch sein böses Weib Ran dagegen war hellwach. Aber der Tröndner vertraute auf sein Heil, und er konnte sich auf die Erfahrung seines Steuermannes Björn stützen, was er dem Geschwätz fremder Zungen allemal vorzog. Außerdem war da ein unbeschreiblicher Sog, eine geheimnisvolle Kraft, die ihn in den heimatlichen Fjord zog.

So verließ der Wogendrachen inmitten des Winters den Hafen von Lade, um in den eisigen Fjord hinauszufahren.

Laut krachend barst immer wieder die dünne Eisschicht unter dem Kiel der Schnigge in der Fahrrinne, die sie nicht verlassen durften, bis sie endlich das eisfreie Wasser des Fjordes erreichten. Und auch hier war größte Vorsicht geboten, denn es trieben Eisschollen im Meer, die ihren Weg nach Süden suchten. Der Wogendrachen durchquerte mit geblähtem Segel den großen Trondheimfjord und fuhr dann in die offene See hinaus.

Bei leichtem Schneefall nahmen sie Kurs nach Norden, und die Männer ruderten kräftig, um sich zu wärmen. Auch hier trieben große, weiße Scheiben im Wasser, wurden von den Wellen getragen, und drohten den Rumpf des Schiffes zu zerstören. Zwei Tage segelten sie entlang der zerklüfteten Küste, vorbei an Buchten und Inseln, bis sie die Mündung des Fjordes erreichten, der den Namen Sigurds und seiner Ahnen trug.

Mit dem Signalhorn kündigte Sigurd immer wieder ihre Ankunft an, und nachdem der Wogendrachen die hohe Felskante umschifft hatte, kamen sie in den Teil des Fjordes, in dem sich das Dorf befand. Hinter einem kleinen Wald, der bis an den Strand reichte, und dem Landsinneren zugewandt einen Hügel hinauf wuchs, befanden sich die

Höfe der Bewohner dieses Fjordes, standen die Hütten und Häuser des Dorfes. Und nun hallte ihnen auch der dumpfe Ton eines Hornes entgegen, das auf einer Anhöhe stand, die sich zu beiden Seiten des Strandes erhob.

Sie waren entdeckt!

Ein großer Teil der kleinen Bucht war, wie auch schon der Trondheimfjord, von einer dicken Eisschicht bedeckt und hatte das Wasser in festes, weißes Land verwandelt.

So steuerte Björn den Wogendrachen an die Kante des Eises. Mehrere Enterhaken hatten die Seefahrer in das Eis geschlagen und den Wogendrachen so daran befestigt, damit das Schiff nicht mehr abtreiben konnte. Von weitem sahen die Seefahrer, dass sich der verschneite Strand, der von der dicken Schicht des Eises kaum zu unterscheiden war, mit Menschen füllte. Bald darauf näherte sich eine Abordnung von Kriegern über das Eis.

Allen voran schritten Sven Sigurdsson und sein Sohn Eirik. Der junge Wikingerführer hatte seine Gesippen sofort erkannt.

Bald schon hatten die Krieger des Dorfes das fremde Schiff erreicht, und Sven trat vor die Ankömmlinge, während seine Gefolgschaft mit ihren Waffen in Händen gespannt abwartete. Da wandte sich Sigurd, der in einen dicken wollenen Mantel gehüllt war und der eine Pelzmütze trug, die er tief in sein Gesicht gezogen hatte, seinem Vater zu.

„Wer seid ihr?", fragte der Häuptling ohne Umschweife und mit strenger Stimme. Da nahm Sigurd seine Mütze vom Kopf. „Erkennst du deinen erstgeborenen Sohn nicht mehr, Häuptling Sven?" Auch die Stimme des Sigurd war streng und zeugte von wenig Wiedersehensfreude. Da trat der Häuptling des Gaues noch einen Schritt näher heran.

„Sigurd?", fragte er ungläubig. Doch auch jetzt, nachdem er glaubte, seinen Sohn erkannt zu haben, wurde seine Stimme nicht freundlicher, denn er befürchtete, dass mit dem Sigurd auch der Ärger in sein Dorf zurückgekehrt war.

Noch einmal betrachtete Sven den Mann, der vor ihm stand, mit prüfendem Blick. Der junge Tröndner hatte sich in den letzten vier Sommern, die er fort war, sehr verändert. Er war von einem Knaben, einem jungen Bauernburschen, zu einem kräftigen Mann gereift. Zu einem Seekrieger!

Seine Gesichtszüge waren nicht mehr die eines Kindes, er war zu einem stattlichen Kerl herangewachsen, so wie sein Haar, das nun lang war und zu Zöpfen geflochten auf seinen Schultern lag. Ein blonder Bart war ihm gewachsen und Sven hatte wirklich Mühe, in diesem Mann seinen eigenen Sohn zu erkennen. Da trat Eirik vor. „Was willst du hier?", fragte er mit kalter, abweisender Stimme, und ließ so keinen Zweifel daran, dass ihm die Heimkehr des Bruders genauso wenig erfreute wie seinen Vater.

„Was ich hier will, fragst du, Bruder?" Sigurd lächelte herausfordernd. „Dies ist meine Heimat! Hier werde ich dereinst Häuptling sein", antwortete er mit gespielter Freundlichkeit, doch sein Tonfall ließ keine Zweifel an seiner Absicht aufkommen und zeugte davon, dass er seine Worte durchaus ernst meinte. Da trat Björn neben Sigurd und flüsterte ihm in sein Ohr: „Es ist schön zu sehen, wie sehr man sich freut, dass du heimgekehrt bist."

Er grinste und trat einen Schritt zurück, während Sigurd auf seinen Bruder zuging, diesem versöhnlich seine Hand auf die Schulter legte. „Lass uns nicht streiten an so einem schönen Tag, Eirik. Wir wollen lieber den Göttern danken, das wir uns gesund wiedersehen."

Doch dafür hätte Eirik den Göttern sicher kein Opfer dargebracht.

„Wer sind all diese Männer?", fragte nun Sven und zeigte auf das Schiff und seine Besatzung. „Wer ist ihr Anführer?"

„Ich bin ihr Anführer, und dies ist meine Schnigge",

antwortete Sigurd voller Stolz. „Diese Männer haben mir die Gefolgschaft geschworen, und sie würden für mich kämpfen und sterben!"

Die Drohung im Tonfall des Sigurd blieb dem Sven natürlich nicht verborgen, und so, wie es der Wikinger gemeint hatte, fasste Sven es auch auf.

Als Warnung!

„Du siehst, mein Vater, auch ich bin nun ein Häuptling, ein Schiffsführer sogar!"

„Ich sehe, dass es die Götter und die Nornen des Schicksals wohl mit dir meinen, Sigurd!" Die Freundlichkeit des Häuptlings Sven klang gefährlich aufgesetzt und gespielt.

Jetzt trat Björn Gelbhaar neben seinen Anführer, und Sigurd nannte dessen Namen. So, wie er auch die Namen der anderen Krieger nannte, die sich nun nach und nach in seinem Rücken sammelten. Denn die Arbeit auf der Schnigge, das Verstauen der Ruder und das sorgsame Befestigen des eingeholten Segeltuches an der Rahe waren erledigt. Zwanzig meist junge Krieger, Dänen, Schweden und Norweger, standen unter dem Befehl des Sigurd Svensson. Und sie waren mit der Führerschaft des jungen Tröndners zufrieden, da sie im letzten Sommer gute Beute gemacht und Sigurd diese gerecht verteilt hatte.

„Du musst entweder ein mutiger Seefahrer oder irrsinnig geworden sein, wenn du dich im Winter auf das Meer wagst, Sigurd", sagte Sven, und dem jungen Wikinger war, als hörte er ein wenig Spott in der Stimme des Vaters. Doch darauf reagierte Sigurd nicht. „Es war sicher das Heimweh, das mich trieb", gab er nicht weniger spöttisch zur Antwort.

„Sag, Sven, hast du ein Winterquartier für mich und meine Gefährten?", sprach der Sohn zu seinem Vater, und der Ausdruck im Antlitz des Häuptlings zeigte wenig Freude über die Ankündigung Sigurds, den Winter im Sigurdfjord verbringen zu wollen. „Ich werde es dir gut entlohnen!"

Da erhellte sich das Gesicht des Sven, und die Gier ließ ihn den Zwist mit seinem Sohn vergessen. „Kennst du noch die Hütte des alten Kjelt, den man den Fußlosen nannte? Sie würde groß genug sein für dich und deine Männer!"

Sigurd nickte. „Du meinst die Hütte am Wald!" Er erinnerte sich an den Bau, denn er kannte sich im Dorf ja bestens aus. „Die Hütte ist alt und verfallen", er sah seinen Vater böse an und wusste, dass dieser ihn übers Ohr hauen wollte, „das war sie schon, als ich das Dorf verließ!"

„Und sie ist kaum mehr einen Silberling wert, willst du wohl sagen!", tat Sven empört.

„Ihr werdet sie herrichten müssen, das stimmt schon", gab der Häuptling unverhohlen und mit einem schäbigen Grinsen zu. „Aber sie ist die einzige Hütte im Dorf, die Platz für euch alle bietet! Nimm sie oder lass es!"

Das sah Sigurd ein, schließlich musste eine ganze Schiffsbesatzung einen warmen Schlafplatz finden. Und außerdem wollte er die Männer in seiner Nähe wissen. „Gut! So soll es sein!"

„Und nun will ich meine Mutter und meine Schwestern begrüßen." Er sah den Björn an und grinste. „Und es gibt da noch eine, die sich über meine Heimkehr freuen wird!"

Da begannen die Männer in seinem Gefolge zu lachen und zu feixen, denn auch sie hatten ja schon lange ein Weib entbehrt. Und junge Mädchen würde es hier sicher geben.

Da trat Eirik vor seinen Bruder. „Du kommst gerade rechtzeitig, um an meiner Hochzeitsfeier teilzunehmen, Sigurd!"

„Hört, hört, Männer!", rief der Wikinger. „Mein kleiner Bruder Eirik ist zum Mann geworden!" Er machte eine obszöne Geste und lachte laut. „Das ist gut und freut mich für dich. Sag mir Bruder, wer ist die Glückliche?"

Da traf Sigurd ein böser, herausfordernder und auch triumphierender Blick des Eirik. „Es ist Gerhild Bjarnisdottir, mit der ich Hochzeit halte!"
Das Gesicht des jungen Wikingers erstarrte, und es stieg Wut in ihm empor. Björn der Steuermann und auch Rögnvald der Schwede erkannten sofort, dass etwas nicht stimmte, und um Unheil zu vermeiden, stellten sie sich demonstrativ neben ihren Anführer, um diesen zu halten, sollte dies von Nöten sein. Doch Sigurd hielt seinen Zorn zurück, ließ den Kehlenbeißer in seinem Wehrgehäng, lächelte nur bitter mit versteinerter Miene.

*

4. Brautwerbung und Schwertgesang

Nachdem die erste Begegnung mit dem Vater und dem Bruder eisig und wenig freundlich verlaufen war, sollte die Wiedersehensfreude der Mutter und der beiden Schwestern des Sigurd, Sigrid und Ingigrid, umso herzlicher sein. Sigrun umarmte ihren Sohn, und es flossen Tränen des Glückes, wie sie nur eine Mutter und ein Sohn weinen konnten, die sich viele Sommer nicht gesehen hatten. „Mein Sohn, du lebst, und endlich bist du heimgekehrt! Den Göttern sei gedankt!", schluchzte sie, und ihre Töchter weinten mit ihr.

Lange dauerte die innige Begrüßung, ehe sich die Männer an den großen Tisch in der Gästehalle des Langhauses setzen konnten. Sven verlangte nach Bier und Met und schaute mürrisch drein, denn die Freude seines Weibes Sigrun hatte ihm gar nicht gefallen.

Vier Krieger hatte Sigurd zuvor als Schiffswache an Bord des Wogendrachen zurückgelassen, und mit dem Rest der Mannschaft hatte er sich auf den Weg zu der Hütte gemacht, in der sie ihr Quartier beziehen sollten. Sven und Eirik selbst hatten den Wikingern um Sigurd die Hütte hinter den Feldern und einem Hain am Rande des Dorfes gezeigt. Obwohl der Anführer der Seekriegerschar auch allein dorthin gefunden hätte, schließlich kannte er sich hier gut aus. Das alte Gebäude war in einem schlechten Zustand, so wie man es von einer Hütte erwarten musste, die drei Sommer und Winter lang unbewohnt war. Doch die Seefahrer begannen ohne zu zögern damit, Baumaterial und einiges an Werkzeug herbeizuschleppen, um die nötigen Reparaturen vorzunehmen. Schließlich waren die meisten von ihnen nicht nur Seefahrer, sondern auch gute

Handwerker. Und diese ließen keine Zeit verstreichen und machten sich an die Arbeit, während die anderen ein Feuer entfachten und begannen, das Haus einzurichten.

Sven Sigurdsson, der Häuptling des Dorfes, hatte sich unterdessen mit dem Wikingerführer, der sein erstgeborener Sohn war, auf den Weg zu seinem großen Langhaus gemacht.

Sechs Männer hatte Sigurd zu seinem Schutz als Eskorte bei sich, so wie es einem Wikingerführer zustand, und darunter waren natürlich Björn und Rögnvald, die seine engsten Berater waren. Der junge Seeschäumer misstraute dem Häuptling des Fjordes, obwohl er sein Sohn war. Oder vielleicht gerade deshalb!

Sigrun bewirtete ihre Gäste auf das Beste! Sie brachte heißen Met und Krüge mit frischem Bier auf den Tisch. Dazu Brot, getrocknetes Fleisch und Fisch, worauf das Antlitz ihres Gatten noch düsterer wurde, als es durch die überschwängliche Begrüßung seines Weibes und ihrer Töchter sowieso schon war. Der Gedanke, dass diese Kerle ihm nun seine Vorratskammer leer fraßen, behagte ihm ganz und gar nicht. „Lass uns nun über die Entlohnung reden, die du mir versprachst, wenn ich euch in meinem Fjord überwintern lasse", forderte Sven unverhohlen und mit mürrischem Blick. Die Gefolgschaft des jungen Wikingers sah sich erstaunt an. Dieser Mann sollte wirklich der Vater ihres Anführers sein?

„Willst du uns beleidigen, Kerl?" Björn erhob sich zornig, doch sein Anführer legte ihm beruhigend seine Hand auf den Arm. „Lass es gut sein, Freund! Sei unbesorgt, meine Truhe ist gut gefüllt! Ich werde dafür bezahlen, wie ich es sagte. Meine Gefährten sollen dir nicht zur Last werden", antwortete Sigurd ruhig und lächelte fast mitleidig, denn wenn er im nächsten Frühjahr auf Raubfahrt gehen würde und noch einen Sommer dazu, so wäre er in kürzester Zeit

sicherlich ebenso wohlhabend wie der Häuptling des Dorfes.
„Wir haben unsere Waren in Lade zu guten Preisen
verkauft, sodass jeder Mann seinen verdienten Anteil
bekam!"
„Dann wirst du ja bald ein reicher Wikinger und
Seeschäumer sein", murmelte Eirik mit Neid in seiner
Stimme. Doch wenn er es sich recht überlegte, war dies für
ihn sogar gut, denn dann, so hoffte er, würde Sigurd
freiwillig auf sein Erbe verzichten und vielleicht sogar den
Fjord für immer verlassen. Da wandte sich Sigurd seinem
Vater zu und sah diesen mit ernster Miene an. „Gib mir dein
Wort, Sven, dass mir und meinen Männern hier kein Unheil
droht", dabei fiel sein Blick auf seinen Bruder.
„Ein Hinterhalt oder ein nächtlicher Überfall würde sicher
keinem gut bekommen!" Nun sah er Eirik geradewegs in die
Augen. „Wir sind Gesippen und sollten uns kein Leid
zufügen!" Und bevor Eirik ein Wort sagen konnte, willigte
Sven nickend ein. „So soll es sein, Sigurd!"
Doch der Ausdruck im Gesicht des jüngeren Sohnes des
Häuptlings sprach andere Worte. Der Wikingerführer aber
war vorerst zufrieden.

Am zweiten Tag nach ihrer Ankunft geschah es dann, dass
Sigurd dem Mädchen begegnete, mit dem er schon als Kind
gespielt, der er seine Zuneigung geschenkt hatte, und die er
vor den anderen Kindern des Dorfes beschützt hatte. Ihr
hatte er auch sein Wort gegeben, dereinst in den Sigurdfjord
zurückzukehren. Er war auf dem Weg von dem kleinen
Gehöft mit der großen Hütte zum Hof seines Vaters.
Obwohl es der Wunsch seiner Mutter gewesen war, dass der
Sohn im Hause der Eltern wohnen sollte, hatte es der
Wikinger vorgezogen, bei seinen Männern zu bleiben.
Er war schließlich ihr Anführer und gehörte zu seinem
Gefolge, auch war ihm die Gefahr zu groß, dass ihn ein

nächtlicher Dolchstoss treffen könnte. Denn Sigurd hatte viel in den Augen seines Bruders gelesen.

Plötzlich, auf dem Weg, der durch das Dorf führte und die Höfe und einzelnen Hütten verband, stand sie vor ihm. „Sigurd Svensson!", sprach sie mit strengem Blick. „Vier lange Winter sind vergangen, ehe du endlich heimgekehrt bist!" Verlegen sah der Wikinger sie an und er konnte kaum ein Wort herausbringen, denn zu sehr gefiel ihm, was er sah. Gerhild war nicht mehr das kleine Mädchen, für das er sie gehalten hatte, als er ging. Nun war die kindliche Knospe zu einer schönen, jungen Frau erblüht: Gut gewachsen, mit festen Brüsten, die ein Männerherz erfreuten.

„Ich, ich…", stotterte er herum und brachte vor lauter Verlegenheit kein Wort über seine Lippen. „Ach, du dummer Kerl!", rief sie plötzlich erfreut und warf sich dem Sigurd an den Hals. „Die Hauptsache ist, dass du noch rechtzeitig heimgekehrt bist!" Sie küsste Sigurd innig, und er spürte, dass ihre Liebe zu ihm während seiner Abwesenheit gewachsen war. Dies konnte nur das Werk der Götter sein, dachte er und wusste, dass die schöne Gerhild das Weib an seiner Seite sein würde. „Sie wollen mich mit deinem Bruder verheiraten. Aber nun bist du wieder hier, und niemals wirst du zulassen, dass ich das Weib des Eirik werden muss!"

„Ja, ich hörte davon! Doch ich bin mir sicher, dass Freya da anderes im Sinn hat." Er lächelte, und Gerhild wusste, dass nicht Eirik ihr Gemahl werden würde.

Gemeinsam gingen sie am Rande des Dorfes entlang und dann den Weg durch das Wäldchen, zum Hof des Sven, da Sigrun nach Gerhild gerufen hatte. Sigurd musste ihr auf dem Weg dorthin ausführlich davon erzählen, wie es ihm ergangen war. Und sofort verspürte die Tochter des Bjarni ein fast vergessenes Wohlbehagen, das seine Nähe in ihr auslöste. Der Klang seiner Stimme, jetzt etwas tiefer als bei ihrer letzten Begegnung, aber doch so vertraut, erwärmte ihr Herz. Die trüben Gedanken an die Vermählung mit Eirik waren wie fortgeblasen.

Zuerst betrat Sigurd das Langhaus seines Vaters, und Gerhild folgte ihm, sodass bei dem gemeinsamen Anblick der beiden jungen Menschen die Gespräche der Anwesenden verstummten. Sigrun, das Weib des Häuptlings Sven, hatte diesen Augenblick gefürchtet, den Moment, an dem Gerhild dem Sigurd begegnen würde. Und sie hatte inständig gehofft, dass Gerhild dann schon das Weib des Eirik sein würde. Doch nun war es geschehen, und sie war noch nicht dem Eirik vermählt!

Sven saß auf seinem mit Schnitzereien verzierten Hochstuhl, der an der Kopfwand des Langhauses stand und auf dem er als Häuptling seine Untertanen empfing, oder, wenn der Mond seine volle Rundung erreichte, eine Versammlung abhielt. Vor ihm standen sein Sohn Eirik und zwei Männer aus der Siedlung, die der junge Wikinger gut kannte. Und Sigurd wusste auch sofort, was ihr Gesprächsthema war, denn beim Anblick des ungeliebten Bruders und Anführers der Wikingerschar hielten sie mit ihrer Unterredung inne, und die beiden Männer traten sofort neben den Hochstuhl ihres Häuptlings, um für Sigurd Platz zu machen. Beide Männer nickten zum Gruß, doch nur der eine lächelte ein wenig. „Bist zum Krieger geworden, Sigurd! So hatte ich es erwartet", sprach er und reichte dem Wikinger seine Hand.

„Ich danke dir für deine Worte, Sturlar vom Borkenhof!" Da sah Eirik seinen Vater mit verärgertem Gesicht an und wandte sich dann dem Bruder und dem jungen Weib zu. Aber kein Wort kam über seine Lippen, er stand nur da, als sei er angewurzelt. Ein frecher Blick der Gerhild traf ihn, und das Weib stellte sich auf die Zehenspitzen und küsste innig den Sigurd. „Wie du siehst, haben die Götter anders entschieden, als du es dir gewünscht hast, Eirik", sagte sie frech, dann lief sie lachend zu den Schwestern Sigrid und Ingigrid, die bereits kichernd und feixend neben der Feuerstelle mit dem großen eisernen Schwenktopf standen. Sofort begannen sie zu tuscheln, bis sie der böse Blick des Sven traf. Da schwiegen sie!

Diese Demütigung war dem Eirik zuviel! Ein wütender Schrei entfuhr seiner Kehle, und er riss sein Messer aus der ledernen Scheide, die an seinem Gürtel hing. Mit großen Schritten lief er auf seinen Bruder zu, die scharfe Klinge in der Faust, bereit, auf den vermeintlichen Nebenbuhler einzustechen. Den wütenden Ruf seines Vaters hörte er nicht, und auch nicht den Entsetzensschrei seiner Mutter. Sigurd jedoch war erfahren genug, sich eines plötzlichen und unerwarteten Angriffs zu erwehren. Blitzschnell wich er dem Messerstich seines Bruders aus, drehte sich schnell herum, und mit einem heftigen Faustschlag gegen den Kopf ließ er den um eine halbe Haupteslänge größeren Eirik zurücktaumeln und auf den Boden stürzen.
Nun stellte sich Sven Sigurdsson zwischen die streitenden Brüder. „Ich dulde keinen Brudermord in meinem Haus", schnauzte er den auf dem Boden hockenden Eirik an. „Wage es nicht noch einmal, dein Messer zu ziehen, ohne dass ich es dir befehle!" Dann wandte er sich wütend dem Sigurd zu. „Du bringst nur Ärger in mein Dorf, Sigurd! Warum kamst du zurück?"
„Du gabst mir dein Wort, Häuptling, dass mir und meinen Mannen hier kein Leid widerfährt", zischte Sigurd verärgert, rieb sich dabei seine schmerzende Faust und hatte beschlossen, diesen Mann fortan nicht mehr als seinen Vater zu bezeichnen
„Hier hast du die Entlohnung, die wir für das Gastrecht aushandelten." Er warf seinem Vater ein Ledersäckchen,

gefüllt mit silbernen Münzen, zu. „Und nun höre, was ich dir zu sagen habe. Ich bin nicht mehr der Knabe, der vor vier Sommern den Fjord verließ. Ich bin ein Wikinger, ein Krieger, und ich weiß mich meiner Haut zu erwehren!" Drohend sah er in die Gesichter des Bruders und des Vaters. „Ich rate dir, Häuptling vom Sigurdfjord, halte dich an das Wort, das du gabst, oder du wirst es bitter bereuen! Bei Odin, Thor und allen Göttern in Asgard!"

Er tat einen Schritt auf seinen Bruder zu, der sich langsam erhoben hatte. „Und dir sage ich, wage es nie wieder, eine Klinge gegen mich zu erheben, oder es wird deine letzte Tat in Mitgard[23] sein!"

Dann wandte er sich ab und verließ zornig das Langhaus seines Vaters.

„Eirik Svensson!" Gerhild war vor den jüngeren der Häuptlingssöhne getreten. „Du bist ein Narr, und ich werde niemals dein Weib werden! Hörst du? Niemals!"

Dann lief auch sie hinaus, und noch bevor Sigurd die niedrige Steinmauer erreicht hatte, die den Hof umgab, hatte sie in eingeholt. Er sah sie an, lächelte kurz, und dann gingen sie schweigend nebeneinander durch den Schnee, wobei Gerhild große Mühe hatte, den Schritten des Sigurd zu folgen.

„Ich kann ihn verstehen", brach Sigurd endlich sein Schweigen. „Was sagst du da?", fragte die junge Frau erstaunt. „Ich sagte, ich kann meinen Bruder verstehen, denn er glaubte, alles sicher zu besitzen. Sein Weib! Den Hof des Vaters!" Sie blieben stehen. „Verstehst du nicht, Gerhild? Durch mich kann er nun all dies verlieren!"

„Sein Weib!", fuhr ihn da Gerhild erzürnt an. „Ich war nie sein Weib, und ich werde es auch nicht sein. Vorher stürze ich mich von den Klippen!" Wütend setzte sie ihren Weg fort, und nun war es Sigurd, der ihr folgte. „Verkauft hat

---

[23] Mitgard – die Welt der Menschen

mich mein Vater an Sven und Eirik. Verkauft wie ein Stück Vieh!", rief sie zornig.

„Es war wohl nicht so klug, hierher zu kommen", sagte Björn Gelbhaar und war sichtlich bestürzt, als Sigurd von den Ereignissen im Hause seines Vaters berichtete. Sigurd hatte die engsten Berater eingeweiht und zum Schweigen verpflichtet, denn er wollte die anderen Männer nicht beunruhigen, schließlich sollten sie einen ruhigen Winter verbringen.
„Dies ist meine Heimat! Der Hof des Sven wird eines Tages der meine sein. Ob es ihm passt oder nicht! Warum sollte ich dann nicht herkommen?", sprach Sigurd trotzig, und nun, da er gesehen hatte, dass sich die Meinung des Vaters nicht geändert hatte, bestand er umso mehr auf sein Recht.
„Hmm…", brummte Björn nachdenklich. „So ist es wohl! Das Odalrecht ist auf deiner Seite, doch sollten wir vorsichtig sein bei dem, was wir tun."
Da grinste Rögnvald. „Bei den ersten Anzeichen eines Hinterhaltes werden wir dein Erbschaftsproblem auf unsere Weise lösen."
Er legte die Hand auf das Blatt einer seiner kurzstieligen Äxte und streichelte zärtlich darüber, als sei es der Arm eines Weibes.

*

Längst hatte sich Dunkelheit über den Fjord und das Dorf gelegt. Es war am späten Abend, und die Männer vergnügten sich wieder einmal in der großen Hütte, um die Langeweile des Winters zu vertreiben. Einige Mägde und Sklavinnen aus der Umgebung waren anwesend, die Männer spielten Würfelspiele, tranken heißen Met und Bier. Andere trieben sich noch irgendwo mit einer Magd oder der Tochter eines Bauern herum, da pochte es kräftig gegen die Tür der Hütte, die nun wohnlich und gemütlich war. Thorkill sprang auf, öffnete und staunte nicht schlecht. Es war Gerhild, die da mit einer brennenden Fackel in der Hand frierend vor der Pforte stand. Doch Gerhild kam, auf Geheiß ihres Vaters, nie am Abend zu den Wikingern. Nur am hellen Tage war es ihr gestattet, den Sigurd zu besuchen. Schließlich hatte Bjarni von den wilden Festen der Gefolgschaft des Sigurd gehört, und einen kleinen Bastard auf dem Hof, das war das Letzte, was er wollte.

„Tritt ein", forderte der Rothaarige freundlich, doch das Weib blieb an der Pforte stehen. „Hole mir den Sigurd her", sprach sie bittend, aber es klang doch wie ein Befehl. Da sah Thorkill, dass Gerhild geweint hatte, und er wandte sich ab. „Wie du willst", sagte er und verschwand in der Hütte, aus der fröhlicher Lärm und auch ein übler Geruch heraus drang. Kurz darauf erschien Sigurd auf der Schwelle der Pforte, und er zeigte sich erstaunt, über den späten Besuch. „Gerhild?", wunderte sich der Wikinger, und man sah ihm an, dass er schon einige Becher Met getrunken hatte.

„Komm!", befahl sie, und Sigurd gehorchte wortlos. Er griff noch schnell nach seinem Mantel und der Mütze mit dem Pelzrand und trat eilig aus dem Haus. Gemeinsam stapften sie schweigend durch den knietiefen Schnee, bis sie einen der Ställe erreichten, der etwas abseits des Dorfes auf einer Koppel stand, und in dem die Pferde die kalten Nächte verbrachten. „Was bedrückt dich, Gerhild?", fragte der junge Wikinger endlich, denn auch er hatte natürlich die Tränen in dem schönen Gesicht bemerkt. Und da Gerhild nicht sprach, musste er nun fragen.

„Es ist mein Vater Bjarni", sagte sie leise und schluchzte dabei auf. „Mach mir ein Kind, Sigurd", platzte es da plötzlich in höchster Erregung aus ihr heraus. Der Wikinger legte ihr beruhigend seine Hand auf ihren Arm, und Gerhild wurde ruhiger. „Hat das nicht noch etwas Zeit?", fragte er erstaunt. „Nein, das hat es nicht!", drängte sie in höchster Erregung. Da ergriff er ihre Hand, und sie betraten den Stall. Es roch nicht besonders gut, und obwohl nur wenige Pferde hier Schutz suchten, verbreiteten der Schweiß und der Dreck, den die Tiere fallen ließen, einen üblen Gestank. Die meisten Tiere standen, geschützt von dickem Winterfell, im Freien auf der Koppel.

Es war warm in dem Stall, und in einer Ecke lag auf einem großen Haufen etwas Winterfutter. Hier im Heu ließen sich die beiden nieder, und es war bequem, wie sie fanden. Der Geruch des Grases ließ den Gestank nicht mehr ganz so schlimm erscheinen. „Kein allzu schöner Ort", sagte Sigurd und rümpfte die Nase, da huschte der Gerhild erstmals ein Lächeln über ihr Antlitz. „Ah, du hast dein Lächeln also doch nicht verloren! Und so gefällt mir dein hübsches Gesicht noch viel besser!" Da boxte das junge Mädchen dem Wikinger verlegen gegen den Arm. „Foppe mich nicht", sagte sie in gespielter Strenge und wurde dann wieder ernst. „Mein Vater besteht auf der Heirat mit Eirik", sprach sie traurig. „Er steht bei Sven im Wort, sagt er. Er würde sein Gesicht verlieren, bräche er den Pakt. Doch in Wahrheit ist es der gute Preis, der ihn lockt und der ihn das Glück seiner Tochter vergessen lässt!"

„Nun ja, er denkt, Eirik wird den Hof des Sven einmal erben, und so kann man es ihm nicht verdenken. Außerdem wird Sven sicher etwas Gutes geboten haben", vermutete Sigurd richtig, und Gerhild nickte. „Doch ich bin der wahre Erbe! Und ich werde als Erstgeborener mein Recht einfordern, und sei es mit Gewalt!" Da erschrak das junge Weib. „Nein, Sigurd! Du darfst nicht zum Gesippenmörder werden. Das würden dir die Götter niemals verzeihen, und du würdest dein Heil verlieren!" Gerhild war sichtlich erregt.

„Nein… lass uns lieber von hier fortgehen. Wir beide, gemeinsam!"

„Fortgehen? Noch einmal fliehen soll ich? Nein!" Sigurd war fest entschlossen, den Winter über im Sigurdfjord zu bleiben. Schon weil seine Männer, die er anführte, die winterliche Ruhe brauchten, um neue Kraft zu sammeln. „Ich werde zu deinem Vater gehen und für dich bieten. Wenn es Bjarni nur um den Preis geht, so werde ich es meinem Vater Sven schon zeigen! Außerdem muss Bjarni auch deinen Willen berücksichtigen. Schließlich bist du keine Sklavin!"

„Das wird er gewiss nicht tun", zweifelte Gerhild. „Oh doch, das wird er", widersprach Sigurd, und der Klang seiner Stimme verhieß ihr wenig Gutes. Dann sah er das schöne Mädchen an. „Willst du überhaupt das Weib an meiner Seite sein?", fragte er. „Ich bin kein Bauer, sondern ein Seefahrer, der auf Raubfahrt geht. Oft wirst du den Sommer ohne mich verbringen müssen!" Da leuchteten ihre Augen, sie umarmte und küsste den jungen Mann. „Natürlich will ich das! Und bei der Schönheit der Freya, bevor ich das Weib des Eirik werde, gehe ich lieber in den Tod!" Sie schmiegte sich an den Sigurd und küsste ihn lang und heftig, bevor sie damit begann, sich zu entkleiden.

Die meisten Männer schliefen bereits, als Sigurd in die Hütte zurückkehrte. Nur einer hatte auf ihn gewartet! Zwar ein wenig angetrunken, aber doch immer noch Herr seiner Sinne. „Sigurd, mein junger Freund. Glaubst du, dass dies der richtige Weg ist, den du beschreitest?"

„Jawohl, das glaube ich, Björn Gelbhaar!" Es war ein wenig Trotz in der Stimme des jungen Anführers. „Ich werde mir holen, was mir gehört. Niemand nimmt mir mehr meine Heimat. Niemand nimmt mir den Platz, an den ich zurückkehren kann!"

„Bist du auch bereit, deinen Gesippen mit dem Schwert in der Hand gegenüberzutreten? Deinem Vater? Deinem Bruder?", fragte der erfahrene Wikinger streng. „Denn so weit wird es noch kommen."

„Ja, das bin ich! Wenn es Odin von mir verlangt, werde ich das tun!"

„Odin?", lachte Björn auf. „Was hat denn Odin damit zu tun?"

Da mischte sich Rögnvald ein, der nicht weit der beiden auf dem Boden hockte, und wieder am Schaft einer seiner Äxte schnitzte. „Odin!" Er schüttelte den Kopf. „Du hast doch die Gerhild besprungen. Oder war es etwa Odin?"

Da traf den Schweden ein böser Blick, doch dieser war davon wenig beeindruckt. „Du bist es Sigurd, der Unheil herauf beschwört", warnte der Gefährte seinen Anführer.

„Na, und wenn schon", trotzte Sigurd.

„Sie ist deinem Bruder versprochen, und doch besorgst du es ihr", stellte Björn fest und Sigurd erkannte am Tonfall seiner Stimme, dass er dies nicht für gut befand.

„Du glaubst, ich kam hierher wegen des Weibes? Du denkst, ich kam, um meinem Bruder alles zu nehmen?", fragte Sigurd ein wenig erregt, sodass einige der Schlafenden erwachten und maulten. „Nein, Björn, so ist es nicht! Mir wurde alles genommen, und nun hole ich es mir zurück!"

Dann wurde die Stimme des Sigurd wieder ruhiger. Er trat an Björn vorbei und hockte sich neben Rögnvald auf den staubigen Boden. „Gerhild ist von den Göttern für mich bestimmt, nicht für Eirik", sprach er voller Überzeugung.

„Solange ich denken kann, war sie an meiner Seite. Als wir noch Kinder waren, natürlich nur wie eine Schwester."

Er grinste verlegen. „Wir spielten von frühester Jugend an miteinander, und bevor ich den Fjord verließ, war sie es, die für mich die Beine spreizte, sodass ich als Mann ging!"

Björn und Rögnvald sahen sich schweigend an.

„Ihr seht also, meine Freunde, ich hole mir nur zurück, was das Meine ist!" Da nickte der gelbhaarige Norweger. „Gut! Mein Schwert ist das deine!"

Nun meldete sich auch Thorfinn zu Wort, der die Unterhaltung schweigend auf seinem Schlaflager verfolgt hatte. Alle Männer waren also nicht besoffen vom Bier, wie Sigurd glaubte. „Was wirst du nun tun?", fragte der Däne. Die drei Männer sahen ihn erstaunt an, da sie ihn schlafend glaubten. „Dieses Haus wurde aus Ohren gebaut", lästerte Rögnvald und grinste dabei.

„Ich werde Bjarni ein Angebot machen, und er wird ins Grübeln kommen", sagte Sigurd, und die Schadenfreude in seiner Stimme war kaum zu überhören. „Ich werde auch diese Hütte, das Land, auf dem sie steht, und ein wenig Vieh kaufen. So kann Gerhild hier leben, wenn ich auf See bin! Und wir alle haben ein Dach über dem Kopf, wenn der Winter naht, und eine Heimat, in die wir zurückkehren können!" Langsam erhob sich Sigurd, gähnte mit weit aufgerissenem Maul und streckte sich. „Und irgendwann werde ich vor den Thingrat in Lade treten und Häuptling des Gaues werden!"

„Das hört sich doch gut an, Björn", sprach Thorfinn.

„Ja, vielleicht kann man sich hier wirklich niederlassen", nickte der Steuermann zustimmend. Da legte ihm Sigurd die Hand auf die Schulter. „Du hast dich einem künftigen Gauhäuptling angeschlossen, und eines steht fest: Vertreiben lassen wir uns jedenfalls nicht! Bei allen Göttern von Asgard!"

Am nächsten Morgen, es hatte wieder heftig zu schneien begonnen, ging Sigurd, begleitet von Björn, Rögnvald und dem jungen Thorkill, auf den Hof des Sven Sigurdsson. Dort wurden die vier Männer freundlich von Sigrun und ihren Töchtern empfangen. Die Hausherrin küsste und umarmte ihren Sohn und servierte den Besuchern, nachdem diese ihre verschneiten Umhänge abgelegt hatten, ein ausgiebiges Morgenmahl. Häuptling Sven lag noch in tiefem Schlaf, da er am Abend zuvor von einem lange ausgereiften Fässchen Met gekostet, dieses dann für gut befunden und sodann dem köstlichen Getränk ordentlich zugesprochen hatte.

In aller Ruhe aßen die Männer die dargereichten Speisen, wobei die Schwestern Sigrid und Ingigrid die Seefahrer mit ihren Fragen überschütteten. Doch ihr Interesse galt wohl eher dem Rögnvald und dem jungen Thorkill, schließlich kamen die Mädchen bald in das heiratsfähige Alter. Belustigt schüttelten Sigurd und Björn ihre Köpfe, und die beiden bedrängten Gefährten taten ihnen fast ein wenig leid. Es dauerte eine ganze Weile, bis auch Sven in die Gästehalle trat. Und der Häuptling erweckte bei den Männern auch sofort Mitleid, denn sein Aussehen verriet ihnen, wie sich der Vater des Sigurd fühlen musste.

„Verschwindet, ihr jungen Hühner", grunzte Sven leise, und ein Händeklatschen der Sigrun ließ die jungen Mädchen aufschrecken, die sich sofort vom Tisch der Männer zurückzogen. „Bist du des Wahnsinns, Weib?", schimpfte Sven, dem das Klatschen seiner Frau im Kopf noch größere Schmerzen bereitete. Aus kleinen, verschlafenen und rot unterlaufenen Augen sah er seine Gäste unfreundlich an. Mit der Hand an seinem Kopf nahm er Platz und wandte sich an sein Weib. „Bring mir einen Krug mit kaltem Wasser und etwas Birkenrindensaft!" Sofort tat Sigrun wortlos, was ihr Mann befohlen hatte.

„Was willst du schon wieder hier?", fragte Sven böse, denn er hatte die strengen Worte seines Sohnes, die dieser am Vortag gesprochen hatte, für übel genommen. Außerdem brummte ihm gehörig der Schädel, was seine Laune und die

Lust auf eine Unterhaltung nicht förderte. „Du drohst mir und wagst dich dann noch auf meinen Hof, beim Thor!"
„Du weißt es genau", brauste Sigurd auf, „dass es Eirik war, der das Messer gegen mich zog! Odin und all die Männer, die zugegen waren, sind meine Zeugen!"
„Ja, ja! Es soll gut sein", sprach Sven. „Aber brüll nicht so. Was willst du also?" Der Häuptling wusste, dass sein Sohn im Recht war, und außerdem wollte er die Besucher, so schnell es ging, wieder loswerden.
„Ich komme zu dir, um die Hütte zu kaufen und das bisschen Land dazu." Wieder legte er ein klimperndes Ledersäckchen auf den Tisch. Sven nahm den Beutel und schüttete ihn vor sich aus. Es waren fränkische Silbermünzen, die auf dem Tisch klimperten, und genügend davon, um den Wert der großen Hütte, die eigentlich schon ein Langhaus war, auszugleichen.
„Was willst du mit der Bruchbude?", fragte er mürrisch.
„Auch ich brauche ein Heim, zu dem ich zurückkehren kann." Sigurd sah Björn an und knipste mit dem Auge. Da reichte ihm Sven die Hand, und seine Augen leuchteten gierig dabei. „Der Handel gilt", sagte der Häuptling streng und füllte die Silberlinge, die er vorher sorgfältig gezählt hatte, mit zitternden Händen wieder in das Ledersäckchen.
Björn Gelbhaar schüttelte ungläubig den Kopf, als sie das Langhaus verlassen hatten und in den Schnee traten. „Dieser Kerl ist wirklich dein Vater?" Sigurd sah den Steuermann verwundert an. „Ich verstehe diesen Kerl nicht. Nur zu gerne würde er dich aus seinem Fjord vertreiben, und doch verkauft er dir das Haus und das Land noch dazu!"
„Es ist seine Gier nach Reichtum, die ihm manchmal mehr als der Met den Verstand vernebelt. Es war schon immer so", antwortete Sigurd, und ein mitleidiges Lächeln huschte über sein Gesicht.

„Was tun wir nun?", fragte Thorkill Ormsson neugierig.
„Jetzt kommt der nächste Streich, mein Freund", gab der
Anführer zur Antwort und grinste in freudiger Erwartung.

Gemeinsam gingen sie zu der Koppel, auf der der Stall
stand, in dem Sigurd in der vergangenen Nacht der Braut
seines Bruders beigelegen hatte. Sie nahmen jeder ein Pferd
und ritten zum Gehöft des Bauern Bjarni.
„Ah, Sigurd Svensson!", rief der Bauer sichtlich erfreut und
begrüßte den Wikinger und sein Gefolge freundlich. Bjarni
hatte nie ein Geheimnis daraus gemacht, dass er Sigurd
schon als Knaben lieber mochte als Eirik. Der ältere der
Brüder war fleißig und scheute die Arbeit nicht, so hatte er
dem Bjarni oft auf dessen Hof geholfen, wenn Hilfe von
Nöten war. Eirik dagegen war nur der Sohn des Häuptlings!
„Ich hörte schon davon, dass du endlich heimgekehrt bist.
Keiner hier hat noch damit gerechnet. Mit Ausnahme einer
Person." Er grinste verschmitzt. „Welchem Umstand habe
ich deinen Besuch zu verdanken?"
„Das weißt du doch nur zu genau, Bjarni", sprach Sigurd
lächelnd und stieg vom Pferd. Er reichte dem Bauern die
Hand, doch dieser zog ihn an seine breite Brust und
umarmte ihn herzlich wie einen Sohn. Dann musterte er den
jungen Kerl von oben bis unten. „Ich sehe, aus dir ist ein
Mann geworden!" Er kratzte seinen Bart, in dem Eiskristalle
hingen. „Ja, sogar ein Wikingerführer, wie man sich
erzählt!" Es klang fast ein wenig Stolz in der Stimme des
Bauern, denn er mochte Sigurd wirklich, und keiner wäre
ihm als Gatte für seine Gerhild lieber gewesen. Eirik war
nur ein armseliger Schatten an der Seite seines Vaters Sven.
Aber eben ein mächtiger und wohlhabender Schatten!
Sigurd dagegen scheute sich nicht vor harter Arbeit und
daran fand der Bauer nun mal Gefallen. Und es waren viele
in der Siedlung, die die Meinung des Bauern Bjarni teilten.

„Ich sehe, du bringst eine Leibwache mit! Ist es denn im Sigurdfjord so gefährlich geworden?" Sigurd überhörte die Anspielung in den Worten des Bauern nicht. „Nun ja, obwohl mir Sven Sicherheit versprach, wollte mir mein Bruder Eirik als Begrüßungsgeschenk die Klinge seines Messers zu spüren geben." „Hmm…Eine nette Begrüßung unter Gesippen, die aber wohl zu erwarten war", stellte Bjarni fest.

„Nach dem, was ich jetzt zu tun gedenke, wird sich seine Bruderliebe bestimmt nicht bessern", sprach Sigurd offen. Da wandte sich der Bauer den Männern zu. „Steigt ab und kommt in mein Haus. Seid meine Gäste und nehmt von meinem Bier!" Bis auf Thorkill folgten alle dem Bjarni in die Wärme des Hauses. Der junge Schmied musste erst die Pferde versorgen.

„Nun sprich aus, was du willst, Sigurd", forderte der Bauer, nachdem alle Männer an seinem Tisch Platz genommen hatten. Grit, das Weib des Bauern, bewirtete die Männer gut mit Brot, Speck und vor allem mit Bier, das sie heran brachte. Und auch die schöne Gerhild trat an den Tisch, ihr Lächeln war allein dem Wikingerführer angedacht, und ihre Freude über den Besuch konnte sie kaum verbergen.

„Kannst du dir nicht denken, worum es geht?", fragte Sigurd den Hausherrn ohne Umschweife. „Ich komme natürlich, um für deine Tochter zu bieten!"

Das Gesicht des Bauern wurde starr und gefror zu Eis.

„Du weißt, wir sind uns seit Kindesbeinen wohl gesonnen, Gerhild und ich. Ich will sie zu meinem Weib nehmen, denn ich weiß, das sie mich liebt und dass es den Göttern gefallen wird!"

Nun sah Bjarni den Sigurd mit betrübter Miene an, obwohl er insgeheim bereits einen Schimmer an Hoffnung hegte, seine Tochter doch nicht dem Eirik geben zu müssen.

„Glaube mir, Sigurd, zehnmal lieber wärest du mir als

Schwiegersohn, und nicht dein Bruder Eirik. Doch es ist zu spät! Ich stehe bei deinem Vater im Wort!" Da zog Sigurd unter seiner weißen Schafsfellweste einen prallgefüllten Lederbeutel hervor und legte diesen auf den Tisch. Sofort fiel der neugierige Blick des Bjarni darauf. Mit einem Finger stupste er gegen den Beutel, doch sofort schüttelte er energisch den Kopf. „So höre doch, junger Wikinger! Es geht nicht!" Stumm öffnete Sigurd das kleine Ledersäckchen und ließ den Inhalt auf die Tischplatte fallen, sodass die Geldstücke klimpernd tanzten.

Fränkische und vor allem dänische Münzen, dazu einige goldene Taler aus dem Reich des deutschen Königs, rollten über die Tischplatte. „Es ist genug Geld, um einen Krieger zehn Winter zu versorgen. Damit kannst du viel Vieh kaufen und ein reicher Bauer werden, Bjarni!" Sigurd machte es dem Bauern sichtlich schwer. „Überlege es dir gut, Freund!" Er nahm einen goldenen Taler und betrachtete ihn mit begierigem, aber auch traurigem Blick. „Nein, es geht nicht!", rief er fast wütend aus. „Ich gab Sven mein Wort, das sein Sohn meine Tochter freien wird!"

Da horchte sein Weib Grit auf und ergriff das Wort. „War dies der Wortlaut eurer Übereinkunft?", fragte sie ihren Gemahl. „Der Sohn des Sven wird Gerhild heiraten?"

„Ja, ja! Frag nicht so närrisch", nickte der Bauer erzürnt. „Genau dies waren die Worte!"

„Bei Odin und Thor", lachte da Björn Gelbhaar auf, der als Erster begriff, worauf Grit hinauswollte. „Dann ist doch alles in bester Ordnung!"

Er grinste zu der Gerhild herüber und knipste schelmisch ein Auge zu. „Sage mir, Gerhild. Wer ist der Vater des Sigurd?"

„Na, Häuptling Sven! Das weißt du doch", antwortete sie, und in der Aufregung begriff sie ihre eigenen Worte nicht, während die anderen bereits grinsten. Björn wandte sich dem Bauern Bjarni zu. „Richtig! Niemals hast du gesagt, dass sie Eirik heiratet. Es war nur vom Sohn des Sven die Rede!"

Da sah Bjarni den Steuermann des Wogendrachen erstaunt an. „Und Sigurd ist der Sohn des Sven", sagte er leise zu sich selbst, um dann laut herauszurufen: „Sigurd ist der Sohn des Sven!"

*

„Du elender Hundsfott! Du hinterhältiger Betrüger!", brüllte Sven Sigurdsson wütend, als er vor dem Bauern Bjarni stand. Das Fell seines Pferdes dampfte in der kalten Luft, der Häuptling musste es wohl stramm geritten haben. Er hatte es eilig, den Vater der Gerhild zur Rede zu stellen. „Wie kannst du es wagen, mich so zu hintergehen?" Sein Gesicht war vor Zorn gerötet, und nur zu gerne hätte er den Bauern mit seinem Schwert erschlagen.

„Dich zu hintergehen?", fragte Bjarni mit gespielter Unwissenheit und behielt dabei die Ruhe. „Wie kommst du nur darauf, ich wolle dich hintergehen oder gar betrügen, Sven Sigurdsson?"

„Deine Tochter hat dem Eirik gesagt, sie werde das Weib des Sigurd werden, und du wärest damit einverstanden", rief Sven voller Zorn und fuchtelte drohend mit dem Finger vor dem Gesicht des Bjarni herum. „Du gabst mir dein Wort, das sie Eirik heiratet. Die Götter sind mein Zeuge!"

„Oh, das ist nicht wahr! Ich sagte, sie wird deines Sohnes Weib. Und Sigurd ist doch dein Sohn, oder?"

Langsam wurde es dem Sven bewusst, dass er einem Streich aufgesessen war, und so wurde er noch wütender.

„Du Betrüger! Falsche Natter, die du bist, Bauer Bjarni! Es war die Rede von Eirik, als ich für Gerhild bot, und das wusstest du genau!"

„Ach, Eirik oder Sigurd! Ist das nicht einerlei? Sohn ist
doch Sohn!"
Da platzte Sven vor Wut und zog sein Schwert aus dem
Wehrgehäng, doch der Bauer war auf der Hut. Plötzlich
lagen die drei spitzen Zinken seiner Mistgabel auf der Brust
des Häuptlings. „Tue jetzt nichts unbedachtes, Sven. Zwing
mich nicht, dich zu töten, Häuptling vom Sigurdfjord!"
Da ließ der Sigurdsson sein Schwert in das Wehrgehäng
gleiten, schwang sich auf das Pferd und ritt beleidigt vom
Gehöft des Bjarni, der ihm noch belustigt hinterher rief:
„Und denke an mein Vieh. Sigurd ist dein Sohn, und wir
haben schließlich eine Abmachung. Odin ist mein Zeuge!"

Auch vor der Hütte des Sigurd und seiner Mannschaft stand
ein Mann und machte seinem wütenden Zorn Luft. „Sigurd!
Komm heraus und stelle dich meinem Schwert! Du sollst in
deinem Blut ersaufen, du Weiberdieb!"
Rögnvald grinste frech und sprach zu seinem Anführer,
bevor er den Griff der Tür in seine Hand nahm: „Mutig ist er
ja, dein kleiner Bruder. Doch er ist auch blöd wie ein
Ziegenbock!" Die Pforte öffnete sich, und der Gerufene trat
hinaus in den Schnee. Vor ihm stand eine Schar von elf
Männern, die Sigurd alle gut kannte. Sie waren allesamt
Bewohner aus dem Dorf, und sie waren bewaffnet. Von
Eirik aufgestachelt, hatten sie sich dem jüngeren der
Svenssöhne angeschlossen, um diesem gegen seinen
Wikingerbruder beizustehen. Rögnvald sah seinem Anführer
von der Schwelle der Hütte über die Schulter. „Männer,
rüstet euch! Wir haben lieben Besuch bekommen!", rief er
in den großen Raum hinter sich, und nur wenige Momente
später traten die Wikinger des Sigurd mit Schild, Axt und
Schwert ins Freie. Doch der Anführer hob seinen Arm und
hielt seine Krieger zurück. „Eirik, was willst du hier? Und

warum kommt ihr bewaffnet daher?", fragte Sigurd seinen Bruder mit ruhiger Stimme.

„Du kommst von irgendwo her und stiehlst mir mein Weib", zischte der jüngere Bruder voller Hass, und es stand ihm der Schweiß auf seiner Stirn. Das glattrasierte Kinn und die kurzgeschorenen blonden Haare, die an das Haupt eines Sklaven erinnerten, denen man zum Zeichen der Unfreiheit den Kopf kahl schor, gaben dem Eirik ein knabenhaftes Aussehen. Doch die Wut verzerrte sein Gesicht zu einer alten Fratze. „Ich werde dich nun töten! Und ich will deine Eingeweide auf dem Feld verbreiten, als Fraß für die Raben, Bruder. Du wirst Gerhild niemals bekommen!", rief er zornig aus und zog sein Schwert aus dem Wehrgehäng. Sigurd aber trat einen Schritt zurück und sah den Bruder voller Mitleid an. Und anstatt zu weichen, ging er auf einen der Männer zu und grüßte diesen freundlich. „Thure, der Sohn des Bauern Gunnar! Wie schön, dich hier zu sehen", sprach er den jungen Mann freundlich an, und dieser war sichtlich verstört. „Ich will nicht, dass du mir gram bist, wenn du heute an Odins Tafel deinen Platz einnimmst. Erinnere dich also daran, als wir noch Knaben waren." Thure war etwa gleichen Alters wie Sigurd. „An wessen Seite war da die Gerhild zu finden?"

„An deiner Seite, Sigurd", antwortete Thure ohne zu zögern. Dann wandte sich Sigurd den anderen Männern zu und rief in einem Ton, der keinen Widerspruch duldete: „Gerhild ist mein Weib! So haben es die Götter schon vor vielen Sommern bestimmt, und ihr alle wisst das!"

Er sah den Männern direkt in ihre Gesichter. Einem nach dem anderen. „Nicht ich raube ein Weib! Sondern Eirik ist derjenige, der mir mein Weib nehmen will! Das solltest ihr bedenken, bevor ihr heute in den Tod geht!"

Da sahen sich die Männer im Gefolge des Eirik an, und einige nickten zustimmend. Sigurd hatte sie überzeugt, und sie waren nicht mehr bereit, für den Lieblingssohn des Häuptlings das Schwert zu erheben.

Dem Jüngeren der beiden Brüder war es nun aber zuviel, und mit einem lauten Wutschrei stürzte er sich auf seinen verhassten Gesippen. Nur um Haaresbreite gelang es dem Wikingerführer noch, einem kräftigen Hieb seines Bruders auszuweichen, der auf ihn niederfuhr. Geistesgegenwärtig warf Björn dem noch unbewaffneten Sigurd den Kehlenbeißer zu, auf dass er sich dem wütenden Nebenbuhler zum Kampf stellen konnte.

„Begehe keinen Totschlag an deinem Bruder", rief er Sigurd noch zu, doch dieser konnte nur noch nicken, denn zu sehr war er damit beschäftigt, die wilden Schläge seines Widersachers abzuwehren. Und Eirik war wirklich ein ernstzunehmender Gegner, denn schließlich hatte er denselben Lehrer gehabt wie sein älterer Bruder. Und wenn Sven Sigurdsson auch nur ein Bauer war, so beherrschte er doch den Umgang mit der Klinge. Und dieses Können hatte er an seine Söhne weitergegeben.

Im Gegensatz zu dem kampferprobten Wikinger Sigurd fehlte dem Bauernjungen Eirik aber die Erfahrung eines Kriegers. „Los, Männer! Greift an, beim Thor!", rief er, während er auf seinen Widersacher die schwere Klinge niederfahren ließ. Doch die Männer des Dorfes gehorchten ihm nicht, denn sie wussten genau, da Sigurd heimgekehrt war, konnte nur er nach dem Tode des Sven auf den Hochstuhl in der Halle des Langhauses folgen.

So musste Eirik seinen Kampf alleine ausfechten. Und sein Bruder war keineswegs gewillt, sich abschlachten zu lassen. Anfangs noch ließ er seinen Gegner gewähren, denn Sigurd wusste, dass die Kräfte des Eirik, unter dem Gewicht des Schwertes bald schwinden würden. So parierte er die Angriffe nur, ohne zurückzuschlagen. Außerdem war der Kehlenbeißer von weit besserer Machart und dazu noch viel leichter als die Waffe seines Bruders. Und es kam, wie Sigurd es erahnte: Dem Eirik wurde der Arm schwer und immer schwerer. Seine Hiebe wurden langsamer und wurden nicht mehr so kräftig geführt. Jetzt war für Sigurd der Augenblick zum Angriff gekommen, und der erste Hieb traf Eirik bereits am Arm, sodass er vor Schmerz aufstöhnte. „Beim Barte des Einäugigen!", rief Sigurd. „Lass das Schwert sinken, bevor wir Schande über uns bringen!"

Da schlug Eirik, blind vor Wut, erneut zu. „Niemals wirst du Gerhild bekommen! Niemals!", wütete der um nur einen Sommer jüngere Bruder. „Niemals, hörst du!"

Laut klirrte das Eisen, als der Kehlenbeißer auch diesen Hieb abwehrte. „So denk doch an unsere Mutter", sagte Sigurd schon fast flehentlich, doch der Zorn verschloss dem Eirik die Ohren und vor allem den Verstand. Plötzlich war es geschehen! Ein heftiger, brennender Schmerz durchfuhr den Körper des Sigurd, denn die Klinge seines Gegners hatte sich in seine Schulter gegraben.

Da überkam den Wikinger größter Zorn. „Du hast es so gewollt, beim Thor!", rief er wütend aus, und er verdrängte den Schmerz, der durch seinen Arm zuckte, als er den Kehlenbeißer auf das Schwert seines Bruders niederfahren ließ. Wieder und wieder klirrte das Eisen, und die Schläge des Wikingers wurden heftiger und immer kräftiger geführt, bis die Klinge des Eirik zerbrach. Es war Björn, der sich dem Sigurd in den Arm warf, und so verhinderte, dass sein Anführer den tödlichen Schlag führte.

Mit erhobenem Schwert stand er vor seinem Bruder, bereit für den letzten Hieb, bereit, seinen Bruder nach Walhalla zu schicken. Doch er besann sich. „Dein Leben gehört nun mir", sprach er böse.

*

5. Gesippenzwist

Mit der Laune des Sven Sigurdsson stand es in diesen kalten Wintertagen nicht zum Besten, und darunter hatte seine Familie auf das Heftigste zu leiden. Besonders Eirik bekam den Zorn des Vaters zu spüren. Nicht nur, dass er durch seine Eigenwilligkeit die Abmachung und somit das Wort des Vaters gebrochen hatte, war er in dem Kampf auch noch der Unterlegene. Er konnte den Göttern dafür danken, dass er überhaupt noch lebte. An die warnenden Worte des Björn erinnert, hatte Sigurd den letzten todbringenden Hieb nicht geführt, und sein Bruder durfte weiterleben. Alle Männer des Dorfes hatte er unversehrt ziehen lassen, und so hatte Sigurd, ohne es zu wissen, einen ersten Schritt getan, um einmal Häuptling zu werden. Er hatte nicht nur Mut und Geschicklichkeit im Kampf gezeigt, sondern auch Güte und Nachsicht bewiesen, welches auch die Männer des Dorfes, die ihm nicht wohl gesonnen waren, tief beeindruckt hatte.

Nur noch selten kam Sigurd auf den Hof seines Vaters, doch dafür sah man ihn umso öfter als Gast im Hause des Bjarni. Dieser hatte bereits das ausgehandelte Vieh von Sven erhalten, obwohl dieser sich doch sehr dagegen gesträubt hatte, die Tiere herzugeben. Aber viele seiner Vertrauten rieten ihm an, sich an das gegebene Wort zu halten, um nicht vor den Göttern in Ungnade zu fallen und sein Heil zu verlieren. Schließlich sei Sigurd in der Tat sein Sohn, und würde Bjarni in Lade vor den Thingrat treten, musste Jarl Hakon sicher für den älteren der Söhne entscheiden, und dies könnte für den Sven übel enden. So etwas wollte Sven Sigurdsson keinesfalls riskieren, denn er war ein Anhänger des neuen Herrschers im Tröndelag, und er wollte nicht bei diesem in Ungnade fallen. So gab er zähneknirschend dem Bauern, was sie mit einem Handschlag besiegelt hatten.

Auch Sigurd war nun nicht mehr so wohl in seiner Haut, denn sein hart erkämpfter Reichtum hatte sich bedenklich verringert. Fast all seine Habe hatte er fortgegeben.
Mit dem einen Teil hatte er den kleinen Hof gekauft, auf dem er und seine Kriegerschar nun Unterschlupf fanden. Wollte er ihr Anführer bleiben, so musste er sich schließlich großzügig zeigen. Den weitaus größten Teil seines Geldes aber hatte er dem Bjarni für dessen Tochter Gerhild gegeben.
Ein jeder seiner Krieger besaß nun mehr als er selbst, und so sehnte der junge Wikinger sich den Frühling herbei. Ihn zog es hinaus auf das Meer! An die Gestade des Sachsenlandes und des Polenreiches. Nach Dänemark hin und an die Küste der Insel der Angelsachsen. Auf Raubfahrt und auf Handelsfahrt wollte Sigurd gehen, um seine Truhen erneut zu füllen. Doch noch war es Winter!

Die Hütte war nun schon recht ansehnlich und gemütlich geworden, und die Männer hatten dazu noch einen Stall gebaut, in dem sogar schon eine trächtige Sau ihr warmes Heim gefunden hatte. Die Sau gehörte zu den Schweinen, die Bjarni von Häuptling Sven erhalten hatte, und er hatte sie dem Sigurd gerne verkauft. Gerhild aber blieb noch auf dem Hof ihrer Eltern, da es ihrem Vater in keiner Weise gefiel, dass das junge Weib unter all den Kriegern hausen sollte. Damit zeigte sich der Sigurd einverstanden!
Nur der Gerhild gefiel dies wenig. Immer wieder fragte das junge Weib den Sigurd, wann sie denn Hochzeit halten wollten und wann sie endlich auf seinen Hof ziehen dürfe. Der junge Seefahrer wollte aber zuerst noch die nächste Raubfahrt abwarten, denn mit leeren Taschen konnte und wollte er kein Ehegemahl werden.

So blieb er bei dem Drängen der Gerhild eisern, und diese musste, auch wenn es ihr nicht gefiel, noch warten, bevor sie Bäuerin auf dem Hof werden konnte. Da sie nun aber weiterhin ihrer Arbeit als Magd auf den Höfen des Dorfes nachkam, sah sie sich immer noch den Nachstellungen des Eirik ausgesetzt.

„Solange du nicht das Weib meines Bruders bist", tönte er lauthals, „bist du ein freies Weib, und ich werde nicht in meinem Tun nachlassen, um dich zu besitzen!"

Es drohte nun der Streit der beiden Brüder erneut auszubrechen, denn Sigurd war über die Worte des Eirik wenig erfreut und hatte diesen zornig zurechtgewiesen. Daraufhin konnte nur der strenge Befehl des Vaters den jüngeren der Söhne von einer Meucheltat abgehalten. Und es ging dem Eirik nicht mehr nur um das Weib allein, das er unbedingt besitzen wollte.

Je länger Sigurd in dem Heimatfjord weilte, umso größer wurde für ihn die Gefahr, am Ende doch noch sein sicher geglaubtes Erbe an den älteren Bruder zu verlieren. Schließlich stand Sigurd im Erbrecht an erster Stelle, und nachdem die Wikinger den Häuptling vom Sigurdfjord an einem kalten Winterabend zu einem Gelage auf ihren Hof geladen hatten, hörte er die Geschichten von den Raubfahrten seines ältesten Sohnes.

Die Männer erzählten von dem Mut des jungen Sigurd und davon, wie er sich von dem erfahrenen Wikinger und Seekrieger Arnodd das Schiff erkämpft hatte. Da kam, nach dem Genuss von viel heißem Met, so etwas wie Vaterstolz in Sven auf, und er begann Sigurd mit wohlwollenderen Augen zu sehen.

Doch bei genau diesem Gelage geschah es auch, dass sich der Däne Thorfinn in der Nähe des Schweinestalles erleichterte. Das viele Bier und der Met hatten dem jungen Mann schon sehr zugesetzt, als er mit herabgelassenen

Beinkleidern an dem Gatter stand und pfeifend Kreise in den Schnee pinkelte. Da gesellte sich ein Mann an seine Seite, den wohl auch die Blase drückte. Es war Eirik!
Der Däne hatte den Bruder des Sigurd aber nicht erkannt, was wohl an der Dunkelheit und auch an der Menge des Bieres lag, das er getrunken hatte.
„Die Sau da", fragte Eirik lallend, „ist die nicht von Sven?"
Er hatte das mächtige Tier aus dem Stall seines Vaters sofort erkannt. Thorfinn schüttelte den Kopf. „Der Bjarni hat sie gebracht", plapperte der Däne betrunken los. „Schließlich hat er uns ja die Zahlung der Heiratssumme des Sven zu verdanken! Der alte Fuchs hätte den Bauern doch sicher geprellt."
Leise vor sich hinflötend, stand Eirik da und pinkelte eine gelbe Spur in den Schnee. Und er lächelte dabei zufrieden!

Es dauerte nicht lange, und das Verhältnis des Häuptlings Sven zu seinem Sohn Sigurd wurde wieder eisig, und der junge Wikinger konnte sich darauf keinen Reim machen. Einladungen in das Haus der Eltern blieben aus, und wenn Sigurd den Hof besuchte, war Sven äußerst kleinlaut, schaute grimmig oder verließ gar das Langhaus.
Und so blieb es bis zum Frühjahr.
Dann ließ Sigurd seinen Wogendrachen, den die Männer schon kurz nach ihrer Ankunft über das dicke Eis bis an das Ufer geschleppt hatten, wieder zu Wasser.
So dümpelte das große Schiff nun in den kalten Fluten, befestigt an dem Anlegesteg, den Sigurd hatte bauen lassen, und der in den Fjord hinaus ragte. Schon bald darauf, begannen sie damit, die Schnigge zu beladen. Pelze, zu dicken Ballen verschnürt, die sie während der Winterjagd erbeutet hatten, brachten die Männer herbei. Meist waren es Robben gewesen, die ihnen im Fjord zum Opfer gefallen waren, und deren Fleisch nun, gedörrt und in Kisten

gepackt, als Nahrung während der Reise dienen sollte. Doch auch einige weiße Füchse und viele Kaninchen hatten sie gefangen. Und sogar das Fell eines Eisbären war dabei, der eines Nachts, wohl auf der Suche nach Nahrung, unvorsichtig um die Ställe geschlichen war.

Es war eigentlich äußerst selten, dass die mächtigen Tiere sich aus dem finnischen Gebiet der Sami hierher wagten. Dies war ein untrügliches Zeichen dafür, dass es hoch im Norden nur noch wenig Beute für die Bären gab.

Einer der Männer hatte ihn entdeckt, als er ins Freie getreten war, um seiner Notdurft nachzukommen. Er hörte das Kratzen der Krallen und das Poltern der großen Pranken an der Stalltür. Und er vernahm auch das ängstliche Quieken der Sau, die der Bär zur Beute erwählt hatte.

Sofort alarmierte er die anderen, die zu ihren Waffen griffen und ins Freie stürzten. Als das Tier die Angreifer bemerkt hatte, stellte es sich auf die Hinterbeine und überragte die Männer so bei Weitem. Mit weit aufgerissenem Maul, messerscharfen Zähnen und Krallen in riesigen Pranken, und einem markerschütternden Donnergrollen, das seiner Kehle entfuhr, stellte sich der mächtige Ursus den Kriegern des Hofes zum Kampf. „Achtet auf das Fell", hatte Björn gerufen, der den Wert dieses Pelzes gut kannte. „Es darf nicht zu sehr beschädigt werden!" Dann wandte er sich um und lief um den Stall, kletterte auf der Rückseite des Baues über einen Stapel Holz, auf das Dach hinauf, und bewegte sich, sein Schwert fest in der Faust, vorsichtig zum Rand. Sigurd hatte den väterlichen Freund auf dem Dach zuerst bemerkt und auch sofort erahnt, was dieser vorhatte. Der gelbhaarige Wikinger befand sich nun in gleicher Höhe mit dem muskulösen Nacken des Weißpelzes. Er umklammerte den Griff seines Schwertes, die Spitze nach unten gerichtet, mit beiden Händen, und während Sigurd und die Männer mit ihren Speeren nach dem Raubtier stachen, sprang Björn mit einem mächtigen Satz vom Dach. Die Klinge bohrte sich tief in den Nacken und ließ den Ursus wanken. Noch ein kräftiger Lanzenstich, und der Bär fiel sterbend auf die Seite. Langsam traten die Männer heran, um zu sehen, wie der Bär seinen letzten Atem in den Schnee blies.

Das Schwein hatte er sich holen wollen, und nun war es der riesige Räuber selbst, der gut abgehangen einige Tage später über dem Feuer röstete, und dessen Schinken gepökelt an einem Dachsparren in der Vorratshütte hing.

Mehrere große Fässer voll mit Walrossfett und dazu die mächtigen Stoßzähne dieser Tiere hatten sie auch noch in ihrem Besitz. All diese Waren galt es nun im Süden auf den großen Handelsplätzen gut zu veräußern, um für das Geld all die nötigen Waren einzukaufen, die sie für ihre langen Seefahrten benötigten.

Im Schatten der großen Hütte hatten die Männer eine kleine Schmiedewerkstatt erbaut, in dieser konnte der junge Thorkill nun sein Talent im Umgang mit dem heißen Eisen beweisen. Doch es waren keine kostbaren und guten Schwerter, wie der Kehlenbeißer eines war, die er mit seinen geschickten Händen schmiedete, sondern es waren meist nur Nägel und andere kleine Gebrauchsgegenstände, da es ihm für die Herstellung guter Waffen an dem nötigen Eisen fehlte. „Von unserer nächsten Fahrt werden wir genügend gutes Eisen mitbringen, sodass du endlich deinem Handwerk nachgehen kannst. Du wirst für uns die besten Waffen schmieden, damit wir wieder auf Raubfahrt gehen können. Gute Schwerter, Äxte und Speere!

Es gibt noch genug Männer in meinem Gefolge, denen es an einem neuen, guten Schwert mangelt!" Sigurd schlug dem Thorkill vergnügt auf die Schulter, und dieser war sichtlich erfreut. „In wenigen Tagen werden wir das Segel des Wogendrachen setzen. Es wird zwar nur eine Handelsfahrt sein, auf die wir uns begeben, und einige Männer bleiben hier auf dem Hof, doch du gehst mit uns an Bord, Thorkill Ormsson." Darüber war der Norweger sehr erfreut, denn er war der Jüngste im Gefolge des Sigurd, und es war keineswegs selbstverständlich, dass ausgerechnet er mit an Bord ging.

Es kam der Abend vor der Abreise, da begab sich Sigurd auf den Hof des Bauern Bjarni und wurde dort, so wie er es gewohnt war, freundlich empfangen. Gerhild legte ihre Arme um seinen Hals und küsste ihn stürmisch. Man bot ihm einen Platz am Feuer an und reichte dem Seefahrer einen hölzernen Becher mit Bier. „Morgen also setzt ihr Segel?", begann der Bauer das Gespräch. Sigurd nickte nur, da er den Becher an seinen Mund gesetzt hatte. Erst als er diesen geleert hatte, antwortete er: „Ja, wir fahren nach Süden. Vielleicht nach Lade[24] oder weiter nach Kap Lindesnäs[25]. Oder doch gleich nach Brimun[26] ins Friesenland!"
„Das ist sicher eine weite Reise, mein Freund. Weit und gefährlich.", mahnte Bjarni und schien beunruhigt.
„Ach was! Das ist nicht unsere erste Seefahrt, außerdem wollen wir ja nur Handel treiben. Da kommt es selten zum Kampf!" Sigurd leerte seinen Becher, den Grit erneut gefüllt hatte. „Höre, Bjarni! Ich bitte dich gut auf Gerhild zu achten. Ich traue dem Eirik nicht über den Weg. Mein Bruder wird während meiner Abwesenheit sicher weiter um deine Tochter werben! Wenn nicht gar Schlimmeres!"
Noch einmal hielt er der Grit seinen Becher entgegen, und diese füllte das Trinkgefäß mit dem bitteren Gebräu. Dabei lächelte sie ihren künftigen Schwiegersohn freundlich an.

---

[24] Lade – große Stadt und Handelsplatz im Trondheimfjord
[25] Kap Lindesnäs – Handelsplatz im Süden Norwegens
[26] Brimun – Bremen

„Und hüte dich vor dem Sven", fuhr Sigurd fort. „Er wird es sicher versuchen, dir doch noch seinen Willen aufzudrängen!"

„Da hab mal keine Sorge, Sigurd. Mit dem Kerl werde ich schon noch fertig!" Bjarni hatte vor dem Häuptling wenig Respekt und schon gar keine Angst.

„Einige meiner Männer bleiben auf dem Hof, solltest du Hilfe benötigen, werden sie dir zur Seite stehen!"

Eine Weile blieb Sigurd noch an der Seite der Gerhild, auf dem Hof des Bauern.

Es war schon spät, als der Anführer der Wikinger auf den eigenen Hof zurückkam. Es herrschte Stille! Die meisten der Männer schliefen bereits, um für den kommenden Tag Kräfte zu sammeln. Nur drei der Gefährten saßen an der offenen Feuerstelle, über der sonst der große eiserne Kessel hing, und unterhielten sich leise. Als Sigurd an das Feuer trat, erhob sich Thorfinn, gähnte genüsslich und nickte ihm zu. Dann wandte er sich ab und ging wortlos zu seiner Schlafstelle, um sich niederzulegen.

„Na, hast du dich auch angemessen von deinem künftigen Weib verabschiedet?", fragte Rögnvald, hob dabei eine seiner dunklen Augenbrauen und machte grinsend eine obszöne Geste. Sigurd tippte sich mit dem Finger an seine Schläfe und setzte sich neben Björn Gelbhaar, der ebenfalls vor dem wärmenden Feuer der Kochstelle saß und auf den nächsten Morgen wartete. „Ist alles bereit?", fragte der Anführer der Wikinger. „Es ist, mein Freund! Es ist!", antwortete der Steuermann wortkarg, gähnte, und ärgerte sich insgeheim darüber, dass er, wie vor jeder Ausfahrt, keinen Schlaf fand. „Das ist gut, Björn! Wenn der Morgen graut, stechen wir in See!"

*

Zwölf Männer seines Gefolges hatte Sigurd mit an Bord des Wogendrachen genommen, denn die schlanke Schnigge war nun mal kein Handelsschiff, und da sie bis zum Bersten mit Waren beladen war, blieb wenig Platz für die Mannschaft. Die kleinen Laderäume an Bug und Heck waren schnell gefüllt, sodass auch an Deck große Ballen, Kisten und Fässer fest verzurrt werden mussten.

Tief lag die Schnigge im Wasser und kämpfte sich mühsam durch die Wellen des Nordmeeres, bis sie endlich nach zwei Tagen den Hafen von Kap Lindesnäs erreichte. Hier lagen schon viele Schiffe vor Anker, und obwohl der Frühling sich nur zaghaft gegen die Kälte des nordischen Winters durchzusetzen vermochte, schienen sich die Kaufleute auf die See hinauszuwagen. Die hölzernen Anlegestege, an denen drei oder mehr Schiffe zu beiden Seiten anlegen konnten, und die weit in den Fjord hinein ragten, waren allesamt von Knarren und Koggen belegt.

Viele Tage würden vergehen, an denen Sigurd den Wogendrachen vor Anker legen müsste, um auf einen Anlegeplatz zu warten, der es ermöglichen würde, die Ladung des Schiffes zu löschen. Der junge Seefahrer aber entschied sich, sein Schiff an geeigneter Stelle an Land zu ziehen. So ruderten sie den Strand von Kap Lindesnäs entlang und fanden bald schon, wonach sie suchten. Mit kräftigen Ruderschlägen fuhren sie einen großen Bogen und der erfahrene Steuermann ließ das Schiff geschickt auf den Strand gleiten, sodass der Sand unter dem Kiel nur so davonspritzte. Das große Schiff wurde fest verankert, die Stützbalken wurden am Rumpf verkeilt, damit das Schiff nicht kippte, und eine breite, an die Reling angelegte Planke ermöglichte es den Männern, trockenen Fußes den Wogendrachen zu verlassen.

„Ausladen?", fragte Thorfinn den Anführer, und dieser schüttelte grinsend den Kopf. „Abwarten", sagte er und wandte sich an Björn Gelbhaar. „Wir gehen in die Stadt und suchen einen Käufer für unsere Waren."

Sigurd hatte keineswegs Lust dazu, sich auf den Markt der Handelsstadt zu stellen, um seine Waren feilzubieten. Nein, er wollte seine Ladung zur Gänze verkaufen, so wie er es bisher auch mit der Beute aus den Raubfahrten getan hatte. Er wusste auch, wo er nach einem Käufer suchen musste, und so begab er sich, begleitet von Björn Gelbhaar und dem Schweden Rögnvald, in die Kaschemmen am Marktplatz, in denen sich die Kauffahrer nach langer Reise stärkten.

„Was nutzen dir die kleinen Fische? Geh dorthin, wo die großen sind!" Diese Worte hatte sein Vater Sven einmal gesagt, als er mit leerem Wagen aus Lade zurückkehrte und damit prahlte, alle Waren an nur einen Käufer veräußert zu haben.

Schon bald darauf war ein Kaufmann ausgemacht, der bereit war, die gesamte Ladung des Wogendrachen zu einem guten Preis zu übernehmen. Es war ein leicht angetrunkener Däne, mit dem sie sich auf den Weg in den Hafen machten, entlang der Zäune, die die vielen Häuser und Hütten umgaben, auf den hölzernen Wegen der Stadt, bis sie bald schon die Masten der Schiffe im Hafen sahen. Nachdem die Männer die Planken des Wogendrachen betreten hatten, zählte Sigurd die Waren auf, und der Däne begutachtete sie sorgfältig. Dann nannte der Seefahrer seinen Preis, und er glaubte mit dem betrunkenen Mann ein gutes Geschäft zu machen. Doch das sonst überaus freundliche Gesicht seines Gegenübers verdunkelte sich plötzlich, und er sprach ein wenig beleidigt: „Bist du von Sinnen, Norweger? Das ist ein Wucherpreis, und das weißt du! Willst du mich ruinieren, Sigurd Svensson?"

Der Tröndner erkannte jedoch sofort, dass die Empörung des Egil Sverrisson, mit diesem Namen hatte sich der dänische Kaufmann dem jungen Schiffsführer vorgestellt, nur gespielt war. Er sah den Egil mit abschätzendem Blick an und sprach: „Ich glaube kaum, dass du im nächsten Winter den Hungertod sterben wirst, Däne. Vielmehr denke ich, dass du ein reicher Kaufmann und da, wo du herkommst, auch ein angesehener Mann bist!"

Da fühlte sich der Däne doch ein wenig gebauchpinselt und begann zu grinsen. „Du bist schon ein listiger Fuchs, junger Norweger", sagte er lächelnd. „Schmierst mir hier den Honig um den Bart und machst dabei ein gutes Geschäft."

„Na gut, dann soll es so sein. Ich bin bereit, den Preis zu bezahlen, den du verlangst! Sogar noch etwas mehr", willigte Egil in das Geschäft ein. „Doch nur unter der Bedingung, dass du die Ladung in meine Heimat bringst!"

Da sahen sich die drei Gefährten erstaunt an. „Wo soll denn deine Heimat sein?", fragte Rögnvald brummig, da ihm die Bedingung ziemlich missfiel.

„Ihr bringt meine Ware zur Insel Borgundarholm[27]. An der Südküste liegt mein Hof", sagte der Egil, und er schien plötzlich stocknüchtern zu sein. „Ein jeder auf der Insel kann euch den Weg dorthin weisen, denn man kennt meinen Namen!" Sigurd sah den Mann misstrauisch an.

„Na, was ist? Willigst du ein?"

„Borgundarholm also", grummelte Sigurd, begann dann zu grinsen und schlug dem Björn auf die Schulter. „Segeln wir also nach Borgundarholm, mein Freund!" Er reichte Egil Sverrisson seine Hand, um das Geschäft zu besiegeln. „Nun gib mir das Geld, und wir segeln los!"

Da gab ihm der Däne eine silberne Plakette in die Hand. „Was soll das?", fragte Sigurd überrascht. „Glaubst du, ich gebe dir das Geld und du verschwindest mit meiner Ladung? Ich bin doch kein Narr!", antwortete der Däne mit beleidigter Stimme. „Und nun gib mir ein Bier aus und wir besprechen den Rest!"

---

[27] Borgundarholm - Bornholm

Bald darauf segelte der Wogendrache durch den großen
dänischen Sund nach Süden. „So etwas Verrücktes habe ich
noch nie erlebt", sagte Björn und schüttelte seinen Kopf.
„Jetzt müssen wir dem Käufer die Waren schon bis auf den
Hof liefern." Er stand auf dem Heckstand, die Stange des
Seitenruders fest in seinen Händen, und hielt die Schnigge
im Wind. Sigurd und Thorkill standen bei ihm, denn sie
erlernten von Björn die Kunst des Navigierens und Steuerns
eines Schiffes. „Aber dafür ging der Handel doch schnell
und hat sich gelohnt", erwiderte Sigurd grinsend, doch er
erkannte sofort, dass Björn dem Geschäft nicht traute, und
er die Freude seines Anführers nicht wirklich teilte.
Dafür kannte der Tröndner den gelbhaarigen Björn schon zu
gut, um zu wissen, dass ihm Handelsfahrten zuwider waren.
Dieser zog es vor, die Waren heranzuschaffen, besonders
die, die jemand anderem gehörten.
„Der Kerl ist doch nicht richtig im Kopf", amüsierte sich
Thorkill. „Woher weiß der Däne, dass wir uns nicht mit der
Ladung aus dem Staube machen und sie anderswo noch
einmal verkaufen?" Da hielt Sigurd ihm die silberne
Plakette unter die Nase. „Weil er noch gar nicht bezahlt hat.
Darum!" Er sah den jungen Schmied ernst an. „Dieses Ding
soll ich einem Mann geben, der sich Borken Knut nennt und
der der Verwalter des Sverrisson-Hofes ist. Erst dann
bekommen wir unser Geld!"
„Du weißt schon, dass dies ein gewagtes Spiel ist, auf das
du dich da eingelassen hast", sagte Björn ein wenig
vorwurfsvoll. „Die Männer erwarten ihren Anteil."
Sigurd nickte, denn ihm war plötzlich gar nicht mehr so
wohl in seiner Haut, und der Glaube, dass er der listige
Fuchs bei diesem Geschäft war, hatte längst einem
unangenehmen Zweifel weichen müssen.

Hatte er voreilig eingewilligt? Wenn er seine Waren auf dem Markt von Kap Lindesnäs veräußert hätte, würde die Reise wohl nicht so lange dauern. Doch jeder ärgerliche Gedanke daran war verschwendet, schließlich hatte Sigurd dem Mann sein Wort gegeben.

*

Es war noch sehr früh an diesem Morgen, und die Luft war kalt, doch die Sonne war bereits über den Horizont gekrochen und tauchte den Hof des Bjarni in ein rötliches Licht. Der Bauer kam gerade aus dem Stall, in dem er seine Schweine vor der nächtlichen Kälte schützte, als Sven mit seinem Sohn Eirik herangeritten kam. Erstaunt sah Bjarni dem frühen Besuch entgegen. Dies war nicht die Zeit, in der der Häuptling normalerweise seine Geschäfte tätigte, und Bjarni klangen die warnenden Worte des Sigurd in den Ohren. Und er sollte sich nicht täuschen!

„Sei mir gegrüßt, Bauer", sagte Sven mit eisiger Stimme. Bjarni nickte mit dem Kopf. „Die Sonne ist kaum aufgegangen, und dich führt der erste Weg auf meinen Hof? Was gibt es Wichtiges, dass es dich aus dem Bett treibt?"

„Nun, wie geht es dir auf deinem Hof, Bjarni?", fragte Sven herausfordernd. „Du weißt doch sicher noch, dass wir eine Abmachung trafen. Ich hoffe, dass du jetzt, wo Sigurd verschwunden ist, zur Vernunft kommst und dich daran hältst." Drohend sah er Bjarni an. „Ich verlange Gehorsam von dir, Bauer!"

„Du verlangst Gehorsam?" Der Bauer lachte verächtlich auf, wandte sich um und griff nach der Mistgabel, die an der Wand des Stalles lehnte. „Ich bin ein freier Mann, Sven Sigurdsson, und du bist nicht mein Lehnsherr. Wenn du dich nicht heute noch an Odins Tafel niederlassen willst, solltest du jetzt meinen Hof verlassen!"

„Bald werden wir kommen, um Hochzeit zu halten, und wenn du dich weiterhin weigerst, Gerhild herauszugeben, brenne ich dich mit deiner ganzen Brut und dem Hof nieder", rief der Häuptling verärgert über die Frechheit des Bjarni. Er riss heftig an den Zügeln, um sein Pferd zu wenden und galoppierte davon.

Eirik, der bisher geschwiegen hatte, beugte sich aus dem Sattel dem Bjarni entgegen. „Grüße mir mein künftiges Weib recht schön!" Lachend trat er dem Pferd in die Flanken und folgte dem Sven.

Nun traten Grit und Gerhild aus dem Haus und sahen den Reitern nach. „Was wollte der Kerl?", fragte Grit ihren verärgert dreinschauenden Mann. „Na, was wohl?", fragte dieser grimmig und hatte mit seinem Zorn zu kämpfen, den nicht sein Weib zu spüren bekommen sollte.

„Warum so früh? Die Sonne ist kaum aufgegangen", wunderte sich Gerhild. „Der Feigling wollte bestimmt sichergehen, dass kein Mann aus Sigurds Gefolge auf unserem Hof ist!", vermutete Grit, und Bjarni nickte zustimmend.

Noch am selben Tag begab sich der Bauer auf den Hof des Sigurd und berichtete den Männern von dem morgendlichen Besuch des Häuptlings vom Sigurdfjord. Einer der Krieger, sein Name war Stigjar und er war Isländer, hatte von seinem Anführer den Befehl über die Zurückgebliebenen erhalten, und er zeigte sich besorgt über die Worte des Bauern.

„Es ist sicher in Sigurds Sinn, wenn wir dir zur Seite stehen und deine Familie schützen", sprach der Krieger von der Eisinsel mit ernster Miene. „Wir sind zu siebt, und bis auf Ole", er zeigte auf einen Mann, dessen Bein verbunden war, „sind wir alle gut beisammen und bereit zum Kampf!"

„Ich danke dir, Stigjar", sprach Bjarni. „Nur Odin weiß, was Sven im Schilde führt!"

Aber der Isländer schien davon unbeeindruckt. „Ich schlage vor, dass immer drei von uns auf deinem Hof bleiben. Auch des Nachts. Soll Sven nur kommen, er holt sich einen blutigen Schädel, das verspreche ich dir!"

Und Häuptling Sven kam nur zwei Tage später. Obwohl er längst von der Zusammenkunft des Bjarni mit den Kriegern seines Sohnes erfahren hatte, wollte er seinen Willen doch mit Gewalt durchsetzten. Zu seinem Erstaunen waren aber nur wenige Männer der Dorfgemeinschaft bereit, ihrem Häuptling auf den Hof des Bjarni zu folgen. Der Bauer war im ganzen Fjordland bekannt und von vielen als ehrlicher und zuverlässiger Nachbar sehr geschätzt. Nur diejenigen, die in der Schuld des Sven Sigurdsson standen, und die nicht den Zorn des Fjordhäuptlings auf sich ziehen wollten, waren bereit, sich ihm anzuschließen. Die meisten Männer des kleinen Gaus wollten sich aus dem Familienzwist heraushalten und zogen es vor, sich um ihre eigenen Angelegenheiten zu kümmern. Auch die Freunde des Eirik, die dem Sigurd ja schon einmal gegenüber gestanden hatten, verweigerten die Gefolgschaft, denn ihnen missfiel die Vorstellung einer bewaffneten Auseinandersetzung mit den Wikingern des Sigurd.
Auf das Äußerste erbost, musste Sven feststellen, dass gerade einmal acht Männer bereit waren, seinen Worten Nachdruck zu verleihen, und zwei von ihnen waren sogar fast noch Knaben.
Als die Männer auf den Hof geritten kamen, trat Bjarni auf den Platz vor seinem Haus. In seiner Faust hielt er eine Axt, und er war bereit zum Kampf, bereit, seine Familie und sein Heim bis zum Tode zu verteidigen. An seine Seite trat der Isländer Stigjarn, und im Gegensatz zu dem Bauern, der eine wollene Tunika und darüber einen Kirtel trug, war er in ein Kettenhemd gewandet, trug einen Rundschild in der Linken,

114

und auf dem Kopf einen Helm mit Nasenschutz und Brünne. In seiner Faust hielt er sein Schwert, scharf geschliffen, und die dunkle Verfärbung der Blutrinne zeugte davon, dass diese Waffe schon einigen Feinden Leid zugefügt hatte.

Dicht vor den beiden Männern zügelten die Reiter ihre Pferde, sodass dem Bauern und seinem Gast der Dreck in die Gesichter spritzte. Bjarni hatte bereits die Axt gehoben, da er fürchtete, von dem Pferd des Eirik niedergetrampelt zu werden, und auch Stigjar hätte den Sven zu gern mit einem gezielten Hieb aus dem Sattel gehoben. Doch er hielt sich noch zurück, da dieser Kerl der Vater des Sigurd war, und es ihm sicher ein schlechtes Gewissen bereiten würde, wenn er diesen als Ersten niederstrecken würde.

„Gib sofort Gerhild heraus, Bjarni", forderte Eirik schroff. „Beim Thor, ich schwöre dir, sonst geht dein Hof in Flammen auf!"

„Du hast die Worte meines Sohnes gehört! Also gehorche! Ich bin dein Häuptling!", rief Sven zornig aus und schwang sich aus seinem Sattel. Die Männer folgten dem Beispiel des Anführers und sammelten sich zögerlich in seinem Rücken. Sie schienen nicht wirklich gewillt zu sein, den Kampf gegen die erfahrenen Seekrieger aufzunehmen.

Der Häuptling aber sah in den beiden Männern, die vor ihm standen, keine ebenbürtigen Gegner. Sven wandte sich um und blickte sein Gefolge streng an. „Nun, was ist jetzt, Bauer?", fragte er böse und würdigte den Stigjar keines Blickes. Da richtete der Isländer das Wort an den Häuptling. „Sven Sigurdsson! Ich dachte, die Angelegenheit wäre geklärt und die Gerhild gehört dem Sigurd!"

„Das tut sie nicht", rief Eirik aufgebracht. Da wurde die Tür des Hauses geöffnet und zwei weitere Männer in ihrem Kriegsrüstzeug traten heraus. Der Anblick der Wikinger gefiel einigen Männern in Svens Gefolge überhaupt nicht, und man sah ihnen ihr Unbehagen auch an.

„Was soll das, Bjarni?", fragte Sven erzürnt beim Anblick der drei Wikinger.

„Hast du etwa geglaubt ich lasse mich von dir schlachten, wie ein Stück Vieh? Ich versprach dir einen Platz an Odins Seite, und den sollst du bekommen!"

In diesem Moment schnellte einer der Krieger aus Sigurds Gefolge vor, und ein kräftiger Schlag mit dem Schild hob den Eirik von den Füßen, sodass er schwer zu Boden fiel.

Als er benommen seine Augen öffnete, zeigte die Spitze eines scharf geschliffenen Schwertes auf seine Kehle. Eine kleine, unbedachte Bewegung konnte ihn nun das Leben kosten, das wusste Eirik.

„Nun ist Schluss mit den Spielchen, Häuptling Sven", brüllte Stigjar den Häuptling des Fjordes drohend an. „Wir werden euch allen den Weg in Odins Methallen weisen, doch werdet ihr diese in kleinen Stücken erreichen, wenn ihr euch nicht sofort zurückzieht! Eirik hier wird der Erste sein!"

Der Angriff kam so unerwartet und schnell, dass die Männer des Dorfes nicht einmal ihre Waffen hoben.

Niemand konnte ihnen Feigheit vorwerfen, doch diese Krieger, die sich ihnen entgegenstellten, waren das Töten gewohnt. Und allein drei von ihnen waren sicherlich in der Lage, ein Blutbad anzurichten.

„Und du, Eirik, wähle! Wenn du nicht gelobst, deine Finger von der Frau unseres Anführers zu lassen, ist jetzt der Moment gekommen, an dem du Mitgard verlassen wirst!"

Die Worte des Isländers ließen keinen Zweifel daran, was nun geschehen würde.

„Los, Mann, sprich! Hel erwartet dich!", fauchte der Krieger, dessen Schwert die Kehle des Svensson ritzte, und er meinte seine Worte bitterernst, sodass der jüngere der beiden Häuptlingssöhne nur noch zu nicken vermochte.

Erbost musste Sven erkennen, dass seine Drohung gegen

den Bjarni ohne die erwünschte Wirkung geblieben war, und er sich selbst nun den Wikingern seines ungeliebten Sohnes ausgeliefert sah. Als er geschlagen den Hof des Bauern verließ, überzog er sein Gefolge mit den heftigsten Beleidigungen.

*

Zwei Tage waren vergangen, seit Sven und sein Sohn Eirik den Hof des Bjarni tief gedemütigt verlassen hatten. Den Häuptling hatte ein Gefühl überkommen, nicht mehr der Herr im Sigurdfjord zu sein, und dies ärgerte ihn zutiefst. Doch er spürte, dass sein Ansehen in den Augen seiner Gefolgschaft arg gelitten hatte, und er wünschte den Sigurd und seine Wikinger zur Hel. Sein Sohn dagegen sann auf Rache! Sofort!

Die Nacht war angebrochen, und Dunkelheit legte sich über den Fjord, als Gerhild von einem der Höfe, auf denen sie als Magd arbeitete, den Heimweg antrat. Sie nahm den Weg, den sie immer ging, und dieser führte sie vorbei an dem Dorf, das nicht weit des Hofes des Häuptlings lag. Gerhild kannte diesen Weg gut, und sie ging ihn ohne Angst, jedoch hatte sie das Augenpaar nicht bemerkt, welches auf ihr ruhte, seit sie den Hof verlassen hatte. Sie war schon eine Weile gegangen, über die große Wiese und durch den kleinen Wald, und sie ging nun den Pfad, der von hohem, dichtem Buschwerk gesäumt, zum elterlichen Hof führte. Plötzlich verspürte Gerhild einen heftigen, schmerzhaften Stoß, der sie zu Boden fallen ließ. Mit dem Gesicht lag sie auf dem kalten Boden, und etwas Spitzes drückte sich in ihren Nacken. „Du denkst wohl, ich habe Angst vor Sigurds Wikingern", zischte eine vor Aufregung zitternde Stimme, die Gerhild natürlich sofort erkannte. „Eirik!", sagte sie vorwurfsvoll, doch beim Versuch, sich zu erheben, drückte sich der Dolch tiefer in ihr Fleisch.

„Schreie, und du wirst keine Hochzeit mehr erleben, Weib!", drohte Eirik in größter Wut. „Ich werde dich hier und jetzt töten, wenn du schreist!"

Der Angreifer begann an ihrem Kleid zu zerren, und ein kalter Windzug, der über ihr Hinterteil strich, verriet ihr, dass Eirik erreicht hatte, was er wollte. Sollte sie schreien? Es war nicht mehr weit zum Hof des Bjarni.

Aber sie glaubte dem Sohn des Sven, seine Drohung wahr zu machen und sie zu töten, sollte sie sich wehren oder gar schreien. So ließ sie schweigend über sich ergehen, was nun geschah.

*

6. Von einem wahrlich guten Geschäft

Mühsam kämpfte sich der Wogendrachen durch die unruhige See im dänischen Sund, mit Kurs nach Süden. Entlang der Küste Götlands, vorbei an vielen kleinen und großen Inseln, segelte die Schnigge, bis sie die warägische See erreichte, in der die große Insel Borgundarholm lag. Es war ein schöner, sonniger Tag, als sie die Insel sichteten und Kurs darauf nahmen. Gierige, nach Futter suchende Möwen umkreisten die Schnigge, und bald schon sahen sie in der Ferne graue Rauchfahnen in den klaren, blauen Himmel aufsteigen. Sigurd stand am Vordersteven, sog die kalte Seeluft in seine Lungen und zeigte mit dem Finger zur Küste. „Dort muss eine Siedlung sein, da gehen wir an Land! Björn, nimm Kurs auf den Strand!", rief er, so laut er konnte, der Steuermann nickte und lehnte sich gegen die Ruderstange.

Der Kiel der Schnigge schob sich laut knarzend in den Kies des Strandes, und Sigurd war der Erste, der über die Reling sprang und durch das kniehohe Wasser an Land watete. Die meisten seiner Männer folgten ihm. Sie nahmen die Taue auf, um das Schiff weiter auf den Strand zu ziehen, und begannen dann, die Schnigge mit Pfosten zu stabilisieren, sodass sie stabil auf dem Strand lag. Die Männer trieben auch lange Pfähle in den Kies, an denen sie die Taue befestigten, und errichteten das Lager für die Nacht.

Kaum waren die Zelte errichtet und das Feuer entfacht, da kamen fremde Reiter an den Strand. Neun Männer waren es, die, mit Lanzen in Händen und Helmen auf ihren Köpfen, in scharfem Galopp auf das Lager zugeritten kamen.

„Aha", brummte Björn. „Man kommt, um uns zu begrüßen."

„Mit Schwert und Kettenhemd", stellte Rögnvald abfällig fest und zog eine seiner kurzstieligen Äxte aus dem Gürtel.

Auch andere Männer aus dem Gefolge des Sigurd griffen zu ihren Waffen, doch ihr Anführer hieß sie, diese zu senken. „Wir kommen doch als Händler, in friedlicher Absicht. Es ist ihr Recht, zu fragen, wer wir sind."

„Ja, ja. So ist es wohl", grummelte Björn, ohne dass Sigurd seine Worte verstand. Dafür entfuhr dem Rögnvald ein kurzer Lacher, denn er hatte den Björn wohl gehört und auch den Unterton in seiner Stimme zu deuten gewusst. Er schlug dem Steuermann auf die Schulter. „Mir gefällt es auch nicht, wenn Bewaffnete auf mich zustürzen. Da juckt es mich in den Händen!"

In einigem Abstand zügelten die Reiter ihre Pferde, und einer rief herüber: „Wer seid ihr? Was wollt ihr hier, Fremde?" Da trat Sigurd den Reitern um einige Schritte entgegen. „Wir sind norwegische Händler und suchen den Hof eines Mannes Namens Egil Sverrisson!"

„Händler wollt ihr sein?", brüllte der Reiter ungläubig und zeigte auf die Schnigge. „Fahren norwegische Händler auf einer Kriegsschnigge?" Der Tröndner sah zu seinem Wogendrachen hinüber, und er musste dem Kerl zustimmen, sein Schiff war keines dieser dickbauchigen Handelsschiffe, so eines, wie es die reisenden Händler und Kaufleute benutzten. Da mischte sich Rögnvald ein. „Sag ihnen endlich, dass sie näher kommen sollen. Beim Rotbart, diese Brüllerei tötet einem ja den letzten Nerv!" Sigurd nickte zustimmend. „Wir kommen in friedlicher Absicht, Däne! Ihr könnt es also wagen, näher zu kommen!"

Und endlich, nachdem sie die Köpfe zusammengesteckt hatten, setzten sich die Reiter in Bewegung und kamen heran.

Der Anführer der Reiterschar nahm seinen Helm vom Kopf, stieg aber nicht aus dem Sattel, sondern sprach von oben herab zu dem Norweger. „Noch einmal frage ich dich: Wer seid ihr?" Da nannte Sigurd seinen Namen und auch den einiger anderer Männer in seinem Gefolge. „Wir bringen eine Schiffsladung mit Waren, die wir dem Kaufmann Egil Sverrisson verkauften, und nun suchen wir den rechten Weg zu seinem Hof!"

Die Reiter sahen sich mit strengen Gesichtern an, einige begannen zu tuscheln, und ihr Anführer sprach: „So, so, den of des Sverrisson sucht ihr seltsamen Kaufleute also. Bei Ägir, da seid ihr hier aber falsch!"

„So! Dann weise uns doch den rechten Weg dorthin, und wir sind morgen schon wieder verschwunden", mischte sich da Björn mit brummiger Stimme ein. Er hatte kein gutes Gefühl, denn ihm gefielen die Kerle nicht, die ihnen gegenüberstanden, und es gefiel ihm nicht, an diesem Ort zu sein. „Der Hof liegt an der Südküste der Insel, dort, wo der weiße Strand das Meer säumt", sprach einer der Reiter vorlaut und wurde mit einem strafenden Blick seines Anführers bedacht. Dann wandte sich der Däne wieder den Fremden zu und sprach: „Nun wisst ihr ja, wohin ihr müsst. Also verschwindet von hier, denn mein Herr mag keine Fremden!" Die Reiter wendeten ihre Pferde, trieben sie den Strand hinauf und galoppierten davon.

„Nicht sehr gastfreundlich, sein Herr. Sollen ihm doch Furunkel im Arsch wachsen", sagte Rögnvald verärgert und setzte sich wieder an den Platz am Feuer, von dem er sich erhoben hatte, als die Fremden näher gekommen waren. „Hier ist was fFaul! Das rieche ich, beim Schlapphut des Odin!"

„Ach, was stört uns das? Morgen sind wir weit fort von hier", widersprach Sigurd dem Freund und hockte sich zu dem blonden Schweden an das knisternde Feuer.

*

121

„Diese Schiffsladung ist für den Egil bestimmt, sagst du?"
Der Herr des Hofes sah seinen Gefolgsmann böse grinsend
an. „Dann wäre es sicher gut, würde diese Schiffsladung bei
uns bleiben." „Aber Gudröd", wandte der Mann, der die
Reiterschar an den Strand geführt hatte, ein. „Egil vom
Sverrissonhof hat doch mit dem Zwist, den du und sein
Vetter austragen, nichts zu tun." „Das ist mir egal, Otar",
schnauzte der Mann, der von recht stattlicher Statur war und
zu den Jarlen dieser Insel zählte. „Das ist alles ein und
dieselbe erbärmliche Sippe, und ich habe bei Odin und allen
Göttern von Asgard geschworen, ihnen Schaden zuzufügen,
wo immer ich nur kann!"
Der Gefolgsmann schüttelte ein wenig enttäuscht seinen
Kopf. „Du bist der Jarl", sagte er kleinlaut und wandte sich
ab.
„Was ist mit dir, Otar? Hast du etwa Angst?", fragte der Jarl
herausfordernd und wusste wohl, dass dies eine üble
Beleidigung war. „Ich bin als freier Krieger in deine
Gefolgschaft getreten", empörte sich der Mann. „Ich bin
nicht einer deiner Knechte, und es widerstrebt mir, ein
Strandräuber und Mörder zu sein!"
Doch die Worte des Otar beeindruckten den Jarl
keineswegs. „Heute Nacht geht ihr an den Strand! Die
Männer, die sich auf dem Hof befinden, werden doch sicher
ausreichen, um eine Handvoll Kaufleute auszurauben",
befahl der Jarl streng, und sein Gefolgsmann nickte
zustimmend.

Bald schon sollte die Nacht zum Tage werden, und der erste
Hahnenschrei würde die Menschen vom Schlaflager an ihre
Arbeit treiben, doch noch lag der schwarze Schleier der
Dunkelheit über dem Land. Da wagten sich mehrere
Gestalten aus dem Dickicht der Böschung auf den Strand,
wohl in der Hoffnung, das auch der letzte Wächter des

Lagers dem Schlaf nicht mehr widerstehen konnte. Doch die Strandräuber täuschten sich, denn sie unterschätzten die Wachsamkeit der Norweger. Immer wieder hatte Rögnvald am Abend, als sie gemeinsam am Feuer saßen, von einer schlechten Ahnung gesprochen, und als sich Björn der Meinung des Schweden anschloss, überkam auch den Tröndner ein ungutes Gefühl. So kam es, dass immer drei Männer wachten, während die anderen Männer schliefen. Sigurd an Bord des Wogendrachen wusste nicht, wann und wie es geschah, denn ihn rissen der Hornstoß und das Klirren der Schwerter aus dem tiefen Schlaf, in den er gefallen war. Einen kurzen Augenblick brauchte es, bis der Norweger vollends erwachte, doch dann griff er nach seinem Schwert Kehlenbeißer, das neben ihm gelegen hatte, und stürzte über die Reling der Schnigge auf den Strand, um sich im Dunkel einen Gegner zu suchen.

Der Überraschungsangriff der Dänen war gänzlich misslungen, da der Versuch, einer der dösenden Wachen die Kehle durchzuschneiden, fehlgeschlagen war. Es war Thorfinn, der, auf seinen Speer gestützt, etwas abseits der Schnigge gestanden hatte, und den das todbringende Schicksal zuerst ereilen sollte. Doch der Angriff, aus dem Hinterhalt geführt, misslang kläglich wegen der Größe des Thorfinn. Das Messer verfehlte die Kehle des Wächters und ritzte diesen nur in die Brust, sodass sein Ruf die anderen Wächter aufschreckte und diese sofort den Kampf begannen.

Keiner vermochte zu sagen, wie viele Angreifer es waren, aber der Überfall währte nur kurz, denn die norwegischen Kaufleute erwiesen sich als zähe und waffengewandte Gegner, deren Kampfeswille groß war. Niemand unter den Angreifern hatte ahnen können, dass diese Männer, die sie leichtsinnig für einfache Kaufleute hielten, schon oft im Gefolge von Kriegsherren und als Wikinger ausgefahren waren. Bis auf den jungen Thorkill Ormsson waren sie alle erfahrene Kämpfer und verstanden sich hervorragend auf den Umgang mit ihren Waffen und das Töten.

Dies bekamen die Strandräuber sofort zu spüren, denn schon nach kurzem Kampf hatten einige von ihnen tiefe Wunden davongetragen. Da brach Otar den Angriff ab, und so schnell sie gekommen waren, verschwanden sie wieder in der Dunkelheit.

Björn stieß sein Schwert in den sandigen Boden und hockte sich mit gekreuzten Beinen dahinter. Er atmete noch etwas schwer von der Anstrengung des kurzen, aber heftigen Kampfes. „Da leck mich doch einer am Arsch! Das war aber ein merkwürdiger Überfall", sagte er kopfschüttelnd. „Ich habe einmal an einem Angriff auf ein Weiberkloster in Irland teilgenommen, die kämpften weit mutiger als diese Strauchdiebe!"

„Mir scheint es, als fehlte ihnen die Lust zu kämpfen", wunderte sich auch der Rögnvald. „Auf jeden Fall wissen wir nun, dass wir hier unerwünscht sind!"

„Mir scheint es besser zu sein, von diesem gastfreundlichen Ort zu verschwinden", sprach Sigurd sauer lächelnd. „Wir wollen nicht darauf warten, dass ihr Mut zurückkehrt und sie mit einer größeren Streitmacht erneut ihr Glück versuchen!" Der Anführer war sichtlich verärgert.

Er ließ den Kehlenbeißer in sein Wehrgehäng gleiten und legte dieses dann zur Seite, dann nahm er einige Äste und Holzscheite, die nicht weit der Feuerstelle lagen, und legte diese in die Glut der Brandstätte. Nun setzte er sich neben Björn und sah diesen mit vergrämtem Gesicht an. „Mein gutes Geschäft wird langsam zum Ärgernis."

Nur wenige Männer suchten noch einmal den Schlaf und begaben sich an Bord des Schiffes, doch für die anderen war die Nacht beendet, und sie warteten darauf, dass es endlich hell werden würde.

Björn begann in der Feuerstelle zu stochern und ließ die Flammen hoch auflodern, sodass der Teil des Strandes, auf dem der Wogendrachen lag, in einen hellen, roten Glanz gehüllt wurde.

Als endlich der Morgen graute, ließen die Männer keine Zeit mehr verstreichen und machten das Schiff seeklar.

Mit vereinten Kräften schoben sie den Wogendrachen in das tiefere Wasser zurück, bis der Kiel fast vollständig von dem salzigen Nass umspült wurde.

Das Wetter des neuen Tages sollte so schön werden wie das des vorherigen. Langsam erhob sich die Sonne hinter dem Horizont in einen fast wolkenlosen, blauen Himmel und ließ einen schönen Frühlingstag erahnen. Noch war die Luft kühl und klar, doch bald würde der feurige Himmelsball sie erwärmen. Die Männer legten sich kräftig in die Ruder, und Björn steuerte den Wogendrachen sicher die südliche Küste der Insel entlang. Die Sonne stand noch nicht ganz im Zenit, als sie endlich den weißen Strand erblickten, und nur dies konnte der Ort sein, nach dem sie suchten. Schon von Weitem sahen sie die grauen Rauchfahnen, die hinter der hohen Düne in den blauen Himmel stiegen. Ein untrügliches Zeichen dafür, dass sich dort ein Hof oder ein Dorf befinden musste. Hölzerne Gestelle standen auf dem Strand, über die Netze zum Trocknen gespannt waren, an anderen hing der Fang des Morgens. Fisch neben Fisch trocknete an den Gerüsten. Auch einige Skuder[28] lagen auf dem Strand, der drei oder auch vier Schiffslängen bis zur mit Gräsern und niedrigem Buschwerk bewachsenen Dünung reichte. An einer Stelle war diese Böschung von einem Pfad durchbrochen, und über diesen kamen einige Männer auf den Strand. Sie waren Fischer, die noch einmal auf die See

---

[28] Skuder/Skuta – Leichte Segler mit 8-16 Riemen, wurden zum Fischen und befahren der Fjorde, sowie entlang der Küste genutzt

hinaus fahren wollten, und sich an den Booten zu schaffen machten, bis ihre Aufmerksamkeit auf das Schiff fiel, das geradewegs auf ihre Küste zusteuerte. Seicht hob und senkte sich der Vordersteven mit dem herrlich geschnitzten Drachenkopf in den Wellen der Ostsee, und mit kräftigen Ruderschlägen näherte sich das Schiff dem Land.

Sigurd stand am Vordersteven und sah, wie die Männer auf dem Strand hin- und herliefen, dann aber auf dem Weg durch die Dünen verschwanden.

„Ich vermute, uns erwartet hier eine ebenso freundliche Begrüßung wie an dem gestrigen Tag", rief er seinen Männern zu, und diese begannen darüber zu feixen und zu lachen. Der Kampf von gestern war vorbei, und sie hatten ihn überlebt, nun machten sie ihre Späße darüber. Angst kannten sie nicht!

Es dauerte, Sigurd hatte es ja befürchtet, wirklich nicht allzu lang, der Wogendrachen war gerade mit den Pflöcken verkeilt, da kamen bewaffnete Männer an den Strand. Es waren drei Mann zu Pferd, gefolgt von einigen Kriegern zu Fuß.

„Die Menschen auf dieser Insel scheinen mir sehr misstrauisch zu sein", bemerkte Thorkill und schüttelte verständnislos seinen Kopf. „Das ist wohl wahr", erwiderte Sigurd, wandte sich dann dem Björn zu und nickte auffordernd. Gemeinsam gingen sie den berittenen Fremden entgegen, die in einigem Abstand ihre Pferde gezügelt hatten, um ihren Kriegern die Möglichkeit zu geben, aufzuschließen. Ohne dass Sigurd hätte einen Befehl geben müssen, hatten sich seine Männer ihre Waffen griffbereit zurechtgelegt. Diesmal waren sie gewarnt!

Der junge Wikinger, der ja auf dieser Fahrt ein Kaufmann war, hob beide Hände zum Zeichen, dass er unbewaffnet war, als er durch den Sand auf die fremden Männer zustapfte. „Wir kommen in friedlicher Absicht!", rief er ihnen entgegen. „Wir sind Handelsfahrer und suchen den Hof des Egil Sverrisson!"

Da sahen sich die drei Reiter an, begannen miteinander lautstark zu reden, und rissen plötzlich ihre Schwerter in die Höhe. Dann trieben sie ihre Pferde den beiden Seefahrern entgegen. „Los, komm", rief Björn und lief zurück. Sigurd folgte ihm, zog dabei den Kehlenbeißer aus dem Wehrgehäng und rief den eigenen Männern seine Befehle entgegen. Doch dies wäre nicht nötig gewesen, denn Thorkill hatte das Geschehen vom Vordersteven des Wogendrachen beobachtet, und so hatten sich die Männer bereits auf dem Strand gesammelt, ihre Waffen in Händen. „Wenn es an die Tafel des Einäugigen geht, dann halte mir einen Platz frei", rief Rögnvald dem Björn zu, riss seine beiden Äxte in die Höhe und stürmte ohne Furcht auf die Dänen zu. Die Zahl der Angreifer war der Schar des Sigurd Svensson um einige Männer überlegen, doch das war den Norwegern gleich, denn schon schlugen die Klingen aufeinander, und erneut zeigte sich den Einheimischen, dass diese Krieger ihr Handwerk verstanden. Der Speerwurf eines Mannes aus Sigurds Reihen hatte die Übermacht der Angreifer bereits verringert, und Rögnvald hatte sich auf den Anführer der Feinde gestürzt. Er hatte das Pferd zum Scheuen gebracht, und als sich das Tier ängstlich aufbäumte, zog er mit einem geschickt geführten Hieb den Mann aus dem Sattel. Das Pferd stellte sich erneut auf die Hinterbeine, bevor es davonlief, so war dem Schweden ein zweiter Schlag verwehrt geblieben.

Der Däne aber hatte den Moment genutzt und war wieder auf die Beine gekommen, stand nun dem Schweden mit dem Schwert in der Hand gegenüber. Da schlug Rögnvald seine Äxte zusammen und rief dem Gegner verächtlich entgegen: „Komm, Freund! Walvater Odin wartet schon auf dich!" Und die Antwort des dänischen Kriegers kam sofort in Form eines kräftigen Schwerthiebes, dem der Schwede aber mit Leichtigkeit auszuweichen vermochte. Ein zweiter, schneller Hieb strich an seinem Ohr vorbei und hätte ihm beinahe den Helm vom Kopf geschlagen. Ein brennender Schmerz verriet ihm, dass er nun wohl eine Kerbe in dem vom Kopf abstehenden Körperteil hatte. Wenn es denn überhaupt noch an seinem Platz war. Dies jedoch festzustellen fehlte dem Schweden gerade die Zeit, denn er setzte nun zum Gegenangriff an. Er ließ Odin und Thor, wie er seine Kurzstieligen nannte, nun kräftig kreisen, und der Däne hatte alle Mühe, die schnellen Schläge abzuwehren. Auch machte ihm nun mehr und mehr die Verletzung des ersten Hiebes, der ihn aus dem Sattel gehoben hatte, zu schaffen. Sein Kirtel war bereits mit Blut getränkt, doch er kämpfte mutig weiter und stand dem Rögnvald in nichts nach. Ein Schwerthieb folgte dem nächsten, denen der Schwede jedoch geschickt auswich, um dann einen Schwertschlag mit der Axt abzuwehren, während die andere Axt den Weg in ihr Ziel fand. Das scharfe Blatt durchstieß das lederne Wams, welches der Däne trug, und grub sich tief in dessen Bauch. Er schrie kurz auf und rang dann nach Luft, hob seinen Kopf und sah wohl noch die heranfliegende Axt, die den Gesichtsschutz seines Helmes und seine Nasenwurzel durchschlug. Der folgende Hieb wischte ihm den Helm vom Kopf und zertrümmerte seinen Unterkiefer, sodass dieser nun zur Seite abstand und sein Gesicht vollends verunstaltete. Vom Blut überströmt, sank der Angreifer zu Boden und starb.

Auch die anderen Männer der Schiffsbesatzung schlugen sich gnadenlos mit den Angreifern, so wie Sigurd, der den Kehlenbeißer wütend kreisen ließ. Er hatte einem Angreifer eine tiefe Wunde zugefügt, auf dass dieser sich zurückzog, um sein Leben zu retten. „Du elender Feigling!“, rief er ihm nach. „So wirst du niemals an Odins Tafel treten. Lauf nur! Im Reich der Hel sollst du schmoren!"

Heftig wütete der Kampf, und noch konnten sich die Seefahrer der Angreifer erwehren, doch bald würde die zahlenmäßige Übermacht der Dänen ihren Tribut fordern. Die Arme der Kämpfer aber verloren bald an Kraft. So wurden Äxte und Schwerter immer langsamer geführt, und die Schilde hielten den Schlägen der Angreifer stand. Weiter und weiter wurden die Seefahrer um Sigurd nun zurückgedrängt, und einigen umspülte die See während des Kampfes bereits die Füße. Da plötzlich ertönte ein Hornsignal, die Kämpfenden hoben suchend ihre Köpfe und sahen eine weitere Schar von Kriegern, die sich ihnen über den Strand näherten.

„Jetzt ist wohl alles verloren!", rief Björn dem Sigurd zu und hieb trotzdem kräftig auf einen Gegner ein. „Verzeih mir meine Dummheit, Freund. Ich dachte, es sei ein gutes Geschäft", gab der Anführer der Handelsfahrer entschuldigend zur Antwort und ließ seinerseits den Kehlenbeißer auf seinen Gegner niederfahren. „Aber wir werden wenigstens ehrenvoll sterben, und ein Platz in Walhalla ist uns sicher!"

Doch plötzlich brachen die Angreifer den Kampf ab und zogen sich auf dem Weg, den sie gekommen waren, wieder zurück. Die Verteidiger ließen die Krieger, ohne ihnen zu folgen, ziehen.

„Was ist denn nun?", fragte Rögnvald entsetzt und ließ die blutigen Äxte sinken. „Beim roten Bart des Hammerschwingers! Die können doch nicht einfach abhauen!", rief er beleidigt. „Ich vermute, die da sind nicht ihre Gefährten." Sigurd zeigte auf die nahenden Krieger, die den Wogendrachen beinahe erreicht hatten. Der Tröndner sah sich um, und nun erst sah er, dass zwei Männer tot in ihrem Blut lagen, doch es waren zu seiner Erleichterung Männer des Feindes. Von seiner Besatzung hatten drei Krieger tiefe Fleischwunden erlitten, und auch er selbst hatte eine blutende Verletzung an der Stirn, doch keiner war zu Tode gekommen. Odin ging an diesem Tage leer aus! „Kümmert euch um die Verletzten", befahl der Anführer der Norweger, und einige seiner Männer folgten dem Befehl. Die anderen scharrten sich um Sigurd Svensson, denn die Fremden, die da näher kamen, sahen wenig freundlich aus. Der Befehlshaber der Schar sah sich schweigend um, stieß den leblosen Körper des einen Dänen mit dem Fuß, sodass dieser auf die Seite rollte. „Ihr habt Hrudgar erwischt!" Verächtlich spuckte er auf den Toten. „Man nennt mich Gorm, und dieser Kerl da war ein Kettenhund der Vesetisippe!" Sigurd nannte seinen Namen und die einiger seiner Begleiter. „Ich kenne diesen Mann nicht. Er sprach nicht und griff uns sofort an", die Stimme des Sigurd klang erbost. „Ist das auf dieser elenden Insel so Brauch?", fragte Björn unfreundlich. „Das wohl nicht", sprach Gorm mit ernstem Blick. „Ihr müsst ihn schon beleidigt oder erzürnt haben."

„Beleidigt?", rief Björn wütend aus. „Wir fragten ihn nach dem Weg zum Hof des Egil Sverrisson!"

Da lachte der Anführer der Kriegerschar. „Das ist der Grund! Der Sverrissonhof!" Die Männer um den Tröndner sahen sich fragend an, und der Fremde begann, seine Worte zu erklären. „Wir sind Männer des Egil, und unser Herr ist ein Schwurbruder der Sippe des Harald, der ein reicher Jarl im Osten der Insel ist. Dieser liegt aber schon seit langem im Streit mit der Sippe des Jarl Veseti, der ein Jarl aus dem Norden der Insel ist."

„Du willst sagen, wir sind in eine Sippenfehde geraten?", fragte Thorkill Ormsson, der den Kampf unbeschadet überstanden hatte, mit zorniger Stimme. „Aber wir kennen hier doch niemanden!"

„Das ist egal, Junge! Die Jarle schaden und bekriegen sich, wo sie nur können", erklärte Gorm. „Mein Herr Egil hat niemals sein Schwert gegen die Vesetisippe gezogen, und doch muss er sich dieser Bande erwehren. Darum lebt diese Schar an Kriegern auf dem Hof, um diesen vor den Angriffen zu schützen."

Diese Männer waren also Krieger, die sich für guten Lohn als Wächter und Beschützer auf dem Hof verdingten.

„Wenn ihr es wünscht, bringe ich euch zum Verwalter des Sverrissonhofes, denn der Egil weilt nicht auf Bornholm. Aber das wisst ihr ja sicher!" Er begann zu grinsen, wandte sich ab und wollte gehen, doch vor dem Leichnam des Hrudgar hielt er noch einmal inne. Er besah sich den geschundenen Körper genau und sagte: „Das war gute Kampfkunst. Wer immer das getan hat, kann sich mir gerne anschließen. Ich zahle gut!" Er begann laut zu lachen und ging voran. Sigurd, Björn, Rögnvald und auch der junge Thorkill Ormsson folgten der Kriegerschar.

Der Hof des Egil Sverrisson war groß. Sehr groß! Und er war zur Gänze von einer festen Palisadenwehr umgeben, durch die ein weit geöffnetes Tor Einlass gewährte. Gorm führte die fremden Männer zu einem der Gebäude des Hofes, das, wie sich herausstellte, die Unterkunft des Verwalters und einiger Knechte mitsamt deren Familien war. Sie traten in die Halle des Langhauses, in dessen Mitte eine Feuerstelle den großen, langgestreckten Raum erwärmte, und an dem ein recht stämmiger Mann auf einem hölzernen Schemel saß. Er schnitzte mit seinem Dolch an dem Schaft einer Axt, von denen schon einige zu seinen Füßen lagen, und richtete seinen Blick auf die Fremden, hielt es aber nicht für notwendig, sich zu erheben, um diese zu begrüßen. Sie traten heran, und jeder von ihnen kannte den Namen des Mannes, noch bevor Gorm ihn nannte.

Dieser Kerl war ohne jeden Zweifel der von ihnen gesuchte Borken-Knut! Die Haut in seinem Gesicht war runzelig wie die einer fetten Kröte, oder eben die der Borke eines alten Baumes. Seine Nase war groß und hatte keine Spitze, wie das normalerweise bei einer Nase der Fall war. Nein, sie war einfach nur rund. Rund und knorrig wie eine alte Wurzel, und sie leuchtete rot und war von blauen Adern durchzogen. Dieser Mann trug seinen Namen zu Recht, und nur die Götter allein wussten, warum sie ihn mit so einem Antlitz gestraft hatten.

Sigurd schätzte sein Alter auf mehr als fünfzig Sommer und Winter, doch das Aussehen dieses Kerls konnte ihn sicherlich in seiner Vermutung auch täuschen.

Thorkill und auch Rögnvald mussten sich abwenden, denn ihre Münder wurden immer breiter, es gelang ihnen kaum, ihr Grinsen zu verbergen, und nur der strenge Blick des Björn hinderte die beiden jungen Kerle daran, lauthals loszulachen. Aber auch Sigurd musste sich beherrschen, um die Höflichkeit zu wahren. So versuchte der Tröndner, ein ernstes Gesicht zu machen, während er zu sprechen begann, obwohl auch er es vorgezogen hätte, sich von dem alten Borken-Knut abzuwenden. „Mein Name ist Sigurd Svensson!", sagte er mit fester und tiefer Stimme, das Gesicht starr und ohne Regung, sodass er selbst für einen Lacher gut gewesen wäre. „Ich suche einen Mann namens Borken- Knut. Bist du das?"

„Was fragst du so dämlich, Kerl?" Der Verwalter des Hofes schien sich seines Aussehens und der Wirkung, die er auf andere hatte, wohl gewahr zu sein, und grinste frech. „Glaubst du etwa, es gibt hier noch einen, auf den dieser Name zutreffen könnte?"

„Nun, ich wollte dich nicht beleidigen", versuchte Sigurd sich aus der Zwickmühle zu befreien, wurde aber von dem Verwalter unterbrochen. „Ja, ja! Lass es gut sein. Was willst du von mir?"

„Der Egil Sverrisson schickt uns. Wir bringen eine Schiffsladung mit guten Waren, die dein Herr bei uns gekauft hat", berichtete Sigurd dem Verwalter. „Und du kannst es mir glauben, das war gar nicht so einfach!"

„So, neue Waren bringt ihr also!" Borken-Knut schien darüber sichtlich erfreut, und ohne zögern gab er einem Knecht den Befehl, die Schiffsladung auf den Hof zu schaffen. Doch da stellte sich der Björn dem Mann in den Weg und hielt diesen zurück. „So schnell geht das nicht, Mann! Was ist mit unserer Bezahlung?", sprach er streng. Nun zog Sigurd die silberne Plakette aus seiner Geldkatze[29] und reichte das Metallstück dem Verwalter. „Dies soll ich dir geben, dann wüsstest du, was zu tun ist. Also gib mir das Geld für meine Ladung!" Sigurd nannte den Preis, den er mit dem Egil vereinbart hatte, und hoffte nun auf die Zahlung der Summe. Der Borkengesichtige begann breit zu lächeln. „Das hat doch noch Zeit, meine Freunde. Ihr solltet erst einmal etwas Gutes essen!"

Er rief einige Befehle, und mehrere Mägde eilten herbei, rückten die Tische zusammen, um das Mahl für die Fremden aufzutragen. Der Knut erhob sich, ließ die Plakette unter seinem Kirtel verschwinden, blaffte den Knecht an, der immer noch vor Björn stand, er möge endlich seine Befehle ausführen, und verließ dann die Halle. Sigurd nickte, und Björn ließ den Knecht gehen. „Denke daran, Borken-Knut, wir wollen hier nicht lang bleiben", rief ihm der Tröndner nach. „Sobald der Wogendrachen entladen ist, wollen wir fort von hier!"

---

[29] Geldkatze – kleine Ledertasche oder Beutel, der am Gürtel befestigt wurde

Die Männer aßen sich satt, denn das Mahl, das man ihnen servierte, war recht üppig, und auch mit dem Bier geizten die Mägde und Sklavinnen nicht. Und ihre Reize wussten die gut gewachsenen Mädchen geschickt einzusetzen, um die Norweger bei Laune zu halten. So verrann die Zeit, und der Borken-Knut, von dem Sigurd geglaubt hatte, er würde das Geld holen gehen, als er die Halle verließ, blieb den Abend über verschwunden, und auch Gorm, der am Tisch der Seefahrer um Sigurd Svensson saß, konnte oder wollte nichts über dessen Verbleib sagen. So blieben die Männer aus dem Norden unter sich.

Die Einladung, in dem Gebäude zu nächtigen, schlug der Sigurd auf Anraten des Björn jedoch aus, was dem Rögnvald und dem Thorkill, die sich ein Schäferstündchen mit den Mägden erhofften, nicht wirklich gefiel. Es sollte sogar noch schlimmer für sie kommen, denn Sigurd verbot den Männern, sich zu besaufen, gewährte jedem nur einige Becher Bier. Das Wort des Gelbhaar hatte bei dem Sigurd hohen Wert, und so verließen die Norweger den Hof, um auf dem Strand neben dem Wogendrachen ihr Lager zu errichten.

Dunkelheit lag bereits über der Insel, als die Sklaven des Sverrissonhofes im Schein der Fackeln die letzten Waren die Böschung hinauf schleppten. Dann herrschte endlich Ruhe, und die Besatzung des Langschiffes war allein auf dem Strand. Allerdings war Sigurd überzeugt davon, dass man sie beobachtete. Thorkill legte Holzscheite auf die große Feuerstelle, um die sich die Männer versammelt hatten, sodass die Flammen züngelnd empor stoben.

„Mir gefällt unsere Lage nicht, und der alte, runzlige Kerl gefällt mir noch weniger!" Björn stieß verärgert mit einem Stecken in die Glut. „Was willst du, Björn? Er hat uns doch zu einem guten Mahl geladen. Wir hätten ihm seine Fässer leer saufen können und die ganze Nacht seine Mägde vögeln, doch du wolltest ja nicht!", beschwerte sich Rögnvald beleidigt und immer noch erbost über den frühen Aufbruch vom Hof des Egil.

„Dämlicher Kerl! Denkst nur ans Saufen und an Weiber! Solltest weniger mit dem Schwanz denken, dann lebst du länger, Rögnvald! Ich habe schon vielen Männern gegenüber gestanden, und dieser gehört zu der Sorte, die ich nicht mag", sagte der Steuermann und blickte den Schweden böse an. „Was, wenn er nicht zahlen will?"

„Du bist viel zu misstrauisch, mein Bruder", versuchte Sigurd die Zweifel seines Steuermannes zu zerstreuen.

„Morgen werden wir uns wieder auf den Hof begeben, und du wirst sehen, am Abend segeln wir nach Norden!" Doch Björn hatte, wie schon oft, eine böse Vorahnung, und diese täuschten ihn selten, dazu war er zu erfahren.

„Wir sollten nun versuchen zu schlafen, Björn", Sigurd griff nach seinem Schlafsack. „Er wird es nicht wagen, uns zu hintergehen!"

„Sonst wird ihm Thor mit dem Hammer seinen hässlichen Kopf zertrümmern", sagte Thorkill drohend. „Und wenn es der Rotbart nicht tut, tue ich es!" Rögnvald ließ sich grinsend in den Sand sinken und hatte seinen Groll auf den Steuermann bereits vergessen.

*

Es war nicht nur das Rauschen der Wellen, die sich den Strand hinaufrollten oder das Krächzen der frechen Möwen, die über dem Langschiff ihre Kreise zogen, die Sigurd aus dem Schlaf rissen. Es waren Björn und einige andere Männer, die bereits auf den Beinen waren, und die zu Sigurds Verwunderung den Wogendrachen zur Abfahrt vorbereiteten. Es schien, als könne der Steuermann es kaum erwarten, dieser Insel endlich den Rücken zu kehren.

Währenddessen hatte der rothaarige junge Schmied das Feuer neu entfacht und bereitete in einem großen Kessel, der an einem Dreibein über den Flammen hing, eine deftige Grütze als Morgenmahl zu. Zur Freude aller verstand sich der junge Thorkill nicht nur auf das Schmieden von Nägeln und Schwertern, sondern auch auf die Zubereitung von mehr oder weniger schmackhaften Mahlzeiten. Sigurd setzte sich auf, sah dem Thorkill beim Schneiden einer dicken Zwiebel auf die flinken Finger, und wandte seinen Blick auf Rögnvald, den die aufkommende Betriebsamkeit im Lager wenig zu stören schien. Der Schwarzschopf lag in seinen Schlafsack eingerollt und schnarchte laut vor sich hin. Sigurd dagegen streckte seine klammen Glieder, zog seine Beine aus dem Schlafsack, der ihn in der Nacht gut gewärmt hatte, und richtete seinen Blick wieder dem Thorkill zu.

„Das riecht gut!"

Thorkill grüsste seinen Anführer und wünschte ihm einen guten Morgen. „Ist aber noch nicht ganz fertig." Zwischen zwei Fingern zerrieb er einige Kräuter, ließ diese in den Kessel fallen, und rührte dann mit einem hölzernen Löffel in der Grütze, sodass der Duft dem Sigurd in die Nase zog und sich der Magen des Tröndners mit einem lauten Gurgeln bemerkbar machte.

„Los, du Schnarchsack! Erhebe dich und klopf dir die Sandflöhe aus dem Bart." Sigurd stieß unsanft gegen den schlafenden Schweden, auf dass dieser nun wie von einer Nadel gestochen hochfuhr. „Bei Odin und Thor! Das Weib wollte es so", rief Rögnvald erschrocken, woraufhin Sigurd und Thorkill lauthals zu lachen begannen.

„Von wessen Titten hat der denn geträumt?", fragte Thorkill spöttisch. „Sicherlich von schönen runden, die er mit seinen dreckigen Pfoten nicht berühren darf", antwortete Sigurd belustigt. Rögnvald rieb sich schlaftrunken seine Augen und streckte sich dann genüsslich.

Das Gelächter seiner Gefährten überhörte der Schwede großmütig, stattdessen erhob er sich, zog seinen Kirtel aus und watete bis zu den Knien in das kalte Wasser des Ostmeeres, um sich zu waschen. Sigurd folgte ihm über das ganze Gesicht grinsend und tat es dem Rögnvald gleich.

Als sie zurück an das Feuer kamen, saß dort bereits die Besatzung des Wogendrachen, ein jeder mit seiner hölzernen Schüssel und einem Löffel in Händen, um sich an der heißen Grütze zu stärken. Auch den beiden erfrischten Männern reichte der rothaarige Koch je eine Schüssel mit dem wohlriechenden Mahl, und diese setzten sich neben die Gefährten und aßen.

Der Kessel war noch nicht vollends geleert, da kam ein Krieger an den Strand geritten. Es war ein Mann aus der Schar des Gorm, der sein Pferd vor dem Feuer der Seefahrer zügelte. „Sigurd Svensson", sagte er mit strenger Stimme. Der Angesprochene legte seinen Löffel in die Schüssel und reichte dem Thorkill das hölzerne Gefäß, dann erhob er sich langsam. „Was willst du?", fragte der Anführer nicht weniger streng. „Besteigt euer Schiff und verlasst diesen Strand", befahl der Reiter in drohendem Tonfall. „Der Borken-Knut befiehlt es!"

„Beim Arsch des Loki", grunzte Björn böse, „ich habe gewusst, dass der Kerl uns Ärger macht!" Er ergriff sein Schwert, erhob sich und trat neben seinen Anführer.

„Da hat der hässliche Schiss eines Riesen aber etwas vergessen", polterte der Steuermann los. „Er hat vergessen, uns zu bezahlen!"

„Ihr sollt verschwinden, und zwar sofort", brüllte der Reiter, „sonst jagen wir euch ins Meer zurück!"

„Am besten, wir reißen ihm seinen dämlichen Kopf ab und schicken ihn als Antwort dem Narbengesicht", rief nun der Rögnvald, ohne sich zu erheben oder gar sein Mahl zu unterbrechen. Da wendete der Reiter sein Pferd und schlug ihm die Hacken in die Flanken, auf dass der Braune losstob und der Sand spritzte. „Ich habe euch gewarnt! Geht, so lang es euch noch möglich ist!", rief er und trieb das Pferd den Strand hinauf.

Sigurd, der gerade einmal achtzehn Sommer und Winter zählte, sah seinen weit älteren Freund und Ratgeber böse an. „Sag jetzt nicht, dass du es wusstest!"

Björn zog seine Schultern hoch und verkniff sich grinsend die Klugscheißerei. „Was werden wir nun tun, Sigurd?"

„Was werden wir schon tun? Wir kamen als Kaufleute, doch sie zwingen uns dazu, als Krieger zu gehen", sprach der Anführer zornig. „Der Däne wird sich wundern. Wir holen uns, was uns gehört! Und mehr!"

Da strahlten die Gesichter der Männer, denn keiner von ihnen war gerne ein Handelsfahrer. Nein, sie waren Wikinger!

Die Sonne hatte den Zenit bereits überschritten, und es war nichts geschehen. Keine Menschenseele hatte sich auf dem Strand blicken lassen, seit der Bote verschwunden war. Die Kriegerschar des Borken-Knut, allen voran Gorm, ließ auf sich warten.

„Wir sind ihnen an Zahl unterlegen, das weißt du!" Die Stimme des Björn klang ein wenig beunruhigt. „Odin wird uns beistehen", sprach Sigurd trotzig, keiner seiner Krieger würde vor dem Feind weichen, das wusste er gewiss.

„Ich weiß nicht", zweifelte der Steuermann und sah nachdenklich auf die See hinaus. „Ob der Beistand des Einäugigen diesmal ausreichen wird?"

Einige Männer saßen auf der Reling am Heckstand des Wogendrachen, andere standen davor, die Ellenbogen auf das Holz gestützt, oder saßen auf den Planken gegen die Bordwand gelehnt, und alle hatten ihre Waffen, Helme und Schilde griffbereit zurechtgelegt. „Ich sage euch, es gefällt

mir gar nicht, hier tatenlos herumzusitzen", empörte sich
Rögnvald, der am Achtersteven lehnte und eine seiner Äxte
schärfte. „Wir sollten sie angreifen. Odin lechzt nach dem
Blut der Betrüger!" Er zog genüsslich mit dem Wetzstein
über das Blatt der Axt, und alle verstanden, dass er nicht den
Allvater, sondern seine geliebte Waffe meinte.
„Ich befürchte, dann wirst du bald ein großes Festmahl
erleben. An Odins Tafel!", rügte Björn den Schweden und
sah den Strand hinauf zur Kuppe der Anhöhe, hinter der der
Weg verschwand. „Ich denke, wir sollten erst einmal von
diesem Strand verschwinden!"
„Verschwinden?" Rögnvald war entsetzt.
„Bist du verrückt geworden, Norweger?", fuhr der Schwede
den Steuermann wütend an. „Ich will kämpfen, sie
bestrafen, und nicht vor ihnen davonlaufen!"
Doch Sigurd verstand die Worte des Björn Gelbhaar sofort,
und er hätte diesem auch niemals Feigheit vorgeworfen.
Er sprang von der Reling herunter und rief: „Sofort das
Schiff seeklar und alle Mann an die Ruder!"
Seinem Freund Rögnvald legte er beide Hände auf die
Schultern und sprach ruhig: „Bei allen Göttern von Asgard,
du wirst deinen Kampf bekommen, mein Freund! Glaube
mir!"
Die Männer sahen sich verwundert an, aber sie gehorchten
ihrem Anführer, auch wenn sie seine Absichten noch nicht
erkannten.
Der Wogendrachen fuhr nach Osten und ließ den hellen
Sand des Strandes schnell hinter sich. Sie ruderten um eine
Landzunge in eine kleine Bucht hinein, wo sie die Schnigge
an Land zogen. „Sie werden denken, dass wir die Hosen voll
hatten und heimgesegelt sind", sagte Sigurd lachend. „Heute
Nacht aber, da werden sie sich wundern und wünschen, dass
Odin ihnen gnädig ist", fuhr Björn grinsend fort. Doch dann
wurde er ernst. „Ich will den Kopf des Narbengesichtigen

mit der Knollnase vor meinen Füßen in seinem Blut liegen sehen. Er gehört mir! Versprich es, Sigurd!"

„Wenn dir so viel daran liegt sollst du deinen Willen bekommen und derjenige sein, der das Leben dieses schäbigen Betrügers zu Hel schickt", versprach der Tröndner seinem väterlichen Freund.

Der Kiel der Schnigge hatte sich tief in den weichen Sand gegraben, und so stand das Schiff recht sicher, ohne dass es zur Seite zu kippen drohte. Sigurd verzichtete darauf, den Wogendrachen mit Pfosten zu verkeilen, denn wer wusste schon, ob sie nicht schleunigst verschwinden müssten.

Ein Feuer wagten sie nicht zu entfachen, schließlich sollte niemand auf die Kaufleute, die nun wieder Wikinger waren, aufmerksam werden. So saßen und lagen sie im Sand des Strandes und warteten auf die Finsternis der Nacht. Und die Götter schienen ihnen wirklich gewogen zu sein, denn die Bucht wurde nur selten von den Bewohnern der Gegend aufgesucht, und so blieben sie unentdeckt an diesem Abend. Langsam verstrich die Zeit, einige Männer waren sogar eingeschlafen, bis Sigurd endlich den Befehl zum Aufbruch gab und die zwölf Krieger in voller Bewaffnung den Weg in die Richtung einschlugen, in der der Hof des Egil Sverrisson lag.

Schon von Weitem sahen sie in der Dunkelheit den Schein der Fackeln, die an den Türpfosten der Häuser befestigt waren. Der Hof war auf einer freien, breiten Ebene errichtet, umgeben von grünen Wiesen mit einigen großen Steinen darauf. Bäume und Buschwerk, das ihnen Deckung geboten hätte, gab es hier kaum, so schützte sie nur der düstere Schleier der Dunkelheit, als sie sich vorsichtig näher und näher schlichen. Ruhig lag der Hof nun vor ihnen, und sie wagten sich bis an die Palisade heran. Die brennenden Fackeln in den eisernen Haltern tauchten den Platz vor dem großen Langhaus in ein trübes, rötlich schimmerndes Licht.

Auf ein Zeichen Sigurds huschte Thorkill durch das geöffnete Tor und verschwand im Dunkel zwischen den Gebäuden. Nach einer Weile des Wartens tauchte der junge Bursche wie aus dem Nichts wieder zwischen seinen Gefährten auf und schlich neben seinen Anführer, um diesem zu berichten. „Die Krieger des Gorm feiern in ihrem Bau wohl unsere Vertreibung, ohne einen Schwertstreich dafür getan zu haben", erklärte er leise. „Bei den Knechten und Sklaven ist es ruhig, und aus dem Langhaus des Egil hörte ich Stimmen."

Sigurd war zufrieden, gab seinen Kriegern die nötigen Befehle, und dann schlichen alle wortlos auf den Hof. Die Schar der Angreifer teilte sich in zwei Gruppen, und während die eine zum Langhaus huschte, begab sich die andere zuerst zum Gebäude des Gesindes, wo sie die Tür verkeilten, um sich dann auch am Gebäude der Krieger zu schaffen zu machen. Auch hier verschlossen sie von außen die Pforte, dann nahm Rögnvald böse grinsend eine der Fackeln aus dem Halter und sagte kichernd: „Nun wollen wir ihnen die Feier mal ein wenig erwärmen!"

Er legte die Fackel an den Rand des mit Grassoden gedeckten Daches, und nach einer Weile hatten Holz und trockenes Gras Feuer gefangen.

Und während nun das Gebäude lichterloh brannte und die Entsetzensschreie über den Hof schallten, machten sich Sigurd, Björn Gelbhaar und drei weitere Männer aus dem Gefolge des Tröndners zum Langhaus des Borken-Knut auf.

Sie hatten die große Tür des Langhauses aufgestoßen und waren mit erhobenen Schwertern und Äxten in die Heimstatt des Egil Sverrisson gestürmt.

In der weiträumigen Halle brannte ein gemütliches Feuer in einem Kamin, und an einem der Tische saßen zwei Männer, die mit einem Würfelspiel beschäftigt waren. Einige Frauen, die ihnen dabei zusahen, sprangen beim Anblick der fünf

Eindringlinge erschrocken von ihren Plätzen auf. Einer der Männer griff sofort nach seinem Schwert, das neben ihm auf der Bank gelegen hatte, und stürzte sich den Angreifern mutig entgegen. Und auch der andere Mann, es war der Borken-Knut selbst, ließ den Würfelbecher fallen und suchte nach seiner Klinge, fand diese aber nicht auf Anhieb. Als er dann endlich sein Schwert in der Hand hielt, lag der erste Würfelspieler bereits erschlagen auf dem Boden des Langhauses, und sein Blut versickerte zwischen den hölzernen Planken. Die Frauen liefen schreiend vor Entsetzen und nach Schutz suchend wie aufgescheuchte Hühner durch die Halle. Nur eine nicht!

Diese schien von dem Überfall der Wikinger um Sigurd Svensson wenig beeindruckt zu sein, befal dem hässlichen Borken-Knut sogar lauthals, er möge sein Schwert senken, und keifte auch die anderen Frauen an, sie sollten endlich still sein. Ein wenig verwundert sah Sigurd das Weib an, gab aber selbst seinen Männern den Befehl, innezuhalten und die Waffen zu senken. Erstaunt wandte er sich der Frau zu, die sicher doppelt so alt war wie er selbst. Schon ihre Haltung und auch die Kleider, die sie trug, zeigten dem jungen Seefahrer, dass diese Frau über den anderen Bewohnern stand.

„Wer bist du?", fragte er streng. „Ich bin die Herrin dieses Hofes, das Weib des Egil, und ich frage dich, Fremder, wer bist du und warum überfällst du mein Haus?" Mutig trat sie vor die Wikinger und sah dem Gelbhaar tief in die blauen Augen „Bist du der Anführer dieser Mörderbande?"

Björn schüttelte sprachlos sein Haupt und nickte dem Sigurd zu.

„So, du bist also der Befehlshaber dieser Horde", stellte sie unerschrocken fest. „Lass dir sagen, dieser Überfall wird euch schlecht bekommen. Der Hof ist gut bewacht!"

„Wenn du damit Gorm und seine Krieger meinst, hoffe besser nicht auf Hilfe", gab Sigurd frech zur Antwort. Das Weib erschrak, und sie vermochte dies nicht zu verbergen. Doch sie wahrte ihre Fassung. „Also, was wollt ihr, damit ihr unser Leben verschont?", fragte die Herrin des Hofes, ohne ihre Angst zu zeigen.

„Frag den da!" Björn zeigte auf den Mann mit der Knollnase und dem vernarbten Gesicht. „Knut?" Das Weib war sichtlich erstaunt. „Knut, was geht hier vor?", fragte sie nun streng und mit ernster Miene. „Ja, Knut. Sprich!", forderte Björn und hob drohend sein Schwert, doch der Borken-Knut schwieg. „Er hat uns um die Bezahlung für unsere Waren betrogen. Wollte uns stattdessen zur Hel schicken", erklärte Sigurd der Herrin des Hauses. „Oder steckst gar du hinter dieser Schurkerei, Weib?"

Die Kaufmannsfrau sah den Wikinger böse an, blieb ihm aber eine Antwort schuldig. „Egil, dein Mann, gab uns eine silberne Plakette, die wir dem Verwalter übergeben sollten, auf dass dieser uns entlohnen sollte!"

„Doch der Dreckskerl nahm unsere Schiffsladung und die Plakette. Gab aber nichts dafür", fuhr Björn das Weib wütend an. Die Herrin sah den knorrigen Verwalter streng an. „Spricht der Mann die Wahrheit, Knut? Bist du der Grund für den Tod meiner Männer, für die Verwüstung meines Hofes?"

Anfangs hatte Knut sein Haupt vor dem Weib gesenkt, doch plötzlich sah er in ihr Gesicht und sprach: „Dies sind die Befehle des Egil, die ich befolge!"

Da trat Björn Gelbhaar dem Borken-Knut entgegen, riss sein Messer aus dem Wehrgehäng und stach, ohne ein weiteres Wort zu verlieren, die scharfe Klinge in den Leib des Mannes. Bis zum Schaft bohrte sich das Messer in den Bauch des Verwalters, und dieser sackte röchelnd auf die Knie. Wieder schrien die Frauen auf, bis auf die Hausherrin, die mit starrem Blick auf den Sterbenden hinabsah, und zur Verwunderung der Wikinger hatte sie wenig Mitleid mit ihrem Verwalter. „Ist dein Rachedurst nun gestillt, Wikinger? Oder müssen wir jetzt alle den Klingentod sterben?"

„Gib mir, was mir zusteht Weib, und ich will dich und deinen Hof verschonen", sprach Sigurd mit fordernder Stimme, und die Herrin des Sverrisson-Hofes willigte ein. Während der Geschehnisse in dem Langhaus brach vor dem brennenden Gebäude der Krieger um Gorm der Kampf los. Die eingeschlossenen Männer wollten keineswegs den Feuertod sterben und hatten mit ihren Äxten die Pforte des bereits lichterloh in Flammen stehenden Hauses eingeschlagen. Doch als sie dann heftig hustend und mit rot unterlaufenen Augen ins Freie stürmten, erwarteten sie die Klingen der Norweger, und sie mussten sich ihrer Haut erwehren. Bald schon floss das Blut in den Sand des Platzes, und verletzte Leiber sanken zu Boden. Als der Kampf in vollem Gange war, wurde die Tür des Langhauses geöffnet, und das Weib des Egil sowie die Wikinger, allen voran Sigurd Svensson, traten heraus. „Stellt sofort das Kämpfen ein! Lasst alle eure Waffen sinken!", rief das resolute und mutige Dänenweib, und Sigurd wiederholte den Befehl, sodass auch seine Leute die Waffen sinken ließen.

Die Enttäuschung darüber war dem Rögnvald auf sein Gesicht geschrieben, doch er senkte seine beiden Äxte leise fluchend. Auch Gorm, der Söldner sah seine Herrin verwundert an und sprach wütend: „Aber sie brennen den Hof nieder und wollten uns töten. Bei lebendigem Leib wollten sie uns rösten!", rief er auf das Äußerste erregt. „Dafür sollen sie büßen!"

„Nein, Nein! Ich befehle es", rief das Weib. „Es war der Knut, der diesen Zwist heraufbeschwor. Ich befehle euch, nicht weiter zu kämpfen!" Dann wandte sie sich dem Sigurd

zu. „Du sollst erhalten, was du forderst, doch dann verlasst ihr meinen Hof und am besten noch die ganze Insel!"
Da lachte Sigurd auf. „So soll es geschehen, Weib des Egil Sverrisson! Du hast mein Wort darauf, beim Thor!"

Noch bevor sich die Sonne über den Horizont schob, hatten die Seefahrer begonnen, den leeren Rumpf der Schnigge mit Ballaststeinen zu füllen, und waren dann, nach getaner Arbeit, auf die offene See hinausgesegelt.
„Ein starkes Weib, diese Dänin." Björn hielt die Stange des Seitenruders fest in seinen starken Händen, als Sigurd auf den Heckstand des Wogendrachen trat. Der Steuermann begann zu grinsen, und Sigurd brummte ein wenig betreten. „Ja, ja. Du hast ja recht! Für ein so gutes Geschäft war dies wahrlich eine anstrengende Reise!"

*

7. Der Wille der Götter

Bis in den Herbst des Jahres 972 n. Chr. hinein hatten sich Sigurd und seine Männer an den Küsten der warägischen See herumgetrieben. Der Ärger über die Vorkommnisse und Kämpfe auf der Insel Borgundarholm hatten ihr wahres Gesicht wieder zum Vorschein kommen lassen. Das eines Kriegers und Raubfahrers!
Und wenn es sie überkam, waren sie alle Wikingerseelen durch und durch. Doch manchmal mussten sie auch friedliche Kaufleute sein, um ihr Raubgut, das sie in Dörfern und Klöstern erbeutet hatten, zu veräußern. Doch überwog in ihnen der Drang danach, als freie Seekrieger und Beutefahrer hinaus auf das weite Meer zu segeln.
Sie hatten einige Höfe auf den dänischen Inseln im nahen Pommernland und auch an der Küste des Sachsen- und Polenreiches überfallen. Sigurds Männer brachten, obwohl sie nur wenige Krieger waren, den Tod und das Verderben in die kleinen Dörfer und auf die Höfe entlang der Küste. Sogar ein kleines Kloster auf polnischem Boden war ihnen zum Opfer gefallen, und nicht wenige der Bewohner traten an diesem Tage vor ihren Schöpfer, was ihnen, zur Verwunderung der Wikinger, doch recht schwer fiel.
War es nicht so, dass diese Pfaffen das Reich ihres Gottes als ein Paradies anpriesen? Da musste man doch glauben, dass ihnen das Sterben leicht fallen würde. Sie schrien, flehten und weinten aber wie jeder andere Angegriffene auch. Und keiner von ihnen starb stolz und aufrecht, wie es ein Krieger getan hätte.
Nein, sie jammerten und wimmerten, drohten aber auch mit der Macht ihres Herrn Jesus, der Verdammnis an den Ort, den sie Hölle nannten, in der die Angreifer schmoren würden und die größten Qualen erleiden müssten. Doch

schließlich flehten sie wieder um ihr jämmerliches Leben, das sich einzig hinter den Mauern dieses Klosters abspielte, und das die Wikinger zutiefst verachteten. Und je mehr die Feiglinge jammerten, umso mehr gefiel es den Kriegern sie niederzuhauen.

Erst als das Gebäude lichterloh brannte und sich die Bauern der Umgebung mit ihren Knechten näherten, brachen die Wikinger ihr blutiges Fest ab und zogen sich auf die See zurück.

Der Bauch des Wogendrachen hatte sich erneut mit Raubgut gefüllt, so steuerten sie auf der Heimreise den Handelsplatz von Kap Lindesnäs an. Hier wollten sie noch einmal ihre Ladung veräußern und auch Güter einkaufen, die sie mit in den Norden auf ihren Hof nehmen wollten, um den nahen Winter gut zu überstehen. Und dann endlich setzten sie Segel, um bei rauer See und ungemütlicher Kälte Kurs auf die Heimat zu nehmen.

Der kräftige Wind trieb die Schnigge mit geblähtem Tuch rasch voran, und schon bald erreichten sie den Fjord, in dem ihr Winterquartier erbaut war. Es regnete stark, und es hatten sich auch schon vereinzelt Schneeflocken unter den Niederschlag gemischt. Die unangenehme Kälte kroch unter die Kleidung und ließ die Männer frösteln.

Auch wenn sie die Kühle des nordischen Herbstes sowie natürlich auch die klirrende Kälte des Winters gewöhnt und mit ihr aufgewachsen waren, so blieb sie für die Nordleute doch genauso unangenehm wie für die Menschen aus dem Süden. Schlimmer noch! Oft brachte sie den Tod!

Langsam trieb der Wogendrachen an den Anlegesteg, die Ruder standen aufrecht, gehalten von den starken Händen der Männer, so lange, bis der Steuermann den Befehl gab, diese auf dem Gestell zu verstauen. Einige Bewohner des Dorfes waren an den Strand gekommen, um Sigurd

Svensson und die Besatzung der Schnigge zu begrüßen. Auch Gerhild war gekommen, und sie umarmte den Seefahrer zwar, aber zu dessen Überraschung doch verhalten und zurückhaltend. Die Wölbung ihres Bauches jedoch war nicht zu übersehen, und die Niederkunft war sicher nicht mehr lange hin. Beim Anblick des Weibes begannen die Männer zu feixen, stellten belustigt die Frage, wer der Vater sei. Doch alle gratulierten sie ihrem Anführer und freuten sich für diesen. Nur Björn sah ein wenig finster drein, und mit durchdringendem Blick musterte er die Gespielin seines jungen Freundes.

Sigurd jedoch war über die neue Erkenntnis, Vater zu werden, zuerst erstaunt, und dann doch sehr erfreut und sichtlich zufrieden, denn das Heil, das die Götter ihm schenkten, schien ihm treu zu bleiben. Dies festigte seinen Stand bei der Gefolgschaft, schließlich hatte die Fahrt, obwohl anders verlaufen, als es sich Sigurd erhofft hatte, seine Schatulle wieder gut gefüllt, und nun würde er endlich Gerhild zu seinem Weibe machen. Ja, dies war ein wahrlich gutes Jahr!

Er war bester Laune am Tag ihrer Ankunft, doch die Worte des im Lager zurückgebliebenen Stigjar sollten dies schnell ändern. Sie erklärten dem Sigurd die Abwesenheit seines Vaters Sven und seines Bruders Eirik auf dem Strand. Hatte Gerhild über die Vorkommnisse eisern geschwiegen, so berichtete der Gefolgsmann nun lückenlos von all dem Geschehenen.

Der Überfall seines Vaters auf den Hof des Bjarni erzürnte Sigurd sehr, doch da es seinen Kriegern gelungen war, das Übel abzuwenden, wollte er es dabei belassen und keinen neuen Streit heraufbeschwören. Doch nun waren er und seine Krieger ja wieder in den Fjord zurückgekehrt, der den Namen seines Großvaters trug, und endlich konnte er daran denken, mit Gerhild Hochzeit zu halten. Sigurd hoffte, dass dann sein Vater Sven endgültig den Zwist begraben würde. Zur großen Verwunderung des jungen Seeschäumers dauerte es ganze drei Tage, bis er seinen Vater zu Gesicht bekam. Sein Bruder Eirik mied das Zusammentreffen noch länger. Die ältere der beiden Schwestern, Sigrid dagegen, hatte schon am Tage der Ankunft den Hof ihres ältesten Bruders besucht, und Sigurd war darüber voller Freude, sowie auch Thorkill Ormsson, der seine Zuneigung für die Schwester des Anführers kaum verbergen konnte. Und auch als die andere Schwester Ingigrid ihr folgte, war Sigurd sehr erfreut. Wollte er aber seine Mutter sehen, musste er sich wohl selbst auf den Weg machen, denn diese würde niemals auf seinen Hof kommen.

Dies aber war ihm gleich, denn Sigurd liebte seine Mutter, so wie ein Sohn seine Mutter lieben sollte. Und er war ihr auch nicht wirklich gram darüber, dass sie die Ansicht ihres Mannes teilte. Ja, oft spürte er ihre Abneigung, trotzdem liebte er sie.

Von den Nachstellungen des Eirik während seiner Abwesenheit erfuhr der Anführer der Seeschäumer nichts, denn Gerhild schwieg eisern. Jedoch bemerkte er schnell, dass sein künftiges Weib etwas bedrückte, da sich ihr Wesen sehr zu seinem Ärger verändert hatte. Und dies sollte er schnell zu spüren bekommen, denn sie verweigerte dem jungen Mann fortan das Schlaflager, war aufbrausend und äußerst mürrisch.

Wenn einmal das Gespräch auf den Häuptling kam oder gar der Eirik den Hof betrat, wurde sie zornig und brach in Tränen aus. Doch bald wurde sie immer ruhiger und sprach nur noch wenig mit dem Mann, dessen Weib sie werden wollte, bis sie sich auf den Hof ihres Vaters Bjarni zurückzog. Sigurd begann zu verzweifeln!

„Es ist nicht einfach mit den Weibern", sagte Björn zu seinem jungen Freund, denn er hatte natürlich seine Seelenpein bemerkt. „Sicher hat es etwas damit zu tun, dass sie trächtig ist. Da werden sie merkwürdig! Das ist der Grund, warum ich mir nie ein Weib nahm, mir reicht der Spaß mit den Mägden und Huren."

Sigurd seufzte schwer. „Ach, Björn! Mir ist die Vermählung bald verleidet. Was soll ich nur tun?"

„Sprich mit deiner Mutter", riet der Steuermann. „Sie ist ein Weib, sie weiß sicher, was zu tun ist! Mütter wissen immer Rat!"

So klagte Sigurd der Mutter sein Leid. Diese versuchte ihm all die Vorgänge mit der Schwangerschaft des Weibes zu begründen und machte ihrem Sohn den Vorschlag, er möge doch die Freya um Hilfe bitten. So blieb dem Sigurd nichts anderes übrig, als sich mit den Worten zufrieden zu geben und erneut den Göttern zu opfern.

Bald wurden aus Regentropfen große, weiße Schneeflocken, die aus dem Himmel zu Boden fielen und das Land bedeckten. Der Winter hielt unaufhaltsam Einzug in Norwegen und in jenes Gau, das man das Tröndelag nannte. Sigurd und Gerhild wurden endlich von Sven, dem Häuptling und Goden des Dorfes, vermählt, und das ganze Dorf feierte drei Tage lang ein rauschendes Fest. Auch wenn es dem Vater des Sigurd schwer gefallen war, die Zeremonie zu vollziehen, und er sich anfangs auch noch wütend geweigert hatte, so gab er letztendlich dem Drängen seines Weibes und seiner Töchter nach. Schließlich wollte er den Hausfrieden wahren, auch mochte er nicht den Groll der Götter auf sich ziehen, also tat er, was seine Pflicht war. Noch vor dem Fest zur Wintersonnenwende gebar das Weib Gerhild dem Sigurd ein Kind. Und der Knabe ließ den Sven schnell vergessen, dass er seinen Willen einmal nicht durchzusetzen vermochte.

Nur der Eirik wollte nicht nachgeben, wollte oder konnte den Hass, den er gegen seinen Bruder hegte, nicht ruhen lassen. Er suchte weiterhin den Streit mit Sigurd, bis der Tag kam, an dem der Vater seinen jüngeren Sohn zur Ordnung rief. „Es ist an der Zeit, dass du mit dem Sigurd Frieden machst. Die Götter haben entschieden, dass Gerhild sein Weib ist und nicht das deine. Also stelle dich nicht gegen den Willen der Götter, Eirik!"

„Der Wille der Götter? Dass ich nicht lache!", rief Eirik hämisch. „Ich glaube nicht, dass es die Freya interessiert, welcher Bock die Gerhild besteigt!"

„Sie schenkte dem Sigurd schließlich einen Sohn. Das ist mir Beweis genug", sagte der Sven gereizt, denn der Widerstand des Eirik missfiel ihm sehr. Da verzog Eirik sein Gesicht zu einer bösen Grimasse. „Bist du dir da ganz sicher, Häuptling Sven? Vielleicht schenkte sie mir ja den Sohn!"

Da erstarrte der Herr des Fjordes, und sein eisiger Blick ruhte lange auf dem Antlitz seines Lieblingssohnes. „Du willst sagen, du hast es gewagt, das Weib deines Bruders zu nehmen, und sie gab sich dir hin?"

Die Gesichtszüge des älteren Mannes waren wie versteinert, und er traute seinen Ohren kaum.

„Nun, anfangs nicht", antwortete der Sohn mit einem Blick, der vermuten ließ, dass er nach den richtigen Worten suchte. „Aber ich nahm sie, wann immer es mir gefiel, und ihre Gegenwehr wurde von Mal zu Mal geringer!"

Kaum hatte er den Satz ausgesprochen, da traf ihn die Faust des Vaters, sodass es Eirik von den Beinen hob, und er sich benommen auf dem Boden des Langhauses wiederfand.

„Du Narr", brüllte Sven außer sich vor Wut. „Du elender Narr!" Da wurde sein Weib aufmerksam und trat neugierig

151

näher. „Was erzürnt dich so, Sven?", fragte sie und sah verwundert ihren Sohn an, der immer noch auf dem Boden hockte und sich sein Kinn rieb. „Es ist nichts", antwortete er mit ruhiger Stimme, und diese Worte zeigten ihr, dass Sven log, denn er war ein aufbrausender Mann, auch gegen sein Weib. „Aber du hast...", kam ihr Einspruch.

„Es ist nichts, so hör doch", fuhr er ihr über den Mund, da wandte sich sein Weib beleidigt ab und ging.

Sven reichte dem Eirik seine Hand und zog seinen Sohn wieder auf die Beine. „Du wirst schweigen", zischte er zornig und mit einer gefährlichen Ruhe in der Stimme. „Niemals wirst du darüber ein Wort verlieren! Und bete zu den Göttern, dass die Scham der Gerhild so groß ist, dass sie es dir gleich tut."

„Warum soll ich schweigen?" fragte er trotzig. „Soll doch ganz Midgard erfahren, dass ich sein Kind zeugte", begehrte Eirik auf, und sein Vater erhob erneut wütend die Hand, doch diesmal schlug er nicht zu. „Wenn Sigurd davon erfährt, gehst du zur Hel, mein Sohn", warnte der Vater, denn nun wuchs in ihm die Angst um seinen Lieblingssohn. „Er wird seine Wikingerschar auf dich hetzen, oder er wird es mit eigener Hand tun. Und keiner im Dorf oder im ganzen Fjord würde es ihm übel anrechnen!"

„Unsere Männer werden mich schützen!" Die Stimme Eiriks klang nun trotzig wie die eines ungehorsamen Kindes. Sven fasste den Sohn bei den Schultern und schüttelte heftig seinen Kopf. „Nein! Keiner kann dich dann mehr vor dem Zorn deines Bruders schützen. Und es wird auch keiner wollen. Versteh doch, du blöder Kerl, er wird Rache nehmen wollen, und ich kann es ihm nicht einmal verdenken."

*

Der Winter, der das Land in seinen eisigen Krallen gehalten hatte, verging, und gab die Bäche, Flüsse und Fjorde endlich wieder frei. Zuerst in den südlichen Gauen und irgendwann auch im Norden.

Es war endlich Friede in die Siedlung und die Sippe des Sven Sigurdsson eingekehrt. Durch die Geburt des Kindes der Gerhild, der Knabe hatte, so wie es Sitte war, den Namen Sven erhalten, war der Zorn des Häuptlings wie verflogen. Er hatte große Freude an seinem Enkel, und dies lag nicht wenig daran, dass er den Eirik als Vater des Kindes wusste. Trotzdem hatte sich das Verhältnis zu seinem Sohn Sigurd für alle sichtlich gebessert. Und Eirik tat, wie ihm sein Vater befohlen hatte. Er schwieg über seine ehrlose Tat und machte gute Miene zum bösen Spiel. Gerhild jedoch hatte sich verändert. Je besser das Verhältnis zu der Sippe des Sigurd wurde, umso unzufriedener wurde das junge Weib. Oft stritt sie nun mit ihrem Mann und schrie herum, danach flüchtete sie sich auf den Hof Bjarnis, von wo sie meist Tage später reumütig wieder heimkehrte.

Sigurd ließ sie gewähren und widmete sich der Arbeit auf dem Hof. Was sollte er sonst auch tun? Die Zeit verstrich, und es kam der Brachmonat, sodass die Arbeit auf dem Feld begann. Da beschloss Sigurd, in diesem Sommer die Siedlung nicht zu verlassen, wegen der Arbeit und wegen seines Weibes. Doch dies schürte den Unmut unter seinen Männern, einige fluchten und waren erbost, schließlich hatten etliche von ihnen genau aus diesem Grund ihre Heimat verlassen. Nein, sie waren Seefahrer, Wikinger, Raubfahrer und keine Bauern, die schwitzend ihr Land beackerten. Und sie wollten auch keine werden. Nicht für Sigurd und auch keinen anderen!

Dies musste Sigurd akzeptieren, wollte er ihr frei gewählter Anführer bleiben, und der junge Tröndner war nicht so dumm, seinen Willen durchsetzen zu wollen. Er fand schnell eine Lösung. Er kannte Björn Gelbhaar nur zu gut, als dass er nicht wusste, dass es auch für ihn eine Qual sein würde, den Sommer an Land zu verbringen. Björn war der Mann, dem der Anführer blind vertraute, so rief er an einem schönen Frühlingsabend seine Gefolgschaft zusammen.

Auf dem Platz vor dem Langhaus wurde ein Feuer entfacht, und einige dicke Baumstämme boten Sitzplätze für alle. Es waren an diesem Abend sogar einige Leute aus der Siedlung auf dem Hof, meist waren es die jungen, unverheirateten Frauen, die es, zum Ärger ihrer Väter oder Besitzer, zu den Seefahrern zog. Sicherlich kamen sie, um vielleicht einen Gemahl, oder wenn sie keine freien Frauen waren, einen neuen, jüngeren Besitzer oder auch nur Liebhaber zu finden. Als nun alle Männer um die Feuerstelle versammelt waren, trat Sigurd in den roten Schein der flackernden Flamme, die Sonne war bereits hinter dem Horizont verschwunden, und nur das Feuer erhellte den Platz. Er erhob seine Hände auf dass alle seinen Worten folgen sollten, so verstummten die Gespräche und auch das Kichern und Glucksen der jungen Weiber.

Er begann von den Geschehnissen des Winters zu sprechen, von seiner Familie, der Sippe, die der Grund dafür sein sollte, dass er sich entschlossen hatte, in diesem Sommer nicht fortzusegeln. „Es ist für mich an der Zeit, dafür zu sorgen, dass der Hof gedeiht. Die Feldarbeit muss getan werden, und ich muss mich auch um das Vieh kümmern, solange ich keine Knechte und Sklaven habe, die mir diese Arbeit abnehmen." Die Männer, die Sigurd gut kannten, vernahmen den Kummer in seiner Stimme.

„Du willst ein Bauer werden?", rief einer der Männer verärgert. „Ja, das will ich! Wenigstens in diesem Sommer. Damit der Hof wächst und uns eine Heimat ist, in die wir von unseren Fahrten zurückkehren können. In der, wenn jemand dies will, Weiber und Kinder auf ihn warten, und die uns ein gutes Winterquartier bietet. Möge mir Thor helfen, ein guter Bauer zu werden!"

Einige Männer begannen zu lachen und machten ihre Witzchen über den Bauern Sigurd, den sie nur als Wikinger oder vielleicht auch mal als Händler kannten. Doch die meisten sahen es ein, bis auf zwei oder drei der Zuhörer, sie waren wirklich erzürnt und murrten. „Wir hätten vielleicht besser den Geirmund zum Anführer wählen sollen, da wären wir jetzt auf See!", meckerte einer von ihnen, der den Namen Thorgod trug und um einiges älter war als der Tröndner. „Am Arsch!", fuhr ihn der Rögnvald an. „Du wärst sicher längst im Reich der Hel. Geirmund war ein Trottel, er war ohne Arnodd nichts, und er hätte uns über kurz oder lang in den sicheren Tot geführt!"

„Streitet nicht", mischte sich da der Sigurd ein. „Mein Entschluss ist längst gefallen. In diesem Sommer bin ich Bauer und tausche das Schwert gegen die Hacke ein."

„Ich weiß, dass es euch zuwider ist, Bauern zu sein", rief Sigurd gegen die immer noch lautstarken Beschwerden seiner Gefolgschaft an. „Darum habe ich beschlossen, dass ihr unter dem Befehl des Björn Gelbhaar auf Wikingfahrt geht!" Plötzlich wurde es ruhig, und dann begannen die Männer zu jubeln, denn die Worte ihres Anführers waren ganz nach ihrem Geschmack. Nun ergriff Thorgod das Wort. „Verzeih mir meine unüberlegten, schroffen Worte, Sigurd. Du sollst nicht an meiner Treue zweifeln!"

„Das werde ich nicht, doch unüberlegt waren deine Worte sicher nicht", antwortete Sigurd streng. Dann suchte sein Blick das Antlitz des Gelbhaars, dieser hatte bisher geschwiegen, kratzte seinen Bart und nickte dem Anführer beipflichtend zu. Als die Männer sich endlich wieder beruhigt hatten, fuhr Sigurd fort: „Ich verlange natürlich einen Anteil an der Beute, dafür, dass ich euch den Wogendrachen überlasse." Damit waren die Männer einverstanden, und viele lobten den jungen Tröndner, denn sie sahen sich bestätigt darin, dass sie dem richtigen Mann den Gefolgschaftseid geleistet hatten.

In dieser Nacht wurde noch ausgelassen gefeiert, gegessen und getrunken, denn Sigurd, der Bauer, ließ sich nicht lumpen und gab, was dazu nötig war. In dieser Nacht fanden auch die meisten Männer ein Weib, das sich ihnen im Rausch des Bieres gerne hingab. Nur der Sigurd blieb in dieser Nacht wieder einmal ohne die Zuneigung und Wärme eines zarten Frauenkörpers, denn sein Weib Gerhild verweigerte sich ihrem Gemahl nun immer öfter.

Also betrank er sich, bis er irgendwann in einem ohnmachtähnlichen Schlaf mit dem Kopf auf den Tisch sank und dort bis zum Morgen liegen blieb.

Gerhild Bjarnisdottir zog sich fortan immer mehr von ihrem Mann zurück, widmete sich mit übertriebener Fürsorge dem kleinen Sven, was immer wieder zum Grund für Streitereien zwischen dem Paar wurde. Bald begann sie unverhohlen dem Sigurd vorzuwerfen, er würde den jungen Röcken des Dorfes hinterherschleichen. Keine Magd sei vor ihm sicher, ließ sie in der Siedlung verlauten! Dabei war sich Sigurd keiner Schuld bewusst. Er liebte sein Weib immer noch, und daher hielt er sich nicht einmal eine Sklavin als Beischläferin, was für einen Mann seines Ranges nicht ungewöhnlich gewesen wäre, schließlich war er ein freier Bauer und der Anführer einer Wikingerhorde. Dies aber hätte sicher zu neuem Streit zwischen ihm und der Tochter des Bjarni geführt, und so verzichtete er auf sein Recht, obwohl ihm sogar sein Schwiegervater zu einer Sklavin für die Fleischeslust geraten hatte, denn auch diesem war die Wandlung seiner Tochter nicht verborgen geblieben.

Aber Sigurd liebte Gerhild, so wie er es schon von Kindesbeinen an tat. Nein, daran hatte sich nichts geändert, und nichts lag dem jungen Wikinger ferner, als dem Weib Böses zuzufügen. Darum hatte es Sigurd vorgezogen, heimlich in einem Hain, nicht weit des Dorfes, den Göttinnen Frigga und Freya ein Opfer darzubringen, um diese wohl zu stimmen, auf dass seine Ehe sich wieder bessern möge. Doch Frigga, das Weib Odins, sowie auch die schöne Göttin aus dem Geschlecht der Vanen, schienen seiner Verbindung mit der Gerhild ihren Schutz zu verweigern.

Die Zeit verging, und die Tage wurden nun spürbar wärmer und länger, sodass die Wikinger wieder den Drang verspürten, auf die See hinauszuziehen, und so begannen sie bald schon mit den Vorkehrungen für die Raubfahrt. Nur zwei Männer waren bereit, auf die Wikingfahrt zu verzichten, um an der Seite ihres Anführers zu bleiben. Der eine tat es, so wie Sigurd eines Weibes wegen, der andere, sein Name war Knut, ein Norweger aus dem Gau Ranrike und nur um wenige Jahre älter als sein Anführer, musste eine Verletzung an seinem Bein auskurieren.
Obwohl Björn Gelbhaar darauf drängte, dass Thorkill Ormsson als Schmied an Bord gehörte, überließ ihm Sigurd die freie Wahl, und der junge Rotschopf zog es vor, im Sigurdfjord zu bleiben.
Bald darauf verließ der Wogendrachen den Fjord und segelte, das rotweiße Tuch vom kräftigen Wind zum Zerreißen gespannt, in die offene See und nahm Kurs nach Süden.
Sigurd dagegen widmete sich mit aller Kraft der Arbeit auf seinem Hof, er befreite den Boden von Gestein, pflügte und bestellte das Feld. Die Männer erbauten Ställe für das Vieh, welches der Herr des Hofes auf einem Markt in Lade gekauft hatte. Sogar einen jungen Sklaven, sein Name war Lubomir, und eine nicht weniger junge Sklavin mit Namen

Danika, die aus dem Slawenland stammten, hatte er für die Arbeiten im Haus und auf dem Hof als Knecht und Magd erworben. Doch zu seinem Verdruss führte dies nur wieder zu einem heftigen Streit mit Gerhild, die in dem für Männeraugen recht ansehnlichen Sklavenmädchen eine Konkubine für den Sigurd vermutete.

Am schlimmsten aber wurde es, wenn der Eirik auf den Hof kam. Eigentlich sollte Sigurds Bruder an der Raubfahrt der Wikinger teilnehmen. So hatte der Wikinger vorgeschlagen, und sein Vater Sven hatte dem zugestimmt. Doch entgegen aller Erwartungen lehnte der Eirik das Angebot ab, das ihm sicher gute Beute und Ansehen in der Siedlung eingebracht hätte. Er traute dem Sigurd nicht über den Weg, befürchtete von dessen Freunden gemeuchelt und in den Tiefen des Nordmeeres versenkt zu werden. Also weigerte er sich und erntete dafür die Missgunst seines Vaters. Seit dem Geständnis über die Vorkommnisse mit seiner Schwägerin Gerhild war der bevorzugte Sohn in der Gunst des Sven schon arg gesunken, und nun auch noch dies. Alle Worte, warnend, drohend und auch bittend, verhallten in den Ohren des Eirik. Er blieb in der Siedlung!

Manchmal aber kam der jüngere Bruder auf den Hof des Sigurd, begleitete von Neugier getrieben den Sven oder seine Schwestern. Dann geriet die junge Gerhild schnell außer sich, und die Schwägerinnen mussten sie beruhigen. Sie überzog Eirik meist mit wüsten Beschimpfungen und redete wirr, sodass Sigurd sein Weib nicht mehr verstand. Über die Tat des Eirik aber kam kein Wort über die Lippen der jungen Frau. Als der jüngere der Svenssöhne nun sah, was seine Anwesenheit auf dem Hof anrichtete, machte er sich fortan einen Spaß daraus, die ungeliebten Gesippen des Öfteren zu besuchen.

Bald schon begann Sigurd seinen Entschluss zu bereuen, und er ärgerte sich darüber, dass er nicht mit der Gefolgschaft auf Wikingfahrt gegangen war. Die Launen seines Weibes nagten bald schon furchtbar an seiner Stimmung, und der Herr des Hofes hatte größte Mühe, freundlich zu bleiben.

Und auch um Thorkills Gemüt stand es nicht mehr zum Besten. Hatte er sich doch die Zuneigung der Sigrid erhofft, diese aber blieb dem rothaarigen Schmied gegenüber kalt wie ein Fisch. So kroch die Zeit einer Schnecke gleich, und keiner der beiden Männer war mehr glücklich mit seiner Entscheidung.

Gemeinsam fuhren sie in den Fjord hinaus, um in den steilen Klippen auf den kleinen Inseln des Fjordes die Eier der Seevögel einzusammeln, oder sie schoren die Schafe. Und als der Heumonat[30] kam, war der größte Teil der Arbeit getan, sodass die Langeweile Einzug hielt. Oft zog es Sigurd nun vor, in den Wäldern umherzustreifen, das Wild zu jagen und den vielen Bauern des Hinterlandes einen Besuch abzustatten, und Thorkill begleitete ihn meist. Doch auch dies störte Gerhild, obwohl sie die Gesellschaft ihres Gatten sowieso weitestgehend mied, und bis endlich der Erntemonat[31] nahte, konnte die Laune auf dem Hof nicht schlechter sein. Obwohl das Korn, das sie einfuhren, gut gewachsen war und den Speicher fast zur Gänze füllte, was für den kommenden Winter ein Gutes war, ging den Männern ihre Arbeit nur noch schlecht und widerwillig von der Hand. Dann aber, an einem schönen, sonnigen Herbsttag des Jahres 973 n. Chr., tauchte das Segel einer Schnigge im Fjord auf. Die Laune des Sigurd wurde auf einen Schlag besser, als er in der frischen kalten Luft auf der Klippe stand und unter sich sein Schiff, den Wogendrachen, erkannte. Er

---

[30] Juli
[31] August

159

schwang sich auf seinen Braungescheckten mit der langen Mähne und ritt hinunter zum Strand, wo ihn die anderen Männer bereits erwarteten. Schon von Weitem hörte er den Ruf des Thorkill Ormsson. „Es ist der Wogendrachen. Sie sind zurück!"

An der Küste und auf den kleinen Inseln des Dänenreiches hatten die Männer unter der Führung von Björn Gelbhaar geräubert, hatten kleine Gehöfte und Klöster überfallen, denn das Reich König Harald Blauzahns war seit dessen Taufe im Jahre 960 n. Chr. vom neuen Glauben geprägt, und der König hatte viele Priester und Mönche aus dem Süden in das Land geholt, die dem Volk den Glauben an den Herrn Christus näher bringen sollten.
Obwohl das Land am Nordweg seit nunmehr dreizehn Sommern und Wintern unter der Herrschaft der Dänen stand, konnte sich der neue Glaube nicht verbreiten, denn die meisten der Kleinkönige hielten an der Verehrung der Asengötter fest. So blieb die Zahl derer gering, die sich dem neuen Glauben zuwandten. Und die, die es wagten, waren sowieso meist Unfreie und Sklaven.
Der Wogendrachen war unversehrt, keinen der Seeschäumer hatte der Kriegertod ereilt, und niemand hatte sein Ende im kalten Nass des Nordmeeres gefunden. Zwar gab es böse Verletzungen, einer hatte gar die linke Hand eingebüßt, und einer, Knut geheißen, hatte eine schwere Beinverletzung, doch keinen hatte der Ruf an Odins Tafel oder ins Reich der Hel ereilt. Die Beute schien dem Sigurd angesichts der geringen Kriegerzahl sogar erfreulich groß. Schon am Abend des nächsten Tages wurde ein Fest gefeiert, bei dem die Beute gerecht aufgeteilt wurde. Auch Sigurd bekam den ausgehandelten Anteil und war zufrieden. Doch war es nicht der Anteil an der Beute die ihn wirklich erfreute, sondern es

war die Anwesenheit der Freunde, die Sigurd doch schmerzlich vermisst hatte.

Die Zeit verging nun schnell, bald schon wurde es kalt und stürmisch. Auch der erste Schnee ließ nicht mehr lang auf sich warten. Es begann die ruhige Zeit des Winters. Die Zeit, die meist in den Methallen und Langhäusern verbracht wurde. Eine Zeit, in der man sich am wärmenden Feuer angenehmeren Arbeiten widmete und die Zeit fand, um Feste zu feiern. Nun sahen die Männer auch, das Sigurds Entschluss, nicht mit ihnen auf Raubfahrt zu gehen, der richtige gewesen war. Die Vorratskammern des Hofes waren, zur Freude aller, gut gefüllt, sodass die vorhandene Nahrung sie sicher über den Winter bringen würde.
So kam schon bald die eisige Kälte, und sie blieb lange!

Das Unglück brach in einer eisigen, klaren Nacht über die Familie des Sigurd Svensson herein. Seit Tagen schon hatte das Kind der Gerhild geweint und geschrien, hatte die Nahrung verweigert, die ihm das Weib darbot, und sich oft erbrochen. Doch in dieser Nacht, es war noch gar nicht lang her, da hatten sie das Fest zur Wintersonnenwende gefeiert und den Göttern geopfert, da verstummte das Kind für immer. Groß war die Trauer in der ganzen Siedlung, und viele beweinten den Verlust, den Sigurd und sein Weib ertragen mussten. Niemand wagte es, gegen Sigurd den Vorwurf zu erheben, er hätte nicht gut für seine Familie gesorgt, denn an Nahrung fehlte es nicht, und Gerhild war daher von bester Gesundheit, sodass ihre Milch das Kind hätte stärken müssen. Die Götter aber hatten anders entschieden!
Sogar Eirik Svensson war merkwürdig ruhig in diesen Tagen, und man vernahm kein böses Wort aus seinem Mund. Wenn er den Hof seines Bruders betrat, war er

freundlich und zurückhaltend. Es schien fast, als trauere Eirik um sein eigenes Kind, und mancher behauptete gar, in den Augen des jüngsten Sohnes des Häuptlings Tränen erblickt zu haben.

Ungewöhnlich war es nicht, dass Kinder so wie auch Alte einen harten Winter nicht überlebten. Nur die Starken konnten dieser schweren Zeit trotzen.
„Es war der Wille der Götter!" So war meist die einhellige Meinung über derartige Vorfälle, und man ging schnell wieder seinen täglichen Pflichten nach.

*

8. Der Knabe Bjarne

Der Winter sowie der Frühling und auch die wärmste Zeit des Sommers waren bereits vergangen, seit Thor dem Knaben Sven seinen Schutz verweigert hatte, und um den Ehebund zwischen dem Tröndner Sigurd und seinem Weib Gerhild Bjarnisdottir stand es schlechter denn je.

Nur noch selten hatte Gerhild es zugelassen, dass Sigurd ihr beigelegen hatte. Es schien, als empfinde sie keine Liebe mehr. Und Sigurd fand sich, zuerst zornig, später dann enttäuscht, damit ab. So schlief er immer öfter in der Halle des Hauses, bei der großen Feuerstelle, und er sah nun ein, dass sein Weib keine Liebe mehr für ihn empfand. Traurigkeit hinterließ im Gesicht des jungen Wikingers seine Spuren!

Die Gefolgschaft hatte sich an diesen Anblick längst gewöhnt und verlor kein Wort mehr darüber. Sigurd tat seine Arbeit auf dem Hof, hatte bis zum Heumonat sein Feld beackert, und war dann mit seinem Gefolge auf See hinausgefahren, um erst im Erntemonat wieder heimzukehren. Nun schien endgültig auch bei ihm die Treue und die Liebe zu seinem Weib Gerhild erloschen zu sein. So war es Anfangs der Zorn und die Enttäuschung, aber auch der Rausch des Bieres und des Mets, der ihn in die Arme anderer Frauen trieb. Hier und da war es mal eine Magd aus der Siedlung oder manchmal auch die Sklavin, die er auf den Hof gebracht hatte, die er bestieg. Und Gerhild schien sich damit abzufinden, oder sie tat zumindest so. Was Sigurd tat, schien ihr inzwischen völlig gleichgültig zu sein. Sie besuchte jetzt wieder oft den elterlichen Hof und vernachlässigte ihre Arbeit am eigenen Herd. Doch dann geschah es plötzlich, dass sich die Gerhild für eine kurze Zeit wandelte, und sie erschien dem Ehemann wieder als die

Frau, die er zu seiner Gemahlin genommen hatte. Das Weib, das er von Kindesbeinen an liebte.

Es waren die Worte der Grit gewesen, eindringliche, warnende, aber auch liebevolle Worte einer Mutter, die den Wandel ihrer Tochter bewirkt hatten. Und nun quälte Sigurd sogar sein Gewissen ob der Behandlung, die er seinem Weib Gerhild zukommen ließ. So war es gut, dass er zu einem Raubzug rüstete und für einige Zeit den Fjord verließ.

Es war die Zeit, in der die Nächte wieder kälter wurden, und in der die fallenden Blätter den nahen Herbst ankündigten. Die Zeit, als die ersten heftigen Stürme über das Land und die See fegten, und die Seefahrer längst wieder auf ihre Höfe heimgekehrt waren, um ihre Ernte einzufahren.

So auch Sigurd und die Besatzung des Wogendrachen! Sein Raubzug hatte nicht länger als drei Monde gedauert, und als die Bordwand der Schnigge sanft gegen den Anlegesteg stieß, traute der Anführer der kleinen Wikingerschar seinen Augen kaum, denn unter den Leuten die die Ankommenden begrüßten, waren auch die Gerhild, ihre Mutter und ihr Vater. Und die kleine Wölbung ihres Bauches unter dem Kleid war für ihn schon von Weitem erkennbar.

Sigurd stand am Vordersteven, sah den Thorkill an und dieser zog seine Schultern empor. Da trat Bjarni grinsend an die Reling des Wogendrachen und sprach zu seinem Schwiegersohn: „Es ist gut, dass dich die Götter heil nach Hause brachten, denn du wirst Vater!"

Der Wikinger sprang auf den Anlegesteg und trat auf seinen Schwiegervater zu. Streng und mit Härte in seiner Stimme sprach er: „Wer sagt mir, dass ich es war, der für meine Nachkommenschaft sorgte? Es ist schon sehr lange her, dass deine Tochter meine Nähe suchte und für mich ihre Beine spreizte!" „Oh, Sigurd, das sage ich dir! Niemand hat es

gewagt, Hand an Gerhild zu legen! Sonst gäbe es sicher das Leben eines Mannes im Dorf zu beklagen!"
Da erhellte sich die Miene des Seefahrers, und er schlug dem Bjarni freudig auf die Schulter. Mit schnellen Schritten begab sich Sigurd zu seinem Weib, schloss diese in seine Arme und küsste sie innig.

Die Zeit verging, und die Freude über den zu erwartenden Nachwuchs war groß. Und Gerhild schien es sich vorgenommen zu haben, in Zukunft dem Sigurd wieder ein gutes Weib zu sein. Dafür ließ dieser seine Hände von den anderen Weibern und brachte den Göttinnen zum Dank ein Opfer dar, auf dass sie ihm und der Gerhild einen gesunden Stammhalter schenken mochten. Die Frigga, und wohl auch die Freya, erhörten den Wunsch des Nordmannes und seines Weibes, und so kam es, dass genau kurz nach dem Fest zu Ehren der Ostara ein Knabe geboren wurde.
Und wie es Sitte war, setzte Sigurd den Knaben auf seinen Schoß, um ihn als sein Kind anzuerkennen. „Seht alle her!", rief er. „Dies ist mein Sohn, und er soll den Namen Bjarne tragen!"
„Dein Heil ist wirklich groß, mein Freund", freute sich Björn mit dem Tröndner. „Es ist wieder ein Knabe! Du entstammst einem starken Geschlecht, obwohl dein Vater nur ein Bauer ist!" „So ist es wohl, Björn! Noch einmal ein Sohn! Die Götter sind mir wahrlich wohlgesonnen", antwortete Sigurd lächelnd und hob den Becher, um mit dem Freund anzustoßen. Auch Björn lächelte, doch es war ein gezwungenes Lächeln. „Möge Thor dem Knaben seinen Schutz gewähren!"

Dann zog der Sommer in das Land am Nordweg. Und es wurde warm, sehr warm, sodass an manchen Tagen die Luft in den Fjorden zu stehen schien, und nicht einmal von den

Bergen herunter wehte ein kühler Wind. Grüne Wiesen färbten sich aus Ermangelung an Regen bald braun, und das Vieh musste hinauf auf die Weiden in den Bergen getrieben werden. Die Menschen wurden träge und faul, zogen sich meist in ihre Hütten zurück und hofften auf kühlenden Regen. Und endlich, nach mehr als einem vollen Mond, kündigten dunkle Wolken, von hellen Blitzen durchzuckt, das Wohlwollen des Gottes Thor an. Kräftig schlug er den Hammer, und es öffneten sich die Schleusen des Himmels. Und als das Unwetter fortgezogen war, begann wieder die Zeit, in der die Menschen ihrer gewohnten Arbeit nachgehen konnten.

Schon bald hatte sich der Wogendrachen auf eine Fahrt in den Süden begeben, denn Sigurd hoffte auf gute Geschäfte in Hardanger und in Vestfold. Und zu Anfang der Reise war der Himmel blau, und eine leichte Brise trieb sie voran. Doch die Fahrt sollte ihnen beinahe zum Verhängnis werden, als das Schiff vor Kap Lindesnäs in einen heftigen Sturm geriet. Einen Sturm, den der Seefahrer zu dieser Jahreszeit nicht erwartet hatte, und der nur auf den Zorn der Ran zurückzuführen war. So erreichte Sigurd mit einer schwerbeschädigten Schnigge mühevoll den heimischen Fjord.
Nun lag der Wogendrachen auf den Schiffsrollen am Strand, um die Schäden zu reparieren. Die Männer entfernten die kaputte Planke und das zerrissene Segel. Dann brachten sie Teer zum Kochen und begannen damit, die schadhaften Stellen des Rumpfes auszubessern. Sie schnitten eine neue Planke und brachten das Segel an, das am Abend im Schein eines großen Feuers von den Männern geflickt worden war. Schon bald war der Wogendrachen für die kommenden Fahrten wieder seeklar, und es zog Sigurd hinaus auf das Meer, an fremde Gestade, wo Reichtum lockte. Er wollte

statt des staubigen Feldes lieber wieder mit dem Kiel seines Schiffes die See pflügen, wollte sein Schwert Kehlenbeißer erheben und Beute machen. So kam ihm nach einem anstrengenden Tag auf dem Feld der Einfall, jemanden für diese Arbeit zu suchen. Für die Arbeiten auf dem Hof hatte er ja einen Sklaven gekauft, und bald würde er auch einen guten Knecht haben.

Knut, der bisher ein treuer Gefolgsmann des Sigurd war, und dem eine Verletzung einen Schaden zurückgelassen hatte, der es ihm versagte, weiterhin zur See zu fahren, erklärte sich bereit, als Knecht auf dem Hof zu bleiben. Sein steif gebliebenes Bein hinderte Knut, den die Männer fortan den hinkenden Knut nannten, keineswegs an der Feldarbeit, doch wäre ihm das kaputte Bein sicher im Kampf hinderlich gewesen.

Sigurds hartnäckige Überredungskunst war also von Erfolg gekrönt, sodass Knut als Verwalter den Hof führen sollte, während Sigurd und die Kriegerschar auf See weilte.

Außerdem sollte Knut einen kleinen Anteil an der Beute der Raubfahrten zugesprochen werden, was ihn, trotz des Ärgers über sein Bein, zufrieden stellte.

„Was schaust du so betrübt, Sigurd?", fragte Björn, als er sich am Abend an den Tisch seines jungen Freundes setzte.
Sofort kam die Sklavin und brachte ihm einen Becher mit Bier, dabei lächelte sie dem Wikinger freundlich zu.
Der Krieger mit den fast schon gelb leuchtenden Haaren nickte dankend mit dem Kopf, und als das Weib ging, sah er ihr mit schnalzender Zunge auf das Hinterteil. „Ein schöner Arsch! Rund wie ein Apfel", schwärmte der weitgereiste Seeschäumer, und Sigurd sah ihn erstaunt an, denn solche Reden kannte er von Björn nicht. Nie hatte er gesehen, dass sich der Mann auf einem ihrer Überfälle an einem Weib vergangen hätte. Manchmal ertappte sich Sigurd sogar dabei

zu glauben, Björn würde die Gesellschaft von Männern bevorzugen. Dem war aber sicher nicht so, denn so mancher Sklavin hatte der Seekrieger natürlich schon beigewohnt. Er hasste es nur, dabei Gewalt anzuwenden, und niemand wusste, warum er es verabscheute.

„Bedien dich, wenn dir danach ist. Sie scheint nicht abgeneigt!" Solche Sprüche kannte er nur von Rögnvald, vor dem kein Weib sicher war. Aber nicht von Björn!

„Vielleicht werde ich ja alt und sollte mir langsam ein Weib und eine warme Stelle am Feuer suchen", sagte Björn grinsend, doch sein Versuch die Stimmung am Tisch zu heben, misslang. „Lass es lieber bleiben und begnüge dich mit einer Sklavin." Er nickte in die Richtung des jungen Slawenweibes, das ihrer Arbeit nachging. Nun sah Björn den Sigurd mitleidig an. „Was ist geschehen?"

„Nun, es war alles gut, als der kleine Bjarne geboren wurde. Doch nun…", sprach Sigurd leise und mit enttäuschter Stimme. „Was nun?", fragte Björn.

„Es ist wieder wie vorher. Sie wird ein zänkisches Weib. Streitsüchtig und wirr im Kopf!" Björn zog nachdenklich seine Augenbrauen empor. „Wirr im Kopf? Nun ja…", er zögerte einen Augenblick. „Auch mir ist es aufgefallen, dass Gerhild sich verändert hat. Aber wirr im Kopf?"

„Doch, glaub es mir", wurde Sigurd energisch. „Es ist, als sei ein böser Geist in sie gefahren!"

„Vielleicht hat ja Loki seine Hände im Spiel, obwohl er lieber seine Späße mit den Göttern treibt", mutmaßte Björn grinsend. „Ja, halt mich nur für einen Narren", erwiderte Sigurd beleidigt. „Ach, Freund! Bald stechen wir wieder in See, und wenn wir heimkehren, wird alles wieder besser sein", versuchte Björn dem jungen Freund Trost zu spenden.

„Ich hoffe es, mein Freund. Möge Frigga deine Worte gehört haben und mir beistehen", stöhnte der sonst so starke Anführer und griff nach dem Bierkrug, um nachzuschenken.

Der Tag kam, an dem die Männer voller Tatendrang an Bord des Wogendrachen gingen. Wieder hatte Eirik sich geweigert, seinen Bruder zu begleiten, und wieder war Häuptling Sven darüber verärgert und erbost.

„Niemals werde ich unter dem Befehl meines Bruders Sigurd auf Raubfahrt gehen", hatte Eirik lauthals getönt. Doch einige andere junge und auch ältere Männer aus der Siedlung und den Höfen des Hinterlandes hatten auf dem Wogendrachen angeheuert, und sie waren zu Gefolgsleuten des Sigurd Svensson geworden. So hatte die Schnigge nun eine Besatzung von sechsundzwanzig Männern, und die meisten der Neuen waren, so wie Sigurd selbst ja auch, Söhne der Bauern des Sigurdfjordes, die sich nun Reichtum erkämpfen wollten, um selbst einen eigenen Hof errichten zu können.

Es war ein sonniger und heißer Tag, als der Großsegler unter dem Jubel der Bewohner des Fjordes den Strand verließ. Unter ihnen waren auch Sven und sein Weib, sowie die Töchter Sigrid und Ingigrid, die mit ausgelassener Freude und lauthals dazu den Schutz des Ägir für den Bruder und sein Gefolge erbaten.

Gerhild stand nicht weit des Anlegesteges, den kleinen Bjarne hielt sie auf dem Arm, und ihr Gesicht war nicht das eines Weibes, das dem scheidenden Mann nachtrauerte. Thorkill Ormsson hatte auf seiner Seekiste Platz genommen. Für ihn war niemand an den Strand gekommen, um den rothaarigen Schmied zu verabschieden, so glaubte er. Darum hatte er die Sigrid beobachtet, dann schweifte sein Blick zur Gerhild, und plötzlich war er froh, dass er ohne Weib war und gar nicht mehr traurig darüber, dass ihn die Sigrid verschmähte. Das Gesicht des Sigurd war starr, als er zurück auf den Strand sah, da holte ihn ein Schlag auf die Schulter aus seinen Gedanken. „Sprich, mein Seekönig", sagte Rögnvald grinsend. „Wohin sollen uns die Wellen tragen? Am liebsten wäre mir ein Ort, an dem die Weiber solche Titten haben." Er zeigte die erhoffte Größe mit seinen Händen, und Sigurd schüttelte mitleidig den Kopf. „Auch du wirst einmal an der Kette eines einzigen Weibes enden, dann ist es vorbei mit dem Lotterleben."

Wie ein Kind plusterte Rögnvald seine Backen auf.

„Niemals! Mich kriegt keine an den Haken. Also, wohin?"

„Ja, wohin soll der Wind uns wehen? Vielleicht nach Gotland in das Reich Harald Blauzahns, oder an die pommersche Küste in das Gefolge der Jomswikinger[32]?", schlug Sigurd vor, und es war ihm wirklich gleich, denn er wollte nur fort vom Sigurdfjord.

„Zu den Jomswikingern? Bist du völlig von Sinnen? Ich werde mich sicher nicht diesen verrückten Dänen anschließen. Keinem anderen als dir werde ich den Gefolgschaftseid schwören. Niemals!"

„Beruhige dich und geh auf deinen Platz, mein Freund. Ich bin ein freier Wikinger und das will ich auch bleiben."

Er legte dem Schweden freundschaftlich seine Hand auf die Schulter, und dieser tat, wie ihm befohlen.

„Rudert, Männer!", hallte der Ruf, und alle tauchten die Riemen in die Fluten des Fjordes.

*

„Wie weit willst du noch in den Norden hinauf segeln?", fragte der Mann, in dessen roten Bart ein Zopf geflochten war, und der sichtlich verärgert über die Entscheidung seines Anführers zu sein schien. „Hier bei den Tröndnern gibt es doch nichts zu holen. Alles nur dämliche Bauern, die nichts besitzen, außer ein bisschen Vieh. Dabei haben wir zu

---

[32] Jomswikinger – gefürchtete Wikingerbruderschaft, Begründer der Stadt Jumne mit der Jomsburg

fressen genug an Bord!" Plötzlich begann er zu grinsen.
„Oder willst du etwa nach Lade, um dem Hakon seinen
Reichtum abzujagen?"

Er sah in das wenig schöne Gesicht des Mannes, der sein
Anführer war. „Ja, das ist es!" Er klopfte sich auf die
Schenkel. „Du willst in den Trondheimfjord!"

„Die Schatulle könnte gut gefüllt sein", sprach ein anderer
Kerl, der mit an dem prasselnden Feuer saß. Auch er war
keine Schönheit, denn eine hässliche Narbe verunstaltete
sein Gesicht. Die fremden Krieger hatten das Gau Tröndelag
erreicht, und es war nun nicht mehr weit zum
Trondheimfjord, in dem der letzte große Handelsplatz des
Nordens, die Stadt Lade, lag.

Dort residierte auch Jarl Hakon Sigurdsson, der
selbsternannte König des Tröndelag, und von Lade aus
quetschte er mit Wonne die Steuern aus seinen Untertanen.

„Den Hakon willst du überfallen? Du bist verrückt!" Ein
Krieger, der recht gut und kräftig gewachsen war, empörte
sich nun heftig. „Das wird uns alle den Kopf kosten, der Jarl
ist sicher gut bewacht. Ein Besuch ohne Einladung wird uns
geradewegs nach Walhalla führen!"

„Ein Kerl wie ein Baum, und doch ängstlich wie ein kleines
Mädchen", spottete der mit den vielen Narben in seinem
Gesicht. Die Antwort des Hünen war ein kräftiger Schlag
auf den Oberarm des Spötters. Der Mann hielt dem Schlag
ohne zu zucken stand und schwieg sofort, aber die Träne,
die aus seinem Auge über die Wange lief, konnte er nicht
verbergen. Nun war das Gelächter groß, und er hatte den
Spott auf sich gezogen.

„Warum segeln wir nicht zur Insel der Angelsachsen[33]?",
fragte nun der mit dem Zopf im Bart, dessen Name Helgi
war. „Da gibt es immer reichliche und gute Beute zu
machen!" Die Zustimmung der anderen war groß.

---

[33] Insel der Angelsachsen - England

„Habt ihr euch jetzt genug das Maul zerrissen, ihr Waschweiber?", keifte plötzlich der Anführer, der bisher geschwiegen hatte. Er war, wie alle anderen Männer der Besatzung, ein Däne. Schweden, Isländer oder gar Norweger wollte er nicht in seinem Gefolge dulden. Ein einziger langer Zopf zierte sein sonst kahl geschorenes Haupt, und er hörte auf den Namen Geirmund.

„Es gibt einen Grund, der mich in das Tröndelag führt", sagte er schroff.

„So? Darf man diesen Grund auch erfahren, Geirmund?", fragte Helgi, der als Stevenhauptmann auf der Schnigge fuhr und ein erfahrener Seeschäumer war.

Da beugte sich der Anführer dem Rotbart zu. „Es ist Rache, mein treuer Helgi. Süße Rache!" Leise sprach Geirmund, fast flüsternd, und sah dabei äußerst böse drein. „Sieh her!" Geirmund hob seine rechte Hand, an der drei Finger fehlten. Helgi fuhr schon eine ganze Zeit im Gefolge des Dänen, und er kannte auch die Hand mit den Fingerstummeln, doch kannte er die dazugehörige Geschichte nicht.

„Das hier habe ich einem jungen Tröndner zu verdanken, und was noch schlimmer ist, er raubte mir das Schiff meines Bruders Arnodd, nachdem er diesen getötet hatte. Das war vor vier Sommern und Wintern."

„Und das ist der Grund, weshalb du uns in diese öde Gegend bringst?" Dem Helgi gefiel es immer noch nicht, hier im Norden herumzusegeln, wo es doch woanders vor reichen Kaufleuten und christlichen Klöstern nur so wimmelte. Doch wie alle andern auch, hatte er dem Geirmund den Gefolgschaftseid geschworen, und bisher war er mit dessen Führung auch zufrieden gewesen, denn die Beute der Raubzüge war meist reichlich.

„Ich habe es bei Odin geschworen, den Tod meines Bruders zu rächen! Lange hat es gedauert, bis ich ein Schiff und eine Mannschaft mein Eigen nennen konnte. Krieger, denen ich

vertrauen kann, die mir ohne zu murren folgen werden. So
glaubte ich es zumindest!" Er sah Helgi streng an und dieser
hatte den Vorwurf verstanden. „Und nun weiß ich auch, wo
ich nach meinen Feinden suchen muss!"
„Ich steh an deiner Seite, Geirmund", biederte sich einer der
Kerle an und zog sich somit den Zorn des Helgi zu.
Der Rotbart keifte. „Natürlich, du blöder Arsch, werden wir
Geirmund zu seiner Rache verhelfen!"

*

9. Geirmunds Überfall

Eirik war in den großen Wohnraum der Hütte getreten, wo die Hausherrin ihrer Arbeit nachging. „Ich grüße dich, Gerhild!" Sie erschrak beim Anblick des Schwagers fast zu Tode. „Was willst du hier? Verschwinde! Sofort!", keifte sie den jungen Mann sofort böse an, der ihr einmal als Gatte zugedacht war. „Du hast hier nichts verloren, oder willst du deine Schandtat wiederholen? Geh, oder ich rufe Hilfe herbei!"

„Es ist niemand auf dem Hof, liebste Gerhild. Wen also willst du rufen?" Eirik grinste frech. „Knut und der Sklave sind bei der Arbeit auf dem Feld. Die Magd und die anderen Weiber sind im Dorf oder am Strand. Du siehst, ich bin im Bilde." Langsam trat er auf die Gerhild zu. „Willst du mir keinen kühlen Trunk anbieten, liebste Schwägerin? Ich bin doch hoffentlich dein Gast?" Dreist nahm er auf einem der mit weichen Fellen bedeckten Podeste an der Längswand des Hauses Platz, vor denen die langen Tische standen. Seit der Wogendrachen auf die See hinaus gefahren war, schlich Eirik immer wieder um den kleinen Hof der Seefahrer und staunte nicht schlecht.

Es waren einige Hütten hinzugekommen, denn diese hatten die Männer gebaut für diejenigen unter ihnen, die ein Weib gefunden hatten. So wollte Sigurd seine Gefolgschaft an sich binden.

Widerwillig stellte Gerhild einen Becher Bier auf den Tisch, da griff Eirik nach dem Arm des Weibes. „Warum verschmähst du mich, Gerhild?", fragte er mit bösem Blick. „Die Götter haben dich dafür gestraft, dass du mich um die Ehe betrogst. Sie nahmen dir den Sohn, der mein Kind war!" Sie sah ihn entsetzt an und riss sich los. Doch der Satz, den Eirik gesprochen hatte, blieb nicht ohne Wirkung.

174

„Du siehst, ich habe es gewusst. Ich habe es schon am Tag der Geburt geahnt! So weiß ich auch, das dein Schlaflager oft kalt bleibt und der Fluss deines Schoßes austrocknet!", sprach Eirik ruhig und fast schon freundlich. Nun schwirrten die Gedanken wirr durch den Kopf der schönen Gerhild Bjarnisdottir. Hatte Eirik vielleicht recht? Waren es die Götter, die sie straften, die ihre Lust und ihre Leidenschaft für den Sigurd erkalten ließen, weil sie sich für den falschen Häuptlingssohn entschieden hatte? Hatte Thor ihr deshalb den Sohn genommen, weil Sigurd nicht der Vater war?
Sie erschrak! Was war mit dem kleinen Bjarne? Würde auch er sterben müssen, wenn sie den Eirik weiterhin abwies? Gerhild sah ihren einstigen Peiniger mit fragenden Augen an und plötzlich erschien er ihr nicht mehr so abstoßend. Nein! Sogar der Hass, den sie dem jungen Mann mit den dunkelblonden Haaren entgegenbrachte, schien wie plötzlich verflogen. Dies konnte nur die Macht der Götter sein, dachte sie. Nun lächelte Gerhild, setzte sich neben den Eirik, ergriff dessen Hand und legte diese auf ihre Brust. Dann neigte sie sich vor und küsste ihn.
Heftiger und heftiger wurde der Kuss! Ihr Verlangen wuchs ins Unermessliche, und ihr Schoß begann zu sprudeln wie ein Wildbach. Seine Hände kneteten kräftig an ihren Brüsten, und er begann an ihrer Kleidung zu zerren, bis er die Schürze und das Kleid vom Körper des Weibes streifen konnte. Dann sanken beide ineinander verschlungen, von heftigem Liebesrausch getrieben, auf das weich gepolsterte Podest. Gerhild gab sich hin, voller Wolllust, in der Hoffnung, die Götter zu besänftigen, denn groß war ihre Angst, sie würden ihr das zweite Kind auch noch nehmen.

Fortan kam Eirik oft auf den Hof seines Bruders, solange dieser noch auf See weilte. Anfangs schlich er nur dann auf den Hof, wenn er alle Bewohner bei ihrer Arbeit wusste, und er sich mit der Gerhild allein glaubte. Doch es dauerte nicht lang, und er wurde dreister, sodass die Gerhild den Mägden und Sklaven auf dem Hof einen Schwur abverlangte, der sie zum Schweigen zwang. Einzig Knut, der Knecht, verweigerte den Gehorsam gegenüber der Hausherrin. Und den Eirik störte dies wenig, nicht einmal die warnenden Worte des Sven und der Sigrun konnten ihn mehr beeindrucken. Sobald es Abend wurde, war Eirik nun Gast auf dem Hof der Gerhild, denn diese hatte die Abneigung gegen den Bruder des Sigurd abgelegt und teilte nun immer öfter das Schlaflager mit ihm.

Ja, sie genoss die hartnäckigen Bemühungen des jungen Mannes geradezu. Den verärgerten Einwand des Knut, der als Gefolgsmann des Sigurd drohte, den Eirik mit dem Schwert zu erschlagen, störte das untreue Weib wenig, und mit geschickter Zunge rang sie dem Knecht das Versprechen ab, zu schweigen.

Die Schande der Gerhild und des Eirik wurde schon bald zum offenen Geheimnis im Dorf, und je mehr Zeit verstrich, umso weniger Leute nahmen Anstoß an der Liebelei.

Doch die Gerhild ließ sich sogar dazu hinreißen, gemeinsam mit ihrem Liebhaber der Ran ein Opfer darzubringen, auf dass sie den Sigurd in die wütende See zerren sollte, und sie glaubten fest daran, dass Sigurd den Tod finden würde.

Nur Sven Sigurdsson, Häuptling im Fjord, ahnte, was geschehen würde, wenn sein ältester Sohn von seiner Wikingfahrt heimkehren würde. Eirik wäre der Tod gewiss, genau wie auch der untreuen Gerhild. Und eigentlich wäre er es, der das Urteil über seinen Lieblingssohn sprechen müsste. Was sollte Sven tun? Die Männer des Fjordes zum Kampf gegen den eigenen Sohn rufen?

Das Heil des Sigurd war groß, es schien sogar, als würde Thor selbst die schützende Hand über ihn halten, und die meisten Männer des Dorfes verachteten die

Zusammenkünfte des Eirik mit der Gerhild, nahmen Anstoß daran. Ihnen war klar, dass Sigurd diese Schandtat rächen würde. Und auch das Weib war in größter Gefahr, dies wusste der Bauer Bjarni, und er beschwor seine Tochter, sie möge mit dem Eirik sofort den Fjord verlassen und weit fort gehen. Doch das Weib erkannte sein Vergehen nicht, achtete nicht auf die Warnungen des Vaters und das Gerede der Dorfbewohner. Sie hoffte weiter darauf, dass Ran, die böse Meeresgöttin, ihr Opfer angenommen hatte, und dass ihr Gatte nie mehr zurück an Land kommen würde.

*

Dichter Morgennebel lag über dem Wasser des Fjordes, und im Morgengrauen des neuen Tages hatte der Kiel des fremden Langschiffes den Strand berührt. Die Bewohner des Dorfes bemerkten die Ankunft der Fremden erst, nachdem diese längst ihr Lager aufgeschlagen hatten. Als dann den Häuptling der Siedlung die Nachricht von der Ankunft der Fremden erreichte, ließ er alle wehrfähigen Männer und auch Frauen auf den Platz vor seinem Langhaus rufen, und er schickte auch Späher auf die Klippe hoch über dem Strand. Niemals hatte es bisher fremde Krieger so weit in den Norden verschlagen, und nun, da die Gefahr drohte, sah Sven mit Entsetzen, das die Menschen im Dorf zwar gute Fischer, Handwerker und Bauern waren, doch kaum einer von ihnen war ein brauchbarer, wehrfähiger Krieger. Um auch noch die Männer herbeizurufen, die verstreut im bergigen Hinterland des Fjordes ihre Höfe bewirtschafteten, war es zu spät. „Wenn doch nur Sigurd und seine Wikinger hier wären", ärgerte sich der Häuptling. „Sie sind erfahrene Kämpfer und würden mit den Kerlen am Strand sicher fertig werden!" „Sie sind aber nicht hier", sagte Sigrun ein wenig spöttisch. „Vielleicht wären sie dann die Gefahr, denk an

177

Eirik." Sie sah ihren Mann mit beruhigend lächelnder Miene an. „Du weißt doch noch nicht einmal, ob die Fremden am Strand in böser Absicht kommen. Hoffe auf das Heil Odins!"

Er sah sein Weib mit erleichtertem Gesicht an und kratzte sich nachdenklich seinen Bart. „Vielleicht hast du ja recht, Sigrun! Sie sind sicher Seefahrer auf dem Weg nach Island und machen hier nur Rast." Er sprach die Worte zu seinem Weib, aber glauben konnte er sie nicht wirklich.

Warum würden Männer weit in den Fjord hineinrudern, nur um auf dem Weg nach Island oder Grönland zu lagern? Nein, das würden sie sicher nicht tun, sie hätten ihre Schnigge schon an der Küste auf den Strand gezogen.

Die Sonne hatte den höchsten Stand auf ihrer Reise über den blauen, wolkenlosen Himmel bereits hinter sich gelassen, da näherte sich ein Trupp der Wikinger dem Dorf, das ihre Kundschafter schon in den frühen Morgenstunden entdeckt hatten. Es waren zwanzig gut bewaffnete Krieger mit Schild und Helm, gerüstet mit ledernen Brustpanzern, die durch das Dorf marschierten.

„Wo ist das feige Pack geblieben?", wunderte sich Helgi, der Stevenhauptmann, denn in den Hütten und Häusern war niemand. Sie waren menschenleer!

„Hier ist kein Schwein!", rief Thorgeir, der eine Tür eingetreten hatte, seinem Hauptmann zu. Und auch in den anderen Häusern war es ruhig. Alle Dorfbewohner waren geflüchtet und verbargen sich im nahen Wald.

Eine Sau, die ein übermütiger Krieger mit seinem Schwert abgestochen hatte, war das einzige Opfer des Dorfes, als die Fremden dem Weg durch den kleinen Wald folgten. Bald schon erreichten sie den Hof des Sven Sigurdsson und standen nun einigen Bewohnern des Dorfes gegenüber.

Der Anführer der Wikinger trat aus der Menge seiner Krieger, nahm seinen mit einem Stirn- und Nasenschutz verzierten Helm vom Kopf und sah sich frech grinsend um. „Bin ich hier im Sigurdfjord?", rief der Mann mit dem kahl geschorenen Schädel fragend, und seine drohende Stimme ließ nichts Gutes erahnen. Die Sigrun erschrak, denn nun musste sie erkennen, dass diese Kerle keineswegs der Zufall hierher gebracht hatte. Nein, diese Männer waren keine Reisenden auf dem Weg nach Island!

Da trat Sven vor den fremden Krieger und fragte seinerseits: „Wer seid ihr? Wer bist du, Mann, und was wollt ihr hier?"

Da wandte sich der Anführer seiner Kriegerschar zu und rief lachend: „Der Bauer will wissen, wer wir sind!"

„Dann sag ihm doch, wer wir sind", rief einer der Wikinger, und die anderen lachten. „Und sag ihm auch gleich, was wir wollen!"

Der Glatzkopf mit dem einzelnen dünnen Zopf an seinem Hinterkopf sah dem Sven mit eisigem Blick in sein Gesicht. „Man nennt mich Geirmund, ich bin der Bruder des Arnodd." Aufmerksam sah der Däne sich um, doch niemand reagierte auf den Namen. Keiner hier wusste was dereinst geschehen war. „Ich bin Geirmund, der Däne!", rief er laut aus, und nun schlugen die Krieger mit ihren Schwertern auf die Schilde, bis der Glatzkopf seinen Arm hob.

Der Lärm verstummte.

„Und wer bist du, wenn die Frage gestattet ist?" Die Stimme klang freundlich, übertrieben freundlich, und doch glich sie dem Zischen einer im hohen Gras verborgenen Schlange. Doch Sven erkannte die drohende Gefahr nicht! Er war der Häuptling des ganzen Sigurdfjordes und auch seines Hinterlandes, und so nannte er voller Stolz seinen Namen.

„So, so! Sven Sigurdsson", wiederholte der Geirmund genüsslich den Namen, ließ ihn fast triumphierend über seine Zunge gleiten. „Dann hat Odin uns an den richtigen Ort geführt. Wo ist dein Sohn?"

„Mein Sohn ist jener hier, und sein Name ist Eirik", sprach Sven und zeigte mit dem Finger auf den jungen Kerl, der den Geirmund böse anstarrte.

„Nicht der! Wo ist dein Sohn Sigurd?"

Da wandte sich Sigrun an den Wikinger und sprach eilig: „Sigurd weilt nicht im Fjord. Er ist auf Raubfahrt ausgefahren!"

„Ja, sicher auf meinem Schiff", brummte der Kahlkopf.

„Er wird bestimmt nicht vor dem nächsten Vollmond zurückkehren", fügte Sigrun noch hinzu. „Schweig, Weib", zischte nun Sven ärgerlich und voller Angst, die Wikinger könnten bis zur Heimkehr seines Sohnes im Sigurdfjord bleiben.

„Wie unerfreulich für mich. Auf Raubfahrt ist er also", wiederholte Geirmund die Worte des Weibes.

„Was willst du von meinem Bruder?", mischte sich nun Eirik in das Gespräch. „Bist du etwa ein Freund des Sigurd?"

„Oh, das nicht. Nein!", antwortete der Wikinger und war in Gedanken bereits abwesend, denn er besah sich den Hof. Da trat der Kerl mit dem Zopf im Bart neben seinen Anführer und fragte beunruhigt: „Heißt das etwa, wir sind völlig umsonst bis hierher in den Norden gesegelt?"

„Nein, Helgi! Das sind wir nicht, denn ich kam hierher, um dem Bürschchen zu schaden, und das werde ich tun!"

So, wie Geirmund die Worte gesprochen hatte, zog der hässliche Krieger sein Messer aus dem Wehrgehäng und zog dieses dem Sven Sigurdsson mit aller Kraft durch die Kehle.

„Fortan wird der Sigurd zu uns kommen!", rief er laut aus.

„So soll es sein!", rief nun der Helgi und zog, genau wie alle anderen, sein Schwert und schlug damit der Sigrun, deren erstarrter Blick auf dem sterbenden Gatten lag, kräftig auf das Haupt. So sank auch sie blutüberströmt auf den sandigen Boden und hauchte ihr Leben aus. Nun hatten auch die Männer des Dorfes ihre Waffen erhoben, doch die Wikingerschar des Dänen stürzte sich wie ein Rudel tollwütiger Hunde auf die Verteidiger.

„Sigurd, du bringst Unheil über uns!", rief Eirik wütend, und sein Blick lag auf dem regungslosen Körper seiner Mutter. Er riss sein Schwert empor und stürzte sich in den Kampf. Voller Panik liefen nun die Bewohner des Dorfes, die sich auf dem Hof des Sven in Sicherheit wiegten, die Frauen und Kinder, wie aufgeschrecktes Federvieh über den großen Hof, suchten Schutz in den Gebäuden oder flohen in den nahen Wald.

Der Kampf gegen die erfahrenen Seekrieger war nur von kurzer Dauer und hatte gerade einmal zwei Angreifern den Tod gebracht. Der Lärm verstummte, und die Wikinger ließen allmählich ihre Waffen sinken. Einige von ihnen lachten und feixten, andere begannen die Leichen zu fleddern.

Eirik Svensson lag in einer großen Lache seines Blutes, das den Boden dunkel färbte, nicht weit der geschundenen Körper seiner Eltern. Sein Haupt war bis zur Nasenwurzel gespalten und sein Leib war von tiefen Wunden übersät. Der Platz an der Tafel Odins war dem jungen Bauernsohn gewiss. Nicht besser war es den meisten Männern ergangen, die gemeinsam mit Eirik mutig gekämpft hatten, unter ihnen auch Bjarni, der Bauer und Vater der Gerhild. Auch ihn hatte Odin nach Asgard befohlen.

Nun machten die Fremden sich über den Hof her, erbrachen die Pforte des Langhauses, ergriffen alles, was ihnen von Wert erschien und schleppten es fort. „He, Geirmund! Sieh, was wir Schönes gefunden haben." Aus einem der hinteren Räumen führte der Krieger mehrere junge Frauen in die Methalle und kicherte gierig, während er eine, die es wagte,

181

sich heftig zu wehren versuchte fest in seinem Griff zu halten. „Mit den jungen Mösen haben wir bestimmt unseren Spaß!" Da erhielt er einen kräftigen Kratzer auf der Wange von dem Weib, und diese musste nun einen Fausthieb ertragen, der ihr fast die Sinne raubte. „Bist du verrückt, du kleine Hure!", rief der Kerl erbost. Es war die Sigrid, die sich gegen den Krieger stemmte. Ihre jüngere Schwester Ingigrid und die Mägde, sowie die Sklavinnen des Hofes, trotteten weinend und jammernd in die Halle, bis sie vor dem Geirmund halt machen mussten. Sigrid wurde unsanft an den Haaren herbeigezogen, und sie schrie immer noch wütend, rief nach der Hilfe ihres Vaters. Nicht ahnend, dass dieser nicht mehr unter den Lebenden weilte.

„Halt endlich dein Maul, oder es setzt was mit der Peitsche", sprach der Anführer der Wikinger, trat heran und besah sich die jungen Weiber. Er hatte sofort erkannt, dass sich zwei in der Kleidung von den anderen unterschieden.

„Odin und Thor sollen dich in Stücke reißen, du elender Scheißkerl. Niemand verbietet mir den Mund!", rief Sigrid böse, und da versetzte der Geirmund ihr eine schallende Ohrfeige, sodass ihr das Blut aus den Lippen trat. Nun schwieg das junge Weib, und einzig ein Schluchzen kam noch aus ihrer Kehle. „Du bist sicher die Schwester des Sigurd Svensson", mutmaßte der kahlköpfige Däne. „Und du auch!" Er wies auf die jüngere Ingigrid, die vor Schreck erstarrte. „Bringt sie auf das Schiff, sie werden einen guten Preis einbringen." Die Männer schubsten die Frauen, auf dass sie sich in Bewegung setzen sollten, da griff der Geirmund nach dem Arm der Ingigrid. „Du nicht, mein Täubchen. Du bleibst noch etwas bei mir." Er zog das junge Weib grinsend an ihren langen, blonden Haaren zu sich heran, während die anderen aus der Halle geführt wurden. Sigrid schrie und flehte zu Odin, doch die Schläge eines der Kerle trieben sie auf den Platz vor dem Haus.

Geirmund schob die Ingigrid rücklings bis an den Tisch, umfasste ihre Taille, hob sie in die Höhe, als sei sie leicht wie eine Feder, und setzte sie dann auf die Tischplatte.

Er blickte grinsend in ihr hübsches Gesicht, und seine fauligen Zähne kamen zum Vorschein, doch der Blick der Ingigrid war nun seltsam leer, und nur ein leises Schluchzen war zu hören, als der Geirmund ihr Kleid zerriss.

Der übelriechende Wikinger legte dem ängstlich dreinschauenden Weib seine Pranke auf die Brust und drückte sie auf den Tisch hinunter. Er begann nervös an den Resten des Kleides zu zerren, bis er den Schoß des Weibes, das gerade einmal sechzehn Winter erlebt hatte, entblößt vor sich hatte. Hastig begann er in ihrer Scham herumzufingern, und gierig traten ihm die Augen hervor. Er zerrte an seinen Beinkleidern, bis diese endlich zu Boden glitten. Mit blutverschmierten Händen umfasste er ihre noch jungen Brüste und beugte sich über sie, sodass sie seinen faulen Atem riechen konnte. Doch ihre Gedanken schwebten längst fort. Sie begann in ihrem Geiste die Freya um Hilfe anzuflehen, und hatte so nicht einmal wirklich bemerkt, dass der Kahlkopf in sie eingedrungen war. Das, was ihr als Ewigkeit erschien, hatte nicht wirklich lange gedauert. Mochte sie gerade noch zu der Vanengöttin gebetet haben, richtete der Geirmund schon wieder seine Beinkleider.

Es war vorbei! Sie verspürte keinen Schmerz, nur das Gefühl, beschmutzt worden zu sein, doch sie lebte noch.

„Dich werde ich wohl für mich behalten und jedes Mal, wenn ich dich besteige, werde ich mich daran erfreuen, dass dein elender Bruder nichts dagegen ausrichten kann!"

Er hüllte sie in die Fetzen ihres Kleides, und trotz der bösen Worte klang seine Stimme nun fast freundlich. Er griff dem Weib in das Haar und zog sie daran unsanft hinter sich aus dem Haus. Und nun, als sie sah, was auf dem Hof geschehen war, als sie mit weit aufgerissenen Augen auf die Toten starrte, die geliebten Eltern, den Bruder, in Stücke geschlagen, entfuhr ihr ein Schrei des Entsetzens, und sie übergab sich heftig.

„He, kotz mir nicht auf die Füße, dummes Weib!", meckerte der Geirmund und zog kräftig an. In diesem Moment war der Wille der jungen Ingigrid vollends gebrochen.

Die Vergewaltigung durch diesen groben Schlächter, und der klebrige Saft, der nun an ihren Oberschenkeln festtrocknete, alles dies schien ihr nun egal. Die Götter hatten das schöne, junge Weib verlassen, hatten ihr die Hilfe verweigert, und die Nornen hatten ihr Schicksal bestimmt. Ingigrid, die Tochter des Häuptlings Sven, nahm es, gebrochen in der Seele, hin, und als die Schnigge aus dem Fjord segelte, hatte sie keine Tränen mehr.

*

Es dauerte eine ganze Weile, bis sich die Menschen zurück auf das Gehöft wagten. Erst als ihnen ein Kundschafter verkündete, dass die Schnigge in den Fjord hinausgesegelt war, kamen sie, um die Toten zu bestatten. Kaum einer der Männer und Frauen, die es gewagt hatten, sich den Wikingern des Geirmund entgegenzustellen, hatten den Kampf überlebt. Einige wenige, die den Kampf abgebrochen hatten, da sie erkannten, dass sie nur den Tod finden würden, und die daraufhin in den Wald geflohen waren, sammelten sich nun wieder an dem Ort des Überfalls. Auch waren jetzt der Knecht Knut und die Gerhild mit all denen, die auf dem Hof des Sigurd Schutz gesucht hatten, gekommen, um mit eigenen Augen zu sehen, wovon man ihnen berichtet hatte. Und ihre böse Ahnung bewahrheitete sich.

Die Familie des Sven Sigurdsson gab es nicht mehr. Auf großen, dunklen Flecken des getrockneten Blutes lagen seit

Tagen all die Toten der Schlacht. Gerhild trat vor den geschundenen Körper des Eirik, und ihr entfuhr ein Schrei des Entsetzens. Sie fiel auf die Knie und legte ihre Hände auf den Leichnam des Häuptlingssohnes. Da trat Knut neben das Weib des Sigurd, spie auf den Toten und sagte mit bösem Blick: „Das ist die Strafe der Frigga für diejenigen, die es wagen, eine Familie zu zerstören. Auch dich wird dein Schicksal noch ereilen, untreues Weib!" Da sah Gerhild den einstigen Seekrieger zornig an. „Was erlaubst du dir? Du bist nur ein Knecht und ich bin die Herrin!" „Oh, nein, Gerhild. Ich bin ein Krieger, der deinem Gatten den Gefolgschaftseid geschworen hat. Eirik hat nur noch gelebt, weil es dein Wunsch war! Du hättest dir einen Sklaven holen können, wenn es dich zwischen den Beinen gejuckt hat, aber den Bruder deines Mannes!" Verächtlich spuckte er vor dem Weib aus. Die Dorfbewohner, die in der Nähe standen, starrten die Gerhild vorwurfsvoll an. Der hinkende Knecht wollte sich abwenden und gehen, doch wandte er sich noch einmal um. „Du solltest nicht diesen hinterhältigen Ehebrecher beweinen, das steht dir nicht gut zu Gesicht. Beweine lieber deinen Vater, einen fleißigen Bauern und mutigen Krieger! Er liegt dort vorn bei dem Stall."

Erschrocken starrte sie den Knut an, erhob sich und lief wankend los, um unter den toten Leibern den Körper des Bjarni zu suchen. Wieder entfuhr der Gerhild ein markerschütternder Schrei, und weinend stürzte sie sich auf den Toten, dessen gebrochener, starrer Blick in den Himmel gerichtet war.

*

Schon als der Wogendrache an dem Anlegesteg festgemacht hatte, war den Männern an Bord klar geworden, dass hier etwas nicht stimmen konnte. Keine überschwängliche Freude herrschte auf dem Strand, denn nur wenige Leute waren gekommen, um die Seefahrer zu begrüßen.

Knut, der Knecht, stand auf dem Steg, und der Schweiß rann ihm die entblößten Arme hinunter. Er trug nur seine lederne Weste und keine Tunika oder einen Kirtel, denn schon seit dem Morgen schien Sunna kräftig vom Himmel herab, und nun zur Mittagszeit war es unerträglich warm.

„Seid gegrüßt, ihr Seeschäumer!", rief er den Männern grinsend entgegen. „Sag, Knut, wo sind denn alle hin? Das ist keine schöne Begrüßung", beschwerte sich Gunnar und suchte nach seinem Weib Gerda. Da trat Sigurd an die Reling, blickte den Knut streng an, und diesem verging das Grinsen. „Was ist geschehen?"

Mit einem Satz war der Anführer auf dem Steg. „Schlimmes hat sich zugetragen, mein Freund", antwortete der hinkende Knecht. Nun erfuhr Sigurd, dass sein Weib Gerhild, die nicht zur Ankunft ihres Gatten erschienen war, auf den Hof ihrer Mutter Grit übergesiedelt war. Und er erfuhr von dem Überfall der fremden Wikinger, die seine Gesippen töteten. Da fiel Sigurd weinend auf die Knie, und mit zum Himmel gereckter Faust rief er: „Weltenlenker! Odin! Warum tust du mir das an?"

Sofort begab sich Sigurd auf das Gehöft des Sven, und mit ihm Björn, Thorkill, Thorfinn und Gunnar, der ja ein Krieger aus dem Dorf war, und der sich für diese Fahrt dem Sigurd angeschlossen hatte. Er bangte um sein Weib Gerda, die hochschwanger ging, doch seine Sorge war unbegründet, denn dem Weib ging es gut, und ihre Niederkunft stand kurz bevor. Sigurd aber überkam ein Gefühl größter Trauer, als er an die Stelle trat, an der seine Gesippen und die anderen Opfer des Überfalles verbrannt worden waren.

Hier an diesem Ort, hinter dem Langhaus gelegen, würde Sigurd einmal einen Opferplatz errichten, doch das wusste er zu diesem Zeitpunkt noch nicht. Obwohl sich der ältere der Svenssöhne für ungeliebt gehalten hatte, und dies sicherlich nicht ohne Grund, so schmerzte ihn der Tot der Eltern und der des Bruders doch sehr.

„Warum ging mein Weib auf den Hof ihres Vaters?", fragte Sigurd am Abend den Knut. Er hatte ihn zu sich an den Tisch gerufen, um endlich, jetzt, nachdem er sich beruhigt hatte und wieder klar denken konnte, von den todbringenden Geschehnissen im Dorf und auf seinem Hof näheres zu erfahren. „Warum verließ Gerhild ihr Heim?", fragte er ruhig. „Es muss doch einen Grund dafür geben."

Knut, der Knecht, und Gefolgsmann des Sigurd, fühlte sich keineswegs wohl in seiner Haut. „Sie ging, um ihrer Mutter beizustehen. Schließlich war unter den Toten auch der Bjarni", antwortete Knut und wagte es nicht, die ganze Wahrheit preiszugeben. Warum sollte er sich den Zorn des Anführers auf die Schultern laden, es war ja nicht seine Schuld, dass dieses Weib die Beine nicht zusammen behalten konnte, dachte er bei sich.

„Der Bjarni also auch", sprach Sigurd betrübt, denn er mochte den Bauern sehr. Plötzlich erschrak er. „Was ist mit dem Kind?"

„Oh, sei beruhigt. Dem Knaben geht es gut", versicherte der hinkende Knecht. „Er ist bei seiner Mutter und gut behütet."

„Dann sollte ich mich wohl aufmachen und mein Weib zurückholen", sagte Sigurd lächelnd.

„Es gibt da noch etwas, das ich dir sagen muss", sprach Knut schnell, um von der Gerhild abzulenken. „Niemand weiß, wo deine Schwestern Sigrid und Ingigrid abgeblieben sind!"

Da horchte Sigurd auf. „Sie waren, genau wie die meisten Sklaven des Sven, nicht unter den Toten!"

„Meine Schwestern leben?", rief Sigurd überrascht und freudig aus. „Das wollte ich damit nicht unbedingt sagen,

Sigurd", versuchte Knut die aufkommende Hoffnung seines Anführers zu dämpfen. „Ich sagte nur, dass sie nicht unter den Toten waren. Ob sie noch leben, wissen wohl nur die Götter allein, wenn sie sich in den Händen der Fremden befinden, weiß ich nicht, ob sie den Tod nicht vorgezogen hätten." Sigurd mochte sich gar nicht vorstellen, wie es seinen Schwestern in der Gewalt der Wikinger erging. „Wir müssen Sigrid und Ingigrid suchen. Sofort!", entschied Sigurd in höchster Erregung. „Du willst sie suchen?", fragte Knut ungläubig. „Wo willst du sie denn suchen?"
Er schüttelte seinen Kopf. „Du weißt nicht einmal, wer die Fremden waren, noch woher sie kamen oder wohin sie gingen. Vielleicht verkaufen sie die Sklaven und auch deine Schwestern auf einem Markt. Doch auf welchem? In Lade vielleicht! Oder in Birka, Haithabu, Kap Lindesnäs oder auch im Frankenreich, bei den Sachsen, Friesen oder Pommern?" Knut schüttelte nun energisch seinen Kopf. „Nein, nein! Es ist ihr Schicksal, die Nornen[34] haben es so gewollt. Also vergiss sie besser!"
Der Anführer sah den Knecht zuerst verärgert an, zeigte dann aber Einsicht und große Enttäuschung. Es war sicher leichter, die berühmte Nadel im Heuhaufen zu finden als seine Schwestern in der Hand der Piraten oder irgendwelcher Sklavenhändler weit draußen auf den weiten Wogen der Meere. So musste sich auch Sigurd in das von den Göttern bestimmte Schicksal fügen, und so verwarf der Anführer schweren Herzens den Versuch der Rettung seiner Schwestern.

---

[34] Nornen – Urd, Verdandi und Skuld, die drei Schicksalsgöttinnen bewachen den Brunnen des Schicksals an den Wurzeln der Weltesche, sie bestimmen das Schicksal der Götter und das der Menschen

Noch am gleichen Tag begab sich Sigurd auf den Hof der Grit, um sein Weib und den kleinen Sohn zu sehen, und er ahnte nicht, dass dies sein bisheriges Leben auf einen Schlag verändern würde. Der Empfang seines Weibes war eisig und ganz und gar nicht der, den der Tröndner erwartet hatte. Grit dagegen begrüßte ihren Schwiegersohn, wie es sich gehörte, und sie hegte keinen Groll gegen ihn in ihrem Herzen. Sie nahm ihr Schicksal an, so wie es ihr die Nornen auferlegten, außerdem wollte sie die Götter in Asgard nicht erzürnen. Anders aber die Gerhild!

Sie begrüßte ihren Gemahl nicht so, wie es sich für ein Eheweib geziemte. Vor dem Haus ihrer Mutter, auf einer Bank sitzend, rupfte sie einem Huhn die Federn aus, neben ihr lag der kleine Bjarne in einem Weidenkorb und schlief friedlich. Sigurd trat heran, sah in den Korb und lächelte zufrieden. Dann richtete er einen strengen Blick auf sein Weib. „Du kamst nicht, mich zu begrüßen, und wie ich hören muss, hast du unseren Hof verlassen, Weib. Wenn du deiner Mutter beistehen willst in dieser schweren Zeit, das will ich noch gutheißen, aber trotzdem gehörst du auf unseren Hof. Dort ist dein Heim, und dort bist du die Herrin!"

Mit zornigem Blick sah sie den Sigurd an und fauchte: „Ich bin die Herrin? Pah! Die Herrin worüber? Über ein Rudel bösartiger Wikinger!"

Sigurd wollte der Gerhild ins Wort fallen, doch das Weib redete weiter. „Wo warst du, als dein Vater, deine Mutter und dein Bruder unter den Klingen der fremden Krieger starben? Wo warst du, als Bjarni an der Seite des Sven sein Leben verlor? Du warst an einer fremden Küste und tatest sicher nichts anderes als das, was diese Wikinger uns antaten!" „Zügle deine Zunge, Kind", mahnte die Grit ihre Tochter, doch diese fuhr fort: „Hier an der Seite meiner Mutter ist fortan mein Platz. Hier ist fortan mein Heim!"

Der kleine Bjarne begann zu weinen, und seine Mutter öffnete die Fibel ihres Kleides, sodass sie eine der prallgeformten Brüste entblößen konnte. An diese legte sie den Sohn, der sofort gierig zu saugen begann. Der Knabe hatte sich beruhigt, und nur noch ein leises Schmatzen war von ihm zu hören. „Oh, doch, Mutter! Ich muss sagen, was auf meinem Herzen brennt!" Das Gesicht der Gerhild begann sich wutrot zu färben. „Es ist die Strafe der Götter, die mich von dir forttreibt, Sigurd!"

„Die Strafe der Götter?", fragte Sigurd erstaunt. „Du redest wirr, Weib!"

„Die Strafe dafür, dass ich den falschen Sohn des Sven zum Manne nahm. Du warst nicht der, der mir bestimmt war!" Ihre Stimme begann zu zittern und wurde lauter. „Die Strafe für den Streich, den wir Sven und Eirik spielten, damit ich dein Weib werden konnte!"

Der Svensson wollte etwas einwenden, doch das Weib sprach weiter und ließ sich nicht unterbrechen. „Die Götter strafen mich dafür, dass ich dir ein untreues Weib war!"

„Gerhild, was redest du da?" Sigurd war entsetzt.

„Der kleine Sven war der Sohn des Eirik und nicht der deine", rief sie laut aus. „Kind, das ist nicht wahr?", rief die Grit erschüttert, und Sigurd erstarrte. Wie festgenagelt lag sein strenger Blick auf dem Antlitz des Weibes. „Was willst du damit sagen, Weib?", fragte er, und der Zorn stieg in ihm auf. „Bist du taub? Ja, du hast schon richtig gehört", rief sie frech und begann irre zu kichern. „Der Erstgeborene, den du voller Stolz deinen Mannen präsentiertest, war der Sohn deines Bruders!"

„Der Sohn des Eirik?", stammelte Sigurd ungläubig. „Du lügst! Sage, dass du lügst, Gerhild!"

„Großer Wikingerkrieger Sigurd Svensson, es ist die Wahrheit", gab sie ihre Schuld offen zu und begann, wirr zu lachen. „Und damit du es genau weißt: Während du an fremden Gestaden dein Unwesen getrieben hast, habe ich mich hier von deinem Bruder besteigen lassen! Und bei Freya, es hat mir großen Spaß bereitet!"

Stocksteif stand der junge Krieger nun vor dem Weib und war kaum eines Wortes fähig. Plötzlich riss er sein Schwert Kehlenbeißer aus dem Wehrgehäng und wollte das untreue Weib erschlagen, doch die Grit warf sich dem Betrogenen in den Arm. „Hab Gnade, Sigurd! Denk an das Kind!"

Da besann er sich, ließ das Schwert in die Scheide gleiten, riss der Mutter den Knaben von der Brust und legte das Kind in den Korb. Den Versuch, Sigurd daran zu hindern, bezahlte die Gerhild mit einem kräftigen Schlag in ihr Gesicht. Mit dem Korb am Arm schwang sich Sigurd auf sein Pferd und trabte davon.

Gerhild schrie, weinte und zeterte. Rief ihrem Gemahl die heftigsten Beleidigungen hinterher, sodass Sigurd sein Pferd zügelte und sich noch einmal umwandte. „Gerhild, Tochter des Bjarni! Ich verstoße dich! Nicht länger sollst du mein Weib sein, und deinen Sohn wirst du niemals mehr wiedersehen! Möge Tyr[35] über dich richten!"

Dann schlug er dem Rapphengst die Hacken in die Seite und stürmte davon.

*

---

[35] Tyr – Gott des Thing, Himmels-, Rechts- und Kriegsgott, entspricht wahrscheinlich dem obersten Gott der Sachsen Saxnot

10. Von Liebe zu Hass

hart schlug die Faust des Sigurd auf die schwere, hölzerne Platte des Tisches. „Du hast es gewusst!", rief Sigurd zornig. „Du musst es doch bemerkt haben, Knut!" Der junge Tröndner war sichtlich erbost und nicht gut zu sprechen auf den Knecht. „Der Eirik, dieser Dreckskerl, hat mein Weib bestiegen, und du hast ihn nicht daran gehindert!"

Da begehrte der Knut erzürnt auf, denn diese dreiste Anschuldigung, obwohl sicherlich nicht unbegründet, wollte er nicht auf sich sitzen lassen. „Bist du völlig von Sinnen, Sigurd Svensson? Ich bin als Knecht und Verwalter auf diesem Hof und nicht als Wächter der Möse deines Weibes!" Knut war außer sich und sehr erbost. „Hätte ich den Eirik erwischt, hätte ich ihn vom Hof geprügelt! Aber da ich selten im Schlafgemach deines Weibes verweilte, habe ich seinen nackten Arsch nicht erblickt. Doch dies wäre dir sicher auch nicht recht gewesen, denn er war ja dein Bruder!"

Wieder wollte nun der Sigurd aufbegehren, doch Björn legte ihm beruhigend die Hand auf die Schulter. „Sei nicht ungerecht, Freund! Knut ist ein treuer Gefolgsmann, und was hätte er schon tun können? Sollte er vielleicht den Bruder seines Anführers erschlagen?"

Da hielt Sigurd inne in seinem Zorn, sah in die Gesichter der Umstehenden, und als alle ihm zunickten, war seine Wut gebändigt. Da ergriff Thorkill das Wort und sprach zu seinem Freund: „Hat Eirik nicht die angemessene Strafe von den Göttern erhalten? Und die Gerhild? Du hast sie verstoßen, und du nahmst ihr das Kind. Ist das nicht Gerechtigkeit genug?"

Nun sah Sigurd ein, dass er Knut gegenüber ungerecht war. Nachdenklich nickte er und reichte dem Knecht dann lächelnd seine Hand. Und dieser ergriff sie!

„Wenn der Sturm in diesem Hause sich gelegt hat", sprach nun der Rögnvald, „dann hätte ich noch eine Frage." Alle sahen den Schweden voller Erwartung und Neugier an. „Was soll mit dem hier geschehen?" Er hob den kleinen Knaben, den er in seinen starken Armen hielt, in die Höhe empor. „Guzzi, Guzzi", schnarrte er, und das Kind fiepte vergnügt. „Wenn ihr glaubt, ich werde seine Amme, dann habt ihr euch geschnitten!" Man hätte glauben mögen, das Dach des Hauses würde sich heben, so laut war das Gelächter der Männer. „Gib ihm doch mal die Brust", rief Dan, einer der Krieger. „Da verhungert der Knabe ja!", antwortete Ole, ein weiterer Gefolgsmann. „Vielleicht solltest du besser ein Kleid tragen, Rögnvald", rief Thorkill höchst erheitert. „Das betont deine weibliche Seite besser!" Den kleinen Bjarne schreckten die ausgelassenen Kerle keineswegs. Nein, er gluckste und lachte vor Vergnügen, fühlte sich wohl und geborgen in den großen Händen des Rögnvald.

„Nein, mal im Ernst", sagte Thorkill Ormsson. „Gib ihn doch in das Haus des Gunnar. Dessen Weib Gerda geht doch schwanger, und sie ist sicher die beste Amme für den kleinen Bjarne." Er fasste den Schweden um dessen Schulter. „Nichts für ungut, Freund. Aber da wird er sicher satt. Die Gerda ist üppig gebaut!"

Schon am nächsten Tag machte sich Sigurd auf den Weg zum Hof des Gunnar, um diesem seinen Wunsch zu unterbreiten, und als er der Gerda eine Sklavin für die Hausarbeit anbot, war diese einverstanden, dem Bjarne eine Amme zu sein. Gunnar überließ diese Entscheidung nur zu gerne seinem Weib, denn so oft es seine Arbeit zuließ, verschwand er auf den Hof der Krieger. Seit er zur Besatzung des Wogendrachen gehörte, war er in die Reihen der Krieger aufgenommen und von allen akzeptiert.

Einige Tage waren vergangen, die Arbeit auf dem Hof war getan und die Männer vergnügten sich wie so oft im Haus mit den Mägden und Sklavinnen aus dem Dorf.
Die Dämmerung hatte bereits eingesetzt, da betrat die Grit das Haus des Sigurd. Als die Männer sie erkannten, wurde es still in dem Raum. Dort, wo vorher noch laut gesprochen, gestritten und gescherzt wurde, herrschte nun neugierige Ruhe. Man hätte eine Nadel fallen hören können.
Als Sigurd seine Schwiegermutter sah, erhob er sich, grüsste sie freundlich und geleitete sie an seinen Tisch, wo das Weib des Bjarni Platz nahm. „Du fragst dich sicher, was mich hierher führt?" Man sah der Grit an, dass sie sich nicht wohl fühlte in ihrer Haut.
„Ich ahne schon, was du von mir willst, Grit!"
„Der Gerhild geht es schlecht. Sehr schlecht", sprach des toten Bauern Bjarnis Weib, und Sigurd bemerkte sofort, dass die Hände der Frau zitterten. Nervös spielte sie mit ihren Finger,. „Der Mutter fehlt ihr Kind! Nach dem Tode des kleinen Sven schmerzt der Verlust des Bjarne sie umso mehr."
Sigurds Miene verfinsterte sich zunehmend. „Daran hätte sie denken sollen, bevor sie mich betrog." Grit griff nach der Hand des einstigen Schwiegersohnes, und dieser spürte die Kälte ihrer Hände. Flehentlich sagte sie: „Hab doch Erbarmen! Gib meiner Tochter ihr Kind zurück!"
„Barmherzigkeit verlangst du von mir! Sie hatte wenig Erbarmen für mich übrig, als sie für einen anderen ihre Beine spreizte!" Die Stimme des Sigurd wurde nun lauter.
„Die lange Zeit, in der sie mich abwies und es wohl längst

hinter meinem Rücken mit dem Eirik trieb, hat sie da einen Gedanken an ihren Gemahl verschwendet?"

Thorkill Ormsson sah, dass Sigurd zornig wurde und trat heran, um sich neben den Anführer zu setzen.

Freundschaftlich legte er ihm seine Hand auf die Schulter, und Sigurd verstand. Er nickte dem Rotschopf zu und senkte die Lautstärke seiner Stimme. „Auch ich trauerte um den Sohn, den ich für den meinen hielt, und den die Götter uns nahmen. Ich habe mein Weib geliebt, und wie lange habe ich gehofft, dass sie sich mir wieder zuwenden möge. Doch mich traf der Dolch des Verrates, geführt von ihrer Hand!" Das Gesicht des stolzen Mannes war nun rot angelaufen, über seine Wange rann eine Träne, und immer noch war es ruhig in dem Raum. Alle Augen lagen auf dem Anführer und der Mutter seines einstigen Weibes. „Ich habe, genau wie Gerhild, alles verloren. Mein Weib und alle, die zu meiner Familie gehörten", sprach er anklagend. „Mir ist nur der kleine Bjarne geblieben. Und dieser ist nun der letzte meiner Sippe! Oh nein, Grit! Der Knabe bleibt an meiner Seite, und er wird einmal der Herr meines Hofes werden", trotzte Sigurd. „Doch was wird sein, wenn du auf See bist?", bedrängte die Mutter der Gerhild den Mann weiter. „Dann wird das Kind bei seiner Amme sein." Nun wurde Sigurd wieder lauter, und Thorkill versuchte ihn zu beruhigen, doch diesmal ohne Erfolg. „Und sollte Gerhild es wagen, von dieser das Kind zu fordern, so verspreche ich dir, dass ich deine Tochter mit eigener Hand im Fjord ersäufen werde!", rief er zornig aus. Mit hartem Blick sah er die Grit an, und diese erkannte, dass sie hier nichts mehr erreichen würde. Sigurd blieb stur! Zu groß war die Demütigung, die Gerhild ihm zugefügt hatte. „Es ist alles gesagt, Grit! Nur eines noch! Wäre ich Häuptling in diesem Fjord, so würde ich das Weib davonjagen, auf dass der kleine Bjarne ihr niemals begegnen möge!"

„Du bist ein harter Mann, Sigurd Svensson! Mögen die Götter dir deine Hartherzigkeit vergeben!" Sie erhob sich und verließ unter den Blicken der Anwesenden das Haus.

*

Mit dem Wohlwollen König Harald Blauzahns, dem Herrscher der Dänen, hatte der Ladejarl Hakon in den letzten vier Sommern seine Macht in Westnorwegen gefestigt. Doch nun, die Priester schrieben das Jahr 975 n. Chr., begann die Treue des Norwegers zu seinem Gönner zu zerbrechen. Der König der Dänen war ein Verfechter des neuen Christenglaubens geworden, er hatte sich taufen lassen und viele Mönche und Priester aus Franken und dem Reich des deutschen Kaisers, seinem Lehnsherrn, in sein Land geholt. Diese bauten nun eifrig ihre Kirchen und verbreiteten den neuen Glauben mit Hilfe des königlichen Schwertes unter dem Volk. So verlangte Harald auch von seinen Lehnsmännern, dass sie den wahren Glauben annehmen sollten. Hakon aber war fest im Glauben an die alten Götter des Nordens verwurzelt, und er war überzeugt davon, dass ihm Odin so viel Heil schenken würde, dass er dem Dänen trotzen könnte.

Regen zog über das Land! Erst nur ein Schauer, der Wiesen und Felder aufweichte und der Wege in kaum begehbaren Matsch verwandelte. Dann kam der lang anhaltende Landregen, der durch jede Faser der Kleidung drang, und obwohl der Mond nach dem Erntemonat schon fast wieder seinen vollen Umfang erreicht hatte, war es kaum noch warm, und eine unangenehme Kühle machte sich breit. Da kamen einige Männer auf den Hof der Krieger. Es waren Leute aus der Siedlung, aber auch Bauern und Pelzjäger aus dem Hinterland. So hatte sich auch Gunnar, der Mann der

Gerda, ihnen angeschlossen, und er schien auch die treibende Kraft bei dem Ansinnen der Männer zu sein.

Sigurd trat aus dem Haus und begrüßte die Besucher mit großer Herzlichkeit. Seine Einladung, auf ein Bier in das Haus einzutreten, schlugen die Männer aber aus. Was sie zu sagen hätten, bedürfe wenig Zeit. Einer trat aus der Menge hervor und sprach: „Sigurd Svensson! Die Menschen in diesem Fjord, der den Namen deiner Ahnen trägt, da sie es waren, die als Erste hier siedelten, sind nun ohne Führung. Du bist der Sohn unseres Häuptlings, der nun bei Odin in Asgard weilt." Der Mann, dessen Name Knut Gandalfsson war und der sicher doppelt so viele Winter wie Sigurd erlebt hatte, kam aus dem bergigen Hinterland des Fjordes, wo er mit seiner Sippe einen Hof bewirtschaftete. Er war als Sprecher der Bauern und Viehzüchter aus den Bergen entsandt worden. „Es ist nun an der Zeit, dass wir uns versammeln, denn der Mond wird bald rund sein, und der Fjordgau braucht einen Häuptling."

„Ist das der Grund, aus dem ihr so zahlreich auf meinen Hof gekommen seid?", fragte Sigurd ein wenig erstaunt. „Ich verstehe aber nicht, warum ihr mir das erzählt!"

Da trat Gandolf vor, der der Sohn des Waldbauern Knut war, und der gerade einmal um zwei Winter älter war als sein Gegenüber. „Du sollst unser Häuptling sein, Sigurd!"

„Ich?" Sigurd war überrascht, denn er selbst hätte nicht daran geglaubt, einmal Oberhaupt der Siedlung zu werden. „Ich hätte geglaubt, ihr haltet mich für zu jung, um euer Häuptling zu sein."

„So! Wer sagt so etwas?" Gunnar ergriff nun das Wort. Er war der Mann, der Sigurd am besten als Anführer kannte, fuhr er doch schließlich unter dessen Befehl auf dem Wogendrachen. „Du bist unter all den Bauern und Handwerkern sicher der Mann mit der nötigen Erfahrung, die ein Anführer haben muss. Das ist keine Frage des

Alters." „Er muss es ja wissen, denn er fährt unter deinem Befehl", sprach Gandolf überzeugt. „Außerdem entstammst du der Sippe derer, die schon immer Häuptlinge in diesem Fjord waren. Deine Geburt hat dich also dazu bestimmt!" „All die Männer, die heute auf diesen Hof kamen, sind dieser Ansicht, und sie stehen hinter dir, Sigurd Svensson! Und nicht nur sie!" Knut stimmte den Worten seines Sohnes bei und brachte den Tröndner zum Grübeln, denn er war einer der Älteren und doch bereit, dem weit jüngeren Sigurd die Gefolgschaft zu schwören. „Dein Heil der Götter ist groß! Nur dir gebührt es, unser Häuptling zu sein!"

„Ich schlage dir vor, Sigurd, bewohne den Hof deines Vaters, er ist schließlich dein Eigentum, und so bist du näher am Dorf. Lass den Hof der Krieger deinen Männern, die mit dir auf dem Wogendrachen fahren", schlug Gunnar vor. „Außerdem ist der Weg zu meinem Weib, der Amme des Bjarne, nicht mehr weit."

Der Vorschlag des Gunnar gefiel dem Sigurd nicht schlecht, trennte doch nur das kleine Wäldchen den Hof des Sven vom Dorf. Sollten doch die Krieger, die ohne Familie waren, weiterhin auf dem alten Hof leben. Die aber, die einen eigenen Hausstand und eine Familie gründen wollten, sollten sich im Dorf niederlassen. Sigurd erbat sich eine Bedenkzeit, auch um sich mit seiner Gefolgschaft zu bereden. Damit zeigten sich die Männer um Gunnar einverstanden, und kaum hatten sie den Hof verlassen, sammelte Sigurd sein Gefolge um sich, um die Lage zu besprechen. Obwohl er sich dem Vorschlag nicht abgeneigt zeigte, fragte er sich doch, ob das Band zwischen ihm und den Kriegern fest genug geknüpft war. Was würde geschehen, wenn er nicht mehr direkt unter ihnen weilen würde, schließlich waren sie freie Seeschäumer und konnten gehen, wohin sie wollten? Groß waren seine Zweifel, denn es gab keinen unter den Männern, den er missen wollte.

Fragend sah der Anführer der Wikingerschar zu seinem väterlichen Freund Björn hinüber, nachdem er diesem erzählt hatte, worum es ging, und der Gelbhaar nickte zustimmend. Doch Sigurds Sorge war wohl auch unbegründet, denn die Männer waren stolz darauf, dass ihr Anführer der Häuptling dieser Siedlung werden sollte, und einige gaben auch kund, dass sie in der Tat daran dachten, einen eigenen Hausstand zu gründen.

Schon am folgenden Tag, es war noch recht früh und ein frischer Wind wehte um das Haus, da trat Sigurd ins Freie, nahm sich ein Pferd aus dem Stall, sattelte auf und ritt den schmalen Pfad entlang, der zum Dorf führte. Bald erreichte er das kleine Wäldchen und trieb seinen Braungescheckten den Weg durch den Hain zum Hof seines Vaters, der nun sein Eigentum war. Seit dem Tage seiner Ankunft, dem Tage, an dem er vom Tode seiner Gesippen erfahren hatte, hatte er das Gehöft nicht mehr betreten. Das wenige Vieh, das von den fremden Wikingern zurückgelassen worden war, versorgte ein Knecht, ein Sklave namens Pokas, der aus dem Pommernland stammte. Während des Überfalls war ihm die Flucht gelungen, doch er war auf den Hof zurückgekehrt.

Er hätte ein freier Mann sein können, das wusste der Slawe wohl, doch wo sollte er schon hingehen? Es war ihm gut ergangen, solang er auf dem Hof des Sven gelebt hatte, und er hatte als Sklave auch schon schlimmere Herren erlebt. Sicher hätte man ihn sowieso eingefangen, denn der Weg in seine Heimat war weit, sehr weit. So entschied er sich zurückzukehren, um das zu tun, was in den letzten Jahren seine Aufgabe gewesen war. Und er hatte wirklich noch Vieh vorgefunden, das die Dorfbewohner nicht aufgefressen hatten. Scheinbar ahnten sie schon längst, dass Sigurd Herr in dem großen Langhaus werden würde, und sie wollten diesen nicht erzürnen.

Der Hof, das Langhaus und auch die Nebengebäude waren in einem guten Zustand, denn zu Sigurds Verwunderung hatten die fremden Wikinger sie nicht, wie es bei Überfällen oft vorkam, dem Feuer übergeben. Vieles hatte auch der Sklave bereits gerichtet und gesäubert, nur einige geborstene Türen bedurften noch der Reparatur.

„Wie nach einem Überfall sieht es hier nicht gerade aus", stellte Björn fest, der an der Seite seines jungen Freundes das Langhaus betreten hatte. „Ich habe es aufgeräumt", sagte der Sklave, und Sigurd legte ihm fast freundschaftlich seine Hand auf die Schulter. „Warst schon immer ein treuer und guter Mann, Pokas! Ich kenne ihn schon, seit ich noch ein Knabe war." Sigurd war sichtlich stolz darauf, dass Pokas es vorgezogen hatte, nicht zu fliehen. Björn nickte nur, ihn schien der Sklave nicht wirklich zu interessieren. „Ich frage mich, wer es gewesen sein könnte?"
Björn staunte nicht schlecht über die große Methalle, in die sie eingetreten waren, und an die sich im hinteren Bereich noch einige Wohnräume anschlossen. Eigentlich war dies ein Langhaus, das einem Jarl alle Ehre machte, und Björn fand, dass es für einen kleinen Fjordhäuptling wie Sven viel zu groß war.
„Mir geht es nicht anders, Björn", entgegnete Sigurd. „Das Dorf liegt weit im Inneren des Fjordes und noch dazu hoch im Norden, was glaubten die Kerle hier zu finden?"
Eine längliche Feuerstelle zog sich inmitten der Halle entlang. An den Längsseiten befanden sich die üblichen Podeste, vor denen die Tische standen. Am Ende der Tischreihen stand ein hölzerner Hochstuhl, der reichlich mit Schnitzereien verziert war, die Darstellungen von Drachen und dem Kampf der Götter gegen die Riesen zeigten. Es war der Stuhl des Häuptlings, der schon dem Vater des Sven als

Sitz gedient hatte, geschnitzt von einem Meister, der längst nicht mehr in Midgard weilte.

Sigurd schritt durch die Halle in den hinteren Teil des Gebäudes, durch den Bereich, in dem ein Kamin stand, über dessen Feuerstelle immer noch ein Kessel hing, in dem seine Mutter oder die Magd die Grütze für die Familie gekocht hatte. Dann betrat er, gefolgt von Björn, die Kammer, die er einst als Knabe gemeinsam mit dem Eirik bewohnt hatte. „Plagen dich die Erinnerungen?", fragte der Gelbhaar, dem das traurige Gesicht des Tröndners zeigte, dass in dessen Inneren ein Kampf tobte. Sigurd nickte, ging durch den Raum, der sich in all den Jahren kaum verändert hatte. Die zwei Bettgestelle mit den alten strohgefüllten Matratzen standen, genau wie die große Truhe, immer noch an der gleichen Stelle. „Auch wenn man dich nicht so behandelt hat, wie du es dir gewünscht hättest, so ist dies doch dein Zuhause."

Pokas war in den Raum getreten und wandte seine Worte an seinen neuen Herrn Sigurd, und er erahnte die Gedanken des Mannes, den er schon als Kind und heranwachsenden Burschen kannte, hatte er doch die Zeiten selbst miterlebt. „Du bist der wahre Herr dieses Fjordes, und die Bewohner wissen das! Sigurd, du wirst ein besserer Häuptling sein als es Sven je war, denn du weißt die Menschen zu führen und du bist ein Krieger, der sich nicht schlachten lässt wie ein Hammel!" Doch an seinem Gesicht sah Björn, dass Sigurd immer noch mit sich rang. „Glaube mir, die Nornen haben es so vorbestimmt, und du kannst dich nicht gegen dein Schicksal wehren!" Er legte dem Freund seine Hand auf die Schulter, sprach mit ihm, wie es sonst wohl nur ein Vater tun würde. „Hier soll unser aller Heimat sein. In diesem Fjord wird der Ort sein, an den wir heimkehren können, egal, wohin es uns einmal verschlägt. Und du, Sigurd, wirst unser Häuptling sein!"

Noch am selben Tag begannen die Arbeiten auf dem Hof,
und als der Mond seine ganze Fülle erreicht hatte, konnten
die Männer ihre Hämmer und Äxte beiseite legen.

Das Langhaus mit der Methalle erstrahlte in neuem Glanz,
bereit, um darin Feste zu feiern. Zu beiden Seiten des
Giebels prangten nun geschnitzte Drachenköpfe, und auch
der große Türstock zeigte nun feinste nordische
Schnitzkunst.

Ein Gesindehaus für Knechte, Mägde und Sklaven war
errichtet worden, und die Ställe waren bereit, dem neuen
Vieh des Hofes Unterkunft zu sein.

*

11. Häuptling im Fjord

S chon von Weitem sah man in der Dunkelheit den Fackelschein, der sich einer glühenden Schlange gleich auf den Hof zubewegte. Ein helles Licht erleuchtete das kleine Wäldchen, und ein anderes schlängelte sich von Osten, den Weg aus dem Hinterland kommend, auf den Hof zu. Es waren viele Menschen, die kamen, da man sie, wie in den Jahren vorher schon, in jener Zeit, in der die Blätter fielen, zu einem Thing auf den Hof des Häuptlings eingeladen hatte. Also hatten sie auch in diesem Jahr den Hof zum Thingplatz erwählt. Vielleicht waren es ja auch Gunnar und die anderen Männer, die in weiser Voraussicht dafür gesorgt hatten, dass der Brauch beibehalten wurde. Außerdem ging es in diesem Jahr darum, einen neuen Anführer zu wählen, und dieser sollte nach deren Wille ja Sigurd werden.

Ein kühler Wind wehte und trieb die grauen Wolkenfetzen schnell über den Abendhimmel, sodass immer wieder der hell erleuchtete Mond zum Vorschein kam und sein fahles Licht auf den Platz vor dem Langhaus warf. Zu viele Leute waren gekommen, als dass Sigurd sie hätte in die Methalle einladen können. Außerdem fehlte es ihm noch an Gesinde, um die Gäste angemessen zu bewirten.
Ein großes Feuer wurde auf dem Platz entfacht, und die Männer des Fjordgaus sammelten sich in einem großen Kreis darum: Die Frauen, die die Neugier zum Thing gelockt hatte, blieben im Hintergrund stehen. Sie hatten weder ein Stimmrecht noch war es ihnen erlaubt, beim Thing das Wort zu ergreifen. Gunnar, der zuvor schon mit Knut Gandolfsson ein Opfer für die Götter dargebracht hatte, trat als Sprecher des Dorfes aus der Menge. Knut als

der Vertreter der Bewohner des Hinterlandes. Beide hoben ihre Arme zum Himmel und sprachen abwechselnd Worte, die an Odin, Thor und die anderen Götter in Asgard gerichtet waren, auf dass diese sich ihrer Bitten annehmen und eine weise Entscheidung herbeiführen sollten.

Dann wandte sich Knut an all die Männer, die sich um das Feuer versammelt hatten. „Sven Sigurdsson, unser Häuptling, ist nach Walhalla gegangen! In dieser Nacht ist der Mond rund und voll, und es ist an der Zeit, dass wir einen neuen Häuptling wählen." Es war still geworden auf dem Platz, und nur das Knacken und Knistern des Feuers war außer der Stimme des Knut zu hören. „Wer soll der Mann sein, der uns fortan führen wird? Wer wird von Odin mit soviel Heil beschenkt, das er Böses von uns abwenden kann und uns den Reichtum in unseren Fjord bringt?"

Nun wurden einige Namen gerufen, doch ein Name erklang immer wieder und am lautesten.

Sigurd!

Der Reihe nach rief Gunnar nun die Namen derer, die vorgeschlagen waren, und die Hände der Umstehenden hoben sich und senkten sich auch wieder. Bei einem Namen brach sogar ein offener Streit aus, der geschlichtet werden musste. Als Gunnar aber den Namen Sigurds rief, herrschte schnell Einigkeit, und viele Hände hoben sich. Nur einer beschwerte sich lautstark und wetterte gegen die Sippe des alten Häuptlings. Doch durch die Schläge einiger zorniger Dorfbewohner war der Mann schnell mundtot gemacht.

Die Wahl des Häuptlings und somit auch neuen Thingsprechers war entschieden, und Sigurd willigte ein, der neue Anführer im Sigurdfjord sein zu wollen.

Da drängte sich ein Weib durch die Reihen und rief laut mit zitternder Stimme: „Sigurd darf nicht der Anführer sein! Er trägt die Schuld am Tode seiner Gesippen und vieler unserer Freunde! Odin hat sich von ihm abgewandt!"

Murren wurde laut in den Reihen, und diejenigen, die schon mit der Führung des Sven nicht einverstanden gewesen waren, taten nun erneut ihren Unmut kund. Waren sie etwa zu voreilig mit ihrer Wahl gewesen? „Was wäre der Kerl für ein Häuptling, der sich auf dem Meer herumtreibt und uns schutzlos den Feinden überlässt?"

„Gerhild, schweig! Du darfst hier nicht sprechen!", rief Gunnar äußerst verärgert über die Dreistigkeit des Weibes. Doch Gerhild schwieg nicht. Mit zitternder, ja keifender Stimme rief sie wütend: „Er nahm mir mein Kind! Er tötete meinen kleinen Sven und nahm mir meinen Bjarne!"

Nun kam Unruhe auf, und einige Leute stimmten den Worten der Gerhild zu. Meist waren es Frauen, Mütter, die Mitleid für das Weib empfanden. Andere aber verlangten lautstark, sie solle endlich Schweigen.

„Ehebrecherin! Hure des Eirik Svensson, verschwinde von hier, bevor wir dich im Moor versenken!", platzte es nun zornig aus dem Knecht Knut heraus, und nun wandte sich die Stimmung plötzlich gegen das untreue Weib, und die Tochter des Bjarni verschwand fluchend im Dunkel der Nacht.

Die Entscheidung war gefallen! Sigurd, der Sohn des Sven, sollte der neue Häuptling sein. Und als Gunnar dies nun mit endgültigen Worten verkündete, war der Jubel groß.

Sigurd hatte sich schnell wieder eingelebt auf dem Hof, der seit seiner Geburt sein Heim gewesen war. Oft dachte er in diesen Tagen an seine Eltern und auch an seinen Bruder Eirik, den zu hassen er leid war. Die Götter hatten ihren Willen durchgesetzt, hatten dem alten Odalrecht seine Gültigkeit zurückgegeben und ihn zum Herrn auf dem Hof gemacht. Doch der Preis dafür war der Verlust seiner Gesippen und der seines Weibes. Einundzwanzig Sommer und Winter zählte Sigurd nun, und er hatte die Erkenntnis gewonnen, dass der Wille der Götter oft sehr wankelmütig sein konnte. Draußen auf See und im Kampf spendeten sie ihm großes Heil, machten ihn stark und schenkten ihm die Gabe, seiner Gefolgschaft ein guter Anführer zu sein. Doch das Recht, eine Familie zu besitzen, nahmen sie ihm, denn weder ein Weib noch andere Gesippen waren ihm noch auf dieser Welt geblieben. So glaubte Sigurd.

Häuptling war er nun und der Besitzer eines großen Hofes, dem es allerdings an Vieh, Knechten, Mägden und Sklaven, also an allem, was einen reichen Mann ausmachte, fehlte.

Dann kam endgültig die Zeit des fallenden Laubes und dunkle Wolken, gefärbt in vielen Grautönen, verhüllten die Sonne, verweigerten ihren hellen Strahlen den Weg zur Erde. Und Thor ließ seinen Hammer kreisen, machte seinem Namen als Donnergott alle Ehre, ließ grelle Blitze aus dem Himmel zu Boden fahren, um den Menschen in Erinnerung zu rufen, dass sie den Göttern Ehrfurcht und Demut schuldig waren. Der Wind wurde stärker, und immer öfter zogen nun heftige Stürme über das Land am Nordweg.

Sigurd legte einen kleinen, ledernen Beutel auf den Tisch, um den sich einige Freunde versammelt hatten. In dem Beutel befanden sich einige Silber- und Goldstücke, mehrere goldene Zähne, die ihre Besitzer dort, wo sie nun waren, nicht mehr brauchen konnten und drei silberne Ringe. „Mehr besitze ich nicht", sagte Sigurd ein wenig enttäuscht, als der Rest seines Reichtums auf die Tischplatte klimperte.

„Damit werde ich in das Hinterland und nach Lade auf den Markt ziehen, um Vieh und Sklaven zu kaufen." Er hätte sich die Sklaven auch in anderen Ländern rauben können, doch diese Menschen waren noch wild, hingen an ihrer

Freiheit, hatten sich noch nicht in ihr Schicksal ergeben und brauchten daher gute Bewachung.

Sigurd war großzügig gewesen und hatte neben den beiden Sklaven Lubomir und Danika nur ein Drittel von dem, was in den Ställen und dem Lagerhaus auf dem Hof der Krieger war, mit auf sein neues Gehöft genommen.

Doch dies reichte sicher nicht aus, den kommenden Winter zu überstehen. Außerdem brauchte er das Korn als Saatgut, um im nächsten Jahr sein Feld zu bestellen.

„Das ist mal eine schöne Abwechslung", pflichtete Thorkill Ormsson dem Sigurd bei. „Ich werde dich auf deiner Reise begleiten, wenn es dir recht ist." Sigurd nickte und sah in die Runde. „Thorfinn und Rögnvald?", fragte er knapp, und auch diese beiden waren einverstanden, mit Sigurd zu gehen.

So brach zwei Tage später eine kleine Gruppe von Reitern in das Hinterland des Fjordes auf. Es regnete heftig, ein kühler Wind strich den Männern durch ihre nasse Kleidung und ließ die Umhänge wild flattern. Über Berge und durch mit dichtem Wald bewachsene Täler ritten sie. Überquerten Wiesen, auf denen Schafe grasten, und erreichten bald das erste Gehöft. Doch wie Sigurd es erwartet hatte, war kaum ein Bauer bereit, zu dieser Zeit sein Vieh abzugeben.

Die Züchter hatten ihr Vieh bereits auf den Märkten verkauft, und nur noch die Tiere, die im nächsten Jahr zum Aufbau neuer Herden dienten oder die für den eigenen Gebrauch bestimmt waren, blieben noch auf den Weiden und in den Ställen. Schließlich stand die kalte Jahreszeit bevor, und wenn erst der Winter das Land in seinen eisigen Krallen hielt, war jedes Stück Fleisch und jedes Roggenkorn mehr Wert als ein Beutel voll Gold oder Silberlinge.

So zogen die Reiter von Hof zu Hof, immer weiter, bis nach Osten in das Gebirge an der Grenze zum Reich der Schweden.

„Es ist doch ohne Sinn und Verstand, noch weiter zu ziehen", ereiferte sich Thorkill und war bereits ein wenig verärgert über seine Entscheidung, den Sigurd zu begleiten. Ihn und auch die beiden anderen zog es nach Lade in die Handelsstadt am Nid, dorthin wo Jarl Hakon residierte und wo es Wirtshäuser und Huren gab.

„Ich muss Thorkill zustimmen", sprach Rögnvald und hätte sich einen Platz an einem wärmenden Feuer in einer gemütlichen Kaschemme gewünscht.

Es war Abend geworden, und sie hatten mit feuchtem Holz und viel Mühe ein Feuer entfacht. Nun saßen die Männer unter einem Felsvorsprung und wärmten ihre klammen Glieder. Dies war ein guter Platz, sich in die Decken zu hüllen und auf den nächsten Tag zu warten.

„Lass uns endlich nach Lade gehen! Auf dem Markt bekommen wir sicher noch, wonach wir suchen."

Der Schwede stocherte in der Glut, dass es zu knistern und knacken begann. Er konnte sich ein lüsternes Grinsen nicht verkneifen. „Da gibt es auch Weiber, Bier und vor allem heißen Met." Sigurd schüttelte fast schon mitleidig seinen Kopf. „Ich habe es geahnt, dass du dich uns nur deshalb angeschlossen hast! Es war die Vergnügungssucht, die dich trieb. Die Gier nach den festen Schenkeln eines Weibes!" Er begann zu lachen, konnte und wollte dem Schweden aber nicht böse sein. „Ach! Weiber findest du doch auch im Sigurdfjord. Sklavinnen gibt es doch auf jedem Hof", sagte Thorfinn, und der Schwede schüttelte seinen blonden Schopf. „Die kenne ich schon alle, und die Mägde haben alle nur feste Absichten." Er begann zu grinsen. „Aber eine Hure will selten dein Weib werden!" Er seufzte laut. „Stattdessen hocken wir unter diesem riesigen Stein und suchen nach…."

„Ich höre in meinem Ohr schon das Gelächter aus Asgard schallen", unterbrach ihn Thorfinn mit enttäuschtem Blick.

„Da sitzen die bärtigen Kerle um Odin versammelt und schlagen sich vor Lachen auf die Schenkel, weil wir so blöd sind, anstatt an den warmen Titten eines Weibes zu liegen, hier im Gebirge herum ziehen, um etwas Vieh zu kaufen, das wir in Lade ebenso bekommen hätten!"

„Ja, ja!" Sigurd verging langsam der Spaß. „Hier ganz in der Nähe weiß ich noch einen Hof. Wenn wir dort kein Vieh bekommen, ziehen wir in den Trondheimfjord nach Lade."

Er stupste den Rögnvald mit seinem Ellenbogen an.

„Weiber und Bier, mein Freund", dabei zog er schelmisch eine Augenbraue hoch.

„Habe ich recht gehört? Ganz in der Nähe dieses feuchten, kalten Lagerplatzes ist ein Hof?", fragte Thorfinn empört.

„Ein Hof mit einem warmen Haus und etwas Gutem zu essen vielleicht?" Da begannen die vier frierenden Männer lauthals über ihre eigene Dummheit zu lachen.

Der Hof gehörte dem Bauern und Viehzüchter Tyrgeir, dessen Vieh im ganzen Fjord und weit darüber hinaus gelobt wurde, und dieser war sogar hoch erfreut, als die Besucher vor sein Haus traten.

Nicht oft kamen Menschen auf sein einsames Gehöft. Meist war er es, der in das Dorf hinab ging, um zu kaufen, was man so im Alltag brauchte. So lebte die Familie hier in den Bergen recht zurückgezogen.

Das Haus war groß, mit einem geschnitzten Drachenkopf am First und einem mit Grassoden gedeckten Dach. Tyrgeir verkaufte sein Vieh bis nach Lade und war nicht arm, daher besaß er auch das große Haus, obwohl dies, wie Rögnvald fand, völliger Blödsinn war. Wer sollte es bewundern, wenn sich niemand hierher verirrte?

Für einen Mann, der die Nacht in Regen und Kälte verbracht hatte, war es einladend und mutete heimelig an. Sigurd trat an die Schwelle des Hauses und stellte sich und seine Männer dem Hausherrn vor, da Tyrgeir nicht auf dem letzten Thing zugegen gewesen war. Doch der Bauer war gut informiert über alles, was im Dorf vor sich ging, und so freute er sich darüber, dass der neue Häuptling der Siedlung nun sein Gast war. Er begann von einem Ohr zum anderen zu grinsen. „Sigurd Svensson! Zuletzt sah ich dich, als du noch ein kleiner Knabe warst", sagte der Tyrgeir und sah belustigt, dass Sigurd keine Ahnung hatte, wovon er sprach. „Wie ich sehe, ist ein stattlicher Mann aus dir geworden. Ein Häuptling sogar, wie mir zu Ohren kam."

Rögnvald musste sich abwenden, sonst hätte er sein Lachen laut hinausgeprustet. Er fand die Situation urkomisch und wartete nur darauf, dass der Bauer dem kleinen Sigurd herzhaft in die Wange kniff, so, wie es die alten Weiber bei Kindern gerne taten.

„Du solltest öfter in die Siedlung kommen, Tyrgeir", empfahl Sigurd dem Bergbauern, doch dieser winkte dankend ab. „Zu viele Menschen für meinen Geschmack. Zuviel Streit, Neid und Zwietracht überall. Nein, das gefällt mir nicht!" Der Tyrgeir mit seinem langen, ergrauten Bart und den kurz geschnittenen dunkelblonden Haaren schüttelte heftig seinen Kopf. „Nun kommt ins Haus und seid als Gäste willkommen an meinem Tisch. Es gibt sicher viel zu erzählen. Meine Familie wird sich freuen, einmal ein anderes Gesicht zu sehen als das meine!"

Wie Tyrgeir es sagte, so war es auch. Gudrun, sein Weib, empfing die Besucher mit einem freudigen Aufschrei. Sie und die jüngste von vier Töchtern waren mit der Arbeit im Haus beschäftigt. Alle anderen Sprösslinge waren auf dem Hof, in den Ställen und auf den Weiden, um ihrer Arbeit nachzugehen.

Tyrgeir bewirtete seine Gäste so gut, dass Sigurd staunte. Ein Jarl oder Häuptling hätte es sicher nicht besser gekonnt. Waren doch die Bauern des Hinterlandes oft arm oder einfach nur sehr geizig. Nicht aber Tyrgeir!

Es kamen so selten Besucher in diese Einöde, dass er es sich nicht nehmen ließ, freigiebig aufzutischen. Und die vier Männer ließen es sich gut gehen, sie erzählten von den Neuigkeiten aus der Siedlung und von dem, was sonst noch geschah. Sie aßen und tranken reichlich.

Nach und nach kamen auch die anderen Bewohner des Hofes in das Haus. Sie hatten ihre Arbeit unterbrochen, denn der Hunger trieb sie an den Tisch des Hauses. Alle Kinder des Tyrgeir und der Gudrun, es waren fünf an der Zahl, gehörten noch zum Hausstand und halfen auf dem Hof. Sklaven hatte der Bauer keine, obwohl er sie sich gut hätte leisten können. Tyrgeir behielt lieber die Nachkommenschaft an seiner Seite, obwohl die ältesten Töchter Tyra und Frija mit neunzehn und zwanzig Wintern dem heiratsfähigen Alter schon fast entwachsen waren. Der einzige Sohn des Tyrgeir und dessen Zwillingsschwester zählten siebzehn Sommer und Winter. Und genau dieses junge Weib, ihr Name war Idun, schien die Aufmerksamkeit des Thorkill Ormsson auf sich gezogen zu haben. Die junge Frau saß dem Schmied am Tisch gegenüber, und sein Blick ruhte auf ihrem Antlitz, als wäre dieser dort festgenagelt. Sie hatte ein hübsches, noch sehr mädchenhaftes Gesicht, und ihr Haar, braun mit einem leichten Schimmer von rot, hing zu Zöpfen geflochten an ihrem Rücken hinunter. Idun war sehr gut gewachsen, mit allen Rundungen, die ein Mann an einem Weib so schätzte, und sie schien kräftig zu sein, keine Arbeit scheuend.

Da die jungen Frauen allesamt unverheiratet waren und sie selten fremde Männer zu Gesicht bekamen, schien ihr Interesse an den Besuchern groß zu sein, und Tyrgeir ließ sie gewähren, in der Hoffnung, dass vielleicht ein weiterer Mann auf den Hof käme. Ein Schwiegersohn war ihm allemal lieber, als Sklaven für die Arbeit zu kaufen.

Den Gedanken, dass seine Töchter den Hof eines Tages verlassen würden, verdrängte der Bauer einfach. Wo sollten sie auch hingehen?

Sigurd tätigte seine Geschäfte mit dem Viehzüchter, kaufte eine Kuh und mehrere Schafe. Mehr konnte Tyrgeir nicht entbehren, denn eigentlich hatte er sein Vieh bereits in Lade auf dem Markt verkauft. Den Sigurd aber wollte er ungern mit leeren Händen von seinem Hof ziehen lassen.

Es wurde noch lange geredet und gesoffen in dieser Nacht. Die Töchter der Gudrun kümmerten sich mehr als gastfreundlich um die betrunkenen Besucher, sogar Sigurd wurde von Tyra verfolgt, wenn er das Haus verließ, um sich zu erleichtern. So war es wohl unvermeidlich, dass die älteste Tochter ihre Beine um den Leib des Häuptlings schlang, um von ihm geliebt zu werden.

Spät in der Nacht, als endlich alle ihre Ruhe fanden, schlichen zwei Schatten durch die Dunkelheit und verschwanden in einem der Ställe.

Das dauerhafte Trommeln der dicken Tropfen eines kräftigen Regenschauers und das gleichmäßige Plätschern des Wassers, das vom Giebel in ein Fass an der Hauswand tropfte, ließ den Häuptling des Sigurdfjordes früh erwachen, und es erinnerte ihn daran, wie viel Bier er am vergangenen Abend getrunken hatte. Er erhob sich von den weichen Fellen, die die Frauen um die Feuerstelle des Hauses gelegt hatten, und auf denen er in den Armen der Tyra einen tiefen Schlaf gefunden hatte. Trotz der drängenden, sich wiederholenden Annäherungen der Tyra, dreimal hatte er es der ältesten Tochter des Bauern besorgt, war Sigurd irgendwann in einen ohnmächtigen Schlaf gefallen. Nur das verärgerte Fluchen des Weibes klang noch durch einen dichten Schleier an sein Ohr. „Versoffener Schlappschwanz!"

Leise schlich er aus dem Haus ins Freie. Drängte sich dicht an der Hauswand entlang und verschwand dann in den hohen Büschen, um dort Erleichterung zu finden. Als er zurück zum Eingang des Hauses kam, traf er auf Thorkill und Idun, die wohl die Nacht in dem Stall verbracht hatten, ohne dass es irgendjemandem aufgefallen war.

Der Rotschopf grinste nur, und Idun legte ihren Finger auf den Mund. Sigurd verstand die Aufforderung zu schweigen und nickte.

Ein grauer Himmel ließ erahnen, dass der Tag nicht besser werden würde als der vergangene. Wenigstens hatte es zu regnen aufgehört. Doch der Boden war nass und matschig, so würde der Heimweg an die Küste für Mensch und Vieh sicher anstrengend werden. Die vier Männer hatten noch einmal ein ausgiebiges Morgenmahl zu sich genommen, hatten sich von der Familie des Tyrgeir verabschiedet und waren aufgebrochen.

Sie zogen gen Süden, und nach einer Weile trennten sie sich von Thorfinn, der mit dem Vieh den Weg nach Westen einschlug, um dieses auf den Hof des Sigurd zu bringen. Besonders erfreut war er nicht über die Entscheidung seines Anführers, hatte er sich doch auf den Spaß in Lade gefreut. „Wegen dieser dämlichen Kuh und einer Handvoll blökender Schafe entgehen mir die Huren von Lade", meckerte der Däne verärgert. „Gib dich zufrieden mit dem, was dir die Töchter des Tyrgeir boten", mahnte Sigurd den Thorfinn, der sich an dem Abend nicht nur mit der Frija, sondern auch mit der jüngsten Tochter des Viehbauern eingelassen hatte. „Suche dir im Dorf eine nette Magd oder eine Sklavin, dann kommst du auch noch einmal zu deinem Vergnügen", versuchte der Thorkill den Gefährten zu trösten. „Ach, das ist doch nicht dasselbe. Die Weiber in der Siedlung sind danach so anhänglich." Er schüttelte den Kopf und gab einen grunzenden Laut von sich. „Da sind mir die Huren lieber. Die verstehen ihr Handwerk, und wenn du es ihnen besorgt hast, bist du sie wieder los!"

Als er schon ein ganzes Stück entfernt war, konnten Sigurd, Rögnvald und Thorkill den Thorfinn immer noch zetern hören.

Bald schon erreichten sie einen breiten Pfad, und nach einer Weile sahen sie den Fluss Nid, an dessen Ufer der Weg nach Lade führte. Sie folgten seinem Lauf hinab in den großen Trondheimfjord, schließlich standen sie irgendwann auf einem Hügel und sahen auf die Stadt Lade hinab. Sie war der größte Handelsplatz im Norden, besaß einen großen Hafen, der in einer kleinen Bucht der Stadt vorgelagert war. Beherrscht wurde die Stadt durch eine große hölzerne Festung, dem Sitz des Jarl Hakon, einem Vasall des Dänenkönigs Harald Blauzahn. Da sich Harald aber wenig um seine norwegischen Gaue kümmerte, besonders das Tröndelag schien ihm einerlei zu sein, hatte Hakon mit der Zeit die Macht eines Kleinkönigs erlangt.

Es dämmerte bereits, als sie, ihre Pferde an den Zügeln führend, durch die mit Fackeln beleuchteten Gassen schritten. Gesäumt von hölzernen Hütten, die, je weiter sie in den Stadtkern vordrangen, immer größer und prächtiger wurden, erreichten die Gefährten den Marktplatz. Dieser lag nicht weit der Festung des Jarl Hakon und war mit seinen hier ansässigen Handwerkern und Händlern der Mittelpunkt des Handelsplatzes.

Um aber die Hurenhäuser und Kaschemmen zu finden, mussten sie in den Hafen gehen. Und da Sigurd bei dem Rögnvald im Wort stand, kehrten sie in eines der Häuser ein und ließen sich bewirten. Der Tröndner und auch Thorkill hatten sich an einem der Tische niedergelassen.

Der Schwede Rögnvald dagegen war schon im Getümmel zwischen betrunkenen Kerlen und freizügigen Weibern verschwunden. Kaum hatte Sigurd Platz genommen, stellte ihm ein Weib einen Krug gefüllt mit Bier auf den Tisch und setzte sich an seine Seite. Sie war sicherlich, wie die meisten Huren hier, eine Sklavin, eine Geraubte, oder sie war eine der wenigen Weiber der untersten Schicht, die so ihren Lebensunterhalt verdiente.

Das Weib an Sigurds Seite hatte kastanienbraunes Haar, und sie roch angenehm nach Honig, wie der Tröndner fand. Sie war ein ausgesprochen ansehnliches Weib aus dem Reich der Sachsen, nicht zu mager und auch nicht zu fett. Die Hure schien lange genug Sklavin zu sein, als dass sie inzwischen wohl Gefallen an dieser Art von Arbeit gefunden hatte. Schließlich gab es für Sklaven weitaus schlimmere Dinge zu tun. Doch sicher täuschte er sich, und sie gaukelte ihm ihre Zuneigung nur vor. Vielleicht war es aber auch so, dass ihr der junge Mann gefiel, denn sie ließ kaum Zeit vergehen, bis sie mit ihrem Handwerk begann und ihre flinken Finger dafür sorgten, dass sie beim Sigurd aufsitzen konnte. Kaum hatte sie ihren Rock nach oben gerafft, waren dem Wikinger seine Gedanken auch schon egal, denn eines war jedenfalls glasklar, sie wusste, was sie tat.

Keinen der Anwesenden störte es, das der Kerl dieses Weib im Schankraum vögelte, denn die meisten taten ja ähnliches. Grabschten und soffen, wurden auf die eine oder andere Art befriedigt. Der wilde Ritt des Sachsenweibes trieb dem Sigurd die Schweißperlen auf die Stirn, so griff er immer wieder zu seinem Becher und trank, ließ ihn von einem halbnackten Weib füllen, das durch den Schankraum lief, und deren Krug nie zu versiegen schien. Auch Thorkill hatte inzwischen ein Weib gefunden, dem er sich nun mit all seiner Männlichkeit widmete. Und das zu Sigurds Erstaunen, denn bisher hatte sich der Rotschopf in solchen Dingen meist zurückgehalten. Eigentlich war es vor wenigen Tagen, an der Seite der Idun, dass ihm der Freund mit einem Weib aufgefallen war. Die Frauen in der Siedlung schienen den jungen Schmied bisher nicht wirklich interessiert zu haben, so glaubte Sigurd, doch er sah, dass Thorkill wusste, was er tat, und er fand dies in seinem Rausch äußerst amüsant.

Auch dem Thorkill waren, genau wie dem Sigurd auch, schon einige Becher mit Bier die Kehle herunter gelaufen, und nun hatte er eine üppige Blonde bäuchlings auf den Tisch gelegt, sodass ihre Brüste wie Pfannkuchen an den Seiten ihres Oberkörpers hervorquollen. Ihr Rock lag gerefft auf ihrem blanken Hintern, sodass sich der junge Schmied von hinten bei ihr bedienen konnte. Doch irgendwie erschien er dem Sigurd nicht bei der Sache zu sein.

„He, bist wohl in Gedanken bei deinem Liebchen, der kleinen Idun?", ächzte der Sigurd grinsend. „Ach was", keuchte Thorkill leise. „Das bildest du dir ein, Sigurd!"

„So? Ich habe doch Augen in meinem Kopf!"

„Sie ist sicher ein gutes Weib, und ich glaube, sie ist es, die ich an meiner Seite will", gestand Thorkill und ließ in seinem Tun nach. Da hob die blonde Hure ihren Kopf und wandte sich um. „He, Kleiner, schwatz nicht rum! Tue etwas für dein Geld!" Da begannen Sigurd und auch das Sachsenweib lauthals zu lachen, sodass diese fast vom Schoß des Tröndners rutschte, während Thorkill sofort wieder kräftig zustieß.

Plötzlich stand Rögnvald neben dem Tisch, klopfte dem rothaarigen Gefährten auf die Schulter und lobte grinsend: „Fleißig, fleißig, mein Freund!" Dann wandte er sich dem Häuptling zu. „Ich habe mich im Schankraum ein wenig nach einer schönen, passenden Scheide für mein Schwert umgesehen, und nun seht mal, was ich stattdessen gefunden habe!"

Neben ihm stand kein Weib, sondern ein Kerl, und schön war er auch nicht. „Bist du blind?", grinste ihn der Sigurd an. „Die Hure ist aber mal richtig hässlich!"
Der Tröndner schob das Weib von seinem Schoss, griff nach einem Zipfel ihres Kleides und begann sich damit zu reinigen, und das Weib griff nach seinem Becher und trank daraus. „Nun sieh doch mal", drängte der Schwede, da es ihm der Sigurd an Aufmerksamkeit mangeln ließ und sich schon wieder an den Brüsten des Weibes zu schaffen machte. Der Schwede schob den Mann etwas vor. Der Kerl war weit älter als die drei aus dem Tröndelag, sein Bauchumfang zeigte, dass er gutem Essen nicht abgeneigt war, und er grinste frech, als er den Sigurd sah.
„Halfar!" Sigurd sah den Mann erstaunt an. Der Kerl gehörte einmal zum Gefolge des Arnodd und seines Bruders Geirmund und fuhr auf dem Wogendrachen.
Der Dicke nickte kichernd zum Gruß und schien weitaus betrunkener zu sein als die anderen. „Unser dicker Freund hier hat mir eine Geschichte erzählt, die dir sicher nicht gefallen wird", sagte Rögnvald, und nun wurde auch Thorkill hellhörig, der erstaunlicherweise immer noch in dem blonden Weib steckte. Doch nach ein, zwei kräftigen Stößen entleerte er sich, und das Weib tat mit einem lauten Stöhnen ihre Zufriedenheit kund. Dann zog er sein Schwert heraus und schlug dem Weib klatschend auf den nackten Hintern. „Verschwinde!", befahl er knapp, gab ihr eine Münze, und die Hure trollte sich.
„Vielleicht spendierst du mir erstmal ein Bier, Sigurd, Bezwinger des Arnodd. Und einen Ritt auf der Kleinen da!", lallte der Halfar und zeigte auf die Hure mit dem kastanienbraunen Haar. „Du kriegst gleich dein Bier", fauchte Rögnvald und hob drohend seine Faust, aber Sigurd fuhr dazwischen, obwohl es ihm auch nicht mehr leicht fiel,

seine Gedanken beisammen zu halten. „Lass nur, Freund! Er soll von mir aus sein Bier bekommen!"

Da nickte der Dicke und rief nach der Schankmagd. Seltsamerweise kannte er sogar ihren Namen. „ Ach du, Halfar", sagte sie, als sie den fetten Wikinger sah, stellte den Krug auf den Tisch und verschwand.

„Los, nun rede!", befahl Rögnvald barsch.

„Der Geirmund, dieser Dreckskerl, hat mich von Bord geschmissen und ist abgehauen. Bin ihm zu alt, hat er gesagt", begann Halfar zu erzählen. „Seit wir aus dem Sigurdfjord hierher kamen, sitze ich in dieser verlausten Stadt fest." Plötzlich war Sigurds Neugier geweckt. „Ihr kamt aus dem Sigurdfjord? Wann?" Nun ahnte Sigurd schon, was kommen würde.

„Das weißt du nicht?", kicherte der Dicke betrunken. „Du musst doch von dem Überfall wissen. Gib mir noch ein Bier!" Da schlug Sigurd dem Halfar den leeren Becher aus der Hand und schnauzte böse: „Los, rede, Halfar! Und zwar schnell, bevor ich dich in Streifen schlage!"

Beleidigt sah der Dicke den Sigurd an und erhielt von Rögnvald einen kräftigen Schlag in den Nacken. „Los, raus damit! Was weißt du?"

„Na schön! Ich bin dem Geirmund eh nichts schuldig." Er hockte sich auf die Bank neben das Weib und grinste diese an, sodass seine faulen Zähne zum Vorschein kamen, doch die Hure wandte sich angewidert von ihm ab.

„Der Geirmund hat gehofft, dich in der Siedlung zu finden, doch das Vögelchen war ja leider ausgeflogen", wieder kicherte der Betrunkene. „Da sind wir halt über deine Sippschaft hergefallen."

War das Gesicht des Sigurd von der Anstrengung mit der Hure vorher rot gefärbt, so hatte es nun alle Farbe verloren. Schreckensbleich sah er dem Halfar in sein schwitziges, rundes Antlitz. „Wo sind meine Schwestern?", fragte er zuerst mit erstickter Stimme. Die Überraschung, einen der Mörder seiner Gesippen vor sich zu haben, raubte ihm den Atem, dann aber stieg der Zorn in ihm auf. Der Wunsch, diesen Mann auf der Stelle zur Hel zu schicken, wuchs. Doch eine innere Stimme zügelte seine Wut, wollte er etwas über den Verbleib seiner Schwestern erfahren, musste dieser Halfar am Leben bleiben.

„Wo sind meine Schwestern, Halfar? Rede, oder du wirst nie wieder reden, denn ich schneide dir hier und jetzt die Zunge aus dem Maul!" Der Dicke nahm den Krug und ließ das Bier in seine Kehle laufen, dann wandte er sich dem Sigurd zu. „Ach die! Einige der Sklaven hat der Geirmund hier in Lade verkauft", sprach er lallend. „Aber deine Schwestern nahm er mit sich auf die Insel der Angelsachsen! Und mich ließ er zurück, dieser Hundsfott!" Leiser und leiser war seine Stimme geworden, dann fiel sein Kopf auf die Tischplatte, und der Dicke schnarchte laut.

„So, nun weißt du, wo die Sigrid und die Ingigrid abgeblieben sind. Schneide dem Kerl zur Strafe die Kehle durch, er hat es verdient." Die Stimme des Rögnvald klang zufrieden, er wandte sich, ohne eine Antwort abzuwarten, von dem Sigurd ab und griff nach dem Arm eines Weibes, das gerade vorüberging. Diese quiekte erschrocken auf, begann aber sofort lüstern zu kichern. „He, wie kannst du jetzt noch ans Vögeln denken?", rief Sigurd verärgert. „Na, du hast gut reden! Du hast ja schon", wehrte sich der Schwede und verschwand mit dem Weib.

„Wir müssen auf die Insel der Angelsachsen", sprach Sigurd und hatte sämtliche Lust an dem Hurenhaus verloren. „Ja, das müssen wir wohl", stimmte ihm der Thorkill zu, obwohl Sigurd mehr zu sich selbst gesprochen hatte als zu dem Gefährten. „Was?", fuhr er aus seinen Gedanken. „Ich stimmte dir zu. Wir müssen nach Britannien, doch es wird bald Winter sein!", gab der Rotschopf zu bedenken.

„Das ist mir egal, ich muss meine Schwestern finden", sagte Sigurd trotzig und war schon fast wieder nüchtern. Doch Thorkill ließ nicht locker. „Es nutzt niemandem, schon gar nicht Sigrid und Ingigrid, wenn wir jetzt im Nordmeer versinken!"

Da erhob sich Sigurd beleidigt, ergriff die Sächsin unsanft am Arm. „Los, komm!" Er zog das Weib grob hinter sich her, trat vor den Schankwirt, gab ihm einige Münzen, sodass dieser strahlte, und zog sich dann mit der Hure für die Nacht zurück.

Am nächsten Morgen trat Sigurd schon früh in den Schankraum, sah seinen Gefährten Rögnvald auf einer Bank liegen und laut schnarchen. Der Wirt des Hurenhauses trat neben ihn. „Ich musste ihn dort liegen lassen. Er drohte mir mit seiner Axt!" Sigurd nickte nur.

Der große Raum war nun leer! Es stank nach Bier und Met, nach einer Mischung aus Schweiß und Lendensaft, nach Pisse und Erbrochenem, sodass es Sigurd übel wurde und er eilig in das Freie hinaustreten musste, während Sklaven mit der Reinigung der Methalle begannen.

Erst am Mittag waren die drei Männer wieder beisammen und begaben sich auf den Markt, um ihre Geschäfte zu tätigen. Den Wert von einer Kuh hatten sie in dieser Nacht versoffen und vervögelt, doch dies war dem Sigurd gleich. Für all das Wissen um den Verbleib seiner Schwestern hätte er auch mehr gegeben.

Als sie am späten Nachmittag den Heimweg antraten, begann es wieder heftig zu regnen, und aus dunklen Wolken schlugen Blitze hervor. Zu dem Vieh, das sie erstanden hatten, kam noch das Glück, einen Knecht und eine Magd des Hofes seiner Eltern entdeckt und zurückgekauft zu haben.

Langsam zog die kleine Karawane auf nassen hölzernen Wegen, bei heftigem Regen an den Häusern von Lade vorbei, hinaus auf die Straße, die in den Norden führte.

*

12. Auf nach Britannien

Es war ein anstrengender Weg, den sie zurücklegen
mussten, um das heimatliche Dorf zu erreichen.
Anfangs war die Furt, die von Lade in den Norden führte,
noch breit und gut zu begehen für Mensch, Pferd und Vieh.
Doch je näher sie der Heimat kamen, umso enger wurden
die Pfade, die sie gingen. Die knöcheltief vermatschten
Wege, dazu nasse, glitschige und mit Moos bewachsene
Felsen, auf denen die Gefahr eines Absturzes groß war.
Heftiger Wind und Regen, der beißend in die Gesichter
peitschte. Dazu die Kälte, die Hände und Füße steif werden
ließ.
Sie erreichten ihr Ziel zwar erschöpft, aber unbeschadet, und
ohne auch nur ein Stück Vieh verloren zu haben. Nun besaß
Sigurd schon drei Kühe und fünf Schafe, dazu noch einiges
an Federvieh, denn nicht alle Hühner und Gänse hatten die
Angreifer zu fassen gekriegt und aufgefressen. Und es
zeigte sich später, dass eine der Kühe sogar trächtig war,
und so war er zufrieden, denn ein einfacher Bauer hatte
sicher nicht mehr Vieh im Stall. Das Schicksal schien sich
endlich zum Besseren zu wenden. Odin meinte es gut mit
Sigurd Svensson, davon war dieser nun überzeugt, denn
nicht nur mit dem Hof ging es voran. Auch die Spur der
Schwestern hatte er aufgenommen, und nun wusste er,
wohin er segeln musste, um sie zu finden. Auch kannte er
nun den Mann, der den Überfall zu verantworten hatte.
Jenen Kerl, den Sigurd schon vergessen hatte. Der
Geirmund aber schien sich an seinen Schwur erinnert zu
haben!
Leider gab es auch eine schlechte Nachricht, die der Gunnar
dem Häuptling noch am Tage seiner Ankunft überbrachte.
Sigurd saß in der Halle seines Langhauses auf dem

Hochstuhl, der einmal seinem Vater gehört hatte, vor ihm stand ein Tisch, und darauf lagen ein Laib Brot, ein großes Stück Fleisch und ein Krug mit heißem Met. In seiner Hand hielt er einen Becher mit dem würzigen, süßen Gesöff, an dem er genüsslich schlürfte. Er war müde, spürte jedoch, wie mit jedem Schluck, der sich wohlig warm in seinem Magen ausbreitete, die Erschöpfung aus seinem Körper wich. Da trat Gunnar in die Halle und grüsste seinen Häuptling freundlich, doch seine Miene verriet, dass etwas nicht stimmte.

„Gunnar, mein Freund! Ich freue mich, dich zu sehen, aber es war gar nicht von Nöten, dass du dich auf meinen Hof bemühst. Noch heute hätte ich nach meinem Sohn gesehen." Er sah den Gunnar forschend an und sagte: „Ich habe dich schon fröhlicher gesehen? Ist deinem Weib etwas geschehen oder gar meinem Bjarne?" Da schüttelte Gunnar schnell seinen Kopf. „Nein, nein! Das Kleine lässt auf sich warten, aber meinem Weib geht es gut, und der Bjarne ist auch wohlauf!" Nun setzte sich Sigurd neugierig auf. „Du machst ein Gesicht wie sieben Tage Regenwetter. Rede, Gunnar, was ist geschehen?"

„Es ist die Gerhild, Sigurd! Sie kam auf unseren Hof und forderte ihr Kind. Dabei bedrängte sie die Gerda auf das Heftigste, sodass ich sie von meinem Hof vertreiben musste!"

Da sprang Sigurd erzürnt auf. „Ich habe es ihr doch verboten!" Er schlug mit der Faust auf den Tisch. „Meine Geduld ist am Ende. Gerhild muss das Dorf sofort verlassen!" Da sah Gunnar seinen Anführer traurig an. „Das hat sie schon getan! Wir fanden ihren zerschmetterten Körper am Fuß der großen Klippe!" Er legte dem Sigurd tröstend seine Hand auf die Schulter. „Verzeih ihr die Fehler, damit sie im Reich der Hel ihre Ruhe findet!"

Mit ungläubigem Blick starrte der junge Häuptling in die Halle seines Hauses. Bei aller Wut und dem Zorn, den er für Gerhild empfand, so traf ihn die Nachricht ihres Todes doch wie ein Schlag mit dem Hammer des Thor.

Unzählige Gedanken schossen plötzlich durch seinen Kopf. Gedanken voller Zorn, Hass, aber auch Mitleid und Liebe gaukelten ihm die Bilder des Weibes vor, und er begann leise zu weinen. Doch nur für einen kurzen Moment, denn plötzlich wischte er mit dem Ärmel seines Kirtels die Tränen aus den Augen, und die Erinnerung an das, was Gerhild ihm angetan hatte, gewann in seinem Kopf wieder die Oberhand. Mit kaltem Blick sah er den Gunnar an. „Gerhild hat sich entschieden, in das Reich der Hel zu gehen. Soll die sich fortan mit dem untreuen Weib herumärgern!"

Da nickte sein Gefolgsmann, und gemeinsam machten sie sich auf den Weg, denn Sigurd wollte nun endlich den kleinen Bjarne auf seinen Hof holen, damit sich die junge Magd den kommenden Winter über um das Kind kümmern konnte. Sie würde den Knaben nun an jedem Tag dreimal zum Hof der Gerda tragen, damit Bjarne seine Milch bekam, und für die Bedürfnisse ihres Herrn würde sie sicher auch gut sorgen, denn sie war trotz ihrer kräftigen Statur kein hässliches Weib. So rief sie Sigurd oft auf sein Schlaflager.

Die Zeit verging, und der junge Anführer sammelte oft des Abends seine Gefährten in der Halle um sich, so fiel ihm auf, das Thorkill, der Schmied, nun vermehrt für mehrere Tage aus der Siedlung verschwand. Und Sigurd ahnte, wohin es den jungen Kerl trieb.

„Ich werde den Hof der Krieger verlassen", sprach Thorkill, als er wieder einmal, nachdem es ihn für einige Tage in das bergige Hinterland verschlagen hatte, bei seinem Freund und Anführer zu Gast war. Da sah Sigurd den Rotschopf erschrocken an, denn die Vorstellung, dass der Schmied seine Gefolgschaft verlassen würde, gefiel dem Tröndnerhäuptling überhaupt nicht. Er hatte sich doch an den Thorkill gewöhnt, und von allen Kriegern stand ihm der Schmied inzwischen am nächsten. Sie verband so etwas wie Brüderlichkeit. Doch die Sorge des Sigurd war unbegründet. „Ich werde mir am Rande des Dorfes einen geeigneten Platz suchen, an dem ich eine Schmiede errichten werde", erklärte der Freund grinsend. „Ich bin mir mit dem Tyrgeir einig, dass Idun mein Weib wird!"

„Habe ich es mir doch gedacht", sagte Sigurd grinsend. „Darum also deine Ausflüge in das Hinterland. Doch befürchtete ich, dass du dich von dem Tyrgeir auf seinen Hof locken lässt!"

„Was?" Thorkill schüttelte energisch seinen Kopf. „Ich als Bauer? Als Sklave des Tyrgeir vielleicht? Nein, niemals! Keine Sorge, Sigurd, ich bin der Schmied des Dorfes und der will ich auch bleiben. Jedoch mit der Idun an meiner Seite! Der Tyrgeir wollte sie nicht ziehen lassen", erklärte Thorkill grinsend und kratzte sich am Kinn. „Doch mit Gewalt wollte ich sie ihm nicht nehmen, und so kostete es mich einiges an Überredungskunst und einen kräftigen Sklaven, den ich aus Lade holen musste, noch dazu!"

Nun war Sigurd sichtlich erleichtert und versprach: „Wir werden dir ein Haus bauen und eine Schmiede dazu, für dich und dein Weib. Und für viele rothaarige Kinder!"

„Ach übrigens, du weißt ja, dass Idun noch Schwestern zur Genüge hat. Wie ich hörte, wäre es der Tyra eine Freude, für dich die Beine zu spreizen", versuchte Thorkill dem Sigurd eine der Schwestern schmackhaft zu machen, doch dieser lehnte dankend ab. Ihm reichte die Magd auf dem Hof, sie arbeitete gut und befriedigte alle seine Bedürfnisse.

Bald schon begannen die Arbeiten an einem Platz, der nicht weit des Wäldchens lag, das den Hof Sigurds vom Dorf trennte. Viele Männer kamen, um zu helfen, zogen in die Wälder und schlugen das Holz. Sie erbauten die Schmiede, sodass Thorkill und sein Weib Idun noch vor dem Winter in das Dorf zogen. Und das Schmiedefeuer brannte fast Tag und Nacht, denn es gab genug Arbeit für den jungen Schmied, der neben den Arbeiten für die Bauern und Handwerker auch noch gute Waffen fertigte. Idun fühlte sich schnell wohl unter den Menschen des Dorfes, und nur selten trieb sie das Heimweh auf den Hof ihres Vaters. Doch ganz zufrieden war die junge Frau nicht, denn den heiß ersehnten Nachwuchs verweigerten die Götter dem Paar.

Der Winter kam, und die Götter waren gnädig. Die kalte Jahreszeit fiel milder aus, als es die Menschen gewohnt waren. Kaum einer starb an der Kälte oder erlitt etwa den Hungertod, so, wie es in den meisten Wintern der Fall war. Der Schnee lag auch nicht annähernd so hoch wie im letzten Jahr. Winterstürme waren seltener gewesen, und sogar die Sonne zeigte oft ihr Antlitz auf einem klaren, blauen Himmel.

Zur Wintersonnenwende ließ Sigurd ein großes Opferfest auf dem Hof feiern, zu dem viele Gäste kamen. Sogar aus dem Hinterland strömten sie auf den Hof ihres Häuptlings. Unter ihnen war auch die Sippe des Tyrgeir, und so machten sich Thorkill und sein Weib einen Spaß daraus, der Tyra die Vorzüge des Sigurd schmackhaft zu machen. Fortan ließ die älteste Schwester der Idun den jungen Hofherrn nicht mehr aus den Augen. Doch außer dem Beischlaf im Suff erreichte das Weib wenig beim Sigurd und zog einige Tage später beleidigt mit ihrer Sippe heim in die Berge.

Selbst wenn Sigurd daran gedacht hätte, sich neu zu vermählen, so wäre Tyra sicher nicht das Weib seiner Wahl gewesen.

Je näher der Frühling des Jahres 976 n. Chr. rückte, umso unruhiger und rastloser wurde der Häuptling des Fjordes. Er hielt sich nun wieder viel mehr auf dem Hof der Krieger auf, obwohl hier nur noch wenige Männer der Besatzung lebten. Die meisten der jungen Kerle hatten es dem Thorkill gleich getan, hatten sich ein Weib gesucht und ein Haus gebaut, sodass das Dorf stetig wuchs. Manche waren aber auch auf den Hof des Schwiegervaters gezogen, wenn kein männlicher Erbe da war und sie hoffen konnten, dass ihnen der Hof eines Tages zufallen würde. Doch auch diese Männer kamen oft zurück und verbrachten die Abende mit den Freunden an gewohnter Stätte.

„Im Frühjahr, wenn es wärmer wird und die See ruhiger, will ich den Wogendrachen besteigen, um auf die Insel der Angelsachsen zu segeln." Sigurd saß mit den Männern in der Hütte auf dem Hof der Krieger. Sie tranken und redeten, waren allesamt gelangweilt vom Winter. Der Häuptling hätte die Männer auch in die Methalle rufen können, doch dieser Ort schien ihm wesentlich geeigneter für sein Anliegen zu sein. Vielleicht war es aber auch die Gewohnheit, die ihn hierher führte. Er hatte sich einfach noch nicht an den Gedanken gewöhnt, Häuptling zu sein und eine große Methalle in seinem Haus zu besitzen.

„Ihr alle wisst, dass ich darauf brenne, meine Schwestern zu finden, und der lange Winter stellt mich auf eine harte Geduldsprobe", sprach Sigurd. Er wusste, dass es den meisten Männern ebenso erging, denn auch sie warteten darauf, auf die See hinaus zu segeln. Allerdings war ihr Grund ein anderer. Sie wollten auf Wikingfahrt gehen, um in fremden Ländern reiche Beute zu machen!

„Was wird es uns einbringen, wenn wir mit dir segeln?", fragte Ole und erntete dafür einen bösen Blick von Björn Gelbhaar. „Was es dir einbringt, fragst du?", blaffte der Rögnvald den Ole erzürnt an, obwohl er genau wusste, dass die meisten Männer in der Hütte so dachten. „Du hast den Gefolgschaftseid geschworen, und du gehst dorthin, wo dein Anführer hingeht!" Er hob drohend seine Faust. „Sonst werde ich dir…!" „Lass nur, Rögnvald", unterbrach Sigurd den Freund. „Ole hat ja recht. Auch meine Schatulle ist bis auf den Grund geleert und müsste dringend aufgefüllt werden. Warum sollen wir nicht das eine mit dem anderen verbinden?" Da sah der Schwede sich um. „Na, wer geht mit uns?", fragte er, und ohne Ausnahme hoben sich die Hände der Männer.

*

Lautes Krachen, das von den Gletschern herunter an die Küste hallte, kündigte den Eisbruch in den Fjorden an. Der Winter löste seinen kalten Griff sehr früh in diesem Jahr, die gefrorene Eisfläche zerbarst, und bald schwammen große Schollen durch den Fjord. Die Götter waren den Seefahrern gnädig, und so schien der Winter diesmal ungewöhnlich kurz zu sein. Doch die erfahrenen Seeschäumer wussten nur zu genau, dass die Götter ihre Meinung auch noch ändern konnten, auf dass die eisige Klaue des Winters noch einmal nach dem Land und seinen Fjorden griff. Die Ungeduld ließ Sigurd keine Ruhe, und so trieb er die Arbeiten an dem Wogendrachen voran, um das große Schiff seeklar machen zu können. „Du willst wirklich jetzt schon aufbrechen?", fragte Björn seinen Anführer. „Es ist sehr gewagt, so früh im Jahr auf See zu gehen. Das weißt du schon?"
„Seit wann bist du ängstlich, mein Freund, wenn es darum geht, in einen Sturm zu segeln?", zog Sigurd den Steuermann auf, doch diesem gefiel es gar nicht, gefoppt zu werden. „Willst du mir etwa Feigheit vorwerfen? Ich bin schon im Sturm gesegelt, da hast du noch in deine Beinkleider geschissen", schnauzte Björn und war sichtlich

beleidigt. Ihm war nicht nach Neckerei zumute, nicht, wenn es darum ging, die Ran herauszufordern.

„Es liegt mir fern, dich einen Feigling zu nennen, das weißt du doch", versuchte der Häuptling einzulenken. „Doch es ist die Sorge um meine Schwestern, die mich treibt. Es kann nur ein Wink der Götter sein, wenn sie das Eis zerbersten lassen! Keiner wird so früh im Jahr einen Angriff vom Meer erwarten. Das kann uns in die Hände spielen", drängte Sigurd weiter.

„Das wäre für die Männer sicher ein Grund, der sie überreden würde." Björn kratzte sich seinen blonden Bart, und die Gründe des Tröndners schienen auch ihn langsam zu überzeugen. „Und bedenke, Björn, wir sind auch Bauern", legte Sigurd noch eins drauf. „Wenn wir früh hinausfahren, werden wir sicher zum Brachmonat wieder zurück sein!"

„Was stört mich das? Ich bin kein Bauer! Ich bin Seefahrer, ein Wikinger!", sagte Björn gleichgültig. „Aber du hast recht. Wir werden hinaussegeln!"

Sigurd war zufrieden, denn er wusste, war Björn Gelbhaar überzeugt, waren es die anderen meist auch.

Das Nordmeer war rau, kaum ein trockenes Stück Stoff trugen die Männer noch am Leib, doch Ägir hielt sein Weib Ran im Zaum und war den Seefahrern gewogen.

So erreichte der Wogendrachen ungeschoren die Küste Britanniens.

Björn hatte die Schnigge mit all seiner Erfahrung an die Ostküste gesteuert, und der Kiel des Wogendrachen stieß auf einen Strand in Northumberland, dem Teil des Danelag, den die Söhne Ragnar Lodbroks schon vor hundert Wintern für das Dänenreich erobert hatten. Hier errichteten sie ihr erstes Lager. Diesmal war die Besatzung des Wogendrachen groß, denn es waren weit über dreißig Männer, die sich dem

Sigurd angeschlossen hatten. Neben der eigentlichen Mannschaft der Schnigge hatten auch noch viele Männer aus dem Dorf und den Höfen des Hinterlandes dem Sigurd den Gefolgschaftseid geleistet, denn sie waren alle in dem Glauben, in ein oder zwei Monaten wieder daheim zu sein. Die meisten von ihnen waren junge Burschen, mutig und abenteuerlustig, aber doch unerfahren. Sie wollten sich im Kampf beweisen oder einfach nur keine Bauern mehr sein, nicht die Knechte ihrer Väter und älteren Brüder auf den heimischen Höfen. Alle hatten sie gute Waffen bekommen, entweder von ihren Vätern oder aus den geschickten Händen des Schmiedes Thorkill, und immer, wenn es ihnen möglich war, erlernten sie von den erfahrenen Kriegern den Umgang mit den Klingen.

Björn kannte sich an der Küste Britanniens gut aus, besonders in den Gebieten, die seit langem schon dem dänischen Recht unterstanden. Die Stadt Yorvik, an den Ufern des Flusses Swale gelegen, galt als Königssitz des Danelag, denn hier weilte der dänische Herrscher Harald Blauzahn, wenn es ihn einmal auf die Insel der Angelsachsen verschlug. Doch dies war nicht oft der Fall, denn seinem Sohn Sven, den man Gabelbart nannte, und den Harald, wie man sich erzählte, mit einer Magd gezeugt hatte, stand eher der Sinn danach, Britannien zu erobern. So war auch er es, der oft auf dem Stuhl seines Vaters in der Burg zu Yorvik Platz nahm. Und der Christusanbeter Harald ließ den ungeliebten, von einem heidnischen Ziehvater erzogenen Sohn, gewähren. Vielleicht hoffte er, dass die Eroberung Britanniens den Sven von seinem Thron fernhalten würde.

„Wo wollen wir mit der Suche beginnen?", fragte Björn. „Es gibt einen großen Sklavenmarkt in Yorvik, soweit ich mich entsinne", schlug Rögnvald vor. „Sigurd, wenn der Dreckskerl deine Schwestern als Sklavinnen verkauft hat, dann sicher dort!" Björn stimmte dem Schweden nickend zu. „Björn, kennst du noch den Weg nach Yorvik?", fragte Sigurd, und der Steuermann antwortete entrüstet: „Willst du mich beleidigen, Mann? Du selbst warst an meiner Seite, im Gefolge des Seekönigs Olof, hier an diesen Gestaden!" „Verzeih, Bruder", entschuldigte sich der Anführer der Wikingerschar. „Ich weiß den Weg nicht mehr! Alles sah für mich so gleich aus. Allerdings weiß ich noch, dass es hier reiche Städte gibt, für deren Einnahme man aber ein großes Heer benötigt!"

Björn schüttelte nur den Kopf. „Wir müssen die Küste nach Süden segeln und den großen Fjord finden, denn dort münden die Flüsse, die in das Landesinnere führen." „Dann nach Yorvik", entschied Sigurd, und am nächsten Tag bestiegen die Männer ihr Schiff und segelten die Küste entlang, bis sich Björn sicher war, die gesuchte Meeresbucht gefunden zu haben. Der gelbbärtige Seefahrer steuerte den Wogendrachen in die breite Mündung des Flusses Humber, und Sigurd gab den Befehl, das Segel zu reffen.

Mit kräftigen Ruderschlägen fuhren sie stromaufwärts. „Ich frage mich, was wir hier eigentlich wollen?" Ole hatte sich ein wenig vorgebeugt, sodass Thorfinn, der vor Ole auf der Backbordseite der Schnigge saß, ihn gut verstehen konnte. „Was soll diese dumme Frage? Du weißt doch, wozu wir hier sind, Ole!" „Damit ihm Odin einmal kräftig auf den Sack haut", grölte einer der Männer, der auf seiner Kiste an der Steuerbordseite saß, dazwischen, und die anderen lachten belustigt. „Wir sind hier im Danelag! Hier herrscht König Harald, und wenn wir hier auf Raub aus sind, könnte es zu Hause großen Ärger mit Jarl Hakon geben", sinnierte Ole vor sich hin. „Der Jarl des Tröndelag ist doch ein Lehnsmann des Dänen. Nein, glaub mir, Sigurd sucht nur nach seinen Schwestern, und wir gehen leer aus!"

Thorfinn verdrehte seine Augen. „Du bist ein dämliches
Riesenrindvieh, Ole Olesson! Du wirst schon deine Beute
bekommen, oder hat Sigurd uns je schlecht geführt?" Diese
Frage musste der gebürtige Däne Ole verneinen, denn er
fuhr schon lange auf dem Wogendrachen, gehörte schon zu
der Mannschaft, die unter Arnodd gesegelt war und er
musste zugeben, dass das Heil des Sigurd weitaus größer
war als das des alten Anführers. „Aber…", wollte er noch
einwenden, doch Thorfinn fuhr ihm über das Wort. „Halt
endlich dein Maul und rudere!"
Kaum hatten sie den Humber eine Weile befahren, da sahen
sie am linken Ufer ein Schiff liegen. Dann noch eins, und
schließlich wurden es immer mehr, bis sie zu dritt
nebeneinander lagen. Einige Männer arbeiteten an Bord und
auf dem Ufer, doch niemand störte sich um die fremden
Ankömmlinge. Man fühlte sich sicher!
„Dorthin!", befahl Sigurd, als sie an den meisten Schiffen
vorbei gerudert waren und endlich einen geeigneten Platz
am Ufer fanden. Björn folgte seinem Anführer und schob
die Stange des Seitenruders nach Steuerbord, sodass der
Wogendrachen auf das hohe, mit Schilfgras bewachsene
Ufer zulief.
„Ich glaube, ich kenne diese Gegend. Von hier ist es nicht
weit zum Dorf Grimsby!" Rögnvald hob die Hand und
zeigte mit dem Finger in die Richtung, in der seiner
Meinung nach das Dorf lag. „Bei meinem letzten Besuch
war es ein unbedeutendes Bauerndorf voller Dänen, die die
Angelsachsen vertrieben hatten. Nicht einmal einen Angriff
wert. Warum wohl die vielen Schiffe hier liegen?"
„Es wird sicher einen Grund geben, und wir finden ihn
heraus, mein schwedischer Freund", sprach Sigurd
entschlossen. Sie machten den Wogendrachen fest und
schoben eine Planke ans Ufer. Dieses hatte eine Breite von
etwa einer Mastlänge, dann erhob sich eine etwa eineinhalb

Mann hohe Böschung. Erst als sie diese erklommen hatten, konnten sie wirklich sehen, was auf dem Land vor sich ging. Zelt neben Zelt stand auf einer großen Wiese, und davor brannten viele Lagerfeuer. An den Zelten lehnten buntbemalte Schilde und Speere der Krieger. Hier lagerte ein Wikingerheer!

Den ersten Mann, der ihnen begegnete, fragte Björn, wer diese Krieger befehligte und gegen wen sich diese Streitmacht denn wenden wolle. „Das ist das Heer des Seekönigs Jarl Skuli Eisenscharte, und wir sind Dänen!", erklärte der Mann und schien fast beleidigt zu sein, dass Björn diesen nicht kannte. „Du musst doch von uns gehört haben, Kerl. Man fürchtet uns in ganz Thule!" „Es tut mir leid, Freund, meine Furcht hält sich in Grenzen, und von einem Jarl Skuli Eisenscharte und seinem Gefolge höre ich zum ersten Mal." Da wandte sich der Mann grußlos ab und ging, so etwas wie „blöder Hammel" vor sich hinmurmelnd. Björn und die anderen aber begannen lauthals zu lachen.

„Na, dann wollen wir uns doch mal ein wenig umschauen", schlug Sigurd vor. „Vielleicht finden wir ihn ja, diesen berühmten Seekönig Skuli!"

Die Männer, es waren acht an der Zahl, der Rest der Mannschaft war als Schiffswache am Ufer zurückgeblieben, schlenderten durch das Lager und sahen sich in aller Ruhe um. „Wo ist denn nun das Dorf?", fragte Tjord, er hatte wohl gehofft, dass ein Dorf auch eine Schänke besaß.

„Hmm, ich glaube, das Dorf liegt in dieser Richtung, wenn ich mich recht entsinne", sagte Rögnvald und zeigte mit dem Finger nach Westen. „Nein, es liegt dort im Norden", verbesserte ihn Björn und erhielt plötzlich einen Schlag auf die Schulter, auf dass er erschrak und seine Rechte zum Griff des Schwertes schnellte.

„Lass es stecken, alter Freund!" Björn sah in das breit grinsende Gesicht Thorsteins. Jener rundliche Thorstein, mit dem er einst auf dem Sturmdonnerpferd im Gefolge des Seekönigs Olof gesegelt war. Freudig rief Björn den Namen des etwas rundlich gewordenen Kriegers aus, und er umarmte diesen sogar. „Was treibt dich denn hierher?"

Eine Antwort bekam er nicht, denn auch Rögnvald und Sigurd wurden von dem einstigen Weggefährten, mit dem sie vor fünf Sommern Seite an Seite gekämpft hatten, freudig umarmt.

„Lasst uns zu unserem Lagerplatz gehen, die anderen werden vielleicht staunen", lud der Thorstein die Männer ein, ihm zu folgen. Der Kerl hatte sich kaum verändert, sein braunes Haar war immer noch zu dicken Zöpfen geflochten, und er war, wie meist, bester Laune. „Die anderen?", fragte Sigurd. „Ja! Sturlar ist nun unser Anführer. Und alle leben noch, welch Wunder!" Er begann über seinen eigenen Scherz heftig zu lachen. „Odin wollte uns wohl noch nicht an seiner Tafel, er weiß sicher, wie viel Odinger fressen kann!" Wieder lachte er auf. „Ja, das Narbegesicht ist unser Stevenhauptmann."

Der Wikinger, dem Sigurd damals auf Augenhöhe begegnete, reichte ihm jetzt gerade noch bis zur Schulter, und dieser erzählte, wie es ihm und seinen Gefährten in den letzten fünf Sommern ergangen war. Und er tat dies, ohne die anderen auch nur einmal zu Wort kommen zu lassen.

„He, seht mal her, wen ich gefunden habe!", rief er, als sie am nördlichen Rand des Lagers vor die Zelte der Mannschaft des Sturmdonnerpferdes traten. Neue Gesichter gehörten zur Besatzung der Schnigge, doch die meisten kannten sie noch. „Na, sieh mal an, wie klein doch Midgard ist", sagte Odinger Einauge, erhob sich von seinem Platz am Feuer und trat auf die Männer zu. Er reichte zuerst Björn Gelbhaar die Hand. „Björn, alter Seebär. Du siehst mich hoch erstaunt, denn wir glaubten euch alle in Walhalla!"

Nun reichte er dem Schweden und dann Sigurd die Hand.

„Sigurd, dich sah ich sterben, und doch stehst du als stämmiger Krieger vor mir. Wie ist das möglich?"
Er wandte sich ab und ging zu einem der Zelte. Er riss die Plane zur Seite und rief: „Sturlar, komm heraus! Das musst du gesehen haben!" „Was muss ich gesehen haben?", rief der Norweger verschlafen und trat nach einer Weile aus dem Zelt. Mit großem Erstaunen sah er die Männer an, die in seinem Lager standen. „Bei Odins Auge! Ja, leck mich doch am Arsch!" Er ging auf Björn zu und wollte diesen begrüßen, doch statt eines Handschlages traf ihn ein kräftiger Fausthieb und warf ihn zu Boden.
Benommen sah der Sturlar den einstigen Steuermann des Sturmdonnerpferdes an, und seine Überraschung war noch größer als zuvor. Einige Gefolgsmänner, die ihren Anführer fallen sahen, griffen zu den Waffen. Doch Odinger hielt sie zurück. „Lasst nur!" Er machte eine beschwichtigende Geste, und die Männer ließen ihre Schwerter sinken.
„Bist du wirr im Kopf? Was soll das, Björn?" Sturlar rieb sich sein Kinn. „Du elender Dreckskerl hast uns einfach zurückgelassen, damals!", sprach Björn erzürnt.
„Aber wir glaubten, ihr seid tot!", verteidigte sich Sturlar. „Außerdem hatte Olof den Befehl zum Rückzug gegeben!" Björn sah den Odinger an, und dieser nickte. Da atmete er tief ein, trat vor und reichte dem Sturlar seine Hand. Als dieser wieder auf den Beinen stand, sah er Björn böse an. „Es gibt nun etwas, das zwischen uns steht, alter Gefolgsmann." Da nickte der Gelbhaar. „Tue, was du tun musst!" Kaum hatte er ausgesprochen, traf die Faust des Anführers sein Gesicht. Björn wankte, aber er fiel nicht. „Nun steht nichts mehr zwischen uns", zeigte sich Sturlar zufrieden und verlangte nach Bier. „Na endlich", sagte Thorstein und hatte schon ein kleines Fass geschultert. Jeder bekam einen Becher gefüllt, dann wurde berichtet.

„Wer ist euer Anführer?", fragte Sturlar den Björn, und dieser nickte dem Sigurd zu. „Wenn es etwas zu bereden gibt, bin ich dein Mann, Sturlar", sagte der Tröndner. „Du?" Der Anführer auf dem Sturmdonnerpferd war äußerst erstaunt. „Sigurd, der Bauernlümmel?" Da sah der Eigner des Wogendrachen den Sturlar mit grimmigem Gesicht an. Er hatte diesen Kerl sowieso nie wirklich leiden mögen. „Willst du mich etwa beleidigen?", brauste Sigurd auf. „Es sind einige Sommer vergangen, in denen ich gelernt habe, ein Krieger und Anführer zu sein und wie man mit solchen Großmäulern wie dir umzugehen hat!" Da ereiferte sich auch der Rögnvald und sprach: „Wenn du unseren Anführer verspottest, wird es dir schlecht ergehen, Sturlar! Sigurd hat ein Schiff erkämpft, und er ist der Häuptling im Sigurdfjord. Er ist ein guter Anführer, und wenn dir daran etwas nicht gefällt, dann lass es uns hören!" „Seid friedlich, Freunde", fuhr nun Odinger ermahnend dazwischen, denn er ahnte, wo dieses Gespräch hinführen würde. Doch es widerstrebte ihm, einen alten Freund zu erschlagen. „Lasst uns den Zwist begraben! Reden wir lieber darüber, wie es uns in den letzten fünf Sommern und Wintern ergangen ist."
Alle waren damit einverstanden. Sturlar überwand sich und bat den Sigurd um Entschuldigung für seine frechen Worte. Dann erzählte er von seinem Plan, dieser Kriegerschar zu folgen, die bald nach Süden segeln wollte, wo der Seekönig Jarl Gorm ein großes Wikingerheer aufstellte, um das Umland von Londinium zu verheeren. Er hoffte auf leichte Beute, denn der Angelsachsen König galt als zögerlich und unentschlossen. Er war gleichen Alters wie es Sigurd war, als er den Hof seines Vaters verließ.
„Warum schließt ihr euch uns nicht an?", fragte Thorstein. „Dieser Jarl Skuli verspricht jedem einen fetten Anteil."
„Das würden wir sicher gern tun, mein Freund, aber wir sind auf der Suche nach meinen Schwestern", erklärte Sigurd

und begann von dem Überfall des Geirmund auf den Hof seines Vaters zu berichten. „Geirmund, sagst du?" Sturlar fuhr sich durch seinen blonden Bart. „Ein glatzköpfiger, unangenehmer Däne? Sein Bruder Arnodd wurde beim Kampf gegen einen Jomswikinger namens Sigurd hinterrücks getötet, und er sucht nun nach dessen geraubtem Schiff!" Da lachten die Männer des Sigurd auf. „Sigurd war der Krieger, der Arnodd in einem ehrlichen Kampf erschlug. Er gewann dabei das Schiff des Dänen."

Rögnvald schüttelte belustigt seinen Kopf, erzählte, wie es zu dem kam, und wie Arnodds Überheblichkeit ihn sein Leben kostete. Jetzt aber fuhr Sigurd voller Ungeduld dazwischen. „Du kennst also diesen Geirmund?", fragte er den Sturlar, und dieser nickte. „Aber sicher! Diese Maulhure weilte eine ganze Zeit hier im Lager", er zeigte mit dem Finger auf einen freien Platz nicht weit seines Lagers. „Dort standen seine Zelte, aber er verschwand vor einem halben Mond. Ich vermute, er ist schon nach Süden gesegelt." Nun wurde Sigurd unruhig. „Sage mir, Sturlar, hatte er zwei junge Weiber bei sich?"

Der Angesprochene zog seine Schultern hoch. „Davon weiß ich nichts! Mir sind keine Weiber aufgefallen!" Doch da sprach der Thorstein und lächelte dabei. „Er hatte Weiber bei sich, sogar drei oder vier. Hab sie selbst gesehen! Hübsche Dinger, jung und gut gebaut. Sein Hauptmann hat mir erzählt, dass sie schon in Yorvik Sklaven verkauft hatten. Jene Weiber aber wollte der Geirmund für besondere Zwecke behalten."

„Unser Freund Thorstein hat Hummeln in seinem Arsch", lästerte Odinger. „Er rennt den ganzen Tag im Lager umher. Kennt jeden und weiß alles. Neugierig wie ein altes Weib, der Kerl!" Der Einauge schüttelte belustigt den Kopf. „Pah, du siehst, wozu es von Nutzen ist", wehrte sich der gescholtene Krieger.

„Lass es gut sein, Thorstein. Du hast uns mit deinem Wissen sehr geholfen", sagte Sigurd und wandte sich dem Björn zu. „Nach Yorvik oder nach Süden?" „Nach Süden!", entschied sich Björn, und Sigurd stimmte zu.

*

Schnaufend und mit schnellem Atem erhob sich der Mann von dem zierlichen Körper des jungen Weibes und ergriff einen Becher, in den er klares Wasser füllte. „Du siehst, Sklavin, es wird bei jedem Mal besser." Seine Stimme klang zufrieden. Die junge Frau lag auf dem Schlaflager, ihr Körper war nackt und verschwitzt. Doch wohl nicht wegen eines Kampfes aus Leidenschaft, sondern wegen des Gewichtes dieses Mannes, der von recht stattlicher Gestalt war. Das Weib dagegen war schlank und zart. Sie nickte nur zur Antwort, doch der Blick zeigte ihre Gleichgültigkeit und die Angst vor den Schlägen. „Ich bin wirklich froh darüber, dass ich dich gekauft habe und nicht deine Schwester", sprach Skuli selbstgefällig, und seine Stimme bebte nun nicht mehr von dem schweren Atem. „Sie ist zwar ein schönes Weib, aber auch eine Wildkatze. Du dagegen bist ein sanftes Vögelchen." Er schenkte den Becher nach und reichte ihn dem jungen Weib. Sie nahm schweigend und trank. „Ich glaube fast, der Geirmund wollte mich übers Ohr hauen, als er mir deine Schwester zum Kauf anbot." Er trat neben das Schlaflager, griff dem Weib in das blonde Haar und zog ihren Kopf in den Nacken. „Ich habe gleich gesehen, mein Täubchen, dass du besser in meinen Besitz passt. Du wirst meinem Weib gehorsam sein, wenn wir auf meinen Hof im Dänenreich zurückkehren."
Bittere Tränen hatten die Schwestern geweint, als einer der Männer des Skuli die Sigrid mit sich nahm. Doch Skuli Eisenscharte hatte sie persönlich und äußerst erbost dem

Geirmund zurückgebracht, nachdem sie sich heftig gegen den Beischlaf gewehrt hatte. „Ich habe keine Lust, mit der Peitsche in mein Bett zu gehen", hatte er den Geirmund angeblafft, worauf dieser ihm verärgert die ruhigere der Schwestern übergab. Sie schien ihm besser für das Schlaflager geeignet, weshalb er sie auch lieber für sich behalten hätte.

„Geh und reinige dich. Dann bringst du mir ein Mahl!", befahl der Jarl, zog sich seine Tunika über und verließ das Zelt. Er sog die kühle, feuchte, britannische Luft in seine Lungen, die Nacht über hatte es geregnet, und dichte, graue, bedrohlich wirkende Wolken versperrten den Strahlen der Sonne den Weg. Skuli streckte sich, und ihm fielen einige Männer auf, die an seinem Zelt vorübergingen. Einen von ihnen kannte er gut! Es war der norwegische Schiffsführer Sturlar. „Bringst du neue Gefolgsleute, Sturlar?", fragte er und grinste, doch der blonde Norweger winkte ab. „Ach, dies sind einstige Weggefährten! Sie wollen nach Süden, denn sie suchen nach zwei Weibern."

„Wenn sie es so nötig haben, leihe ich ihnen eines meiner Weiber! Dann können sie bleiben und mit uns kämpfen", lachte der Jarl belustigt auf. „Kämpfen! So wie wir? Seit Wochen liegen wir hier auf der faulen Haut, haben Sandflöhe im Arsch und noch kein einziges Silberstück gesehen! Meinst du diese Art zu kämpfen, Jarl Skuli?" Sturlar war sichtlich erbost, und das Grinsen auf dem Gesicht des Jarls war einem vorwurfsvollen Blick gewichen. Grußlos wandte er sich ab und verschwand mit dem Ruf: „Wo bleibt mein Mahl, Sklavin? Mein Magen knurrt!", in seinem Zelt.

„Das war also der berühmte Seekönig Skuli Eisenscharte", lästerte Björn und konnte sich ein spöttisches Lächeln nicht verkneifen. Sturlar nickte verärgert und sah dann den Tröndner an. „Sigurd Svensson, lass uns gemeinsam in das große Heerlager des Jarl Gorm nach Süden segeln. So wird unser Anteil größer!"

„Sturlar, du bist keinen Deut besser als dieser Jarl da. Nein, wir nehmen nur Proviant auf und segeln weiter. Allein!", sprach Sigurd kopfschüttelnd. Der Schiffsführer des Sturmdonnerpferdes fühlte sich durch die Worte des Sigurd beleidigt und hätte gerne sein Schwert gezogen, um dem einstigen Untergebenen zu zeigen, wem die Führerschaft gebührte. Doch stattdessen sprach er nur noch das Nötigste, denn Sigurds Ahnung war gar nicht so falsch. Schon lange träumte Sturlar davon, ein Heer um sich zu sammeln, um selbst ein Seekönig zu werden. Dass er Jarl Skuli die Gefolgschaft geschworen hatte, stieß ihm schon lange sauer auf. Dass er sich wohl oder übel an den Schwur halten musste, gefiel dem Norweger noch weniger. Würde er aber wortbrüchig werden, so wäre kein Seekönig in ganz Thule mehr bereit, ihn in seine Gefolgschaft aufzunehmen.

Es war nicht wirklich viel Nahrung, die sie zusammentragen konnten, aber bis zum Lager des großen Heeres würde es schon reichen. Herzlich verabschiedeten sie sich von Thorstein, von Odinger Einauge und den anderen Männern, und verließen noch vor Einbruch der Dunkelheit das Lager des Skuli Eisenscharte.

Sie ruderten den Fluss Humber zurück Richtung Küste und erreichten bald die Mündungsbucht. Dort gingen sie noch einmal an Land, um die Nacht über zu lagern und um am nächsten Tag in die offene See segeln zu können.

Björn kannte sich wahrlich gut aus, und obwohl er schon einige Sommer nicht mehr auf der Insel der Angelsachsen gewesen war, fand er ohne Probleme die Mündung des Flusses, der sie in die Nähe von Londinium bringen würde. Mit gesetztem Segel und kräftigen Ruderschlägen zog der Wogendrachen die Themse hinauf, vorbei an Wiesen und Wäldern, an Dörfern und Städten, die sie in der Ferne erkannten. Und bald schon fanden sie das gesuchte Wikingerheer. Eine große Zahl an Schniggen und Knarren säumte, ähnlich wie schon am Humber, das Ufer der Themse. Und da dieses hier flach war und nur eine niedrige Böschung besaß, konnten die Männer auf dem Schiff die vielen, meist bunten Zelte stehen sehen.

Nach einer Weile fanden sie einen geeigneten Platz, um die Schnigge festzumachen, brachten ihre Ausrüstung an Land und begannen, ihre Zelte aufzustellen. Hier musste der Rand des Lagers sein, denn es standen nur wenige Zelte an diesem Ort, da sich hier eine große Koppel befand, auf der eine ganze Herde von Pferden graste. Die meisten Schiffsführer zogen es vor, ihre Zelte auf der Lagerseite im Landesinneren aufzuschlagen. Doch Sigurd blieb lieber in der Nähe seines Schiffes.

Es war zur Mittagszeit, als sie das Lager erreicht hatten, und nun, am späten Nachmittag, ging Sigurd mit vier Männern durch das Lager, um das Zelt des Heerführers zu suchen, mit diesem zu sprechen und abzuwägen, ob es lohnenswert wäre, sich dem Wikingerheer anzuschließen. Es herrschte ein reges Treiben in dem Lager, einem Ameisenhaufen nicht unähnlich, sodass bei jedem Schritt, den der Svensson weiter ihn das Lager tat, die Hoffnung schwand, seine Schwestern hier zu finden. Es schien dem Tröndner so, dass es hier nicht weniger Weiber gab als Männer. Die meisten von ihnen waren sicherlich Sklavinnen, aber dass in einem Heerlager fast jeder einfache Krieger ein Weib in seinem Zelt beherbergte, hatte er noch nie erlebt. Sigurd war sicher, dass die Ärmsten von den Höfen der Bauern entführt worden waren, und welcher einfache Bauer würde es wagen, seine Tochter oder Magd aus den Klauen der Wikinger zu reißen?

Der Heerführer, ein Gesandter aus dem Reich des dänischen Königs Harald, hatte es sich auf einem kleinen Hof bequem gemacht. Zelt neben Zelt hatten die Eindringlinge um den Hof errichtet, und so war das Lager auf eine stattliche Größe angewachsen. Die Angelsachsen, die einmal in dieser Gegend gelebt hatten, waren längst geflohen, oder sie lebten nun als Sklaven der Nordmänner auf ihren Höfen. Ihr König jedenfalls hatte es nicht mehr gewagt, gegen den Feind vorzugehen.

„So, Norweger seid ihr also", stellte Jarl Gorm mürrisch fest, nachdem Sigurd sich vorgestellt hatte. „Norweger sind störrisch! Mit einem norwegischen Schiffsführer gibt es immer Ärger. Aber sie kämpfen gut, das muss man ihnen lassen", sinnierte der Jarl eher für sich denn für sein Gegenüber. „Wir sind nicht alle vom Nordweg. In meinem Gefolge sind Dänen und Schweden", wandte Sigurd ein. „Was? Dänen fahren unter dem Befehl eines Norwegers?" Gorm war sichtlich erbost über die Worte des Sigurd. „Wenn du uns nicht in deiner Gefolgschaft willst, ziehen wir weiter, um Beute zu machen!"

„Hier auf meinem Gebiet bestimme ich allein, wer Beute machen darf…", rief der Heerführer, wurde aber sofort wieder ruhig, lehnte sich bequem in seinem Hochstuhl zurück und musterte die beiden Männer, die vor ihm standen. „Sei nicht gleich beleidigt, Sigurd Svensson! Ich brauche hier jeden Mann, um diese Christenbrut zu vertreiben." Er begann zu lachen. „Dieser Eadweard[36], ein Knabe noch, ein Möchtegernkönig, klebt an seinem Thron wie die Fliege auf einem Scheißhaufen!"

„Wie willst du uns entlohnen, Gorm?", fragte Björn nun frei heraus. „Was soll diese blöde Frage, Kerl?", entrüstete sich

---

[36] Eduard II. (Eadweard) bestieg den Thron im Jahre 975 n. Chr. im Alter von 13 Jahren und wurde im Jahr 978 n. Chr. von Bediensteten seiner Stiefmutter getötet. Im folgte sein Stiefbruder Ethelred auf den Thron

Gorm. „Es sollte dir eine Ehre sein, in meinem Gefolge zu kämpfen!"

„Von der Ehre werde ich nicht satt, Jarl Gorm! Also, wie steht es mit dem Sold?" Björn Gelbhaar ließ nicht locker, da wurde Gorm wütend. „Wenn ich es will, werdet ihr auf der Insel der Angelsachsen keinen einzigen Silberling erbeuten", sagte er forsch. „Ihr werdet diesen Platz nicht einmal lebend verlassen!" Er begann wieder laut zu lachen. Da wurde es Sigurd zu bunt, und er zog schnell sein Schwert. Noch ehe Jarl Gorm und die in der allgemeinen Heiterkeit überrumpelten Wachmänner es richtig gewahr wurden, lag die Spitze des Kehlenbeißers an der Gurgel des Heerführers. „Genauso wie wir, wirst auch du, Jarl Gorm, zur Hel gehen. Sicher wohl noch etwas schneller als wir!" Björn sah seinen Anführer verwundert an, hatte doch selbst er nicht mit einem Angriff gerechnet, und nun wagten die Wachmänner es, die Hände an die Griffe ihrer Schwerter zu führen. Doch der bedrohliche Blick und der drohende, tödliche Stoß des Norwegers hieß sie, dies besser zu unterlassen. „Genug gescherzt, Gorm!"

„Ja, ja", beschwichtigte der Jarl den Sigurd. „Lass es gut sein, Sigurd Svensson! Ihr bekommt den üblichen Sold. Dem Schiffsführer gebührt das Doppelte!"

Da sah der Tröndner den Gorm eindringlich an, und der Jarl verstand. „Du sollst keine Nachteile haben wegen der Frechheit, mich zu bedrohen!" Er blickte zu den Wachmännern und gab ihnen den Befehl, den Sigurd nicht zu behelligen. Da zog der Norweger seine Klinge zurück und ließ diese in das Wehrgehäng gleiten. „Dann bin ich bereit, dir die Gefolgschaft zu schwören, Jarl!", sprach Sigurd, und Gorm nickte. „Du bist ein mutiger Kerl, Sigurd Svensson. Solche Männer brauche ich."

*

13. Im Heerlager

Lange mussten die Krieger untätig in dem Lager
verbringen, und es kam bereits zu Streitereien zwischen
den einzelnen Schiffsmannschaften, die nur allzu oft in
blutigen Keilereien endeten. Doch Jarl Gorm machte
keinerlei Anstalten, das Heer auf das Kriegsfeld zu führen.
Er blieb meist auf seinem Hof, vergnügte sich mit seinen
Konkubinen, ging auf die Jagd und ließ es sich gut gehen.
Nur vereinzelt schickte er Abteilungen in die Umgebung,
um auf Höfen und in Dörfern für ausreichend Nahrung zu
sorgen. Böse Zungen behaupteten bereits, Jarl Gorm hätte
vergessen, wozu ihn König Harald auf die Insel der
Angelsachsen geschickt hatte. So blieb dem Sigurd viel Zeit,
in dem großen Lager nach seinen Schwestern zu suchen.
Doch die Suche blieb ohne Erfolg.
Und auch von dem kahlköpfigen Mörder der Svenssonsippe
fehlte jede Spur. War sich Sigurd doch sicher gewesen, den
Geirmund hier zu finden, hier an der Seite eines großen
Heerführers und Jarls, in dessen Glanz er sich suhlen
konnte.
Dann geschah es, dass ein angelsächsisches Heer sich
aufmachte und auf das Lager der Wikinger zumarschierte.
Die Grafen dieser Gegend hatten es satt, von den
Nordmännern unterdrückt zu werden, und so schickten sie
Boten an den Hof König Eadweards, um diesem ihr Leid zu
klagen, auf dass der junge König sein Heer schicken möge,
um die Eindringlinge aus dem Land zu jagen. Sie drohten
dem König sogar, sich auf die Seite seiner Stiefmutter zu
stellen, die nach dem Tode ihres Gatten doch lieber ihren
Sohn Ethelred auf dem Thron Britanniens gesehen hätte.
Und nach langem Zögern gab der junge König nach, denn
seine Berater hatten ihn mit Erfolg davor gewarnt, dass auch

Londinium die Begierden der Wikinger zu wecken vermochte, und ihn dies schnell seine Herrschaft kosten könnte. Also entsandte der Angelsachse ein Heer, um die Wikinger aus dem Land zu treiben, oder doch zumindest zurück hinter die Grenzen des Danelag.

Die Nachricht ließ Jarl Gorm aufhorchen, und er rief all seine Krieger, die selbsternannten Seekönige, Schiffsführer und Seeschäumer, die sich ihm mit ihrem Gefolge dem Heer angeschlossen hatten, sowie die Hauptmänner seiner dänischen Söldnerarmee auf den Hof, um die Lage zu bereden. „Eigentlich wollte ich abwarten", begann er vor nicht weniger als drei Dutzend Männern, die sich auf dem Hof versammelt hatten, „denn wie mir berichtet wurde, liegt in der Nähe von Yorvik ein Heer, das zu uns stoßen will."

Einige Männer nickten, so auch Sigurd, denn er und viele andere hatten ja selbst an den Ufern des Flusses Swale gelagert. „Ich kann nicht länger warten, denn das Angelsachsenheer droht uns hier in unserem Lager zu überrennen."

Die Männer gaben Laute des Missfallens von sich. „Wir werden also dem Feind entgegen marschieren und ihn nach Londinium zurückjagen", rief Gorm, und die Männer jubelten ihm zu. Um die Krieger noch fester an sich zu binden, sprach Jarl Gorm davon, nach dem Feldzug seine Gefolgschaft reich zu beschenken. Städte wollte er überfallen und den Kriegern zum Plündern überlassen, und auch die Götter ließ er nicht unerwähnt, die ihm angeblich großes Heil stifteten. Dann schickte er die Männer in ihre Lager, auf dass sie sich für den Kriegszug vorbereiten sollten, und zog sich selbst in sein Haus zurück.

„Bring mir die Sigrid in mein Bett, Olaf", befahl Gorm einem der Krieger, die sich ständig in seiner Nähe aufhielten, um den Jarl zu schützen. Der großgewachsene Mann nickte stumm und verschwand. Als er kurz darauf wieder erschien, zog er ein junges Weib an den Haaren mit sich. „Du grober Kerl! Möge dir Odin eine Natter in den Arsch schieben!", zeterte sie, und der Krieger zog noch fester an dem Haar. „Halt dein Maul, Weib, und gehorche lieber!"

Gorm musste lachen und schüttelte seinen Kopf. „Sie will es wohl nicht lernen!" Er trat vor und versetzte dem Weib eine schallende Ohrfeige. „So, du kleines Biest! Wir wollen doch mal sehen, ob du heut gehöriger bist."

„Pah!", trotzte das junge Weib mit den dunkelblonden Locken, und eine Träne rann über ihr Gesicht. „Los, entkleide dich!", befahl Gorm streng und nickte dem Krieger zu. Dieser ergriff das Kleid und zerrte daran, sodass die Schnüre zerrissen, die das Gewand geschlossen hielten. Das Weib aber stand regungslos da und rührte keinen Finger. „Zieh dich aus, habe ich befohlen! Oder soll Olaf es für dich tun?", keifte Gorm und legte seinen Kirtel ab.

„Du wirst dir nehmen müssen, was du willst. Freiwillig bekommst du es nicht", zischte sie böse. „Du bist störrisch wie ein Esel", schimpfte der Jarl nun schon recht zornig. „Ich dachte, die Peitsche hätte dich endlich Gehorsam gelehrt! Willst du, dass ich dich an jedem Tag die Peitsche schmecken lasse, Sigrid? Das wird deiner weichen Haut schlecht bekommen!" Er griff zu, zerrte und riss voller Gier an dem Kleid des Weibes, bis diese entblößt dastand.

„Los, leg dich auf das Bett", befahl er, doch Sigrid blieb starr stehen. Da traf sie ein heftiger Schlag in den Nacken, der sie taumeln ließ. Mit beiden Händen stützte sie sich auf den Tisch, der neben ihr in dem Raum stand, um nicht zu Boden zu fallen.

„Du kannst mich totschlagen lassen, Gorm. Ich werde niemals deine gehorsame Sklavin!", schrie sie, bevor die junge Norwegerin ein zweiter Schlag traf, der ihr fast den Atem raubte. Da nickte der Jarl dem Olaf zu, und dieser ergriff schnell die Handgelenke des Weibes und zog diese über den Tisch, sodass ihr Oberkörper auf der Tischplatte lag, ihre Beine aber fest auf dem Boden standen. Von den Schlägen benommen, keiner Gegenwehr mehr fähig, spürte sie, wie der Jarl in sie eindrang und sich nahm, wonach er gierte. Heftige Stöße drückten ihren Unterleib immer wieder kräftig gegen die Kante des Tisches, sie spürte den Schmerz, von kleinen hölzernen Splittern verursacht, die in ihre Haut drangen. Ihre Kraft war geschwunden, das mutige, junge Weib ließ es geschehen.

Nachdem Jarl Gorm den Bund seiner Beinkleider geschnürt hatte, sah er den Olaf streng an. „Ich habe es satt! Dieses Geschenk ist eine Strafe der Götter. Der Geirmund soll mir noch einmal unter die Augen treten, dann reiße ich ihm die Gedärme aus dem Leib! Und nun schneid ihr die Kehle durch, Olaf", befahl der Jarl kurzerhand, doch da sträubte sich der Krieger. „Willst du sie töten, so musst du es allein tun!"

Da traf den Kerl ein böser Blick, doch der Jarl wollte dem Olaf nicht zürnen, war er doch sein bester Mann. „Also gut! Meinetwegen bring dieses störrische Weib auf den Sklavenmarkt nach Yorvik. Verkaufe sie weit fort, sodass ich sie nicht mehr sehen muss. Am besten an einen Finnen oder besser noch an einen Orientalen."

Bereits am nächsten Morgen führte der Krieger die an ihren Händen gefesselte Sigrid auf eines der Schiffe, die nach Yorvik segelten. „Du bist dumm, Weib", sagte er fast mitleidig. „Jarl Gorm ist ein großer Krieger und steht bei König Harald in hohem Ansehen. Er ist reich, und seine Sklavin zu sein ist sicher nicht das schlechteste Schicksal."

„Warum hast du mich vor dem Tode gerettet, Olaf?", fragte sie leise. „Du schlägst mich, aber rettest mein Leben.

Warum?" Er zog seine Schultern empor. „Ich schlachte keine Weiber. Auch keine Sklavin!"

„Ich bin keine Sklavin", sagte Sigrid trotzig. „Ich bin die Tochter eines Häuptlings und werde frei sein!"

Da lachte Olaf auf. „Du bist eine Sklavin, und nur die Götter wissen, wohin es dich jetzt verschlagen wird. Ich hätte dich gerne selbst gekauft, denn du bist ein schönes Weib. Aber Gorm will dich aus dem Lager haben, und er hätte es mir übel genommen. Also hoffe darauf, dass die Nornen dir gnädig sind!"

Langsam segelte das Knarr den Fluss hinab und ließ das Lager des Jarl Gorm, in dem zu dieser Stunde Sigurd Svensson an einer Feuerstelle saß und Hirsebrei löffelte, hinter sich zurück.

*

Schon seit mehreren Tagen lagerten die Heere der Angelsachsen und Nordmänner in Sichtweite am Rande einer Wiese, die in einer lang gezogenen Senke lag. Doch außer einigen kleineren Scharmützeln war noch nicht viel geschehen. Weder der König der Britannier noch der Däne Gorm wagten den Vorstoß ihrer Truppen. Der Unmut bei den Beratern des Eadweard wuchs, und hinter vorgehaltener Hand warfen sie dem jungen Herrscher schon Feigheit vor. Als dieser davon erfuhr, befahl er endlich, das Heer auf das Schlachtfeld zu führen. Die Bogenschützen schickte er in die erste Linie, dahinter stand wartend das große Heer des Fußvolkes, zur Rechten flankiert von der Reiterei.

Im großen Heer des Dänen dagegen war kaum etwas von einer Schlachtordnung zu sehen. Die meisten Krieger in ihren Reihen waren keine Soldaten, die in Reih und Glied standen. Sie waren Wikinger, Seekrieger, die es gewohnt waren an Land zu stürmen und über den Feind herzufallen.

So schützten sie sich mit ihren Schilden gegen den Pfeilhagel, der über sie hereinbrach, und stürmten dann den Hügel hinunter, den Reihen des Gegners entgegen. Da zogen sich die Bogenschützen zurück und gaben den Weg für das Fußvolk frei. Zuvor aber schickten die Angelsachsen siegessicher ihre Reiterei gegen die Nordmänner, die eine Bresche in die anstürmende Horde schlagen sollte. Die Überraschung der Britannier war jedoch groß, als plötzlich die Reiterei des Wikingerheeres über den Hügelkamm preschte und sich den angelsächsischen Rittern in die Flanke stürzte.

Sigurd Svensson hatte herzhaft aufgelacht, als er davon erfuhr, dass die Männer des Wogendrachen nun zu Pferd gegen die Feinde ziehen sollten. Natürlich nur diejenigen, die auch wirklich reiten konnten. So waren es noch zehn weitere Krieger, die neben Sigurd zur Reiterei gehörten und ihre Pferde über den Hügel trieben. Alle anderen, die sich wie Björn nicht auf einem Pferderücken halten konnten, stürmten an der Seite des Gelbhaar zu Fuß dem Feind entgegen. Er hatte von Sigurd den Befehl erhalten, die Männer des Wogendrachen während der Schlacht dicht beisammen zu halten.
Die angelsächsischen Ritter hatten die vom Hügel herabstürmenden Nordmänner fast erreicht, als die Reiter des Jarl Gorm in ihre Reihen stoben. Die gesenkten Speerspitzen stießen die britannischen Krieger in ihren schweren Kettenhemden einfach aus den Sätteln, und so wurden die Ritter eine leichte Beute für die heraneilenden Horden der Nordmänner. Mit großem Entsetzen sahen König Eadweard und seine adligen Begleiter vom Hügel aus, dass die Reiterei fiel, und die Bestürzung darüber war groß, denn viele der Adligen hatten Söhne in den Reihen der Ritter gehabt, die es nun zu betrauern galt. So orderte der

König die Reiter sofort zurück, doch nur noch wenigen gelang die Flucht hinter die eigenen Reihen. Doch die Schlacht war keineswegs für die Nordleute gewonnen, denn die große Übermacht des angelsächsischen Fußheeres machte die Scharte der Ritter wieder wett. Bis zur Abenddämmerung tobte ein grausamer, unerbittlicher Kampf, der keiner Seite den Sieg brachte. Erst als die Sonne sich dem Horizont zuneigte, zogen sich die Heere in ihre Lager zurück.

Jene Männer, welche sich kannten, Männer, die einer Schiffsbesatzung oder einer dänischen Söldnertruppe des Gorm angehörten, fanden an den Lagerfeuern wieder zusammen. Hier zeigte sich, wer im Kampf großes Heil besaß und wer nicht. Über wen der Gott der Christen oder auch Odin und Thor ihre schützenden Hände hielten.

Zwei Männer aus Sigurds Gefolgschaft waren gefallen, und einige hatten Verwundungen davongetragen. „Dies ist eine schlechte Art, Beute zu machen", beschwerte sich Ole. „Ich bin ein Wikinger, beim Thor! Ich bin es nicht gewohnt, in einem Krieg zu kämpfen! Mich schmerzen die Füße mehr als meine Wunden!"

„So ist es, bei Thors Hammer!", pflichtete Tjord dem Ole bei. „Und wer sagt uns, dass wir den Lohn für unsere Mühen auch erhalten? Meine Geldkatze ist jedenfalls immer noch leer." „Dieser Gorm ist arrogant und scheint mir wenig vertrauensvoll, ich glaube nicht, dass es hier viel zu holen gibt, außer vielleicht einen blutigen Schädel." Thorfinn spuckte verächtlich aus und rieb seinen schmerzenden Kopf, den sein Helm vor Schlimmerem bewahrt hatte. „Na, und wenn schon. Wollt ihr fortlaufen wie Kinder? Wir stehen im Wort!", rief Björn böse, denn ihm missfiel das Gejammer. Sigurd hörte den Worten aufmerksam zu, und er konnte die Männer verstehen, doch wie Björn es richtig erkannt hatte, er stand bei Jarl Gorm im Wort, und nach seinen

Schwestern, die der wahre Grund seiner Anwesenheit in Britannien waren, hatte er auch noch nicht suchen können. Der Trönderhäuptling selbst hatte einen Schwertschnitz abbekommen, dieser war aber nicht tief und von Björn gut versorgt worden. „Erst einmal werden wir bleiben", entschied Sigurd. „Björn hat ganz recht. Ich stehe bei Gorm im Wort, und ihr somit auch. Doch gebe ich euch den Rat, haltet euch zurück. Stürmt nicht in vorderster Reihe und seid wachsam, dass ihr den feindlichen Schwertern nicht als Beute dient."

Sigurd wollte nicht noch mehr Männer seiner Besatzung verlieren. Nicht für Jarl Gorm, den er, ohne dass er es hätte erklären können, selbst nicht besonders leiden mochte. „Ich glaube jedenfalls nicht, dass dieser Kampf einen Sieger findet!"

Volle zwei Tage dauerte es, bis die Heere in der Senke erneut aufeinander trafen. Und Sigurds Vorahnung erwies sich als richtig, denn wieder gelang es keiner der verfeindeten Seiten, den Sieg auf dem Schlachtfeld zu erringen. Nun dauerte es schon eine volle Woche, bis die Kontrahenten ihre Heere in den Kampf schickten, um nach verlustreicher Schlacht an die Feuer zurückzukehren. Der Däne Gorm konnte nicht weichen, war doch die Gefahr groß, dass die Angelsachsen dann auf sein großes Lager zumarschieren würden. König Eadweard II. konnte sich nicht zurückziehen, da ihm seine adligen Mitstreiter im Nacken saßen, und er fürchtete, als Feigling verhöhnt zu werden. Was sicher den Verlust seiner Herrschaft nach sich ziehen würde. Doch der Riss in den Reihen der angelsächsischen Berater war bereits groß. Die einen fürchteten einen Angriff des Wikingerheeres auf Londinium und drängten darauf weiterzukämpfen, um den Feind zu schwächen. Die anderen warnten davor, das Heer weiter zu schmälern, stünde doch dann die Hauptstadt ohne Schutz da.

So erlagen bald die Kampfhandlungen völlig, und die Armeen verschanzten sich in ihren Heerlagern. Wie zwei Wildkatzen belagerten sich die Feinde, doch keiner wagte den Sprung.

Die Zeit verrann wie die Körner in einer Sanduhr, ohne dass etwas geschah, und dann, nachdem ein voller Mond vergangen war, kamen die Späher in das Lager und verkündeten den Abzug der angelsächsischen Krieger. Da wollte Gorm ihnen nachsetzen, witterte er doch die Gelegenheit, den König zu töten und das britannische Reich für König Harald oder sogar für sich selbst zu gewinnen. Doch die Hauptmänner und Schiffsführer weigerten sich, nach Londinium zu ziehen, denn auch das Wikingerheer selbst war stark geschwächt. So gab Jarl Gorm den Befehl, das Lager abzubrechen.

*

„Sigurd, mein Freund", sprach Rögnvald, als sie eines Abends gemeinsam vor dem Zelt saßen und sich an den züngelnden Flammen des Feuers wärmten, denn die Nächte waren kühl geworden. Der Schwede hatte einen Stein in seiner Hand und zog diesen behutsam, aber doch kraftvoll über die Schneide seiner Axt. „Ich glaube, ich habe den Geirmund gesehen!" „Was sagst du?", rief Sigurd erstaunt und sprang auf. „Wann? Wo?"

„Nun, es war auf dem Schlachtfeld. Im Getümmel der Kämpfenden sah ich ihn. Glaube ich!" Der Schwede wiegte den Kopf hin und her. „Doch, er war es!"

„Du bist dir sicher?" Die Erregung des Anführers stieg sichtlich an. „Es war mir leider nicht möglich, in seine Nähe zu gelangen. Dann hätte ich dir seinen Kopf als Beweis gebracht!" Rögnvald blieb die Ruhe selbst, während Sigurd die Zornesröte in sein Gesicht stieg. „Das sagst du mir jetzt erst?", keifte der junge Anführer seinen Freund und Kampfgefährten an. „Er wird uns entkommen!"

„Er weiß doch gar nicht, dass wir hier sind", versuchte Björn Gelbhaar nun den Tröndner zu beruhigen und wandte sich fragend dem Rögnvald zu. „Oder sah er dich?"

„Ich denke nicht", antwortete der Schwede ruhig und ohne von seiner Tätigkeit aufzuschauen. „Da hörst du es", sprach der Steuermann. Sigurd setzte sich wieder hin, sah in die tanzenden Flammen und sagte mehr zu sich selbst: „Er ist also hier im Lager!"

„Das ist anzunehmen." Björn Gelbhaar erahnte die Gedanken, die durch den Kopf des Sigurd Svensson kreisten. „Tue nichts Unbedachtes. Bedenke, du stehst unter dem Befehl des Jarl Gorm."

„Vielleicht sollten wir genau diesen Gorm fragen, dann wissen wir es genau", schlug Thorkill vor und erntete von den anderen ein mitleidiges Lächeln. Aber der Rotschopf blieb stur. „Gorm ist der Heerführer! Er wird doch die Hauptleute und Schiffsführer kennen, die ihm den Eid leisteten." „Aber doch nicht jeden dahergelaufenen Piraten", meinte Ole. „Den Anführer einer Flotte oder einer großen Wikingerschar sicher. Aber einen einzelnen Schiffsführer?" Da ergriff wieder Björn das Wort. „Ich weiß nicht? Der Geirmund ist ein Mann, der sich überschätzt. Er sucht die Nähe der Anführer und hat ein großes Maul. So einer fällt auf! Warum sollte sich der Gorm an so einen nicht erinnern?" Thorkill sah sich bestätigt. „Und wozu soll das bitte gut sein?" fragte nun Thorfinn. „Dem Gorm wird es nicht gefallen, wenn du ihn erschlägst!"

Sigurd vernahm die Worte der Freunde kaum, denn er grübelte vor sich hin. „Warum sah ich den Hundsfott nicht, als alle Hauptmänner und Schiffsführer vor dem Jarl versammelt waren?" „Ist das so wichtig?", fragte Björn.

„Wenn der Geirmund hier im Lager ist, werden wir ihn auch finden. Oder er uns!"

„Sag mir, Jarl Gorm", begann Sigurd, als er es endlich nach langem Warten geschafft hatte, vor den dänischen Jarl gerufen zu werden. Dieser benahm sich wahrlich, wie ein Kleinkönig es tat, und das ärgerte Sigurd ein wenig. „Ein Kerl namens Geirmund, ist der dir bekannt? Einen einzigen Zopf auf einem kahl geschorenen Schädel soll er tragen." Gorm saß auf seinem Hochstuhl, umringt von vier streng dreinblickenden Wächtern. „Ich kann doch nicht jeden Kerl in diesem großen Lager kennen. Bist du wirr, Norweger?", sprach der Heerführer belustigt. Da trat einer der Wächter vor und flüsterte dem Jarl etwas ins Ohr. Dieser kratzte sich den Bart und sagte: „Wenn du einen Dänen meinst, einen großmäuligen Piraten, den kenne ich!" Nun sah er Sigurd neugierig an. „Was ist mit ihm?" Da erzählte der Tröndner dem Jarl den Grund seiner Suche. „Der Kerl wollte mir wohl in den Arsch kriechen, biederte sich an und schenkte mir sogar eine junge Sklavin." Sigurd erstarrte über die Worte des Gorm, wagte die Gedanken, die durch seinen Kopf schossen, gar nicht weiter zu denken. „Ein junges Weib von deinem Volk sogar", sprach Gorm langsam und sah sein Gegenüber herausfordernd an. „Doch man konnte meinen, er wollte mir damit einen bösen Streich spielen. Das Weib war widerborstig und sehr wehrhaft. Sie war keine Freude im Bett." Das Herz des Tröndners drohte stehen zu bleiben, und die Vorstellung dass dieser Kerl seine Schwester bestieg, rief Ekel in ihm hervor. Doch er musste die Ruhe bewahren. „Wo ist das Weib, Jarl? Ich kaufe sie dir ab!"
Erst jetzt begriff der Heerführer. „Sie ist das Weib, nachdem du suchst. Deine Schwester!", sprach er mehr zu sich selbst. „Da kommst du zu spät, Sigurd Svensson. Ich schickte sie

fort. Nach Yorvik, um sie einem Händler aus dem Orient zu verkaufen. Sie soll mir nie wieder unter die Augen treten!" Sein Schwert hätte er zu gern gezogen, um es dem Kerl in sein Haupt zu schlagen. Stattdessen zog sich Sigurd enttäuscht und zornig zugleich zurück. Er achtete auch nicht mehr auf die Worte des Gorm, der meinte, dass der Geirmund sicher noch im Lager sein musste. Ihm sei jedenfalls nichts Gegenteiliges zu Ohren gekommen. Die Nachricht, die der Anführer an das Feuer seines Lagers brachte, betrübte alle sehr. So nah waren sie dem jungen Weib gewesen, und doch...! Einige schlugen vor, sofort nach Yorvik zu segeln, doch dies hätte auch den Eidbruch des Sigurd bedeutet. So sprach Rögnvald das aus, was die meisten dachten. „Nach Yorvik! Und dann? In den Orient? Nein, Freund, lass ab von der Suche. Die Nornen haben das Schicksal deiner Schwestern bestimmt, und du wirst es nicht zu ändern vermögen." Doch die Nornen hatten für den Tröndnerhäuptling noch eine Überraschung parat. Zuvor aber geschah, dass Sigurd dem Mann begegnen sollte, der all das Unheil über seine Sippe gebracht hatte.

Eigentlich ärgerte sich der Jarl immer noch über das Geschenk und somit auch über den Geirmund, denn Sigrid hatte ihm doch gut gefallen, und wenn er nun darüber nachdachte, so stellte er fest, das er sich dem Willen einer Sklavin gebeugt hatte. Er gab seinen Männern den Befehl, nach dem Dänen mit dem Zopf zu suchen, so wie es Sigurd nun auch tun würde. Nicht, dass er den Geirmund dem Norweger ausliefern wollte, das sicher nicht. Aber seine Neugier war geweckt, was wohl geschehen würde, wenn sich die beiden Feinde gegenüber standen und er als Jarl seine Macht beweisen konnte. Nach einigen Tagen war es dann soweit. Ein Bote kam in das Lager des Sigurd. „Jarl Gorm verlangt nach dir!"

Der Befehlston des Boten erntete nur einen bösen Blick des Tröndners. „Was will er? Es ist nicht einmal vier Tage her, da habe ich vor ihm gestanden." Sigurd war gar nicht danach, vor den Jarl zu treten, denn immer noch schwirrte in seinem Kopf die Vorstellung, dass dieser Mann seine Schwester genommen hatte. Sie war eine Sklavin, und sein Verstand sagte ihm, dass es das Recht des Herrn war, diese zu vögeln, wann immer es ihm beliebte. Doch der Zorn über die Beleidigung seiner Sippe überwog den Verstand. „Morgen", sagte der Bote streng, „zur Mittagszeit!" Dann wandte er sich ab und ging ohne Gruß.

Wie von Jarl Gorm verlangt, begab sich Sigurd Svensson am nächsten Tag zum Hof, auf dem der Jarl residierte. Doch als der Tröndner Einlass verlangte, hieß ihn einer der Wächter, vor der Pforte zu warten. „Was soll das, Kerl? Der Jarl hat gerufen!", begehrte Thorkill auf, der an der Seite seines Anführers stand. „Ihr wartet!", sagte der Wächter stur und ohne Erklärung. Sigurd hatte mit Absicht darauf verzichtet, einige Männer als Leibwache mit sich zu nehmen, denn er wollte Gorm nicht provozieren, und so war der junge Schmied sein einziger Begleiter. „Will er uns reizen?", fragte der Rotschopf den Sigurd, und dieser sprach achselzuckend und grinsend: „Ich weiß es nicht. Die einfachen Krieger müssen halt warten, wenn sie zum König vorgelassen werden wollen." Er sah den Wächter herausfordernd an, doch dieser schwieg und verzog keine Miene. „König Gorm von Britannien", lästerte Thorkill. Der Grund ihres Wartens stand in diesem Moment vor dem Hochstuhl des Heerführers und war ein Däne namens Geirmund, begleitet von seinem Stevenhauptmann Helgi. „Das Geschenk, das du mir brachtest, sicher um mir wohl zu gefallen, machte mir wenig Freude, Geirmund", tadelte der Jarl den dänischen Wikinger und sah ihn dabei böse an. „Aber sie war eine Häuptlingstochter! Als Sklavin für einen

Jarl gerade gut genug", versuchte sich der Glatzkopf zu rechtfertigen, doch Jarl Gorm winkte verärgert ab. „Sie schien mir wohl eher die Tochter des Loki zu sein. Doch du magst recht haben, sie war eine Häuptlingstochter, und darum habe ich dich hergerufen, Geirmund." Er hob den Arm und gab einem der Wächter ein Zeichen, worauf dieser das Haus verließ und kurz darauf mit Sigurd und Thorkill zurückkehrte. Als die Norweger den Geirmund und seinen Stevenhauptmann vor dem Hochstuhl sahen, war die Überraschung groß, doch sie währte nur, für einen Augenblick. Danach ergriffen sie ihre Schwerter, um die verhassten Feinde anzugreifen. Auch dem Geirmund fuhr für einen kurzen Moment der Schreck durch die Glieder, denn den Tröndner hatte er hier nicht erwartet. „Sigurd Svensson! Endlich", zischte er böse. Auch der Kahlkopf wollte sich auf den Widersacher stürzen, doch ehe er sich versah, erging es ihm wie seinem Feind. Auf seiner Brust lag die Lanzenspitze eines Kriegers aus der Leibwache des Jarl Gorm. Knurrend wie wilde Hunde standen sich die Männer gegenüber und wagten es doch nicht, die Klingen gegeneinander zu schlagen, denn das hätte unweigerlich zu ihrem Tode geführt. „Nur allzu gerne würde ich euch jetzt freie Hand lassen", sagte der Jarl streng und erhob sich von seinem Platz. „Ich habe aber ein Heer zu führen, im Namen König Harald Blauzahns. Daher kann ich es nicht gutheißen, wenn sich meine Hauptleute hier im Feindesland gegenseitig die Schädel einschlagen!" „Er hat meine Sippe getötet und meine Schwestern geraubt! Es ist mein gutes Recht, ihn zu töten", empörte sich Sigurd. „Die Götter verlangen es sogar von mir!" Da begann Gorm zu grinsen. „Oh, das ist dein Problem", wiegelte er ab. „Der Wille deiner Götter geht mich nichts an. Ich bin Christ, so wie mein Lehnsherr Harald!" Da staunte auch Geirmund, aber er fand schnell seine Stimme wieder. „Er tötete meinen Bruder

Arnodd und stahl sein Schiff, das mir zustand", rief der Geirmund dagegen. „Ich gewann den Wogendrachen in einem ehrlichen Zweikampf, und das weißt du genauso wie ich, Kahlkopf! Du bist ein Lügner, und ich werde dich gleichermaßen erschlagen, wie du es mit meinen Eltern getan hast!" Sigurd war außer sich vor Wut. „Wo ist Ingigrid? Rede, Dreckskerl! Was mit Sigrid geschah, weiß ich nun, aber was ist mit Ingigrid?" Da begann Geirmund hämisch zu grinsen. „Sie ist fort, weit fort, und du wirst sie nie wiedersehen. Doch vorher habe ich sie ordentlich eingeritten, damit ihr neuer Besitzer seinen Spaß an ihr hat." „Beim Thor! Ich schwöre, dass ich dich zur Hel schicken werde!", keifte Sigurd, und der Wächter hatte alle Mühe, den Tröndner zurückzuhalten. „Es ist genug!", brüllte nun der Heerführer verärgert. „Ihr habt mir den Gefolgschaftseid geleistet, und solltet ihr es wagen, meine Befehle zu missachten, lasse ich euch in kleine Stücke hauen und an die Raben verfüttern! Ich befehle, dass ihr eure Fehde ruhen lasst, so lange ihr in meiner Gefolgschaft seid!"
Es war dem Sigurd und nicht weniger dem Dänen Geirmund schwer gefallen, das Gebäude zu verlassen, ohne dem Wunsch, ja dem inneren Drang nachzugeben, den verhassten Feind zu töten. Doch sie wagten beide nicht, gegen den Befehl des Heerführers zu handeln.

Als Sigurd in seinem Lager berichtete, war die Meinung der Männer zwiegespalten. Diejenigen, die das große Heerlager nicht ohne Beute in ihren Taschen verlassen wollten, waren gegen einen Angriff auf Geirmund und seine Gefolgschaft. Andere aber meinten, dass der Wunsch nach Rache Vorrang habe und dem Sigurd keine andere Wahl ließ. Der Anführer selbst entschied nach dem Rat des Björn, den Befehlen des Gorm erst einmal zu folgen und abzuwarten.

Von nun an ging ein jeder Mann der Besatzung des Wogendrachen mit offeneren Augen und Ohren durch das Lager. Schließlich wollten sie nicht vom Feind überrascht werden, oder dass ihnen der verhasste Däne doch noch entkam. Dem Geirmund ging es aber wohl gleich, denn fortan wurden immer öfter Männer seiner Gefolgschaft in der Nähe der Zelte des Sigurd gesichtet.

Zwei volle Monde vergingen, in denen Teile des Heeres des Jarl Gorm raubend und plündernd durch das Land zogen, sich an Städten und Dörfern im Südosten Britanniens vergingen und sich sogar bis in die Nähe der großen Hauptstadt wagten. Doch von dort wurden sie vom Heer des König Eadweard zum Rückzug gezwungen.

*

„Was schleichst du hier herum, Helgi?" Die Stimme des Schweden klang wenig freundlich und ließ erahnen, was geschehen konnte, würde die Antwort des Mannes mit dem Zopf im Bart falsch ausfallen. Dem Rögnvald gefiel es überhaupt nicht, dass ständig die Männer des Geirmund um ihre Zelte schlichen, denn deren Lagerplatz war auf der anderen Seite des großen Heerlagers, weit ab vom Ufer des Flusses.

„Ich bin ein freier Mann und kann gehen, wo ich will", antwortete Helgi patzig und sah den Rögnvald, der ihn um eine ganze Haupteslänge überragte, herausfordernd und frech grinsend an. „So? Da bin ich aber ganz anderer Meinung, Freundchen!" Kaum hatte der Schwede die Worte ausgesprochen, da traf den Helgi auch schon dessen Faust in sein Gesicht und hob den Rotbart von den Beinen.

Als dieser wieder seine Augen öffnete, beugte sich der Rögnvald zu ihm herab und zischte: „Du kleine Natter spionierst hier herum, und das hat jetzt ein Ende. Kriech zu

deinem Anführer zurück und komm nicht wieder, sonst sind es beim nächsten Mal Odin und Thor, die dich strafen."
Er strich fast liebevoll über die beiden kurzstieligen Äxte, die in seinem Gürtel steckten. „Und sag Geirmund, dass es jedem seiner Krieger so ergeht, wenn sie sich herwagen!"
Als der Schwede seinem Freund und Anführer von dem Vorfall berichtete, zeigte sich Sigurd zwar belustigt, aber er äußerste auch seine Sorge. „Geirmund führt etwas im Schilde. Ich spüre es!" Und er sollte sich nicht irren.

Dunkelheit lag über dem Heerlager des vom dänischen König gesandten Jarls. Der mit dunklen Wolken verhangene Himmel ließ den Schein des Mondes erlöschen, und dicke Regentropfen trommelten eine eintönige Melodie auf die Planen der Zelte. Die meisten Feuer waren vom Regen gelöscht, und bis auf die Männer, die als Wachen ihre Runden durch die Reihen der Zelte zogen, regte sich kaum etwas. Seit dem Vorfall mit dem Schweden, der nun schon einige Tage zurücklag, hatte sich keiner der Männer des Geirmund mehr an den Lagerplatz des Sigurd gewagt.
Hunde bellten in der Ferne. Kaum hörbar durchbohrte die Spitze eines Messers die dicke Plane des Zeltes und begann diese dann mit scharfer Klinge nach unten aufzuschneiden. Langsam wurde der Schlitz größer, so groß, dass sich ein Mann hindurchzwängen konnte, um in das Zelt zu gelangen. Fünf Männer lagen in dickes Tuch gehüllt auf dem Boden um eine erloschene Feuerstelle herum, und ihr gleichmäßiges, ruhiges Atmen, nur unterbrochen von leisen Schnarchgeräuschen, deuteten dem Eindringling, dass sie tief schliefen. Ihm selbst erschien sein eigener Atem in der Stille der Dunkelheit wie Donnergrollen, doch die Schlafenden schienen ihn nicht zu hören.
Ein hämisches Grinsen huschte über das Gesicht des Eindringlings, als er bedächtig über die Schlafenden stieg,

ihnen in die Gesichter sah und nach dem einen suchte. Das
Messer so fest in der Faust, dass sich seine Knöchel bereits
weiß färbten. Das Gesicht feucht vom Regen, der aus dem
Haar tropfte, und vom Schweiß der Erregung. Da! Das
musste der Gesuchte sein. Langsam hob er die Hand, die das
Messer führte empor, um die Klinge gnadenlos in sein Opfer
zu treiben. Doch plötzlich verspürte er einen stechenden,
heiß brennenden Schmerz.

„Du elende Ratte", vernahm er eine Stimme, und ohne sich
umzuschauen, floh er über die langsam Erwachenden
hinweg aus dem Zelt und verschwand in der Dunkelheit.
Nun war Sigurd aufgesprungen. „Was ist geschehen?",
fragte er verwirrt sein Gegenüber, das er nur schemenhaft
erkannte. „Ein Kerl!", sprach Thorkill zu seinem Anführer.
„Ich erwachte und erkannte sein Messer, da nahm ich mein
Schwert und schlug nach ihm."

„Geirmund!" Es war die Stimme des Rögnvald, die
aussprach, was alle dachten. „Dieser feige Hundsfott!"

„Ich erwachte, als mir etwas in mein Gesicht tropfte. Da sah
ich ihn und schlug zu", berichtete der rothaarige Schmied.

„Da kann man ja froh sein, dass man nicht pissen musste",
tadelte ihn der Björn, denn es war wirklich sehr dunkel in
dem Zelt, und er glaubte nicht daran, dass Thorkill den
Eindringling und seine Klinge wirklich erkannt hatte.

„Du zweifelst an meinen Worten", begehrte der junge
Schmied auf. „Ein kurzer Mondschein ließ mich den Mann
erkennen!"

Da legte ihm der Sigurd seine Hand auf die Schulter. „Er hat
mein Leben gerettet", entgegnete er dem Björn und war über
dessen Worte sichtlich erbost, was selten vorkam.

„Ach was", grummelte der erfahrene Wikinger, legte sich
wieder nieder und schlief ein.

Am nächsten Morgen wurde im Lager des Sigurd viel über
den Vorfall der Nacht geredet. Björn blieb bei seiner

Meinung, dass Thorkill unbedacht gehandelt hatte, aber die anderen fragten ihn, was der Mann mit dem glatten roten Haar sonst hätte tun sollen. Und da der Steuermann des Wogendrachen keine Antwort wusste, schwieg er.

„Bist du vollkommen verrückt geworden?" Die Faust des Geirmund traf den Helgi direkt auf sein rechtes Auge. „Aber ich tat es für dich, weil dir der Jarl verboten hat, den Sigurd anzugreifen", verteidigte der Rotbärtige sein unbedachtes Handeln. „Habe ich dich etwa gebeten, meine Fehde auszutragen?", blaffte der Kahlschädel seinen Stevenhauptmann an. „Der Befehl des Jarls gilt auch für meine Gefolgschaft, du dämlicher Troll! Was wird Gorm wohl sagen, wenn er davon erfährt? Und er wird es sicher erfahren!" Helgi sah seinen Anführer nur noch schweigend an, denn seine Stimme war in seinem Hals erstarrt. „Und sieh dich nur selbst an!" Geirmund zeigte auf die Wunde in der Seite, die von einem Schwerthieb stammte, und die, trotz eines strammen Verbandes, immer noch die Tunika und den Kirtel rot färbte. „Wage es nicht, auch nur ein einziges Wort über den Vorfall zu verlieren, bis ich weiß, was zu tun ist!" Helgi nickte bedrückt, doch er sollte schneller wieder an seine Meucheltat erinnert werden, als es ihm lieb war, denn schon am Nachmittag schlich Thorkill Ormsson um das Lager des kahlköpfigen Dänen. Der junge Krieger wollte Gewissheit über die Geschehnisse der letzten Nacht, denn die Worte des Björn hatten ihn zutiefst verletzt, und vielleicht konnte er ja herausfinden, ob der Däne wirklich hinter dem Angriff steckte.
Da sah er den Geirmund mit einigen Männern vor einem Zelt stehen. Er fuchtelte wild mit den Händen und redete auf die Männer ein. „Elende Maulhure", entfuhr es dem Schmied bei dem Anblick des Mannes, und im Schutz der eng beieinander stehenden Zelte wagte er sich weiter vor.

„He, was schleichst du hier herum?" Thorkill fuhr vor Schreck zusammen. „Beim Odin, was erschrickst du mich so?" Vor ihm stand ein großer Kerl in ledernem Wams, dessen Speerspitze sich gerade auf die Brust des Norwegers neigte. „Nun?", drängte der Wächter des Geirmund auf eine Antwort, doch Thorkill stand da wie ein Knabe, der etwas ausgefressen hatte, und dem vor der Mutter keine Ausrede einfiel. Also schwieg er.

„Los, komm!", befahl der Krieger und schob den jungen Kerl mit den langen, roten Haaren vor sich her, bis sie das Zelt des Geirmund erreichten. „Sieh her, Geirmund!", rief er seinem Gefolgsherrn entgegen. „Der Kerl streunt um unser Lager herum!" Da hob der Däne seinen Arm und winkte die Männer heran, und als Thorkill vor ihm stand, musterte er ihn genau. „Ich kenne dich doch", stellte er fest. „Du bist doch einer aus dem Gefolge des Sigurd Svensson. Das ist aber sehr dumm von dir, dass du dich hier herumtreibst!" Geirmund begann hämisch zu grinsen, doch Thorkill schien völlig unbeeindruckt zu sein. „Oh, ich finde das gar nicht dumm", er zeigte auf den Helgi und seinen blutgetränkten Kirtel. Er trat auf den Rotbart zu, und der dänische Anführer ließ ihn gewähren. „Mir scheint, wir zwei sind uns heut Nacht begegnet." Dann wandte er sich dem Geirmund zu. „Vielleicht wäre es gut, wenn Jarl Gorm erführe, dass deine Männer des Nachts in unsere Zelte eindringen!" Da trat der Däne neben einen seiner Gefolgsmänner, zog dessen Schwert aus der ledernen Scheide, denn er selbst hatte sein Wehrgehäng abgelegt. „Ich glaube nicht, dass Jarl Gorm an deinem Wissen teilhaben sollte." Der Anführer grinste böse. „Erzähle es Hel, wenn du vor sie trittst, Rotschopf!"
Er kam auf Thorkill zu und hob das Schwert, um es dem Schmied auf sein Haupt zu schlagen. Doch Thorkill Ormsson reagierte schnell, ergriff den Arm des Wächters,

der nun wieder an seiner Seite stand, und schleuderte den Überraschten seinem Angreifer entgegen. Im Tumult gelang ihm die Flucht, denn als die Männer ihm folgen wollten, rief sie der Geirmund zurück.

Eine kurze Zeit war Thorkill zwischen den Zelten her gerannt, wurde von anderen beschimpft, und so mancher Gegenstand wurde ihm hinterher geworfen, bis er den Hauptweg erreichte, der quer durch das Lager führte. Erst jetzt war er sich sicher, dass ihm niemand gefolgt war. Schwer atmend ging er nun langsam den Weg entlang.

Das wäre beinahe ins Auge gegangen, dachte er bei sich, als plötzlich von allen Seiten des Lagers Leute zusammen kamen und in Richtung des Flussufers liefen. Erstaunt sah er sich um und griff nach einem, der vorüber lief. „He, Freund! Was geschieht?"

„Eine Flotte! Eine Flotte kommt den Fluss hinauf", rief der junge Bursche, der nicht älter als sechzehn Winter war. „Es ist die Verstärkung aus Yorvik!" Er riss sich los und lief weiter. „Jarl Skuli Eisenscharte", grummelte Thorkill und konnte den Aufruhr deswegen nicht verstehen. Er sah auch keinen Grund, sich den anderen anzuschließen, schließlich war er gerade der Umklammerung der Hel entkommen, und außerdem verdunkelte sich der Himmel zusehends, und es begann auch schon wieder zu regnen.

Er war schon eine ganze Weile durch das Lager gelaufen, als ein Donnergrollen in der Ferne den Zorn des Thor ankündigte. Graue und schwarze Wolken zogen nun schnell über den Himmel hinweg und ließen den Tag zur Nacht werden. Plötzlich ließen ein ohrenbetäubender Knall und ein sofort darauf folgender gleißend heller Blitz, der aus einer schwarzen Wolke fuhr, den Thorkill erstarren. Als er die Plane des Zeltes zur Seite riss, war kein trockener Fetzen mehr an seinem Leib, und sofort wurde er Opfer der

Witzeleien seiner Gefährten. Von dem Bericht des Durchnässten waren die Männer, die in dem Zelt des Sigurd saßen, wenig beeindruckt. „Auch wenn wir die Gewissheit haben, dass einer von Geirmunds Kriegern es versucht hat, mich zu töten, so bleiben uns doch die Hände gebunden. Der Gorm hat es befohlen", sprach Sigurd kopfschüttelnd. „Keine Fehde im Heerlager!"

„Wir können nur beobachten und warten, bis der Däne das Lager verlässt", fügte Björn noch mit grimmiger Miene hinzu.

Die Zeit schleppte sich nur langsam voran, und große Langeweile überkam die Männer in dem Heerlager. Es verging kaum noch ein Tag, an dem sich die Wolken nicht öffneten und die Wassermassen das Land überschwemmten. Sogar der Fluss war nun angestiegen, wild und rasend drohte er die vertäuten Schiffe mit sich zu reißen. Straßen und Wege, Pfade und Wiesen waren nun so aufgeweicht, dass ein Heer sicherlich im Matsch versunken wäre. Die Krieger blieben also in ihrem Lager, und die Menschen in den britannischen Dörfern und Städten konnten aufatmen und sich für kurze Zeit in Sicherheit wiegen.

Dann geschah etwas, woran keiner in der Gefolgschaft des Sigurd mehr zu hoffen gewagt hatte. Thorfinn kam in das Zelt seines Anführers, grinste breit über sein Gesicht und nahm auf einem der dicken Felle, die auf dem Boden lagen, Platz. „Was grinst du eigentlich so dämlich?", fragte der Rögnvald mehr verärgert als neugierig. „Gib mir einen Becher Bier, dann verrate ich es dir. Aber ich denke, es wird den Sigurd viel mehr interessieren als dich, Schwede!"

„So, so!", sagte der Angesprochene. „Rögnvald, gib ihm ein Bier, damit er erzählen kann, was er weiß. Sonst platzt er womöglich noch!" Der Schwede füllte feixend einen Becher mit Bier aus einem Fass, das in der Ecke des Zeltes stand

und zum Zeitvertreib diente, wie es Rögnvald nannte.
Thorfinn nickte dankend und nahm einen Schluck, dann
begann er zu erzählen.

„Ich war bei den Zelten des Jarl Skuli, an dem Wäldchen am
Ende des Lagers." Das Heerlager des Gorm hatte sich nun
schon weit vom Ufer des Flusses entfernt, und so hatte der
Heerführer den Skuli Eisenscharte und seine Gefolgschaft
dorthin befohlen, wo noch genug Platz für die vielen Zelte
der Ankömmlinge war. Doch dies hatte dem Skuli wenig
gefallen, denn er sah seine Schiffe nicht mehr.

„Was glaubst ihr wohl, wen ich dort traf?"
Die Männer sahen ihn fragend an. „Na, wen?", drängte
Björn. „Den Thorstein, aus der Besatzung des Sturlar!"
„Hat es den Sturlar also auch endlich hierher verschlagen",
stellte der Gelbhaar trocken fest. „Das war aber keinen
Becher Bier wert, Thorfinn", zog Thorkill den Gefährten
auf.

„So warte es doch ab!" Er hielt dem Rögnvald den Becher
hin. „Also, ihr kennt ja Thorstein. Er wusste wieder einiges
zu berichten." Der Schwede nahm den Becher und füllte ihn
erneut. „Kaum waren die Zelte des Jarl Skuli errichtet, kam
wohl der Geirmund in das Lager am Wald. Es gab einen
Streit, und nur die Götter wissen, warum kein Blut geflossen
ist. Thorstein sagte, es ging bei dem Streit wohl um ein
Weib!" Hatte Thorfinn gerade noch geheimnisvoll
dreingeschaut, grinste er nun wieder über das ganze Gesicht.
„Jarl Skuli schleppt inzwischen drei Konkubinen mit sich
herum. Schöne, junge Weiber! Eine sogar aus dem Orient."
Er begann kindisch zu kichern. „Und die meiste Zeit
verbringt er mit den Weibern in seinem Zelt, weswegen
seine Männer ihn nicht mehr Eisenscharte nennen, sondern
Hosenlanze!" Die Männer begannen zu feixen, machten
anzügliche Bemerkungen und begannen laut zu lachen.
Sogar Björn konnte sich ein Lachen nicht verkneifen,

obwohl seine Stimmung in letzter Zeit nicht die beste war.
Doch Thorfinn war noch nicht am Schluss seiner Geschichte
angelangt, und den Männern sollte ihr Lachen noch im Hals
stecken bleiben. Er wandte sich nun direkt dem Sigurd zu,
und sein Grinsen war wie aus seinem Gesicht gewischt.
„Meine Neugier trieb mich zum Lager des Jarl Skuli, und
ich fragte mich, ob mir ein Blick auf die Schönen gelingen
würde. So schlich ich mich durch den Wald, und Freya war
mit mir. Ich sah die drei Sklavinnen des Jarls, und die eine
hatte wirklich schwarzes Haar und braune Haut, doch mein
Blick fiel auf eine andere." Mit zwei Fingern strich er über
seinen Schnauzbart und sah den Sigurd an. „Ich bin mir
sicher, diese eine war deine Schwester Ingigrid!"

*

14. Von der Rettung der Ingigrid

Die Männer hatten den jungen Häuptling zurückhalten müssen, damit er nicht gleich zum Zelt des Jarl Skuli stürmen würde. Zu groß war die Gefahr, dass Sigurd in seiner Erregung eine Dummheit begehen könnte, denn schließlich waren sie hier unter dem Oberbefehl eines fremden Jarls. Würde es zum offenen Kampf kommen, stünden sie mit ihren dreißig Männern gegen einige hundert Krieger des Jarl Skuli Eisenscharte. Kein Gott vermochte es, sie da noch lebend heraus zu holen. So hatte es Björn gesagt. „Und es wird auch der Ingigrid nichts nutzen, wenn wir alle nach Walhalla gehen. Es will also gut überlegt sein, wie wir handeln wollen."

„Aber es ist doch schwer für mich!" Sigurd verstand die Bedenken der anderen gut, doch sie gefielen ihm nicht. Geirmund, sein Todfeind, der Mörder seiner Gesippen, lief ihm vor der Klinge herum, und wegen des unsäglichen Gefolgschaftseides, den er dem Gorm geleistet hatte, waren ihm die Hände gebunden. Und nun war auch noch seine Schwester in dem Lager, als Sklavin eines Jarls.

Was war das für ein böses Spiel, das die Nornen mit ihm trieben?

„Eine Schwester ist schon fort, und ich will die andere endlich an meiner Seite in Sicherheit wissen!"

„Ob Ingigrid schon im Besitz des Jarl Skuli war, als wir noch in dem Lager im Norden waren?", bemerkte Thorfinn beiläufig und hätte sich im gleichen Moment am liebsten die Zunge abgebissen. Sigurd raufte sich die Haare, und ein wutentbrannter Schrei entfuhr seiner Kehle. „Oh, Odin! Ich ertrage es nicht!"

Rögnvald schüttelte seinen Kopf. „Welch ein übler Scherz der Götter!"

Die Tage zogen vorüber, und die Tatenlosigkeit machte die Männer nervös. Dem Gorm legten sie sein Zögern im Kampf zur Last, und der Unmut über den Jarl wuchs, denn viele Krieger hatten auch noch keinen Silberling gesehen. Es war nun schon sehr viel kälter geworden, und es gab kaum noch Tage, an denen sich die Sonne gegen die grauen Wolken durchzusetzen vermochte. Morgens war das Land mit Reif überzogen, zum Mittag fiel der Regen aus dem dunklen Himmel über Britannien, und die bunt gefärbten Blätter der Bäume wurden vom Wind mit sich gerissen. Oft war Björn Gelbhaar nun Gast im Zelt des Sturlar, verbrachte dort seine Abende unter den alten Gefährten, trank und redete über längst vergangene Zeiten. Doch an einem Abend kam der Thorstein in das Zelt des Sigurd und nahm an dessen Feuer Platz. Er wurde freundlich empfangen, denn der Thorstein war immer gern gesehen, schon weil er immer Neuigkeiten zu berichten wusste.

„Habt ihr es schon gehört? Der Geirmund ist fort", erzählte er, und Sigurd erschrak. „Wie, fort?", fragte Rögnvald.

„Was heißt das, fort?"

„Nun, er hat seine Zelte abgebrochen und ist davon gesegelt", antwortete Thorstein und verdrehte dabei seine Augen. „Fort also!" Dann legte er dem Sigurd seine Hand auf die Schulter, als wolle er den Tröndner trösten. „Ihr seid ja ziemlich abseits vom großen Lager hier. Darum erfahrt ihr solche Dinge wohl nicht", versuchte sich Thorstein die Unwissenheit der anderen selbst zu erklären. „Es gab sogar einen Kampf zwischen den Männern des Jarl Skuli und diesem Geirmund und seinem Gefolge. Soll um ein Weib gegangen sein, so sagt man. Eine junge Sklavin, die es dem Jarl angetan hat, die aber der Geirmund unbedingt haben wollte. Skuli Eisenscharte weigerte sich jedoch, diese herauszugeben, und so kam es zum Kampf."

Die Männer des Sigurd staunten nicht schlecht über die Erzählung Thorsteins, besonders imponierte ihnen der Mut des Geirmund, im Lager Jarl Gorms einen blutigen Streit vom Zaun zu brechen. „Die Krieger des Gorm beendeten den Streit mit Waffengewalt, und bei Nacht und Nebel verschwand der Geirmund dann!"

„Das Weib kann nur Ingigrid sein", mutmaßte Rögnvald, und Thorkill stimmte ihm zu. „Der Kahlkopf wollte sie wieder in seine Gewalt bringen, nachdem er nun wusste, dass wir ihm so nahe sind."

„Er hätte Ingigrid als Druckmittel gegen uns verwand. Aber du siehst", sprach Björn, „der Jarl will sie nicht freiwillig hergeben!"

„Vielleicht war ihm der Preis zu niedrig, den Geirmund für die Sklavin bot", vermutete Thorstein. „Aber wenn er sie ihm nicht gab, warum sollte er sie dann uns geben?", resignierte Björn, was eigentlich gar nicht seine Art war. Da widersprach ihm Thorkill. „Sigurd sollte ihm trotzdem ein Angebot machen." Er sah den Anführer an. „Sie ist schließlich deine Schwester, und du musst die Ehre deiner Sippe wieder herstellen. Das wird der Jarl verstehen. Wenn nicht mit Silberlingen, dann mit dem Schwert, und es ist doch ein Grund, um auf dein Angebot einzugehen."

Björn Gelbhaar schüttelte nur seinen Kopf, und der angesprochene Sigurd sah den Rotschopf an und schüttelte sein Haupt. „Selbst ohne die Krieger, die sich dem Skuli für diesen Kampf angeschlossen haben, ist sein Gefolge noch zu groß für einen Schwertgang. Und für ein gutes Angebot fehlt mir das Geld!"

„Wo du gerade von Geld sprichst", mischte sich nun Ole ein, der längst auf das Gespräch aufmerksam geworden war. „Was glaubst du, wann der Gorm bereit ist, uns unseren Anteil auszuzahlen?" Da gesellte sich auch Gunnar hinzu.

„Wir überfallen für ihn die Städte, und er nimmt die Beute. Droht sogar denen mit dem Tode, die etwas für sich behalten!" Nun kamen immer mehr Männer an das Feuer, an dem Sigurd und die anderen saßen. „Wir sind schon viel zu lange hier", beschwerte sich nun Tjord, einer der Dänen im Gefolge des Sigurd. „Wollten wir doch zum Brachen wieder daheim sein, jetzt aber ist es schon nicht mehr lang bis zum Winter! Du bist unser Anführer, Sigurd Svensson. Hole unsere Beute, und dann verschwinden wir von hier. Noch kann man auf dem Nordmeer segeln!"

Da sprang Björn erzürnt auf. „Seit wann bist du ein Bauer, Tjord?" Er sah den dänischen Gefährten böse an, und dieser senkte seinen Blick zu Boden. „Wir kamen hierher, um die Schwestern des Sigurd zu finden, und wir werden nicht ohne sie von dieser verfluchten Insel verschwinden", blaffte er den Tjord an. „Und natürlich mit unserer Beute!"

Dann schweifte sein Blick auf Sigurd. „Lass uns zu Skuli Eisenscharte gehen, er soll einen Preis nennen. Danach gehen wir zu Gorm, damit er unseren Anteil herausrückt!"

„Richtig, genau so wird es gemacht", rief Rögnvald stimmgewaltig und schlug sich auf den Schenkel. „Und dann verschwinden wir von hier! Ich will mal wieder zwischen den Beinen eines Weibes liegen, das nicht vor Angst schreit."

„Ja, eine, die dir sanft in dein Öhrchen flüstert, welch gefühlvoller und feinsinniger Liebhaber du doch bist", begann nun Thorfinn den Schweden zu necken, und er fand in Thorkill sofort einen, der in dasselbe Horn blies. „Eine, die nicht wimmert und die es freut, wenn du ihr einen kleinen Bastard in ihren Bauch schiebst!"

„Na, wenn schon", wiegelte Rögnvald ab und war keineswegs beleidigt. „Ich werde wenigstens Enkel haben, die mich später einmal als Helden besingen werden!"

Die Ernsthaftigkeit des Gespräches war dahin, und die Männer feixten herum, so musste der ein oder andere deftige Scherze über sich ergehen lassen.

Noch am selben Tag, es war schon spät und begann zu dämmern, da hielt es den Sigurd nicht mehr in seinem Lager. „Ich muss es wissen, sonst finde ich keine Ruhe!" Sigurd musste Gewissheit haben, bevor er vor den Jarl trat, und Thorkill verstand die Worte seines Freundes und Anführers sofort. „Ich werde mit dir gehen. Jetzt sofort, wenn du es wünschst!" Ohne zu zögern begaben sich die beiden Männer auf den Weg zum Lagerplatz des Jarl Skuli. War diese Sklavin wirklich seine Schwester Ingigrid?

Der Lagerplatz des Skuli Eisenscharte war zu einer großen Zeltburg ausgebaut. Von einem niedrigen Steinwall umgeben, standen die Zelte auf einer Wiese nahe einem Hain, der mit riesigen, alten Eichen bewachsen war. Der Rand dieses kleinen Wäldchens war mit dichten Haselbüschen bewachsen und nicht allzu weit von diesen entfernt stand das große Zelt des dänischen Jarls sowie die Unterkünfte seiner Leibwache und der Sklavinnen, die sein Bett wärmten. Innerhalb der Zeltburg herrschte reges Treiben. Männer saßen vor ihren Zelten an Lagerfeuern und vergnügten sich mit irgendwelchen Huren, die es in jedem Heerlager zur Genüge gab, dabei betranken sie sich mit Bier. Andere waren mit allerlei Arbeiten beschäftigt, und auch die Sklavinnen des Skuli liefen umher.

Sigurd und Thorkill hatten sich aus dem Schutz des Dickichts in das Lager geschlichen und standen nun im Schatten eines Zeltes, von wo sie auf das Treiben einen guten Einblick hatten, ohne selbst sofort erkannt zu werden. „Da, sieh!", sagte Thorkill und wies auf eines der Zelte, das nicht weit des großen Hauptzeltes stand. Die Unterkunft, aus dickem Segeltuch gefertigt, glich einem Bienenstock, in den

drei junge Bienen ein- und ausflogen. Mal mit Krügen und Bechern, mal mit Kleidung oder einem kleinen Fässchen unter dem Arm. Die eine hatte hellblondes Haar, das Haar einer anderen war dunkel, und die dritte war eine Orientalin mit schwarzen Locken. „Da, das ist Ingigrid! Bestimmt ist sie das!" Thorkill zeigte auf die mit dem hellblonden Haar. Sigurd kniff seine Augen zusammen, wiegte seinen Kopf hin und her. Seine Schwester hatte blondes Haar, soviel war sicher, doch war es einmal lang, fast bis zu den Hüften, und meist zu einem dicken Zopf geflochten. Diese da hatte kurzgeschorenes Haar, wie es bei Sklaven üblich war.
Sollte dies wirklich die junge Ingigrid sein?
„Meinst du?" Er schüttelte traurig seinen Kopf. „Oh, Odin! Ich erkenne meine eigene Schwester nicht!" Thorkill sah, dass sich die Augen des Freundes mit Tränen füllten. „Los, wir müssen näher ran", sprach er, und es klang fast wie ein Befehl. Vorsichtig schlichen sie von Zelt zu Zelt, darauf bedacht, nicht von den Bewaffneten, die auf dem Platz umher liefen, erkannt zu werden. Nun standen sie dem Zelt der Sklavinnen zum Greifen nahe, und da trat Ingigrid ins Freie, einen Topf, aus dem dampfende Schwaden empor stiegen, in ihren Händen. Plötzlich hielt sie inne. War da nicht ein Zischen? Ein Laut, der wie ihr Name klang? Sie blieb stehen, sah sich suchend um, da trat ihr ein anderes Weib entgegen. „Eil dich, Ingigrid! Der Jarl will sein Essen." Die Tochter des Sven schüttelte kurz ihren Kopf und lief weiter.
Nun glänzten die Augen des jungen Häuptlings. „Ja, sie ist es!" „Und es scheint ihr gut zu gehen", stellte Thorkill erfreut fest. Da kam das junge Weib auch schon zurück, gerade als die dritte Sklavin aus dem Zelt trat. „Er will, dass wir an seiner Seite sitzen, mach schnell", sagte die Ingigrid zu dem Weib, das etwas älter zu sein schien als sie selbst. Es war die Orientalin, von der schon Thorfinn berichtet hatte,

und er hatte bei seiner Schwärmerei von ihrer Schönheit nicht übertrieben, wie der rothaarige Schmied befand. „Geh du schon vor, ich komme sofort nach", sagte die Sklavin mit dem kurzen, blonden Haar zu der Schönen mit den schwarzen Locken und der dunkleren Haut. Diese nickte und verschwand im Zelt ihres Herrn. Nun wollte Sigurd aus seinem Versteck treten, wollte sich seiner Schwester zu erkennen geben, doch Thorkill hielt ihn zurück. „Tue es nicht! Bleib!"
Der Schmied hatte die Gedanken seines Anführers gelesen und hielt diesen zurück. „Was soll das?", fragte Sigurd und war sogar ein wenig erzürnt.
„Es ist besser, sie weiß nichts von unserer Anwesenheit. Was ist, wenn sich Skuli dagegen sträubt, Ingigrid freizugeben?"
„Du hast recht! Wir wollen ihr keine falschen Hoffnungen machen", stimmte Sigurd dem jungen Gefolgsmann bei, doch es gefiel ihm keineswegs. Langsam zogen sie sich in das dichte Buschwerk des nahen Waldes zurück, gingen einen großen Bogen, ehe sie wieder den Weg in das Lager suchten und den Hauptweg, der durch das große Heerlager führte, erreichten.
Noch am selben Tag begab sich Sigurd, gefolgt von Björn und Thorkill, zum Hof des Jarl Gorm. „Was wollt ihr, Norweger?", fragte dieser wenig freundlich, denn er sah denn Männern an, dass dies eine von den unerfreulichen Unterredungen werden würde, die er in der letzten Zeit schon mit einigen Schiffsführern führen musste. Sigurd war nicht der erste Wikingerführer, der vor den Jarl trat, um für sich und seine Gefolgschaft den Sold einzufordern.
Langsam wiegte der Däne seinen Kopf hin und her, machte ein fast mitleiderregendes Gesicht, als Sigurd die Worte sprach, die der Jarl schon erahnt hatte. „Gib uns endlich, was uns gebührt, Jarl!"

„Sigurd Svensson, leider ist die Beute zu gering. Es wird nicht ausreichen, um allen den ausgehandelten Anteil zu geben", wandt sich der dänische Heerführer wie ein Aal.

„So?", mischte sich nun Björn ein. „Britannien ist groß und reich! Mir scheint eher, dass die Beute für dich allein ausreichend ist."

„Was wirfst du mir da vor, du norwegischer Stiefelknecht?", empörte sich der Gefolgsmann König Harald Blauzahns und sprang von seinem Hochstuhl auf.

„Verzeih meinem Freund seine frechen Worte, aber ich weiß von reichen Klöstern, die nicht allzu weit entfernt sind und doch ihre Schätze noch besitzen", sagte Sigurd schnell, noch bevor Björn dem Jarl eine Frechheit entgegnen konnte.

„Ich weiß, dass ihr noch an die alten Götter glaubt", sprach Gorm und hatte große Mühe, seinen Zorn zu bändigen. „Ich aber bin ein Mann Haralds und somit getauft, im Namen des Herrn Christus! Doch höre meine Worte: Eine Verstärkung aus dem Norden ist eingetroffen, und sobald es uns das Wetter erlaubt, werden wir nach Westen ziehen, um große Städte zu plündern, in denen es sich lohnt!"

Da wurde Björn böse. „Wir haben schon zur Genüge Beute für dich gemacht. Haben Städte und Dörfer geplündert und Schlachten für dich geschlagen! Zahle deine Schulden, Jarl, oder du bist bald ein Führer ohne Heer!"

Jarl Gorm schnappte nach Luft wie ein Karpfen in einem ausgetrockneten Teich. „Du, du wagst es, mir zu drohen, Mann?"

„Jarl Gorm, verzeih meinem Freund seine harten Worte", versuchte Sigurd nun eilig die Wogen zu glätten, bevor es noch zum offenen Streit kam. „Ich suche nach meinen Schwestern, wie du weißt. Die eine gabst du fort, doch die andere gehört dem Jarl Skuli Eisenscharte, wie ich erfuhr. Er kam mit seiner Gefolgschaft vor wenigen Tagen hier an."

Gorm nickte wissend. „Nun brauche ich Geld, um meine Schwester aus der Sklaverei freizukaufen."

„So, so. Du willst sie freikaufen", tat Gorm nun verständnisvoll, obwohl ihm die Beweggründe des Norwegers völlig einerlei waren, und ihm diese Unterredung längst schon unangenehm war. Von dem Schicksal der Sigrid verlor er kein Wort mehr. „Nun gut! Sicher hast du schon in Erwägung gezogen, falls es nötig werden sollte, dein Schwert zur Hilfe zu nehmen, um deine Schwester zu befreien. Vielleicht bringst du ja sogar die anderen Norweger in meinem Lager auf deine Seite. Ist es nicht so?" Sigurd antwortete nicht, sah den Gorm nur mit einem harten Blick an. „Habe ich es mir doch gedacht. Du wirst es mir nicht glauben, Sigurd, aber ich kann dich sogar ein wenig verstehen. Sie ist von deinem Blut", sagte der Jarl und nahm wieder platz. „Ich will die Frechheit dieses Kerls da also vergessen", er zeigte auf Björn, „und ich werde darüber nachdenken, wie ich dir helfen kann."

„Du glaubst doch nicht wirklich, dass der dänische Hundsfott uns hilft?", fragte Thorkill, als sie den Hof verließen. „Einen Scheißdreck wird er tun", maulte Björn verärgert. „Er wollte uns nur loswerden!"

Die Worte des Jarls klangen dem Sigurd noch in den Ohren. Schöne Worte, die doch nichts wert waren. Und der Tröndnerhäuptling wusste das nur zu gut. „He, hörst du mir überhaupt zu, Sigurd?"

„Ja, ja! Ich höre dich, Björn Gelbhaar!"

„Was werden wir jetzt tun?", fragte Thorkill. „Wir haben immer noch keinen Silberling in der Tasche."

„Das weiß Skuli Eisenscharte aber nicht, darum werden wir ihm jetzt mal auf den Zahn fühlen", antwortete Björn für seinen jungen Anführer, und dieser nickte zustimmend. „Ich muss wissen, ob er überhaupt bereit ist, die Ingigrid frei zu geben!"

„Und für welchen Preis", fügte Thorkill hinzu. „Wenn es nach mir ginge, wäre der Preis sein blutiger Schädel", brummte Björn kaum hörbar in seinen Bart.

„Der Preis ist egal! Wir holen sie uns sowieso!", sprach er nun laut, und Sigurd sah ihn verwundert an, war es doch der väterliche Freund, der meist mit Bedacht handelte. Sigurd hatte es längst bemerkt, dass der Seefahrer sich verändert hatte. Es war Zorn in ihm. Viel Zorn!

Wahrscheinlich war es das Lagerleben, die Zeit an Land als Kriegsknecht, nicht als Wikinger. Die Langeweile, das meist tatenlose Herumsitzen. Ganz sicher fehlte ihm die See, der Geschmack salziger Luft, oder es war seine Abneigung, einem fremden Herrn zu dienen. Herren, die allem Anschein nach nicht das Wohl ihrer Gefolgschaft im Sinn hatten, sondern die Fülle ihrer Schatzkammern. Jedenfalls hatte Sigurd begonnen, sich über den alten Freund seine Gedanken zu machen.

Den halben Weg hatten sie schon hinter sich gebracht, von ihrem Lagerplatz an der großen Wiese nahe dem Flussufer über den Pfad, der zum Hauptweg und dieser dann zum Hof des Gorm führte. Nun mussten sie noch einmal so weit laufen, um das Lager des Jarl Skuli auf der gegenüberliegenden Seite zu erreichen, und je näher sie den Zelten des dänischen Jarls kamen, umso schweigsamer wurden sie. „Denke daran, wir wollen es in Ruhe und mit Frieden versuchen", brach Sigurd das Schweigen und mahnte den Björn zur Besonnenheit. „Ja, ich werde ihn schon nicht fressen! Ich schwöre es, bei Thor!"

Der Jarl gewährte dem Sigurd und seinen Begleitern sofort Einlass und ließ sie vor den Hochstuhl führen, auf dem er stolz und aufrecht saß. Sein Bart war gestutzt und in Form geschnitten. Er trug einen fein bestickten Kirtel, um seinen Hals hingen goldene Ketten, und mehrere Ringe zierten seine Finger. Obwohl Skuli Eisenscharte ein stattlicher Mann war, so kam er dem Sigurd mit seinem Tand doch recht weibisch vor. Der Jarl besah seine Besucher mit durchdringendem Blick, hob seinen beringten Finger und zeigte damit auf den Sigurd. „Dich kenne ich doch, Mann", stellte er fest. „Du bist der, der mir in dem Lager in Yorvik die Gefolgschaft verweigerte!" Er kniff seine Augen zu schmalen Schlitzen zusammen. „Bist du es?" Sigurd nickte kurz. „Ja, ich bin der Mann, der dir in dem Lager begegnete", sagte der Tröndner aufrichtig. „Was willst du von mir?", fragte Skuli unfreundlich, denn er schien Sigurd die Verweigerung der Gefolgschaft immer noch übel zu nehmen.

„Du hast ein junges Weib in deinem Besitz. Eine Sklavin!" Der Norweger begann ohne Umschweife zu reden. „Ihr Name ist Ingigrid, und sie ist von meinem Blut! Sie ist meine Schwester, und ich frage dich, bist du bereit sie freizugeben?" Der Jarl sah den Sigurd schweigend an. „Ich zahle dir einen guten Preis, Jarl!"

„So, die Ingigrid willst du also", stellte Skuli wie beiläufig fest und bohrte sich dabei genüsslich mit dem Finger in seinem Ohr. Sigurd trat einen Schritt vor, und sofort senkte sich der Speer eines Kriegers, der neben dem Hochstuhl stand. Doch der Jarl hob die Hand, und der Wächter zog die eherne Spitze zurück. „Der Geirmund, der mein Feind ist raubte sie vom Hof meiner Eltern und schenkte sie dir, Jarl. Nun komme ich, um meine Schwester zu holen!"

„Ja, der Geirmund", sagte Skuli leise, kratzte seinen Bart und sah dann den Sigurd an. „Jetzt begreife ich! Der Geirmund, der stinkende Schellfisch stand genau an dieser Stelle", er zeigte auf die Füße seines Gegenübers. „Und genau wie du verlangte er nach meiner Sklavin Ingigrid. Er bot mir viel und drohte sogar, sie mit Waffengewalt zu rauben."

„Er drohte nur damit?", fragte Thorkill argwöhnisch. „Ah, ihr hörtet also schon davon. Ja, es gab einen kleinen Kampf, und die Schwerter klirrten ein wenig." Der Jarl grinste seine Wachmänner an, bevor er sich dem Thorkill zuwandte. „Der Kerl hat sich wie ein geprügelter Hund davongestohlen!" Mit drohendem Blick sah er von einem zum anderen. „Jarl Gorm hat Waffengänge unter seinem Gefolge verboten. Vielleicht floh der Geirmund vor der Wut des Gorm!" Plötzlich begann der dänische Jarl zu lächeln, wandte sich ab und sagte zu einem der beiden Wächter: „Geh, hole die Sklavinnen!" Er sah den Sigurd an. „Vielleicht sollten wir sie entscheiden lassen." Dann begann er laut zu lachen und forderte die Männer auf, etwas bei beiseite zu treten.

Die Norweger sahen sich stumm an, und jeder spürte die Anspannung des anderen. Da betraten die jungen Sklavinnen das Zelt, und ohne die Besucher zu beachten, begaben sie sich schweigend an die Seite ihres Herrn.

„Du hast nach uns gerufen?", fragte die Ingigrid ohne Scheu. Sigurd erstarrte beim Anblick des jungen Weibes, jetzt, da sie zum Greifen nah vor ihm stand, wurde ihm gewahr, dass seine Schwester nicht mehr das kleine Mädchen war, an das er sich erinnerte, sondern ein junges, schönes Weib, welches bei einem Mann Begehrlichkeiten weckte. Ingigrid zählte inzwischen siebzehn Sommer und Winter, war somit im besten Alter, um vermählt zu werden. „Sie sieht nicht geschunden aus", dachte der Bruder, denn es waren keine Male der Züchtigung zu erkennen, und gut genährt war sie auch. Ihre Kleidung war sauber, nur hatte man der Ingigrid und dem anderen nordischen Weib das Haar geschnitten. Das der Orientalin dagegen war lang und glänzte in tiefem Schwarz. Wahrscheinlich hatte Skuli gedacht, dass man diese sowieso als Sklavin erkennen würde, und er sah keine Veranlassung, ihre Schönheit zu verringern. Thorkill schien der gleichen Meinung zu sein, denn sein schmachtender Blick lag auf dem Antlitz der Schönen.

Jarl Skuli erhob sich und strich der Norwegerin mit der Hand über den Kopf.

„Hier ist jemand, der dich sehen will", sagte er mit freundlicher Stimme, und der Mann, der schon mehr an Jahren zählte als Björn, zeigte auf die drei Norweger, und nun erst erkannte das junge Weib die Männer. „Sigurd! Thorkill! Björn!", rief sie die Namen der Norweger und fiel dem Bruder freudig um den Hals. Einer der Wächter wollte sie zurückreißen, doch die Stimme des Björn ließ ihn inne halten. „Wage es, sie anzufassen, und ich schneide dir dein Herz aus der Brust!" Der Wächter sah den Skuli an, und dieser befahl in zurück. „Sigurd", flüsterte sie, und Tränen rannen über ihr schönes Gesicht. Da wurden auch die Augen des Tröndnerhäuptlings feucht. „Oh, ich glaubte nicht daran, noch einmal einen Gesippen wiederzusehen", schluchzte sie leise.

„Kleine Schwester, die Nornen sind uns wohl gesonnen", sagte Sigurd mit tränenerstickter Stimme und flüsterte ihr dann in ihr Ohr: „Ich werde dich heimholen. Das verspreche ich dir." „Heimholen?", fragte sie da erstaunt. „Mein Heim ist an der Seite meines Herrn!" Sigurd erschrak, und Skuli grinste hämisch. „Aber, aber...", suchte Sigurd nach Worten. „Du bist an seiner Seite nur eine Sklavin!" Ingigrid sah ihren Bruder mit ihren großen, blauen Augen fragend an, dann nickte sie. „Ja, so mag es wohl sein. Doch es geht mir gut bei meinem Herrn. Dort, wo er ist, will auch ich sein!" Sigurd hatte sich aus ihrer Umarmung gelöst, stand da wie zu Stein erstarrt. Sie ist von Sinnen, dachte er. Es gab nur diese eine Erklärung, dass sie sich der Freiheit verweigerte. „Aber Ingigrid! Du kannst keine Sklavin sein! Du bist aus meiner Sippe, von meinem Blut!" Sie wählte das Leben an der Seite dieses alten, lüsternen Bockes? Sigurd war entsetzt, zutiefst in seiner Ehre verletzt, und blanker Zorn stieg in ihm auf.

„Du hast meine Worte gehört, Bruder", sie wandte sich ab und trat wieder an die Seite des Skuli, der ihr noch einmal grinsend über das kurze, goldblonde Haar strich.

„Geht jetzt!", befahl er, und die Frauen verließen das Zelt.

„Hast du deinen Verstand verloren, Ingigrid?", fragte die Orientalin, als sie im Freien standen, und die andere Sklavin stimmte ihr zu. „Man bietet dir die Freiheit und du wirfst sie fort!"

„Nun, Sigurd? Gibt es noch etwas, das der Klärung bedarf?", fragte Jarl Skuli Eisenscharte mit hämischem Tonfall. Sigurd hatte seinen Blick gesenkt und schüttelte traurig den Kopf. Da legte ihm Björn seine Hand auf die Schulter, und unter dem Gelächter des Jarls und seiner Männer verließen sie das Zelt.

Der Häuptling und Anführer der kleinen Wikingerschar aus dem Norden des Tröndelag hatte auf dem Rückweg kaum ein Wort gesprochen. Zu tief steckte der Stachel der Enttäuschung in seinem Fleisch. Was sollte er nun bloß tun? Da brach Björn das Schweigen. „Wir sollten sie dem Skuli trotzdem entreißen!"

„Du hast doch ihre Worte gehört", sprach Thorkill dagegen, doch Björn hörte gar nicht auf die Worte des Rotschopfes. „Sie ist ein junges Ding!" Er sah Sigurd eindringlich an. „Was weiß sie schon von Gesippenehre, von Blutsbande?" Björn legte dem Mann, den er nun schon so lange begleitete, seine Hände auf die Schultern. „Du bist das Oberhaupt der Sippe, und du bist der Häuptling im Sigurdfjord, der Bruder, der Mann, der über sie zu bestimmen hat. Du wirst noch dein Gesicht verlieren!"

„Ich kenne den Grund, warum sie das tut", behauptete Thorfinn, nachdem sich einige Männer im Zelt ihres

Anführers zusammen gefunden hatten, und dieser ihnen von den Geschehnissen berichtet hatte. Alle sahen den Dänen überrascht an, einige lachten und machten sich lustig über den Krieger. „So? Dann lass uns doch an deinem Wissen teilhaben, Freund", forderte Björn den Dänen Thorfinn grinsend auf, und dieser begann zu erzählen. „Ich habe so etwas schon einmal erlebt. Ich war noch ein junger Bursche, nicht älter als zehn oder zwölf Winter, da gab es auf unserem Hof eine Sklavin. Sie war sehr jung! Vielleicht gleichen Alters wie deine Schwester Ingigrid jetzt." Er sah den Sigurd an und lächelte. „Mein Vater brachte sie eines Tages von einem Marktbesuch in Brimun auf unseren Hof. Er hatte sie einem Kerl abgekauft, der sie sehr schlecht behandelt hatte. Ja, richtig gequält hatte er sie!" Nun waren die Männer doch neugierig geworden und keiner feixte mehr über den Erzähler. „Was hat das aber mit der Ingigrid zu tun?", fragte Sigurd barsch.

„So höre doch weiter! Anfangs war sie störrisch und bockig, doch keiner schlug sie. Da begriff sie, dass man sie gut behandeln würde, und sie legte ihre Scheu und auch den Widerstand gegen meine Sippe ab." Nun lächelten die Männer zufrieden.

„Sie wurde eine gute Magd und die Konkubine meines Vaters, die sicher heute noch auf dem Hof lebt!" Thorfinn schwieg einen Augenblick, erwartete, dass Sigurd etwas sagte, doch dieser sah ihn nur stumm an.

„Der Ingigrid erging es genauso", erklärte Thorfinn.

„Der Geirmund hat sie schlecht behandelt, sie geschlagen und mit Gewalt genommen. Denke ich!" Nun begriff Sigurd. „Jarl Skuli tat dies wohl nicht. Er behandelte sie gut, und darum gab sie sich ihm hin und wurde seine willige Sklavin!" Thorfinn nickte. „Sie weiß also nicht, was sie tut", sprach Björn streng. „Dann sollten wir sie befreien. Es ist deine Pflicht, Sigurd!" Da nickte der Anführer seinem Steuermann Björn zu. „Ja, das müssen wir tun!"

*

Einige Tage vergingen, in denen Sigurd darüber nachgrübelte, wie es ihm gelingen könnte, seine Schwester aus den Fängen des Skuli Eisenscharte zu befreien. Da betrat Thorfinn das Zelt und mit ihm ein Bote des Jarl Gorm. „Mein Herr will dich sehen, Sigurd Svensson!" „So, was will er denn?", fragte der Tröndner mit strenger Stimme. „Das kann ich dir nicht sagen. Ich bin nur der Bote meines Herrn!"
„Dann sage deinem Herrn, das er mich am Ar…", rief Sigurd laut, besann sich aber seiner Worte und fuhr mit ruhiger Stimme fort: „Sag ihm, dass er mich erwarten kann!" Der Bote nickte ernst und verließ das Zelt. Thorfinn zog seine Brauen hoch, atmete tief ein und folgte dem Mann.
„Du solltest deine Abneigung gegen den Heerführer nicht so offen zeigen, mein Freund", sagte Rögnvald, der auf seinem Schlaflager lag und gelangweilt an die Decke des Zeltes starrte. „Das könnte uns allen noch schlecht bekommen!" „Es ist nicht leicht für mich, vor den Mann zu treten, der meine Schwester Sigrid noch tiefer in die Sklaverei schickte. Ich wünsche ihn nicht weniger zu töten als diesen elenden Skuli!"

Schon bald darauf stand der Tröndner vor dem Krieger, der Olaf hieß, und der dem Gorm selten von der Seite wich.
„Der Jarl rief nach mir", sagte er, und Olaf nickte wissend. Er führte Sigurd in den Raum des Hauses, in dem der Hochstuhl des Jarls stand. Doch dieser war leer.

„Warte hier", befahl Olaf und verließ den Raum für einen kurzen Moment. „Hier nimm", sagte er, als er wieder vor Sigurd erschien und diesem einen großen Lederbeutel übergab. Erstaunt sah der Tröndner den Krieger des Gorm an, öffnete den Lederbeutel und sah, dass dieser mit Silberlingen gefüllt war. „Es ist der Anteil an der Beute, für dich und deine Männer. Du erhältst ihn unter der Bedingung, darüber zu schweigen. Sage keinem, dass du ihn erhalten hast!" Sigurd nickte, war verwundert, aber zufrieden. Als Olaf den Norweger aus dem Haus begleitete, sagte er plötzlich: „Ich mochte deine Schwester Sigrid sehr. Hätte sie gern von dem Jarl freigekauft. Doch er wollte nicht, dass sie im Lager bleibt. Vielleicht hätte ihn der Neid zerfressen, wenn sie sich einem anderen hingegeben hätte!" Sigurd sah den Olaf überrascht an, und dieser fuhr fort: „Ich brachte sie nach Yorvik, und glaube mir, ich verkaufte sie in gute Hände. Ich denke, du solltest das wissen!" Dann wandte sich Olaf ab und ging.

So verließ Sigurd den Hof des Jarls, ohne diesem begegnet zu sein, worüber der Norweger gar nicht böse war, und er machte sich auf den Weg zu seinem Lager. Dabei dachte er an seine Schwester Sigrid, grübelte über die Worte des Olaf nach, und plötzlich ersann er eine Lösung für das Problem mit der Ingigrid. „Einen Mann", sagte er zu sich selbst und grinste. „Es muss ein anderer Mann her! Einer, der ihr schöne Augen macht."

„Ja, nicht so ein alter Sack, wie dieser Skuli", stimmte Rögnvald zu, als Sigurd im Zelt saß und berichtete. Björn nickte. „Einen gut aussehenden, jungen Bock, der ihr Herz erobert!" Die Männer feixten nun herum, schlugen den ein oder anderen Kerl vor, und einigten sich zum guten Schluss auf den Jüngsten in ihren Reihen. Thorkill Ormsson! Alles Meckern und Sträuben des Rotschopfs nützte nichts, fortan sollte er sich in der Nähe des Zeltes der Sklavinnen im Lager des Skuli herumtreiben. Und so oft es ihm möglich war, sollte er der Ingigrid schöne Augen machen. Obwohl er immer wieder zum Einwand brachte, dass das junge Weib ihn schon im Sigurdfjord nicht sonderlich mochte, blieb Sigurd stur.

Die Laune im Lager des norwegischen Wikingers hatte sich, auf Grund des Inhaltes in dem Lederbeutel sehr gebessert. Die Männer waren zufrieden, standen sie doch nicht mehr mit leeren Händen da, und Sigurd war nun in der Lage, dem Jarl Skuli ein Angebot für dessen Sklavin zu machen, sollte diese endlich ihre Zuneigung zu Thorkill entdeckt haben. Es war aber nicht der junge Schmied, der die Aufmerksamkeit der Sklavin erlangte. Thorfinn war es, der die Augen der Ingigrid leuchten ließ. Der Däne zählte zweiundzwanzig Winter und war somit gleichen Alters wie Sigurd, und dieser hatte ihn einige Male zum Lager des Skuli geschickt. Thorkill hatte es geschafft, die Ingigrid des Öfteren anzusprechen, denn seit den Geschehnissen im Zelt des Jarl Skuli konnte diese sich im Lager wieder frei bewegen. Der dänische Anführer hatte alle Bedenken über eine Flucht des Weibes verworfen. Und so traf sie auch auf den Thorfinn, der den Rotschopf in seinem Werben unterstützen sollte, und sie fand gefallen an dem dunkelblonden Krieger, der aus der Gegend an den Ufern des Flusses Slien[37] stammte, und in dessen Adern sicher neben dem dänischen auch sächsisches Blut floss.

„Ich habe einige Male mit ihr sprechen können", erzählte Thorkill abends am Feuer, „doch schon bald schien es mir, als warte sie auf jemand anderen. Ihre Fragen waren jedenfalls eindeutig." Er lachte und schlug dem Thorfinn auf die Schulter. „Woher kommt Thorfinn? Hat er ein Weib? Thorfinn hier, Thorfinn da, blablabla!" Die Männer lachten, und der dunkelhaarige Däne bekam einen roten Kopf.

---

[37] Slien – Schlei, Fluss in Schleswig-Holstein

Sigurd schüttelte grinsend seinen Kopf. „Thorfinn also! Nun gut, dann sollst du der Glückliche sein!"

Der Auserwählte schien sich gegen seine neue Aufgabe nicht sehr zu sträuben, denn die Ingigrid war nun mal ein schönes Weib. Und der junge Schmied war keineswegs beleidigt darüber, dass er von der Schwester seines Freundes verschmäht wurde. Eher war er froh, denn nach einem Eheweib war ihm noch nicht. So war es der Däne, den Sigurd fortan in die Nähe seiner Schwester schickte, und dieser schaffte es tatsächlich, mit gut gewählten Worten das Feuer der Liebe in ihr zu entfachen.

Dann geschah es, dass Jarl Gorm einige Hauptleute und deren Gefolge zusammenrief, denn dieses kleine Heer sollte in den Süden ziehen und die Klöster, Dörfer und Städte verheeren. Auch die Besatzung des Wogendrachen war unter den Gerufenen, und so begannen die Männer des Sigurd sich vorzubereiten, denn der Tag des Abmarsches rückte rasch näher.

Es war ein kalter Morgen, und in den ersten Sonnenstrahlen glitzerte der Raureif, der auf den Gräsern und Sträuchern lag. Es würde sicher ein schöner Tag werden, denn kaum eine Wolke zeigte sich am Himmel, und nur die Schwalben zogen bereits ihre Kreise. Langsam kroch das Leben in das Lager, die Feuer wurden neu entfacht, und mancher begab sich zum Fluss, um sich mit dem kalten Wasser zu waschen. Aber nicht jeder tat dies!

Plötzlich wurde es laut, und der Lärm wurde von einer Schar Krieger in das Lager des Sigurd Svensson getragen. „Wo ist das Weib?", grollte die Stimme des Jarl Skuli über den Platz vor den Zelten der Krieger aus dem Tröndelag. Sigurd war ins Freie getreten und mit ihm die drei Bewohner des Zeltes. Und auch die anderen Männer der Besatzung des Wogendrachen waren aufmerksam geworden und sammelten sich in der Nähe ihres Anführers. Gunnar, Ole und einige andere hielten bereits Schwert und Axt in Händen, denn sie ahnten, was nun geschehen würde.

„Was brüllst du hier herum, und wozu dieser Aufmarsch?", fragte Sigurd streng, und Skuli rief erneut wütend aus: „Wo ist die Ingigrid? Wo hast du deine Schwester versteckt? Du elender, norwegischer Hund hast mein Eigentum gestohlen!"

Der Tröndner wandte sich um und sah, dass Björn genauso erstaunt dreinschaute wie er selbst. „Das ist eine schwere Anschuldigung, Jarl Skuli", sprach Sigurd ruhig. „Doch ich sage dir, bei Odins Auge! Meine Schwester ist nicht hier!"

„Du lügst, Norweger! Sie wollte bei mir bleiben, meine Sklavin sein, und da hast du sie dir heimlich geholt!" Der Jarl schäumte vor Wut, und nun war Sigurd gewiss, dass diese Angelegenheit zum offenen Streit führen würde. Und er sah auch, dass seine Männer genauso dachten, denn kaum noch einer war ohne Waffe.

An der Seite des dänischen Jarls waren nicht mehr als fünfzig Krieger, die meisten von ihnen waren sicher Männer aus seiner Gefolgschaft, die ihm schon vor langer Zeit in der Heimat den Eid geleistet hatten. Aber es waren auch einige Kerle dabei, die sich ihm nur für diesen Beutezug angeschlossen hatten. So erkannte Björn Gelbhaar seinen alten Kampfgefährten Sturlar und dessen Männer in den Reihen des Gegners. „Ihr wollt an der Seite dieses Dänen kämpfen?", fragte Björn, und Sturlar antwortete verwundert: „Kämpfen? Wer sagt das?" Da sah Skuli den Sturlar böse an. „Du hast mir den Eid geleistet. Willst du ihn brechen?" Doch Sturlar war nicht auf den Kopf gefallen und auf den Mund schon gar nicht. „Ich leistete dir den Gefolgschaftseid, um auf Beutezug zu gehen, und nicht, um dir ein Weib für dein Bett zu holen! Was du mit deinem Schwanz anstellst, ist ganz allein deine Sache, Däne!"

Jetzt begannen einige der Männer auf Seiten des Skuli zu maulen. „Sei gegrüßt, Odinger, alter Freund!", rief nun Sigurd dem Einäugigen zu, und dieser grüßte freundlich die Kameraden von einst. Da reichte es dem Dänen.

„Gib endlich das Weib heraus, oder du wirst hier und jetzt sterben!"

„Beim Barte des Thor und beim Auge Odins! Ich weiß nicht, wovon du redest, Mann", rief Sigurd nun verärgert.

„Aber wenn sie dir fortlief, war Ingigrid wohl doch keine so gute Sklavin, wie du es dir erhofft hast!" Er wandte sich kurz ab und griff nach dem Kehlenbeißer, den Thorkill ihm reichte.

„Ich war bereit, dir ein gute Summe für sie zu zahlen, Jarl. Doch so, wie es jetzt aussieht, besitzt du nichts, wofür es sich lohnt zu zahlen!"

„Sie wird sterben, so wie du!", keifte Skuli. „Wenn ich sie in meine Finger bekomme, wird sie sterben!"

„Zwinge mich nicht dazu, dich zu töten", warnte nun Sigurd seinerseits. „Du drohst mir? Mir, einem Jarl?" Der Däne begann hämisch zu lachen. „Sieh dich doch um, Sigurd! Oder bist du blind? Wir sind euch an Zahl weit überlegen!"

„Das mag wohl so sein. Jedoch das Heil, welches die Götter mir schenken, ist groß und hat mich bisher nicht enttäuscht."

„So, das wollen wir doch mal sehen!", rief Jarl Skuli und zog sein Schwert aus dem Wehrgehäng, um es seinem Gegenüber auf den Kopf zu schlagen. Die Klinge hätte dem Sigurd auch sicher das Haupt zerschlagen, denn es war ungeschützt, kaum einer der Männer auf Seiten des Tröndners trug einen Helm. Doch war es die kurzstielige Axt Thor, wie der Rögnvald seine geliebte Waffe nannte, die den Tod des Norwegers verhinderte und die schwere Klinge des Skuli abwehrte, sodass es diesen zurückwarf. Sofort zog der Schwede auch seine zweite Axt namens Odin aus dem Gürtel und stürzte sich kampfeslustig auf die

Gegner. Dem Jarl aber widmete sich Sigurd nun selbst, und den nächsten Schlag des Dänen fing die Klinge des Kehlenbeißers so leicht wie der Adler eine Taube. Jetzt griffen auch die Krieger des Dänen an, und es entbrannte ein heftiger Kampf. Doch nicht alle Krieger aus den Reihen des Skuli Eisenscharte waren nun noch bereit zu kämpfen, hatten doch die Worte des Sturlar sie nachdenklich werden lassen. Dies sah der Jarl und rief wütend aus: „Los, kämpft, ihr feiges Pack, oder ich hänge euch an den höchsten Baum in Britannien!" Da sah Odinger seinen Anführer fragend an. „Willst du hängen?" Sturlar schüttelte den Kopf. „Wenn er will, dass wir kämpfen, dann kämpfen wir!" Sie rissen ihre Schwerter empor und stürzten sich auf den Feind. Diesen sahen die Männer des Sturlar aber nicht in der Besatzung des Wogendrachen, und so suchten sie ihre Gegner in den Reihen des dänischen Jarls. Der Skuli selbst sah dies aber nicht mehr, denn ihn hatte bereits die Hel in ihren kalten Klauen. Blutüberströmt war er zu Boden gesunken. Sigurd hatte seine Drohung wahr gemacht und den Mann in das Paradies des Herrn Christus geschickt, dessen Glauben er sich zugewandt hatte, an dem Tage, an dem er König Harald Blauzahn die Treue schwor. Viele Menschen im Reich der Dänen hatten sich von den Göttern ihrer Väter abgewandt, seit die christlichen Mönche durch ihr Land zogen und ihre Kirchen bauten.

Der Kehlenbeißer, diese herrliche Waffe, mit einer Klinge, scharf und so leicht, dass sie den Arm ihres Herrn kaum ermüden ließ, hatte dem Skuli einige böse Wunden geschlagen. Ein Sturm der Wut war über den Anführer der Dänen hereingebrochen, denn Sigurd Svensson kämpfte wie entfesselt. Der Zorn über die verletzte Gesippenehre und die Schändung seiner Schwester ließen ihn zum Berserker werden. Nichts und niemand war nun noch in der Lage, den Tröndner aufzuhalten. Die Wucht der Schläge, die der Jarl nun parieren musste, ließen ihn schnell wanken und ermüden. Schneller und kraftvoller waren dagegen die Hiebe des Sigurd geworden, doch noch einmal gelang dem Dänen ein Schlag, der den Gegner am linken Oberarm traf, und der dem Sigurd eine blutende Wunde bescherte. Bald schon ließen die Schläge des Tröndners dem Jarl keine Atempause mehr, und der Kampf währte nur noch kurz. Ein kräftiger Hieb traf den Schwertarm des älteren Kriegers unterhalb des Ärmels seines Kettenhemdes. Eine große Wunde klaffte, ließ den gesplitterten Knochen hervortreten, und den Arm nur noch kraftlos herumbaumeln. Das Schwert fiel zu Boden, und noch ehe Skuli Eisenscharte verstand, was geschah, traf ihn ein zweiter Hieb und zerschlug sein Kinn. Ein dritter traf ihn am Hals und hätte ihm mit einem tiefen Schnitt beinahe das Haupt vom Rumpf getrennt. Nicht einmal die Zeit für einen Schrei war ihm geblieben. Blut floss aus der Wunde und schäumend aus dem Mund des Mannes, dessen Augen auf die blutige Klinge des Kehlenbeißers starrten, als ihm das Eisen tief in seine Brust fuhr. Schwer atmend wollte sich Sigurd auf einen neuen Gegner stürzten, doch da rief Björn Gelbhaar: „Seht doch! Jarl Skuli ist tot! Lasst eure Schwerter sinken!" Und als die Männer sahen, dass der Jarl tatsächlich nicht mehr lebte, stellten sie den Kampf ein, nahmen die wenigen Verletzten und auch die drei Toten, die sie zu beklagen hatten, und zogen sich zurück. Einige von ihnen fluchten, riefen Racheschwüre und versprachen zurückzukehren.

Die Besatzung des Sturmdonnerpferdes war im Lager des Sigurd geblieben und ließ sich von Rögnvald mit Bier bewirten. Warum hätten sie sich den Männern, gegen die sie gerade noch gekämpft hatten, anschließen sollen? Den Skuli, dem Sturlar den Gefolgschaftseid geleistet hatte, gab es nun ja nicht mehr. Lange hatte der Kampf nicht gedauert, es gab zwar einige mehr oder minder schlimme Verletzungen, doch keiner der Männer, die sich im Lager des Sigurd befanden, sollte an die Tafel Odins gerufen werden. Bei aller Freude über den Sieg sagte Sigurd traurig: „Nun stehe ich wieder vor dem Nichts! Ingigrid ist fort, sowie Sigrid auch!"

„Ach, das würde ich nicht sagen", sprach nun Thorfinn, und die Männer des Sturlar fingen allesamt zu grinsen an. „Sie ist in Sicherheit", sagte nun Sturlar. „Was glaubst du, warum wir uns eurem Kampf angeschlossen haben?"

„Sie befindet sich in Thorsteins Obhut", erklärte Odinger, der sich ein Tuch auf einen blutenden Schnitz in seinem Gesicht hielt. „Ich habe Ingigrid aus dem Zelt des Skuli geholt, als sie mich darum bat", gab Thorfinn nun zu. „Und ich fragte mich, wo würde der Jarl die Sklavin wohl am wenigsten suchen?"

„In seinem eigenen Lager", antwortete Rögnvald und begann herzhaft zu lachen. „Richtig! Und Thorstein half mir bei ihrer Befreiung."

„Ich ahnte, was geschehen würde, als Skuli zu den Waffen rief, und darum schlossen wir uns ihm an. So konnten wir euch beistehen", erklärte Sturlar und streichelte über den Griff seines Schwertes. Plötzlich trat der rundliche Thorstein zwischen den Zelten hervor und mit ihm die blonde Ingigrid, die sich sofort dem Thorfinn um den Hals warf. Sie küsste ihn, und sein Gesicht lief rot an. Die Umstehenden lachten, feixten, und Rögnvald stieß dem Sigurd seinen Ellenbogen in die Seite. „Dein Plan scheint aufgegangen zu sein." „Besser, als es mir lieb ist", grummelte der Tröndner, denn er ahnte, was kommen würde, und es gefiel ihm nicht. Da wandte sich das junge Weib mit dem kurzen Haar weinend ihrem Bruder zu. „Oh, Sigurd, verzeihe mir, dass ich so töricht gehandelt habe, als du mich freikaufen wolltest."

„Ich habe die Ehre unserer Sippe wieder hergestellt, so hoffe ich", sprach der junge Häuptling nicht ohne Stolz. „Jarl Skuli ist tot, und auch der Geirmund wird mir nicht entkommen. Die Götter von Asgard werden dafür sorgen, dass wir uns eines Tages wiedersehen!" Da erschrak Ingigrid. „Jarl Skuli lebt nicht mehr?" Das entsetzte Zittern in der Stimme des Weibes zeigte den Männern, dass sie sich im Geiste von ihrem Herrn noch nicht befreit hatte. Thorfinn trat neben sie, und Ingigrid wurde ruhig, sie lächelte, wischte sich die Tränen aus den Augen und sprach: „Dies, mein Bruder, ist der Mann, der mein Herz berührte. Ihm will ich fortan folgen und sein Weib sein!"

Sigurd sah seine Schwester mit unzufriedenem Gesicht an, hatte er sie doch gerade in seine Sippe zurückgeholt, da sollte er sie schon wieder ziehen lassen. Und dann mit Thorfinn, dem Dänen. War dieser gut genug für Ingigrid? Er kannte Thorfinn zwar als guten Krieger, doch wollte er ihn auch zum Schwager? Da holte Björn den Sigurd aus seinen Gedanken, denn er hatte die Zweifel im Gesicht des jungen Freundes erkannt. Er legte ihm seine Hand auf die Schulter.

„Bedenke, Sigurd, du hast es so gewollt!" Er sah sich um, sah dem Thorfinn in sein Gesicht, sah die Umstehenden an, deren Gesichter ausnahmslos breit grinsten.

„Was sagst du, Thorfinn? Bist du bereit für ein Weib? Willst du meine Schwester überhaupt?", fragte er den Dänen streng, denn dieser hatte bisher geschwiegen. Nun war kein Grinsen mehr in den Gesichtern der Umstehenden, und alle waren still. Der Däne blickte in das schöne Gesicht der Ingigrid, und diese sah ihn erwartungsvoll an. Was sollte er nun tun? Er war ein Wikinger, ein Seefahrer, und sich in keiner Weise sicher, ob er ein Weib wollte. Er sah in ihre schönen blauen Augen, und ohne dass er es selbst richtig wahrnahm, nickte er mit dem Kopf. Sigurd atmete tief ein.

„Wenn es denn sein soll, vielleicht ist es wirklich der

Wunsch der Nornen, dass dies dein Schicksal ist, meine Schwester!"

Plötzlich ergriff Sturlar das Wort. „Ich finde es ja ganz nett, dass ihr Pläne für eine Vermählung schmiedet. Aber ihr solltet bedenken, dass wir ein weitaus größeres Problem haben!" Nun waren alle Augen auf den Schiffsführer des Sturmdonnerpferdes gerichtet. „Wie lange wird es wohl noch dauern, bis Jarl Gorm von dieser kleinen Auseinandersetzung erfährt, die einen Jarl das Leben gekostet hat? Bedenke, Sigurd, du bist von niederer Herkunft und hast einen Wikingerfürsten erschlagen!"

„Sturlar hat recht", stimmte Björn seinem alten Gefährten zu. „Wir müssen fort von hier, sonst führt man dich sicher auf den Richtplatz!"

Noch am gleichen Tag begannen die Männer so unauffällig, wie es ihnen möglich war, ihre Schiffe seeklar zu machen, und nach Einbruch der Dunkelheit bauten sie unbehelligt ihre Zelte ab. Die Nacht war kalt, hell funkelten die Sterne, und der Mond zeigte nur eine leuchtende Hälfte seines Antlitzes, als zwei nordische Schniggen vom Ufer abstießen und den Fluss hinab ruderten. Und als am Morgen des nächsten Tages eine Schar bewaffneter Krieger Sigurd vor den Hochstuhl des Jarl Gorm führen wollten, war der Lagerplatz des Norwegers verlassen.

Bisher waren ihnen Ägir und sein Weib Ran wohl gesonnen. Das Wetter war gut, es regnete kaum, und ein leichter Wind blies günstig von Süden, so kamen sie gut voran. Am Tage segelten sie, und für die Nacht zogen sie ihre Schiffe an geeigneter Stelle auf das Land. Doch dann schien es der Ran zu gefallen, ihr wahres Gesicht zu zeigen. Hatte der Tag mit ruhigem Wetter begonnen, schlug es zur Mittagszeit um. Es wurde merklich kühler, und heftiger Regen setzte ein, unter den sich bald schon einige Schneeflocken mischten, die ein eisiger Wind den Seefahrern in die Gesichter peitschte. Je weiter sie die Küste entlang nach Norden vordrangen, umso heftiger wurde der Sturm. Doch noch war es den Steuermännern gelungen, die beiden Schiffe beisammen zu halten, und als Sigurd dem Björn den Befehl gab, den Wogendrachen der Küste entgegenzusteuern, folgte das Sturmdonnerpferd des Sturlar. Mit geübtem Auge fand Björn einen Strand, auf den sie ihre Schiffe zogen und an dem sie ihr Lager aufschlugen. Sie hatten die nördlichen Gestade des Schottenlandes erreicht, und nun würden sie bald die sichere Küste verlassen, um zuerst nach Osten und dann weiter nach Norden in das offene Nordmeer zu segeln. Doch was, wenn der gute Ägir sein Weib nicht mehr zu besänftigen vermochte? Wenn sie weiter versuchen würde, die Seefahrer in ihr Reich zu ziehen? Der Winter war nahe, und sie drohten hier zu stranden.

Bald schon zeigte sich, dass der Lagerplatz gut gewählt war, denn die Späher, die Sturlar ausgeschickt hatte, berichteten, dass es keine größere Siedlung in der Nähe gab. Nur ein dichter Wald, der hinter dem schmalen Strand begann und der weit in das Landesinnere reichte, umgab sie. Schließlich waren die Männer einen ganzen Tag marschiert und hatten weder einen Hof noch ein Dorf entdeckt. Nicht einmal einen Pfad, der auf die Anwesenheit von Menschen hingedeutet hätte, hatten sie gefunden. An diesem Ort schienen sie also sicher zu sein. Der Wald gab ihnen Schutz und Nahrung, sodass sie hier den Winter verbringen konnten. Doch die Vorstellung gefiel dem Sigurd keineswegs und auch Sturlar hatte andere Ziele. Doch es dauerte mehrere Tage, da legte sich der Sturm, die Kälte aber blieb. „Wir werden euch verlassen", sprach Sturlar zu dem Sigurd. „Es wird bald Winter, und unsere Wikingfahrt war wenig erfolgreich. Das Lager des Gorm haben wir ohne Beute verlassen müssen, und nun stehen wir mit leeren Händen da. Das ist nicht gut!"

Er schlug dem Sigurd auf die Schulter. „Darum werden wir noch einmal nach Süden zurücksegeln, mein Freund." Sie waren freie Seeschäumer! Wikingfahrer ohne Beute, das hätte dem Sigurd auch nicht gefallen. „Seid vorsichtig! Bleibt weit vom Danelag entfernt, ein Eidbruch spricht sich schnell herum, und Jarl Gorm hätte sicher seine Freude daran, euch in seine Finger zu bekommen." Da trat Björn neben seinen Gefährten aus alten Zeiten. „Ihr geht noch einmal auf Wikingfahrt?", fragte er, und seine Stimme klang bedrückt. „So ist es, Bruder! Gelüstet es dich vielleicht auch, Beute zu machen, Björn?" Sturlar grinste frech. „Du weißt, auf dem Sturmdonnerpferd ist immer ein Platz für dich."

Nach einem kurzen Zögern schüttelte der Steuermann seinen Kopf. „Nein, mein Platz ist auf dem Wogendrachen. Aber ich danke dir für dein Angebot, Sturlar." Sigurd atmete auf, doch das Zögern des alten Freundes machte ihn nachdenklich. Die Besatzung des Wogendrachen konnte sich der Tröndner ohne den Steuermann kaum vorstellen, trotzdem hätte er den Björn jederzeit von seinem Gefolgschaftseid befreit, wenn dieser darum gebeten hätte.

So begann die Besatzung des Sturmdonnerpferdes damit, ihr Lager abzubauen und das Schiff seeklar zu machen. Schon am nächsten Morgen verabschiedeten sich die Männer herzlich voneinander. Der rundliche Thorstein wurde sogar von Ingigrid zum Abschied geküsst. Björn Gelbhaar stand noch auf dem Strand, als alle anderen sich bereits zurückgezogen hatten. Das Wasser umspülte seine Füße, und gedankenverloren sah er dem Schiff nach, bis das große Segel nur noch ein dunkler Punkt am Horizont war.

„Du wärst gerne mit ihnen gesegelt!" Björn wandte sich der Stimme zu und sah in das lächelnde Gesicht des Sigurd Svensson. „Nun, ich bin kein junger Mann mehr, so wie du,

Sigurd. Wer kann schon sagen, wie lange ihm die Hel noch gestattet, in Midgard zu bleiben."

„Was redest du da?", empörte sich der Häuptling. „Du bist doch im besten Mannesalter und kein Greis!" Sigurd grinste frech. „Vielleicht ist es ja an der Zeit, dass du dir ein Weib suchst. So hast du einen Grund, heimzukehren."

„Ja! Oder einen Grund, auf See zu bleiben", antwortete Björn spöttisch. „Vielleicht soll ich mir auch noch einen Hof anschaffen und Bauer werden, der sich einen krummen Rücken schuftet und nach Schweinemist stinkt!"

Björn Gelbhaar sah den Sigurd empört an. „Oh nein! Ich bin ein freier Wikinger und brauche sicher kein Weib, das mich gängelt. Wenn es mich juckt, suche ich mir eine Magd oder eine Sklavin, die mir zu Willen ist."

„Was drückt dir wirklich auf dein Gemüt, alter Freund?", fragte Sigurd nun offen. „Ach, es ist die Sehnsucht, auf Wikingfahrt zu gehen. Mehr nicht! Ich will nicht mehr in der Gefolgschaft eines Jarls oder Königs einen Kampf streiten, der mich nichts angeht. Ich will Beute machen, so wie wir es immer taten!"

„Ich verspreche dir, wir werden wieder auf Raubfahrt gehen. Sicher schon im nächsten Frühjahr!" Er klopfte dem Björn auf die Schulter, doch dieser schüttelte seinen Kopf. „Ich weiß nicht recht. Du bist nun der Häuptling eines Fjordgaus!"

„Na und? Was ändert das? Ich bin nicht weniger ein Wikinger als du, und auch mich zieht es fort", sprach Sigurd eindringlich. Doch Björn sah den jungen Häuptling mit einer Miene an, die dieser nicht zu deuten wusste. Leise sprach der gelbblonde Krieger, dessen langes Haar auf seine Schultern fiel: „Keine Winter mehr in fremden Ländern. Wir müssen Zurückkehren, an das heimische Feuer!"

*

Die Saga von Sigurd Svensson
„Die Krieger Odins"

Nach dem gewaltsamen Tod seiner Familie tritt Sigurd Svensson sein Erbe auf dem väterlichen Hof im Tröndelag, einem Gau in Nordwesten von Norwegen, an und wird trotz seiner Jugend zum Häuptling der Siedlung erhoben. Das große Heil, welches die Nornen des Schicksals dem jungen Wikinger einst schenkten, und es dann wieder von ihm nahmen, scheint nun endlich zurückzukehren. Denn, als die gefürchteten Jomswikinger in den Trondheimfjord einfallen und versuchen den Gaukönig Hakon zu vertreiben, kämpft Sigurd mutig für den Herrscher des Tröndelag und erhält dafür von diesem den Titel eines Jarls.

*

„Die Krieger Odins"
Broschiert, 304 Seiten
ISBN: 978-3-7322-8485-6

Auch als eBook erhältlich

Weitere Romane von Rainer W. Grimm

Mit „Die Saga von Erik Sigurdsson" schrieb der Autor, die spannende Lebensgeschichte eines jungen Norwegers, der als Sohn eines Jarls, eines Häuptlings und Fjordgrafen, um die erste Jahrtausendwende in die Glaubenskriege und Machtkämpfe zwischen Norwegern, Dänen und Schweden verwickelt wird. Hin- und her gerissen, zwischen dem alten Glauben seiner Väter, die Odin und Thor ihre Opfer brachten und dem neuen Gott Jesus Christus, der aus den südlichen Ländern, von den Missionaren in die eisigen Fjorde des Norden gebracht wurde, muss Erik Sigurdsson, bald selbst Jarl und Anführer, schwere Schicksalsschläge ertragen. Krieg und Kampf sind der Faden, der sich fortan durch das Leben des Jarls und Wikingers zieht.
Die Trilogie ist die Fortsetzung der Sigurd Svensson Saga und erschien in folgenden Bänden:

„Das Blut der Wikinger"
Broschiert, 304 Seiten
*
„Die Wölfe des Nordens"
Broschiert, 316 Seiten
*
„Der Krieg der Könige"
Broschiert, 328 Seiten

Auch als eBook erhältlich

„Wikingerwelten"

„Wikingerwelten" ist eine Sammlung von historischen Begebenheiten und nordischen Sagen, die durch die Phantasie des Autors noch einmal zum Leben erweckt werden.

Er erzählt u. a. die Geschichte, wie aus dem Norweger Rollo der Begründer der Normandie wurde oder die eines bekehrungswütigen Priesters, der auf Island sein Unwesen trieb. Von dem jungen Grönländer Leif Eriksson, der einer Erzählung folgend, fünfhundert Jahre vor Columbus das Land entdeckte, das man heute Amerika nennt. Von einem frechen Skalden am Hofe des Norwegerkönigs. Die Geschichte der Vinlandfahrten des Thorfinn Karlsefni Thordarsson und der Freydis Eriksdottir, sowie von dem Riesen Loki, der in Asgard unter den Göttern lebte.

„Wikingerwelten Band I"
Broschiert, 140 Seiten

„Wikingerwelten Band II"
Broschiert, 140 Seiten

„Wikingerwelten Band III"
Broschiert, 140 Seiten

Auch als eBook erhältlich

„Pakt der Barbaren"

„Quinctilius Vare, legiones redde!", rief Augustus weinend.
„Quinctilius Varus, gib mir meine Legionen wieder!"
Von den vereinten Stämmen der Germanen, unter der Führung
des Fürsten Armin besiegt, lag im Jahre 9 n. Chr. der ganze Stolz
Roms, die drei besten Legionen, geschlagen im Morast der
germanischen Sümpfe und Wälder. Die Angst vor den Barbaren
aus dem Norden wuchs in den Straßen Roms, und der Ruf nach
Rache wurde immer lauter. Doch es sollten einige Jahre vergehen
bis der römische Adler wieder seine Krallen in das Gebiet
nördlich des Rheins schlagen würde.
Im Jahre 15 n. Chr. kommt Aulus, der Adoptivsohn des Tribuns
Claudius Marcinus, als Decurio der Reiterei mit den Legionen des
Gajus Julius Germanicus in die dichten Urwälder nördlich des
großen Stromes. Als fünfjähriger Knabe von den Römern aus
dem Land der Brukterer verschleppt und in den Lagern der
Legionäre als Bursche des Tribuns aufgewachsen, tritt Aulus mit
dreizehn Jahren selbst in die Legion ein und gelangt so, fünf Jahre
später zu einem kräftigen jungen Mann gereift, zurück in das
Land, das einmal seine Heimat war. Dort erfährt er von seiner
wahren Herkunft und von dem Mann, der seine Eltern tötete.
Er wendet sich von den Römern ab und findet bei dem Stamm
der Brukterer seine Heimat wieder. Aus dem Legionär Aulus
Marcinus wird der Germane Gerowulf. Voller Hass und
Enttäuschung, auf der Suche nach der Wahrheit und um Rache
zu nehmen, schließt er sich den Horden des Cheruskerfürsten
Armin an.

„Pakt der Barbaren"
Broschiert, 368 Seiten

Auch als eBook erhältlich